服部半蔵
服部さやか

本田忠勝
石田佐吉
松平竹千代

今川義元
今川義元

【鐵城《キャッスル》】
鎧《ア》偉《イ》亞《ア》吽《ン》岡《オカ》崎《ザキ》

三《み》河《かわの》国《くに》
額《ぬか》田《た》郡《ぐん》岡崎
松平一族所有

鋼鉄城アイアン・キャッスル
KOU-TETSUJO IRON CASTLE
手代木正太郎
イラスト：sanorin
メカデザイン：太田垣康男
原案・原作：ANIMA

美濃国
I
北設楽郡
E
加茂郡
F
南設楽郡
A 額田郡岡崎
B
額田郡菅沼郷
K 八名郡
宝飯郡中條郷 G
D 宝飯郡蒲郡
遠江国
H 渥美郡

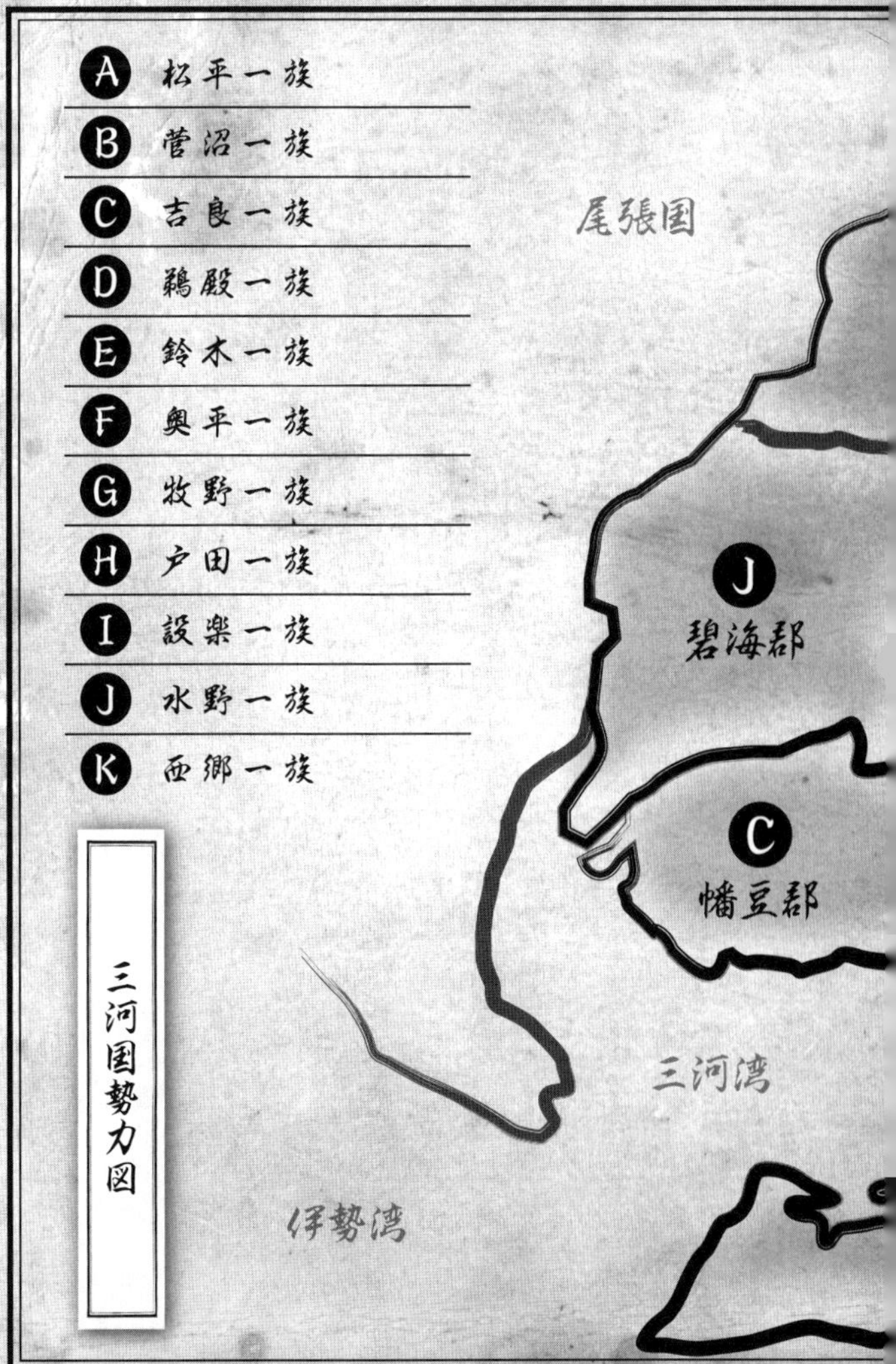
A 松平一族
B 菅沼一族
C 吉良一族
D 鵜殿一族
E 鈴木一族
F 奥平一族
G 牧野一族
H 戸田一族
I 設楽一族
J 水野一族
K 西郷一族
三河国勢力図
尾張国
J
碧海郡
C
幡豆郡
三河湾
伊勢湾

人物紹介

松平竹千代【まつだいら　たけちよ】

三河国松平家の若き当主。岡崎城主。我らが本作品の主人公。心の臓に鋼を宿し、命短し悩める快男児。

服部さやか【はっとり　さやか】

松平家に仕える女忍び。そのかんばせ花のごとく、純情可憐な紅一点。勘の鋭さ、摩訶不思議なり。

石田佐吉【いしだ　さきち】

竹千代の近習にして松平家軍師見習い。匂うような男ぶり、冷めた瞳のその奥に、隠しきれぬ野心の焔。

服部半蔵【はっとり　はんぞう】

松平忍びの頭領にして軍師。さやかの兄。心技体ともに備えた、これぞ漢の中の漢。その鬼謀天に通ずとか。

本多忠勝【ほんだ　ただかつ】

松平家の家老。忠義一徹の歴戦の古将。厳格武骨な顔貌の、裏に隠れた優しさを、ああ、なんぞ君知るや。

今川義元【いまがわ　よしもと】

駿河遠江を支配する東海の覇王。雅やかな風貌の、内に潜んだ妖しき本性。その魔の手が三河に伸びる!?

【序章《はじめに》近江国《おうみのくに》観音寺《かんのんじ》合戦《のたたかい》】

蒼天《そうてん》を見上げる青年の眼差《まなざ》しは澄んでいる。

焦げ茶色の瞳に、天空を旋回して飛ぶ鷹の姿が映りこんだ。

おりしも風強く、千切《ちぎ》れ雲が形を変えながら見る間に流れゆく。鷹は、強風の内にあってなお悠然と青空を舞っていた。

青年が眺めるのは一羽の猛禽《もうきん》に過ぎぬが、青年はそんな鷹の姿に魅せられている。

（俺もまた、あの鷹のごとくこの戦国の風雲の内を自在に翔《か》けてみたい）

こう思う青年の貌《かお》には、未《いま》だ少年らしい溌剌としたあどけなさが残っていた。

茶筅《ちゃせん》に結った赤茶色の髪、精悍《せいかん》さと意志の強さを絵に描いたような凛々しい眉。身長こそやや小柄ながら、その五体にはしなやかで逞《たくま》しい筋肉の張りがあった。

――松平竹千代《まつだいらたけちよ》。三河国額田郡岡崎《みかわぬかたおかざき》の松平家当主。

少年時代を抜けたばかりのこの若々しい快男児《みなぎ》こそが、この物語の主人公なのである。

「竹千代、何を見ている」

背後より竹千代へ声が掛かった。冷たくすら感じられるその声には非難がましい色がある。

「余所見《よそみ》をせず、見るべきものを見ろ」

長身痩軀《そうく》の青年だった。年の頃は竹千代《たけちよ》とそう変わらぬが、少年らしさを残した竹千代と比べて思慮深く大人びた印象がある。賢《さか》しげな細面《ほそおもて》に長い髪が掛かり、短刀で切れ込みを入れたような細い目は、一見して冷徹そうだが、瞳の奥には隠しきれぬ熱い光がうかがえた。

——石田佐吉《いしださきち》。松平《まつだいら》家軍師見習いにして、竹千代に近習《きんじゅ》として仕える青年である。

「悪い悪い、佐吉。だけどさ、まだ合戦は始まらないみたいじゃんかよ」

「いつ始まるかも知れぬのだ。明後日《あさって》のほうを向いていれば、見るべきものを見逃すぞ」

主君であるはずの竹千代に対する佐吉の口ぶりは気安げであった。身分こそ主君と家来だが、このふたり、幼少期より兄弟のように育った間柄である。

「そもそも、おまえが見たいと言うからわざわざ近江《おうみ》くんだりまで出てきたのだろう。上の空では、おまえに付き合ってここまできたのが無駄足に終わる」

「そういう佐吉もさ、本当は見たかったんじゃないのかよ?」

「ん……まあ、な……」

面《そむ》を背けた佐吉の顔は、年相応の初々しいはにかみがあった。

竹千代は一度微笑し、一転真剣な面持《おもも》ちとなる。

「ちゃんと見るさ。見るべきものを。今の世……戦国の世《リアル》をよ……」

目の前には鬱蒼《うっそう》たる森林に覆われた山岳地帯が広がっている。ふたりが立つのは、これらを眺望できる小高い山の上だった。山々はひっそりとし、風に木々が葉を鳴らす音、鳶《とび》が甲高く鳴く声の他は静まりかえっている。この穏やかな山林が、間もなく戦場と化すのだ。

聞けば昨今、帝《みかど》のおわす京の都は、河内《かわち》の三好長慶《みよしながよし》なる武将が、強大なる鐵城《キャッスル》〈威偉魅龍《イービル》飯盛《イイモリ》〉こと飯盛《いいもり》山城の力を用いて実権を握り、専横を欲しいままにしているのだとか。

見かねた朝廷が、京洛平定《へいてい》のため諸大名に上洛を要請したのはついひと月前のことである。しかし、大名らの反応は芳《かんば》しくない。さもありなん、世は戦国、有名無実と化している朝廷のために下手《へた》に鐵城《キャッスル》を動かし領国を留守にするわけにはいかないのだ。その隙《すき》に隣国に攻め入られ、先祖伝来の〝龍域《りゅういき》〟を奪われては敵《かな》わないだろう。

そのような中、ただひとり、果然と名乗りを上げた人物がいた。

――織田信長《おだのぶなが》。

戦国の世に流星のごとく現れたこの若き尾張《おわり》織田家の当主は、破竹の勢いで隣国美濃《みの》の〈窟《アナ》渾蛇《コンダ》　稲葉《イナバ》〉こと稲葉《いなば》山城主斎藤龍興《さいとうたつおき》を倒し、美濃を征服。急激に勢力を拡大していた。

信長は果断なる実行力によって、朝廷の要請に応え、上洛の途についたのである。

だが、これを阻《はば》む者がいた。尾張と京の間に横たわる近江国の守護、六角承禎《ろっかくじょうてい》である。六角承禎は「尾張のうつけ小僧などに我が国を素通りさせてなるものか」と頑《かたく》なに所領を通さぬ姿勢を表し、のみならず無理に通るとあらば一戦交えるとまで宣ったのだ。

密《ひそ》かに承禎が三好と通じているのは公然たる秘密。が、それ以上にポッと出の織田ごときが京へ入ることを不快に思う、名門ゆえの気位の高さこそが行く手を阻《はば》む理由であろう。

さて、この森林地帯こそ、まさに近江六角氏《おうみろっかく》が陣を布《し》かんとする地にほかならない。織田《おだ》がこの地を通過せんとするは間もなくである。六角織田両軍の衝突は避けがたい。

竹千代《たけちよ》と佐吉《さきち》は、新進気鋭の織田軍と近江守護六角氏との戦が如何《いか》なるものになるか見物してやらんと、しばし無言で森林風景の果てへと目を凝《こ》らし、今か今かとその時を待っていた。

ふと、一颯《いっさつ》の突風が吹く。竹千代の鼻先がぴくりと動いた。

「……きた」

竹千代が呟《つぶや》きを漏らしたのと、遠雷のごとき響きが木魂《こだま》してきたのはほぼ同時であった。

ドーン、ドドーン……。ドーン、ドドーン……。

合戦を告げる陣太鼓の音。続けて、バキバキと木々が何か大きな存在によって薙《な》ぎ倒される音も聞こえてくる。遠く、山の陰よりのっそりと姿を現したものがあった。

木製で瓦《かわら》屋根を備えたそれは一見して建築物――砦《とりで》のようだが、両手両足を備え、ずしずしと重々しく歩んでいる。見れば、頭部のごときものもあり、ふたつ並んで開いた狭間《さま》がちょうど双眸《そうぼう》のごとくなっていた。キリキリ、ガシャコンと鈍く響き聞こえるのは、それらの砦の内部に仕込まれた絡《から》繰り装置を大勢の足軽どもが必死に動かす音であろう。

いやいや、しかし、デカい。動く砦は森の木々よりも背高く、樹木のてっぺんと肩の高さが同じぐらいではないか。しかも一体ではない。長大な槍《やり》や長巻《ながまき》を持つもの、箙《えびら》を背負い弓を持つもの、陣太鼓を打ち鳴らすもの……おおよそ十数体の巨大な動く砦の群れが周囲の山々の陰より湧《わ》き出て、山間《やまあい》の森林地帯に整然と隊列を形成し始めたのである。

「ひゃー。ずいぶん出てきたなぁ〜」

竹千代が半ば感心し、半ば呆《あき》れた声を上げた。

「小川《おがわ》城、山路《やまじ》城、木村《きむら》城、金剛寺《こんごうじ》城……近江六角氏は領内に多くの支城を持つことで有名だ。どうやら兵力を総動員して織田を迎え討つつもりらしい」

佐吉が冷静に語る。

「が、あんなもの絡繰り仕掛けの砦城《フオオト》に過ぎぬ。見ろ。お出ましだ」

途端――轟然《ごうぜん》たる地響きが起こり、ふたりのいる地面までもが震動する。

土煙とともに隊列の後方に恐ろしく巨大な人型のものが出現した。

巨大というのも愚かなり。土色をしたそれは、さながら山である。実際、周囲の小山とおおよそ同じぐらいの大きさで、動く砦たちなど及びもつかぬ雄大さだった。

全身が堅固な天然石野面積石垣《てんねんせきのづらづみいしがき》の装甲で覆われている。複数の櫓《やぐら》が屹立《きつりつ》した背面が山形に盛り上がり、前かがみの体勢をしているため、どこか亀を思わせた。いいや、亀などという生易しいものではない。伝説の霊獣、玄武《げんぶ》のごとき圧倒的なまでの威容ではないか。

「すげえ……あれが……」

「ああ、近江六角氏の鐵城《キャッスル》、神州《しんしゅう》三大山城のひとつ観音寺城《かんのんじじょう》――〈摩雲斗《マウント》　観音寺《カンノンジ》〉だ」

佐吉《さきち》は表情こそ作らなかったが、頬がやや興奮に火照っていた。

この時、観音寺《かんのんじ》城に見惚れていたふたりの背後の木が、ガサッと音を鳴らす。続いて、ドテッと樹上より何かが落下した。ふたり、振り返る。

「あいたたた……」

尻《しり》を押さえて眉間に皺《しわ》を寄せているのは、忍び装束《しょうぞく》を纏《まと》った少女であった。

竹千代《たけちよ》と佐吉の頬が緩み、苦笑が生まれる。「さやか」と、竹千代が名を呼んだ。

丸い顔に丸い双眸《そうぼう》が優しげな娘である。その童顔に対して肉体は不釣り合いに成熟しており、桜色の忍び装束の胸元は大きく膨らみ、丈の短い袴《はかま》から出た太腿《ふともも》はむっちりとしていた。

——服部《はっとり》さやか。松平《まつだいら》家に仕える忍びである。

「さやか、無理に木に登らなくてもいいんじゃないか?」

竹千代の呆《あき》れ声に、さやかの顔が赤くなる。

「あ、あたしだって忍者だもん。木から木へ跳び移るなんてお手の物だよぉ!」

「でも落ちたじゃんか」

「たまたま!　たまたま間違って落っこちちゃっただけなんだから——!」

ぷーっと頬を膨らませるさやかだったが、すぐに何事か思い出したように、

「あっ!　それより、もうすぐ織田《おだ》がくるよ!」

「む?」と、佐吉が反応した。「さやか、織田はどれほどの軍勢だ?」

「へ？　軍勢？」

さやかは、くりくりした目を大きくし、一瞬何を聞かれたのかわからぬような顔になる。

「ああ。如何《いか》ほどの砦城《フォオト》を連れているのだ？　近江《おうみ》守護六角《ろっかく》氏に対抗しうるだけの兵力を織田《おだ》は備えているのか？　どう攻めるつもりなのか？」

佐吉《さきち》がこうもしつこく尋ねるのは、軍師見習いとしての好奇心からだろう。

「え……えっと……織田の軍勢でしょ。軍勢っていうか……一城？」

「一城!?」

佐吉のみならず竹千代《たけちよ》もまた驚きに目を見開いた。佐吉は布陣した十数の支城と巨大な観音《かんのん》寺《じ》城へ今一度目をやり、信じられぬとばかりに首を振る。

「あの六角軍を相手に、たったの一城だと？」

ここで、地響きが聞こえた。遠方――六角軍の布陣するのとはちょうど反対の方角である。

空気の層に霞んで、遥か山の向こうに大きな人型のものが見えた。ずんぐりむっくりとした観音寺城と比べ、それは腕部脚部が長く、高貴なまでの長身痩軀《そうく》である。

人の形をしているが、その巨大さは城――武者形《なり》に変形した鐵城《キャッスル》に違いない。

黒漆《くろうるし》塗りの外装。総石垣《いしがき》の硬質な装甲。金箔瓦《きんぱくがわら》に彩られた煌《きら》びやかな御殿や門や天守に飾られた甲冑《かっちゅう》。腰には豪華な意匠の施された鞘《さや》に納まった一振りの刀。両の腕には南蛮渡来の山吹色の短砲を計二門握り、無造作にぶら下げている。バサバサと強風に煽《あお》られて翼のごとく翻《ひるがえ》っているのは、内側が鮮血のごとき深紅、外側が深淵《しんえん》のごとき暗黒の広大なマントであった。

一見、高層楼閣と見紛《みまが》うそれは、悠然と四辺を掃《はら》わんばかりの風格で、ゆっくりゆっくりとこちらへと歩んでくる。その一歩一歩が大地を静かに、かつ厳かに揺るがしていた。

「あれが、織田の鐵城《キャッスル》、安土城《あづちじょう》――〈凱帝《カイザー》 安土《アヅチ》〉……」

呆然《ぼうぜん》と佐吉が声を漏らした。竹千代とさやかは言葉もなく息を呑《の》んでいる。

六角軍の布陣する場所より数里ほど離れた地点で、安土城は歩みを止めた。

暫時《ざんじ》、緊迫した沈黙の時が森林地帯に流れる。と――

『……のけい』

山々に木魂《こだま》したのは、若々しく精悍《せいかん》だが、自信に満ちた声である。

名乗り用絡繰《からく》り大音声《だいおんじょう》法螺《ほら》貝を用いて拡声し、安土城中にいる何者かが発声したのだ。

安土城主――織田信長《のぶなが》にほかなるまい。

それにしても『のけい（どけろ）』とはなんとも傲慢《ごうまん》だ。織田信長は、近江の名門近江守護六角氏の軍勢を通り道に迷い出た牛馬か何かほどにしか思っていないのである。

『ぬ……ぐぬぬぬぬぅ～……』

観音寺城の名乗り用法螺貝から忌々《いまいま》しげな唸《うな》りが漏れ出た。

こちらは観音寺城主、六角承禎《じょうてい》のものであろう。

『尾張《おわり》のこわっぱめぇ……。うぬは合戦の作法も知らぬのかぁ……。まずは互いに名乗りを上げるが礼儀であろう……。しょせんは田舎者《いなか》のうつけ小僧……』

『のけい』

織田《おだ》の一刀両断なる一言。六角《ろっかく》との問答など端《はな》からするつもりはないのである。

六角承禎《じょうてい》は激昂《げきこう》した。

『この痴《し》れ者《もの》めがぁっ！　わしを誰と心得おるかっ！　わしは近江《おうみ》守護六角……』

『左様《さよう》なもの〝形〟に過ぎぬ』

激怒する承禎に対し、信長《のぶなが》の声色は面憎《つらにく》いほど冷静であった。

『形……だとぉ？』

『ああ。ただの形よ。中身などありはせぬ。ふふ……承禎よ』

年長であり近江守護である承禎を呼び捨てにし、信長の声が微笑《ほほえ》む。

『もはや、左様な形に意味などありえぬと、神州《しんしゅう》全土が気づき始めておるぞ。朝廷の呼びかけに俺ひとりしか応えぬのがその証しよ。ふふ。朝廷か……。あれもまた形に過ぎぬ……』

『なっ!?　貴様、帝《みかど》を愚弄《ぐろう》するか!?』

『愚弄？　うぬがそれを申すか？　京を我が物とする三好《みよし》と通じ、今こうして帝をお助けせんとする俺の行く手を塞《ふさ》いでいるうぬこそが、朝廷を軽んじておるのではないのか？』

『そ……』と、承禎が一時言葉に詰まった。『そうではない！　わしが心ならずも三好と手を結んでおるのは、京を奪還する機をうかがうためよ！　帝をお助けするのは、わしじゃっ！

うぬのごとき野蛮な田舎侍《いなかざむらい》が帝のお傍《そば》に近づいてよいはずがなかろうがっ！』

『つまり、こういうことか？』

信長の声に愉快げな響きが生まれた。

『三好を討伐《とうばつ》し、帝をお助けした者こそ、この神州全土の武家の統領〝征夷大将軍《せいいたいしょうぐん》〟となるに違いない。その職に尾張《おわり》のうつけ侍たる信長は相応《ふさわ》しくないと、こう、うぬは申したいか？』

『それ、本音が出たの！』

鬼の首を取ったかのように承禎が喚《わめ》いた。

『帝をお助けするなどと言うておるが、それは建前！　京を支配し、朝廷を傀儡《かいらい》とし、征夷大将軍へ成り上がらんとする邪心こそが貴様の腹であろう⁉』

『くっくっくっ……征夷大将軍か……』

『うぬにその資格があると思うてか！　うぬごとき田舎侍にあるわけがなかろうがっ！』

野太い六角承禎の吼《ほ》え声とともに、布陣していた十数もの砦城《フォオト》が唸《うな》るような絡繰《からく》り音を発した。軋《きし》み動きながら矢じりを、太刀《たち》先を、矛《ほこ》先を、槍《やり》先を、安土《あづち》城の漆黒の外装へと向ける。

『この承禎いる限り近江の地は一歩も通さぬ！　ゆけいっ！』

承禎の号令一下、砦城《フォオト》たちが一斉に動きを見せた。カラカラ、ギリギリ、ゴロゴロと内部の絡繰り音、微《かす》かに、おおおっ、と聞こえてくるのは、それらを動かす足軽衆の雄叫《おたけ》びであろう。

樹木をなぎ倒し、払い除《の》け、ズシンズシンと砦城《フォオト》どもが安土城目がけ進軍を開始した。

向かいくる十数の砦城《フオオト》を睥睨《へいげい》しつつ、信長《のぶなが》が静かに声を漏らす。

『我が覇道を阻《はば》むとあらば、うぬのごとき固陋《ころう》な〝形〟――打ち砕いてくれん』

途端――安土《あづち》城の頭部に蒼《あお》く鮮烈な煌《きら》めきが生まれた。その輝きは、稲妻を思わせる軌道を描きつつ、首へ肩へ、両の腕、胴体へ、二本の脚まで達したかと思うと、全身を淡く包み込む。陽炎《かげろう》のごとく立ち昇る蒼い光の漲《みなぎ》りが安土城のマントをバタバタと上方へと煽《あお》り立てた。

丘の上で成り行きを見守っていた佐吉《さきち》が驚きに目を見張る。

「あんなにも濃密な〝龍氣《りゆうき》〟を!?」

傍らの竹千代《たけちよ》が無言で頷《うなず》く。遠く離れたこの丘にいて、なお肌に照る圧倒的な安土城の龍氣を感得し、言葉すら出なかったのだ。

龍氣とは、大地の底深く、龍脈《りゆうみやく》を巡り流れる莫大《ばくだい》なエネルギーのことである。人体、のみならず畜獣や虫魚草木《ちゆうぎよそうもく》の内にも微量ながらそれが巡り流れ、死すれば失《う》せることから、生命そのもののエネルギーであると説明がなされている。

この龍氣を動力として起動する城こそが、すなわち――〝鐵城《キヤツスル》〟。

命無き建築物である城郭《じようかく》に龍氣を巡らせることにより、疑似的な命を与え、城全体まで城主の五感を拡張させ、肉体そのものと化さしめる超兵器。

城主の意のまま感ずるままに動く機動性、龍氣を根源とする圧倒的な火力は、足軽たちが人力で動かす絡繰《からく》り仕掛けの砦城《フオオト》とはおのずと異なることは言うまでもない。

　現在、安土城の放つ燐光《りんこう》は、城主織田《おだ》信長が〝魂鋼刀《たまがねとう》〟を用い鐵城《キャッスル》全体へ龍氣を伝導させたことによって生じたものだ。どれだけの龍氣を魂鋼刀に蓄え、鐵城《キャッスル》へ注入させられるかは、城主の技量と才覚に左右される。

　今、目にする安土城の龍氣光は、尋常ならざる強さであった。信長の端倪《たんげい》すべからざる力の存在を六角《ろっかく》軍の諸兵もまた感じたのであろう。気圧《けお》されたように砦城《フォオト》どもが棒立ちになる。

　すかさず観音寺《かんのんじ》城より割れ鐘のような叱咤の声が響いた。

『うぬら、虚仮《こけ》脅《おど》しの龍氣になぞ臆するでない！　我らには数百年の歴史を誇る六角軍法があろうがっ！　尾張《おわり》の若造など恐るるに足らず！　ゆけゆけ、ゆけい！』

　同時に、むうっ、と観音寺城より蒼い輝きが湧《わ》き起こり、その威相を包み込む。

　観音寺城の、安土城に勝るとも劣《おと》らぬ濃密な龍氣に鼓《こ》舞《ぶ》された六角軍の砦城《フォオト》たちは猛然と進軍を再開した。絡繰り音も高らかに樹木を踏みわけ薙《な》ぎわけ安土城へと殺到していく。

『たわけが』

　信長の冷徹な一言。やおら安土城が両手に握る金色《こんじき》の短砲を群がりくる砦城《フォオト》へと向ける。

　直後――鮮烈な砲音が連続して鳴り渡った。

　――ドドドドドドッ！

　轟然《ごうぜん》たる響きとともに森林の幾か所に柱のごとく土煙が奔騰《ほんとう》する。爆然と舞い上がったのは、粉砕された木々、そして砦城《フォオト》の残骸《ざんがい》だ。砦城《フォオト》内に詰めていた足軽どももまた「あ〜れぇ〜」

などと悲鳴をあげて、蟻《あり》のごとく宙に躍り、森へと落下している。

「な、なんだよ、あの武器は……!?」

竹千代《たけちよ》の顔に好奇と驚愕《きょうがく》の色が刷かれた。

見渡せる森林地帯のあちこちに土煙が消えやらず立ち昇っている。織田《おだ》の握る二門の短砲が瞬時にして行ったことであった。この攻撃で六角《ろっかく》側の砦城《フォオト》が五体ほど粉砕されている。あまりの高速ゆえ捉《とら》えきれなかったが、織田の短砲は瞬時にして十数発の砲弾を連射していた。

「南蛮渡来の颯武魔神砲《サップマジンガン》だ……」

畏《おそ》れと感動のないまぜになった声を発したのは佐吉《さきち》だった。

「堺から商いにきた商人から聞いたことがある。軽量で連射可能な短砲が南蛮にはあると……。まさか織田がそれを手に入れているとは……」

尊大な信長《のぶなが》の声とともに、安土《あづち》城が短砲の先端を観音寺《かんのんじ》城へと向けた。

『今一度言う。のけい』

が、法螺《ほら》貝より返ってきたのは、呵々《かか》たる承禎《じょうてい》の笑い声だった。

『ぐわっはっはっはっ！　なるほどのぉ、うぬが何ゆえに増長しておるか合点がいったわ。南蛮より子供だましの玩具を手に入れ、調子に乗っておると見える』

ふふん、と承禎の鼻を鳴らす音が聞こえた。

『左様《さよう》なもの尾張《おわり》の弱小豪族どもには通じても、この近江《おうみ》守護六角承禎には通じぬと知れ。わしが由緒正しき六角軍法の奥深さをうぬに教授してくれようぞ！』

観音寺城が一際強い龍氣《りゅうき》に煌《きら》めいた。

ゴゴゴゴ……と、いう地鳴りのごとく重々しい絡繰《からく》り音とともに、観音寺城の背部に縦一線の切れ目が入り、左右に割れる。開いた背中の内側より、ぬうっ、と二本の巨大な腕が伸びあがった。右腕に握るは縄文杉より造られたかと見紛《みまが》う長大な矢。左腕に握るはやはり巨大な弓。左腕が弓に矢をつがえる。弦《つる》が凄《すさ》まじい龍氣の漲《みなぎ》りとともに、キリキリと満月のごとく引き絞られた。無論、矢じりが向くのは安土城のどてっ腹である。

「弓術は六角氏のお家芸。承禎は日置《へき》流弓術、唯受一人《ゆいじゅいちにん》の印可を受けた達人であると聞く。さすがだな。あれほどの龍氣を込めた矢ならば堅固な鐵城《キャッスル》といえども貫通しうるであろう」

こう解説したのは佐吉であった。

観音寺城の引き絞る矢の先端に莫大《ばくだい》な量の龍氣が伝導し、膨らんでいく。もはや矢は一本の青く輝く光塊《こうかい》と化し、発射される瞬間を今や遅しと待っている。

『笑止……』

嘲笑《あざわら》う織田の声には、己《おのれ》に向けられた矢じりを毛ほども恐れる気配はない。

『わははっ！　笑止はうぬよっ！　食らいおれいっ！　六角古式軍法〈鈎の陣《まがり》〉！』

弓弦《ゆづる》より矢が解《と》き放たれた。矢は流星のごとく龍氣の尾を引いて、凄まじい速さで安土城へと直進する。安土城が、巨体とは思えぬ俊敏さで跳躍した。マントが翻《ひるがえ》り、飛来した矢は虚《むな》しく安土城《あづち》の足裏すら掠《かす》めぬままに通過する。と、思われた刹那《せつな》――！

『ぬっ!?』

初めて織田《おだ》の声に驚きが生まれた。風を切る音。咄嗟《とっさ》に半身を開いた安土城の胸装甲を、空すら裂かん勢いで矢が擦過《さっか》する。躱《かわ》したはずの矢が何ゆえか後方より戻ってきたのだ!?

と、回避した矢の先に、ズズンッと素早く回り込んだ巨体があった。六角《ろっかく》軍の砦城《フオオト》である。

その砦城《フオオト》、パッと何やら網状のものを両腕でかき広げた。矢がその網にぶつかると、おおっ不思議!?　矢は網で跳ね返り、倍する速度で安土城へと反転射出されたではないか!?

『ちいっ！』と、身を翻《ひるがえ》す安土城のマントを矢が貫通する。その先にいたのは、別の砦城《フオオト》。同様に網を広げたかと見るや、矢を反射する。またも向かいくる光の矢を安土城は跳び躱した。

信長《のぶなが》は見る。六角軍の砦城《フオオト》どもがいつの間にやら散開し、安土城を囲むような六角形の陣を布《し》いていた。それぞれが胸前に広げているのは魔法のごとく矢を反射した網である。唸《うな》りを上げて再度飛来する猛然たる矢の光線が、安土城の肩先を削るように通過した。

観音寺《かんのんじ》城の放った矢を砦城《フオオト》たちが網を用いて幾度も幾度も安土城へと弾き返していたのだ。

現代に生きる読者諸君には、狭く密閉された部屋でピンポン玉を勢いよく投げつけた状況を想像していただきたい。部屋の壁が六角軍の陣形で、ピンポン玉が矢であった。

『見たか若造！　これぞ我が六角家に伝わる由緒正しき軍法――六角古式軍法〈鈎《まがり》の陣〉！』

承禎《じようてい》の勝ち誇った声が響き渡る。

「ま、鈎の陣？　なんだよそりゃ!?」

竹千代《たけちよ》が驚きの声を発した。

「〝鈎〟とは、鉤《かぎ》や釣り針など先端が湾曲した器具を指す語だ」

佐吉《さきち》が語り始める。

「射出した矢の軌道を近江《おうみ》国甲賀《こうが》に産する蜘蛛の糸にて編み上げた特殊な網を用い、鈎のごとく曲げ幾度となく敵城へ飛来させる。ゆえに〈鈎の陣〉。応仁《おうにん》の乱の頃、六角氏は鈎の陣を用い、足利《あしかが》将軍家の軍勢をすら退けたことがあると聞いたことがある……」

矢は安土城を眩惑《げんわく》するかのごとく、右に左に前後《まえうしろ》、変幻自在に行き来している。

しかし、さすがは戦国の新星織田信長だ！　卓越した操城技術を用い、身を開き、跳び、伏せ、転がり、天晴《あっぱ》れ、舞うがごとくに矢を躱し続けているではないか！

『ほほう、見事と言うておいてやるぞ』

含み笑う六角承禎。

『しかしのぉ、一本の矢は躱しえても、二本、三本となればどうじゃな？』

意味深な言葉とともに、観音寺城の背面から生えた二本の腕が一度、引っ込んでいく。再びせり上がってきた時には、大弓に新たな矢が番《つが》えられていた。

『そうれ！　二射目じゃっ！』

巨弓が矢を射出した。猛烈な勢いで発射された矢は例によって砦城《フォオト》の網に弾かれて、反射を繰り返す。安土城《あづち》を狙う矢は二本になった。すでに観音寺城《かんのんじ》は三射目を番《つが》え終えている。

『そりゃっ！　三つ目！』

放たれる第三射。安土城の周囲を三本の矢が飛び交い、交錯する。目にも止まらぬその速さ、さながら三羽の飛燕《ひえん》のごとし。ただの飛燕ではない。城を貫く恐るべき飛燕である！

安土城から先程までの余裕が消えた。一本を躱《かわ》せば、躱したそこに二本目が飛んでくる。それを躱せば、三本目。時に三本の矢が同時に三方より襲いくる。ややっ、危ない！　今、安土城の天守を矢が掠《かす》め、頭部《・・》鮮烈な火花を上げたではないか！

『がっはははは！　先程までの減らず口はどうした？　そら、危ないぞ、後ろじゃ後ろじゃ。おっと次は右じゃ。よしよしうまく躱したの。それ、次は左じゃぞ』

玩弄《がんろう》するかのごとき承禎《じょうてい》の得意声が木魂《こだま》する。城主承禎と感覚を共有している観音寺城が承禎の高笑いとともに小刻みに揺れていた。

『自惚《うぬぼ》れるなよ、承禎』

ふと、忙《せわ》しなく回避を繰り返す安土城より声が響いた。その声には焦りも戸惑いもない。

『足利《あしかが》を退けた六角《ろっかく》の軍法、どの程度のものかと少々遊びに付き合ってやったが、ふふ、稚技に等しい。承禎よ。この程度のちんけな軍法で我が覇道《はばう》を阻めるとでも思うたか？』

『ハッ！　強がったところで勝機はつかめぬぞ！　よかろう。そろそろ第四の矢にてうぬに引導を渡し、その小生意気な口を黙らせてくれるわ！』

　宣告通り、観音寺城の背面の腕が矢を番え始めた。見る間に矢じりに伝導する龍氣《りゅうき》の輝き。俊敏に動き回る安土城の頭部を追って、キリキリと先端が動く。日置《へき》流弓術免許皆伝の承禎は、直接安土城を射抜き、信長《のぶなが》の息の根を止めるつもりのようだ。

　途端、パッ、と安土城が跳躍した。

　雲に頭部が届かんばかりの恐ろしく高い跳躍である。重量のある鐵城《キャッスル》がここまで高く跳び上がれると誰が予想しえたであろう。眺める者全てが驚愕《きょうがく》の吐息を口より漏らす。

　なるほど。地べたを歩むことしかできぬ砦城《フォオト》たちから逃れるには空しかあるまい。上空にいる対象を狙って矢を反射させ、外せば全ての矢が天空へと飛び消える。しかし――

『愚かなり！　それでは的じゃぞ！』

　そうだ。天へ跳べば、もはや着地のその時まで回避は叶わぬ。承禎の言葉通り、これでは狙い撃ちの的である。必勝を確信した観音寺城が、その矢先を天へと向けた。砦城《フォオト》どもも網の角度を上空の安土城へ合わさんとする。と、この時だった。

『ぬうっ!?』

　眩《まばゆ》い！　安土城は太陽を背にしていた。燦然《さんぜん》たる陽光に溶け消え、承禎、のみならず砦城《フォオト》を繰る侍大将たちの目に安土城の姿が捉《とら》えられない。承禎らが眩《まばゆ》さに目を眇《すが》め、躊躇《ためら》いの生じたその一瞬、日輪の化身のごとく太陽と一体になった安土城より高らかと声が発された。

『天下布武《てんかふぶ》軍法〈焼討人間五十年斬《やきうちじんかん》〉！』

カッ、と陽光よりもなお眩《まばゆ》く安土《あづち》城が輝きを放った。

(刀……!?)

光輝の内に一瞬見えた長く光放つもの。それは確かに刀であった。安土城が腰に差していた城剣を抜いたのである。眩くてよくは見えない。だが、その刀から発される圧倒的な威光はなんだ? その神々しいまでの威光は人の放ちうる領域を超越していた。

パッと刀身の輝きが無数の小さな星になって散開したかと見えたは刹那《せつな》、直後、流星と化して大地へと降り注ぐ。森林地帯を洗うがごとき光弾の豪雨が陣を布《し》く砦城《フォオト》どもへ襲いくる。隙間《すきま》なく放たれるそれを回避することなど不可能だった。続けざまに上がる爆炎が、ひとつ、ふたつ、みっつ、よっつ……十数の砦城《フォオト》が立て続けに餌食《えじき》となり爆発四散していく。

「な、なんなんだよ、あの刀は……?」

竹千代《たけちよ》は説明を求めて佐吉《さきち》を見る。が、佐吉もまた目を見張り言葉もないようだった。

舞い上がる土煙、燃え上がる木々。観音寺《かんのんじ》城の内で息を呑《の》む承禎《じょうてい》の目前の景色が、瞬く間に青々とした森から荒涼たる焦土へと姿を変えていった。

もうもうと上がる煙幕が承禎の視界を遮る。それが強風に吹かれ、薄れ消えた時、そこに立っていたのは漆黒のマントを靡《なび》かせる安土城の姿であった。すでに刀は鞘《さや》へと込められている。

六角《ろっかく》軍の砦城《フォオト》のことごとくが虚《むな》しく瓦礫《がれき》に成り果て、煙を上げながら遠近《おちこち》に転がっていた。

愕然《がくぜん》と言葉もない承禎が次に見たのは、悠揚たる動作で己《おのれ》へと向けられた短砲の先端である。

『のけい』

信長《のぶなが》がこう言うのは幾度目か。前の数回と語調に変わりはないが、言われた承禎の受ける印象には天地の開きがあったであろう。歯ぎしりとともに、承禎が忌々《いまいま》しげな声を発する。

『み、認めぬ……。貴様ごときが京に上り、征夷大将軍《せいいたいしょうぐん》に任ぜられるなど、断じて認め……』

『カッカッカッカッカッカッ！』

突如《とつじょ》、大笑した信長の声に、承禎は零《こぼ》しかけた言葉を中断せざるをえなかった。

『カッカッカッ。安心しろ。俺は形ばかりの将軍職になど興味はないわ。たとえ朝廷に乞われようと真っ平御免と辞退するつもりよ』

『で、では、うぬは何ゆえ上洛すると言うか⁉　なんのために⁉』

『旗よ』

信長はたったの一言で答えた。

『京に上り、旗を立て、ここに――この戦国の世に織田《おだ》信長という漢《おとこ》がおるぞと大音声《だいおんじょう》で叫んでやるのだ。畏《おそ》れ入ったならば、ひれ伏せ。気にくわねば、かかってこい。そう神州《しんしゅう》全土の諸大名どもに告げてやるのだ』

遠く、これを聞いていた竹千代の胸が疼《うず》いた。

「戦国の世に……己がいると知らしめる……」

呟《つぶや》いた竹千代の胸がどくどくと動悸している。身の内より熱い何かが込み上げてきた。

『わけがわからぬっ!』

承禎《じょうてい》が困惑の叫びをあげた。

『旗だと? 将軍職を任ぜられても辞退するだと? わからぬ! 全く意味がわからぬ! そんなことのために上洛し、あの三好《みよし》を相手取るのか!?』

『わからんでいい。のけい』

『いいや、どかぬ!』

観音寺城《かんのんじ》が動いた。放たれることのなかった第四の矢を安土《あづち》城へと向ける。

『うぬのごとき乱心者を帝《みかど》のお傍《そば》に近づけてなるか! 貴様なんぞに! 貴様なんぞに!』

『愚か者め……』

憐れみすらこもった信長《のぶなが》の声。だが、続く一言は冷たかった。

『なれば、滅びよ』

観音寺城が番《つが》えた矢を放たんと動きを見せる。が、織田《おだ》の短砲が火を吹くのが早かった。無慈悲に連射された弾丸が観音寺城の巨弓を粉砕し、千切《ちぎ》れた弦《つる》が耳ざわりな音を発して弾ける。立て続けに背面で火柱が上がり、櫓《やぐら》が次々と爆散していった。背部に深刻な亀裂が走る。

『おの……おの……おの……おのれぇぇぇぇぇぇっ!』

承禎の大絶叫とともにカッと観音寺城が新星のごとく眩《まばゆ》い輝きを放った。

直後、耳を劈《つんざ》く響きとともに、その巨体が大爆発を起こした。周囲数里を爆風と衝撃波が蹂躙《じゅうりん》し、木々が倒壊炎上し、大地が抉《えぐ》られ岩塊が舞い上がる。

煙と「おのれ〜〜！」の無念げな声の尾を引き、爆煙の内から空の彼方《かなた》へ射出されるちっぽけなものが見えた。〝城落ち床几《しょうぎ》〟に跨って脱出する六角《ろっかく》承禎であろう。

——〈摩雲斗《マウント》　観音寺《カンノンジ》〉落城《げきは》っ！　下剋上《げこくじょう》完了なぁ〜りぃ〜！

爆城の衝撃波は遠く合戦の顚末を見守っていた竹千代《たけちよ》たちの元にまで届いた。空気を振動させ、ビリビリと肌を刺激する衝撃に目を眇《すが》めつつも、竹千代の口元には笑みが浮いている。

「すげえ……本当に倒しちまったよ……。織田が……守護大名を……」

先程感じた胸の高まりは未《いま》だ治まっていない。いいや、むしろ強まっていた。

尾張《おわり》の地方領主に過ぎなかった織田信長が、古き時代の権威である近江《おうみ》守護六角氏を討ち果たす……。信長は言っていた。「京に旗を立てる。この世に己《おのれ》がいると叫んでやるぞ」と。

（俺も……）

竹千代のまなこの奥に燃えるものが生まれた。

（俺もここにいる！　松平《まつだいら》竹千代という漢《おとこ》もまたここにいるぞ！　竹千代という魂がここにあるぞ！　戦国乱世に生きているぞ！　叫びたい！　俺もそう叫んでみたい！）

この時、ふいにさやかが叫んだ。

「竹千代《たけちよ》！　危ない！」

ハッと我に返った竹千代が見たのは、爆炎よりこちらへ吹っ飛んでくる赤熱した岩塊であった。観音寺《かんのんじ》城の破片であろう。破片と言うには大きく、ちょっとした小屋ほどもある。

竹千代に避ける暇はなかった。視界いっぱいに迫る岩塊の直撃を覚悟し、瞼《まぶた》を閉じる。死を覚悟したその刹那《せつな》――風より早く岩塊と竹千代との間に飛び込んでくる一颯《いっさつ》の影があった。

「あっ⁉」と、佐吉《さきち》とさやかの驚きの声が重なる。

いつまで経ってもやってこない圧死の時を不思議に思い、竹千代が恐る恐る瞼を開いた。

まず見えたのは赤々と燃える巨岩である。竹千代を圧《お》し潰《つぶ》すはずだったそれが、ほんの数尺ほど上空で停止していた。焼け岩の熱気が竹千代の頬に照っている。

次に見えたのは、竹千代の目の前に颯爽と立つ、ひとりの男。

逞《たくま》しい長身を群青色の忍び装束《しょうぞく》が覆っている。精悍《せいかん》にして端正な顔立ちは匂うような男ぶり。腰に巻かれた革の帯には軍師たることを示す紋所の刻まれた銀の尾錠《びじょう》が輝いている。

にいっ、と竹千代に笑いかけた壮漢の顔は、惚《ほ》れ惚れするほど漢《おとこ》くさかった。

「半蔵《はんぞう》様⁉」「お兄ちゃん⁉」

佐吉、さやかがそれぞれの呼び方でその男を呼んだ。

――服部《はっとり》半蔵。

松平《まつだいら》家に仕える忍びの頭領にして、竹千代の軍師。さやかの兄であった。

「こーら、悪ガキども、どこにいったかと思ったら、こんなところにいやがって」

渋く深みのある声で言った半蔵は、右腕を高く上げている。なんのために？　驚くなかれ、半蔵は落下してきた巨岩を腕一本で受け止めていたのだ。

「は……半蔵……」

竹千代が呆然《ぼうぜん》と言った。

「ん？　なんですかい、殿？」

「重くないのか？　いや……」

真っ赤になった岩塊を素手で受け止める半蔵の手のひらから、ぶすぶすと煙が上がっている。

「熱くないのか？」

ふっ、と半蔵が微笑《ほほえ》んだ。

「こんな石っころ、重くもなければ、熱くもありませんよ、殿」

半蔵の顔は涼しげで痩《や》せ我慢をする者のそれではない。

「こ、ここ」

半蔵は左手を握り、自身の胸に押し当てた。

「拙者《せっしゃ》のここには、もっと重く、熱いものがあるんですからね。そして――」

半蔵は、胸に当てていた握り拳《こぶし》を勢いよく振りかぶり――

「硬くもないっ！」

——巨岩に叩きつける！

爆然と大岩が砕け散った。パラパラと小石を受ける竹千代《たけちよ》の目が丸くなっている。

半蔵《はんぞう》は、見事大岩を粉砕してのけた拳《こぶし》をまた胸へ戻した。

「ここに、もっと硬いもんがあるんですから」

にやっ、と笑った。惚《ほ》れてしまいそうな笑顔だった。

「己《おのれ》の内に重く熱く硬いもんがあるなら、岩なんざぁ重くも熱くも硬くもないんですよ」

嘘《うそ》のような言葉だが、半蔵という漢《おとこ》がそれを言うと、不思議とそうだと思えてしまう。

半蔵は、パンパンと手についた埃《ほこり》を払い、気を取り直すように言った。

「さーて帰るぞ。殿がいねーって酒井《さかい》様がカンカンになってる」

佐吉《さきち》が殊勝に謝った。

「申し訳ありません、私がついていながら殿をこんなところまで……」

「気にすることはねえさ。面白いもんを探してふらふらすんのはガキの仕事だ。道に迷わねえようにこっそり見ててやんのが大人の仕事よ。ガキは好きなだけふらふらすりゃあいいのさ」

佐吉はガキ呼ばわりされたことだけは不服そうだったが、半蔵を見る瞳には熱いものがある。半蔵は、軍師見習いである佐吉の師であり、憧れの存在でもあった。

半蔵が竹千代を振り返る。

「で、殿、面白いもんは見つかりましたかい？」

問われ、竹千代は考える。眼差《まなざ》しを合戦場へと向け直した。

瓦礫《がれき》と化した観音寺《かんのんじ》城の前に、強風にマントを靡《なび》かせ、悠然と立つ安土《あづち》城の背中が見える。

やおら安土城が歩み出した。向かう先には京の都がある。京に向かい〝旗〟を立てるのだ。

遠ざかっていく安土城を眺めながら、竹千代の胸が熱く早く高鳴る。

（俺も……俺も旗を……）

ドクドクドクと耳に直接聞こえるほどに竹千代の動悸は速くなる。

（俺の命が尽きる前に……旗を……）

突如《とつじょ》、ギーンっ、と刺すような痛みが胸に生まれた。

「うっ！」

竹千代が胸を押さえてうずくまる。さやかが叫んだ。

「竹千代!?」

竹千代の顔面が蒼白《そうはく》になり、こわいぐらいの脂汗が滲《にじ》み出る。心の臓がジンジンと痛み、呼吸すら困難になり、身がワナワナと震えた。色を変えて駆け寄ってきた佐吉、さやかの姿がぼんやりと霞み、心配げに呼びかけてくる声もよく聞こえなくなっている。

「いかん！　いつもの発作だ！」

半蔵がそう言ったのだけは、ひどく明瞭に聞こえた。竹千代の視界が徐々に暗くなり、意識もまた朦朧《もうろう》となる。薄れゆく意識の中、竹千代はこう思った。

（旗を……俺の旗を……。俺の命が……心臓が動いているうちに…………旗を……！）

ここで、竹千代《たけちよ》は意識を失った。

松平《まつだいら》竹千代は、心の臓が鉄と化す病に侵されていたのである。

【岡《おか》崎《ざき》城《のしろ》出陣《しゅつじんし》盗賊《わるものを》討伐《たおす》】

一

――時は戦国！

諸国の武士と武士とが相争う天下争乱の世であった。

さて、武士武士と言っているが、武士とは何か？　その起源を辿《たど》れば神代《かみよ》にまで遡《さかのぼ》られる。

日本国土が生まれた当初、地上は禍津神《まがつかみ》が跋扈《ばっこ》する混沌《こんとん》の巷《ちまた》であったという。

これを平定《へいてい》するために天より遣わされたのが刀剣の神である経津《フツ》主神《ヌシノカミ》である。

経津主神は地上へ降り立った時、自らの太刀《たち》を打ち合わせた。その際に太刀から放出された師霊《ふつみたま》（刀剣に宿る気）が変じ、源氏と平氏という二組の益荒男《ますらお》たちが生まれたという。経津主神はこの二組の軍勢を従えて禍津神を討伐《とうばつ》したのだと神話書『古事記』は語る。

この源氏と平氏とが武士の起源であり、武士は皆、そのいずれかの末裔《まつえい》なのだ。

ゆえに武士は尋常な人間と異なり、肉体に師霊を宿している。特に源平の血の色濃い武士は、成長に伴って体内の師霊が凝《こ》り、肉体の一部が神秘の鉱石〝魂鋼《たまがね》〟と化す。

元服の時、魂鋼は肉体より摘出され、それを鍛《きた》えて造られる刀こそが〝魂鋼刀《たまがねとう》〟なのである。

　そもそも魂鋼刀《たまがねとう》は武士の格式を示す儀礼刀として造られていたが、鎌倉《かまくら》時代末期に、伝説的築城家太田道灌《おおたどうかん》なる人物が、魂鋼刀と龍氣《りゅうき》とが強く感応することを発見したことにより、その存在意義が大きく変わった。太田道灌は、魂鋼刀を用い、命無き城郭《じょうかく》へ龍氣を流し込むことによって、城主の感覚を城郭全体に拡張させ、自在に動かしうる技術を生み出したのである。

　すなわち〝鐵城《キャッスル》築城術〟の誕生であった。

　道灌は鎌倉幕府の御家人であった足利尊氏《あしかがたかうじ》なる男に味方し、鐵城《キャッスル》築城術を伝えたという。

　尊氏は鐵城《キャッスル》の圧倒的な武力を用い、神代《かみよ》の昔より続き圧政を敷いていた鎌倉幕府を討ち倒し、その後の南北朝争乱を平らげ、幕府を築き上げた。世にいう足利鐵城《キャッスル》幕府である。

　足利幕府は、日本国中より龍氣が地上へ放出される土地――〝龍域《りゅういき》〟を遍《あまね》く探し出し、その地に鐵城《キャッスル》を築き、幕府の武将を配して守らせた。

　このようにして神州《しんしゅう》全土は強大な鐵城《キャッスル》によって統治され、足利幕府の栄華は千年万年絶えることなく続くかと思われたのである。

　が、ああっ、諸行無常《しょぎょうむじょう》盛者必衰《じょうしゃひっすい》！　そうはならなかった！

　読者諸君も一度は聞いたことがあろう。〈応仁《おうにん》の乱〉の勃発だ！

　幕府管領家の家督《かとく》相続をきっかけに起こったこの内乱は、幕府や諸国の武将たちを巻き込んで、日本国全土へ戦乱の大火炎を燃え広がらせたのだ！

　その年数、驚くなかれ、およそ五百年！　自然消滅的に乱が鎮まった頃には――驕《おご》れる者も久しからずや――足利将軍家は滅亡していたのである。

応仁の乱によって失われたのは幕府だけではない。幕府が独占し、他に漏らすことなかった鐵城《キャッスル》築城技術もまた失われた。以後、新たな鐵城《キャッスル》が築かれることはなく、鐵城《キャッスル》を模した絡繰《からく》り仕掛けの砦城《フォオト》しか建造されなくなったのである。

武家の総領たる将軍家が潰《つい》えたことにより、諸国の龍域に配されていた武将たちは、それぞれがそれぞれ手前勝手に独立し、隣接する国同士で領国の侵し合いが繰り広げられた。

その目的は、他国の龍域と残された鐵城《キャッスル》を奪い、国力を高めんがため！

これぞすなわち鐵城《キャッスル》戦国時代の幕開けだったのである！

さあ、当時の日本地図を開いてみようじゃないか！

陸奥《みちのく》には青葉《あおば》城主・伊達政宗《だてまさむね》が！　越後《えちご》に春日山《かすがやま》城主・上杉謙信《うえすぎけんしん》が！　甲斐《かい》には躑躅ヶ崎館《つつじがさきやかた》城主・武田信玄《たけだしんげん》が！　相模《さがみ》には小田原《おだわら》城主・北条氏康《ほうじょううじやす》が！　駿河《するが》には駿府《すんぷ》城主・今川義元《いまがわよしもと》が！　越前《えちぜん》には一乗谷《いちじょうだに》城主・朝倉義景《あさくらよしかげ》が！　河内《かわち》には飯盛《いいもり》山城主・三好長慶《みよしながよし》が！　大和《やまと》には多聞山《たもんやま》城主・松永久秀《まつながひさひで》が！　尾張《おわり》には安土《あづち》城主・織田信長《おだのぶなが》が！　安芸《あき》には吉田郡山《よしだこおりやま》城主・毛利元就《もうりもとなり》が！　土佐《とさ》には岡豊《おこう》城主・長宗我部元親《ちょうそかべもとちか》が！　豊後《ぶんご》には臼杵《うすき》城主・大友宗麟《おおともそうりん》が！　肥前《ひぜん》には佐賀《さが》城主・龍造寺隆信《りゅうぞうじたかのぶ》が！　薩摩《さつま》には鹿児島《かごしま》城主・島津義弘《しまづよしひろ》が！　琉球《りゅうきゅう》には首里《しゅり》城主・尚寧王《しょうねいおう》が！

綺羅星《きらほし》のごとく並びそろった戦国大名と鐵城《キャッスル》！　どれもカラフル！　とてもパワフル！

さて、絢爛《けんらん》たる戦国絵巻の中で、我らが主人公、三河《みかわ》の松平竹千代《まつだいらたけちよ》は果たして……。

二

竹千代《たけちよ》は夢を見ていた。十歳の頃の夢である。

岡崎《おかざき》城の中庭だ。傍らにはさやかがいる。目の前には今よりほんの少し若い服部半蔵《はっとりはんぞう》が立っていた。半蔵の後ろに、見慣れぬ少年の姿がある。

少年は頭を綺麗に剃《そ》りあげ、ひどく鋭い目をしていた。年の頃は竹千代と同じぐらいだろう。半蔵の背に隠れるように立ち、どこか挑むような眼差《まなざ》しを竹千代へ向けていた。

「あなた、だーれ?」

と、さやかが舌ったらずな声で、少年を覗《のぞ》き込む。今でも童顔のさやかは、思えばこの頃からあまり顔立ちが変わっていないように思う。

少年は、可憐な笑顔に見つめられ、顔を逸らして半蔵の背にさらに引っ込んでしまう。

「半蔵、こいつは誰なんだ?」

竹千代は半蔵に尋ねた。半蔵は、にっと笑う。

「近江《おうみ》の寺から拾ってきやした」

竹千代とさやかは首を傾《かし》げる。

「ほれ、この御方が松平《まつだいら》の若殿だ。挨拶《あいさつ》しな」

半蔵が少年の背中を押す。おずおずと進み出た少年は、やはり睨《にら》むように竹千代を見ていて、愛想がない。僅《わず》かにその身に震えがある。この時、竹千代はこの少年が怒っているのではなく緊張しているのだとようやく気がついた。少年は、その場に膝をつき、頭を下げる。

「石田佐吉《いしださきち》と申します。よろしくお願い致します」

竹千代はきょとんとなって、平伏《へいふく》する少年——石田佐吉の華奢《きゃしゃ》な背中を眺める。

「ねえ」と、さやかがしゃがみこんで佐吉に話しかけた。

「佐吉は幾つなの？」

佐吉はこの問いにどこか憮然《ぶぜん》とした声で答える。

「十になります……」

「じゃあ、竹千代と同じだね。あたしがお姉ちゃんだ。あたしは十一だから。あっ。あたしは服部さやか。半蔵お兄ちゃんの妹だよ。ねえ、佐吉はどうして岡崎にきたの？　ねえ？」

佐吉は、むっつりと黙って答えない。伏せた顔が、やや赤らんでいるように見えた。

「佐吉はな、軍師になりにきたんだよ」

何も答えぬ佐吉に代わって半蔵が言った。

「軍師？　おまえが？」

「は、はいっ！」

がばっ、と佐吉は顔を上げた。

「俺……いや、拙者《せっしゃ》は、軍師になりたいのです！　このたび、半蔵様に弟子入りを志願し、軍師見習いとして受け入れていただけました！　一心に学び、松平《まつだいら》の御家のために尽くしますので、どうか！　どうか、よろしくお願いいたします！」

一気にこう言った顔は、興奮に紅潮していた。

「って、ことです」と、半蔵《はんぞう》が苦笑した。「拙者《せつしや》の元で、この佐吉《さきち》を次代の岡崎《おかざき》城軍師として立派に育てます。どうか、若、佐吉をひとつよろしくお願いしますよ」

「次代の岡崎城軍師？　じゃあ、俺の軍師って……ことなのか？」

「ああ。そうなりやすな」

「俺の……軍師……」

竹千代《たけちよ》の胸が高鳴った。その顔に笑みが溢《あふ》れてくる。我知らず佐吉の肩を摑《つか》んでいた。

「佐吉！　よろしくな！」

突然のことに、佐吉は、びくり、となった。

「俺は、松平竹千代だ！　十三になったら俺は元服して魂鋼《たまがね》を摘出する！　そうしたら岡崎城を動かすことができるようになるんだ！　そうなったらさ、俺さ……」

竹千代は啞然《あぜん》とする佐吉の顔へ夢中で話しかける。

「天下に名乗りを上げたいんだ！」

佐吉の切れ長の瞳に微《かす》かな光が揺れた。

「知ってるか？　この松平は昔〝西三河《にしみかわ》の雄〟って呼ばれてたことがあるんだぞ！　俺が父さ

んの跡を継いで鐵城《キャッスル》城主になったら、松平をその時の強い松平に戻すんだ！　いいや」

竹千代は首を振った。

「それよりももっとだ！　天下に松平の名が知れ渡るような、そんな松平にするんだ！」

佐吉の不愛想に強張《こわば》っていた顔へ、徐々に明るみが生まれてくる。

「だから佐吉！　俺に力を貸してくれよ！　一緒に天下に名乗りを上げよう！」

竹千代が手のひらを差し出した。眩《まぶ》しいまでに輝く竹千代の眼差《まなざ》しに見つめられ、佐吉はしばし返答に迷う。だが、やがて、

「はいっ！　若殿！」

がっしと手を取り応えた声は、凜《りん》としていた。

「竹千代でいーんだよ」

くすくす笑いながらこう言ったのはさやかだった。

「あたしも竹千代って呼んでるし」

「いや、しかし……」

「竹千代はあたしの弟みたいなものだし。佐吉も今日から弟。あたしたち、姉弟《きょうだい》だよ」

竹千代も力強く頷《うなず》いた。

「ああ。姉弟《きょうだい》だ」

佐吉は半蔵に不安げな顔を向ける。半蔵は困ったような顔で後頭部を掻《か》いた。

「ま。いいんじゃねえか？　だが家老衆の前では若って呼べよ。俺が怒られちまうからな」

竹千代《たけちよ》、さやか、佐吉《さきち》の三人が顔を見合わせる。自然と笑みが生まれた。


目覚めると竹千代は暖かな布団の上に横たわっていた。

布団から身を起こし、しばし夢うつつで辺りを見回す。

見慣れた寝間であった。刻限は早朝らしく、障子《しょうじ》を透かして朝日が室内にまで差し込み、雀《すずめ》の囀《さえず》る声が聞こえる。三河《みかわ》国額田《ぬかた》郡岡崎《おかざき》にある松平《まつだいら》一族の城——岡崎城に違いなかった。

夢を見ていた気がする。佐吉と初めて会った日の夢だ。

近江《おうみ》で聞いた織田信長《おだのぶなが》の言葉が脳裏に蘇る。

（——旗を立て、この戦国の世に織田信長という漢《おとこ》がおるぞと大音声《だいおんじょう》で叫んでやるのだ）

あの言葉が、竹千代のかつての〝夢〟を呼び覚ましたのだ。

（だけど俺は……）

竹千代は室の床の間に置かれた鹿角の刀架へ目をやった。一振りの刀が掛けられてある。

——魂鋼刀《たまがねとう》〈騒速《そはや》〉。

松平家は源氏の血を強く残し、体内に魂鋼を生成する城主の家柄であった。

騒速は、松平家歴代当主から生み出された魂鋼を何代にも亘《わた》って込め続けた魂鋼刀である。

家督《かとく》を継ぐ者は、騒速へ己《おのれ》の魂鋼を込めることによって松平の鐵城《キャッスル》岡崎城を操城することができるようになる。竹千代の父・広忠《ひろただ》、祖父・清康《きよやす》の魂鋼もまた騒速の内に込められている。

だが、竹千代の魂鋼は、未《いま》だ込められていない。家督を継いでいるにもかかわらず……。

ゆえに竹千代は、鐵城《キャッスル》を動かすことができぬ城主だった……。

「こりゃーっ、佐吉！　これはどういうことじゃーっ！」

ふいに聞こえた甲高く嗄《か》れた声に、竹千代の感傷は吹き飛んだ。

声の主が誰をどんな理由で叱りつけているのか即座に察した竹千代は、慌てて立ち上がり、着替えもせずに寝間を飛び出し、三の丸へ急ぐ。

竹千代は三の丸の広間の前まで到着し、障子の隙間《すきま》より内を覗《のぞ》き見た。

まず見えたのは姿勢正しく端座する佐吉の背中である。

その佐吉を、禿《は》げ頭を真っ赤にした老爺《ろうや》が怒鳴りつけていた。顔は年相応に皺《しわ》くちゃで、子供みたいに小さいが、喚《わめ》き散らす声は一番鶏《いちばんどり》を思わせてけたたましい。

松平家家老――松平の生き字引、〝爺《じい》〟こと酒井忠次《さかいただつぐ》であった。

左手にひとり、ひょろりと痩《や》せた中年の武士が座している。まるで居眠《いねむ》っているかのように目の細い男だ。目ばかりではなく、鼻も口も眉も、顔の部品の全てが細かった。

松平家家老――家中一の外交家、榊原康政《さかきばらやすまさ》。

右手にもうひとり、難しい顔で腕組みをし、静かに黙座する初老の男がいる。

頭髪、そして口元と顎《あご》とを覆う短く切りそろえられた髭《ひげ》は雪のような純白であった。

とはいえ、その肉体に老いによる衰えは見られない。まず背が高い。座した状態で、すでに立っている忠次《ただつぐ》の倍はある。さらに頸が、肩幅が、胸が、腕が、強靭《きようじん》な筋肉に包まれ、太い。古武士。歴戦の古将。そのような言葉がこの巨軀の老人にはよく似合う。

松平《まつだいら》家家老——松平の武神、本多忠勝《ほんだただかつ》であった。

酒井《さかい》忠次。榊原康政《さかきばらやすまさ》。本多忠勝。松平家の重臣三名が広間に並びそろっていたのだ。

「こりゃ、佐吉《さきち》！」

酒井忠次が手に持った扇子《せんす》の先端を佐吉へピシリと突きつけた。

「殿のお姿が見えなくなり、わしらがどれほど気を揉《も》んだかわかるか？　近江《おうみ》まで出向いておったじゃと!?　しかも持病の発作でお倒れになったと聞く。命に別状はないとのことじゃが、万一のことがあったらどうするつもりじゃ!?　何ゆえ殿を連れ出した!?」

忠次の中では佐吉が竹千代《たけちよ》を唆《そそのか》して近江に連れていったことになっているらしい。

だが、佐吉は黙して一切の弁明をしていない。

「まあ、まあ、酒井殿、そのへんにしておいてはいかがです」

飄然《ひようぜん》と声を発したのは、目のほそっこい榊原康政である。

「賢明な佐吉君のことです。殿を連れ出したのも何か考えがあってのことなんじゃないでしょうかね？　佐吉君、そこのところを教えてもらえないかな？　そもそも本当に君が……」

「いかな考えがあろうともじゃ！」

忠次が小さな体をぴょいんと飛び上がらせて、康政の言葉を遮った。

「病弱な殿を無断で三河《みかわ》の外まで連れ出すなど言語道断であろうっ！　だいたいのぉ……」

老人のお説教が再開され、康政はやれやれという風に首を振り、先程から一言も発せぬ本多忠勝に目くばせした。忠勝は、厳粛な表情で腕組みし、石像のように黙ったままである。

ここで竹千代が障子《しょうじ》を開けた。

「よう。みんな」

快活な声に、家老たちの視線が竹千代へ集まる。さっ、と一同平伏《へいふく》した。

「これは、殿。もう動かれてもよいのですか？」

康政が頭を上げた。竹千代は朗らかに笑う。

「ああ。この通り元気だよ。みんなには心配をかけてすまなかった」

軽い調子で言った竹千代を見る三家老の顔は、安堵《あんど》というよりも呆《あき》れであった。それもそのはず。命すら案じていたにもかかわらず、竹千代のこの態度は呑気《のんき》に過ぎる。

そんな家老衆の思いにあえて無関心なふりをして、竹千代は上段の間へ移動し、座った。

早速恨みがましい声を上げたのは酒井忠次である。

「殿。この爺《じい》がどれほど心配したと思いますするか？　たとえ佐吉めが何を言おうと……」

「違う、爺。近江へいくと言いだしたのは俺だ。佐吉じゃない」

「なっ……なんと!?」

と、驚いたのは忠次《ただつぐ》ひとり。康政《やすまさ》は「やはり」という風に溜息《ためいき》を吐く。本多忠勝《ほんだただかつ》は相も変わらず難しい表情で腕組みをしたままだった。

「殿。なぜ、左様《さよう》なことを……？」

「いやぁ、織田《おだ》が六角《ろっかく》と戦《いくさ》をするって聞いてさ。ちょっと見てみたくなったんだよ。それで佐《さ》吉《きち》とさやかも一緒にって。だから、まあ、爺《じい》、佐吉をそう叱らないでくれよ」

悪びれた様子もなく竹千代《たけちよ》は言い、ちらっ、と佐吉に目をやる。

佐吉は口を一文字に結び、俯《うつむ》いたままだった。

「ちょっと見てみたくなったじゃないでしょう、殿ぉ」

困り声を上げたのは康政だった。

「何かあったらどうするんですか？　殿のお体はもう殿おひとりのものではないんですよ」

「父上だって若い頃は戦見物に三河《みかわ》の外まで出てったって聞いたぜ。だろ？　忠勝？」

竹千代に問われ、微動だにしなかった本多忠勝の肩が動き、野太く重々しい声が答えた。

「いかにも。それがし、若き頃は、広忠《ひろただ》公のお供をして尾張《おわり》や美濃《みの》、遠江《とおとうみ》まで戦見物に出向いていったものでござる。が――」

じろりと忠勝が窘《たしな》めるような眼差《まなざ》しを竹千代へ向ける。

「それは先代様がまだ家督《かとく》を継がれる以前のこと。昨年、先代様がお亡くなりになり、今や殿は松平《まつだいら》家の当主にござる。当主が断りもなく領地を留守にするというはさすがにいただけませぬな。殿には、当主としてのお立場を自覚していただかねば困りまする」

「わかってる。わかってるよ」

竹千代は耳が痛いという風に言い、三家老のお小言をすかすように話題を変えた。

「そう言えば、織田と六角の合戦はすごかったぞ」

すかされた忠勝は不機嫌そうだった。それに気がつかぬ風を装い、竹千代は楽しげに続ける。

「見たこともない南蛮の兵器を遣っててさ。それと、凄《すご》い刀を遣っていた。六角の軍勢をあっという間にやっつけちまった。あれってどういう刀なんだろうなぁ」

呑気《のんき》に語る竹千代に、家老たちは憮然《ぶぜん》となっている。

だが、竹千代が次に発した言葉が、場の雰囲気を一変させた。

「俺も鐵城《キャッスル》を操城してみたいな」

広間の空気が凍りつく。康政と忠次が気まずそうに目線を畳に落とした。忠勝は先程と変わらぬ腕組み姿勢ながら、瞼《まぶた》を堅く閉じている。そんな一同を竹千代はにこにこと見回した。

「なあ、みんな?」

「…………」

誰も答えなかった。竹千代が己《おのれ》の胸に手を当てる。

「俺さ、そろそろこの胸の魂鋼《たまがね》を取り出してみたいんだけど」

「いけませせぬ！」

忠次《ただつぐ》が蒼白《そうはく》になって立ち上がった。

「なんでだよ、爺《じい》？　俺はとっくに元服を終えている。昨年家督《かとく》だって継いだんだ。早く魂鋼《たまがね》を取り出して岡崎《おかざき》城を操城できるようになりたいな」

「殿、僕らを困らせないでくださいよ」

康政《やすまさ》が穏やかに口を挟んだ。

「殿だって、おわかりでしょ？　魂鋼の摘出がお命に関わるということ……」

「それって本当なのか？」

わかっていて竹千代《たけちよ》はこんなことを言う。やれやれと康政は首を振った。

「おわかりにならないならば、何度でも申し上げますよ。殿の魂鋼は心の臓に生じています。心の臓とほとんど融合する形になっているんです。摘出は困難で危険な施術となります」

「それさ、やってみてもいいんじゃないか？」

何となない風に竹千代は言う。

「また発作が起こった。これは、魂鋼が取り除かれないまま、大きくなって心臓の動きを妨げているからなんだろ？　このままにしていてもいずれ俺は死んでしまう。そうだろ？」

城主の肉体内で魂鋼が凝固し、生成されるのはおよそ五歳から二十五歳までの期間である。五歳で核となるものが生じ、十三歳ぐらいで魂鋼刀《たまがねとう》に込められるほどになる。

十三を過ぎても摘出せずに放置すれば、魂鋼は体内で肥大し続け、宿主の日常生活に支障をきたすまでになるのだ。腕に生じたならば腕が使えなくなり、脚なら歩けなくなる。

竹千代の場合は心臓だ。魂鋼の肥大はそのまま竹千代の生存を脅かしている。

「まあ……いずれ、しなければならないでしょうね」

康政は曖昧《あいまい》に言って話を逸らそうとする。

「なぜ今じゃ駄目なんだよ？」

「それは……」と、康政が言い淀《よど》むと、すかさず忠勝《ただかつ》が口を開いた。

「なぜ、今でなければならぬのでござるか？　焦る必要はございますまい」

「いや、だってそうだろ？　松平《まつだいら》は岡崎の龍域《りゅういき》を預かる御家だ。その当主が城を動かせない
ままだなんて情けなくないか？　攻められたらどうするんだよ？」

「岡崎の守りであれば、それがしにお任せあれ。他の国衆に攻め入られたおりは、我が本多《ほんだ》隊
の率いる砦城《フォオト》が撃退してみせましょうぞ」

「だけどさ、鐵城《キャッスル》が動かせなきゃ……」

この竹千代の言葉を酒井《さかい》忠次が遮った。

「殿。ご安心くだされ、当家は今川《いまがわ》の擁護《ようご》を受けておりまする。当家に攻め入って今川とこと
を構えたい国衆など三河《みかわ》にはおりませぬわい」

呑気《のんき》に言って忠次は扇子《せんす》で自らをはたはたと仰《あお》ぐ。

「今川……今川義元《よしもと》か」

竹千代《たけちよ》が呟《つぶや》く。寒気を覚えたような声だった。

東海の覇王の異名を持つ駿河《するが》国の大大名——今川義元《いまがわよしもと》。

どこか不気味な存在である。幾度となく隣国遠江《とおとうみ》の地に侵略の手を伸ばし、ジワジワとその国土を侵食して、ついには全てを呑《の》み込んでしまった。三河《みかわ》への影響力も強い。

この今川に松平《まつだいら》家は恭順する形で、三河国内の小領地岡崎《おかざき》を守り続けていたのだ。

「まあ、ご案じ召されるな。殿のまず成すべきことは戦ではございませぬ」

「んじゃあ、なんなんだよ？」

「無論、奥方を迎えられることじゃ」

「また、それか……」

竹千代はうんざりする。忠次《ただつぐ》が莞爾《かんじ》と笑った。

「この爺《じい》、何度でも申しますぞ。早く奥方を迎えられ、御世継ぎ様を作られませ」

「城を動かせぬ領主の元に嫁を出す家なんてあるのか？　やっぱり魂鋼《たまがね》をすぐにでも……」

「殿」

厳しい声を発したのは忠勝《ただかつ》だった。

「お命を失ってもよろしいのか？」

きっぱりと言った。

「医師の見立てでは、殿の御身より魂鋼を摘出せんとすれば五分《ごぶ》は命を落とすとの由。また、上手《うま》くいったとして魂鋼摘出後の殿の心臓は半分ほどになってしまうとのこと。発作が治まることもなく、放置するよりもなお殿のお命を縮めることになるやもしれませぬ」

康政《やすまさ》がはっきりと言えなかったことを、忠勝は真正面から言った。

「ゆえに我らは御止めしておりまする。それでも殿は魂鋼を取り出すと？」

凄《すご》むように言われ、ごくりと竹千代は唾《つば》を呑んだ。何かを言わんとして微《かす》かに唇が動く。だが、結局竹千代は言わんとしたことを言わぬことにした。

「そうだな、死ぬのは嫌だな」

こう言って無理やりに微笑《ほほえ》んだ。

「うん。みんなの言う通りだ。悪い悪い。魂鋼の話はちょっと言ってみただけだ」

竹千代が立ち上がる。

「殿、どちらへ？」

康政が尋ねる。竹千代は開け放たれた障子《しょうじ》の向こう側にある中庭へ目をやった。中庭には正午前の暖かな日差しが差し込んでいる。竹千代は目を細めた。

「今日はいい陽気だ。どこかで陽に当たってくる」

こう言うと、へらへら笑いながら広間を出ていった。

広縁を歩く竹千代の足音が遠ざかったところで、忠次が佐吉《さきち》へ告げる。

「うぬも下がれ」

一礼し、佐吉《さきち》が出ていく。広間には三人の家老だけが残された。

「また日向《ひなた》ぼっこかい……」

忠次《ただつぐ》が吐く溜息《ためいき》の声が広間に大きく響く。

「家督《かとく》を継がれたというに、政《まつりごと》にはまるで関心をお示しにならず、覇気のないご様子。かと思えば、急に近江《おうみ》に出ていき、帰ってきて早々、魂鋼《たまがね》を摘出したいなどと申されて……」

「刹那《せつな》的ですね」

康政《やすまさ》がぽつりと呟《つぶや》いた。

「ご自身が長くないことを知って、どこか刹那的になっておられる……」

忠勝《ただかつ》が低い声で言う。

「いいや、燻《くすぶ》っておられるのだ。お若き魂に宿った火を燃え上がらせることができず……」

三家老たちは同時に竹千代《たけちよ》の去っていった広縁のほうへ顔を向ける。

陽に照らされた中庭は、長閑《のどか》そのものであった。


三の丸の広縁からは、天守台に載った岡崎《おかざき》城の天守閣を眺めることができる。

竹千代は広縁に寝っころがり、ぼんやりと心ここにない様子で白壁の天守を眺めていた。

松平《まつだいら》一族の鐵城《キャッスル》〈鉦偉亞吽《アイアン》　岡崎《オカザキ》〉。

岡崎城は、三河《みかわ》国額田《ぬかた》郡の岡崎に湧《わ》いたちっぽけな龍域《りゅういき》に築城された鐵城《キャッスル》である。

今は〝居城形態〟を取り鎮まっているが、城主が己《おのれ》の魂鋼の込められた魂鋼刀《たまがねとう》を天守のある本陣の間に突き立てれば、武者形《なり》の〝戦備え形態〟に変形し、他国まで攻め入ることもできる。

無論、城主が己の魂鋼の込められた魂鋼刀を持っていればの話なのだが……。

ふと、天守より中庭のほうへ目を移すと、そこにひっそりと立つ人物がいた。佐吉である。

「ああ。佐吉」

竹千代が身を起こす。佐吉は不機嫌そうな無表情で歩み寄ってきた。

「悪いな、佐吉。俺のせいで爺《じい》に……」

「何をやっていた」

佐吉が遮った。

「ん？　何って昼寝だよ。見ろよ。今日はいい天気だぜ」

「竹千代、家中の者がおまえを陰でなんと呼んでいるか知っているか？」

竹千代は苦笑した。

「ああ。〝昼寝様〟だろ？」

「知っていたか……」

「鐵城《キャッスル》を動かすこともできず、政を家老任せにして、昼寝ばかりしている。起きたと思えば戦《いくさ》見物なんて馬鹿をする。先代に大きく劣《おと》る昼寝様。うん。俺にぴったりだ」

あははっ、と竹千代が笑う。そんな竹千代を佐吉は冷たく見つめていた。

「すまないなぁ、佐吉《さきち》」

「何がだ？」

「俺が岡崎《おかざき》城を動かせれば、佐吉に軍師を務めてもらうはずだったのにな……」

佐吉は一時黙った。だが、すぐにこう言う。

「俺は見習いだ。おまえが城を動かせたところで軍師を務めるのは半蔵《はんぞう》様だろう」

「だけど佐吉が見習いを終えても城を動かせる者がいなくちゃ……」

「関係ない。そもそも服部《はっとり》一族ではない俺が本当に軍師になれるか怪しいところだ。岡崎城軍師の任は代々服部一族の世襲だったのだからな……」

読者諸君は、忍家である服部一族が軍師を担《にな》うのをいささか奇妙に感じられるかもしれない。

だが諸国の動向を探り、地の理に通じ、気象を読み、兵法軍学に明るく、火器兵器に巧みで、人心を操《あやつ》り、鬼謀《きぼう》を巡らす――これら全て上忍と軍師に共通する技能だ。

忍びの頭領が軍師を兼ねるのもごく自然な流れなのである。

「でも半蔵は服部にこだわらずに次の軍師を決めるつもりなんだろ？」

「半蔵様が許しても、家中の者が俺を軍師と認めるかはわからん。俺は余所者《よそもの》だからな」

「余所者ったって、もう何年も岡崎に住んでるじゃないか」

「おまえにはわからん」

素気なく言って佐吉は面《おもて》を伏せる。

「そんなことより、俺はおまえに報告があってきた」

話題を逸らすように佐吉が言った。

「織田信長《おだのぶなが》が三好長慶《みよしながよし》を倒したそうだぞ」

竹千代《たけちよ》は驚きに目を見開いた。

「もうか？　いくらなんでも早すぎだろ？　だって信長が、六角承禎《ろっかくじょうてい》と戦ったのはつい……」

「先日のことだな。六角を倒したその足で、そのまま入洛し、すぐさま三好を攻めたそうだ。強力な三好の飯盛《いいもり》山城もあの南蛮の兵器の前には手も足も出なかったらしい」

竹千代は嘆息を吐き、誰にともなく呟《つぶや》いた。

「本当に立てたんだな、旗を……」

そして叫んだのだろう。この戦国の世に織田信長という漢《おとこ》がおるぞ、と。

「信長の年はいくつだっけか？」

「俺たちとそう変わらぬそうだ」

「……そっか。俺たちとそう変わらないかぁ……」

竹千代は瞼《まぶた》を閉じた。眼裏《まなうら》には、まだ会ったこともない、どんな貌《かお》かも知らない織田信長という男の姿が浮いている。強風に吹かれながらも凛然《りんぜん》と立ち、高らかに軍旗を掲げていた……。

「なーに、やってんだろ、俺は」

ごろん、と竹千代はまた広縁に身を投げ出した。

「昼寝様などと呼ばれている場合ではないということだ」

「つってもさ、城を動かせぬ城主が、昼寝の他に何をすりゃいいんだよ？」

「やることなどいくらでもある。政《まつりごと》に精を出し、御家と龍域《りゅういき》を守るのが当主の務めだろう」

「どうだかな」

竹千代《たけちよ》は自嘲《じちょう》気味に笑った。

「爺《じい》がしつこく言っているだろう？　早く世継ぎを作れと。なんでだかわかるか？」

佐吉《さきち》は黙る。わからぬからではなく、わかっているからだ。

「俺は岡崎《おかざき》城を動かせぬできそこないの当主だ。爺は、松平《まつだいら》は今川義元《いまがわよしもと》の擁護《ようご》下にあるから他の国衆から攻められることはないと言っていたな。本当にそうだと思うか？」

「今のところはな」

佐吉は曖昧《あいまい》に答えた。竹千代が、ははっ、と笑う。

「今のところか。だけど、明日のことはわからないよな？」

三河《みかわ》という国には、これと決まったひとりの国主は存在しない。複数の国衆が鐵城《キャッスル》と龍域を有し、独立した勢力を保って蟠踞《ばんきょ》する混沌《こんとん》とした土地であった。

それらの国衆の中でも有力なものの名をざっと挙げれば——

碧海《へきかい》郡の水野《みずの》一族。

幡豆《はず》郡の吉良《きら》一族。

加茂《かも》郡の鈴木《すずき》一族。

南設楽《したら》郡の奥平《おくだいら》一族。

北設楽郡の設楽一族。

額田《ぬかた》郡菅沼《すがぬま》郷の菅沼一族。

宝飯《ほい》郡中條《ちゅうじょう》郷の牧野《まきの》一族。

宝飯郡蒲郷《がまごおり》の鵜殿《うどの》一族。

渥美《あつみ》郡の戸田《とだ》一族。

八名《やな》郡の西郷《さいごう》一族。

そして竹千代が当主を務める額田郡岡崎の松平一族である。

これらの国衆は、時流に応じ尾張《おわり》の織田《おだ》、あるいは駿河遠江《するがとおとうみ》の今川――三河を挟む二大勢力のどちらかと結び、擁護を受けることによって命脈を保っていた。

現在は圧倒的に今川が優勢で、ほとんどの三河国衆は今川に帰属している。

ゆえに周辺の国衆が岡崎の龍域を侵そうと攻め入ってくることなどない、と酒井忠次《さかいただつぐ》は言っていたのだが、時流が変わればそれも確かとは言えない。

「信長《のぶなが》の出現で尾張の織田が、勢力を増している。その影響で三河の今川支配が弱まれば、松平が鐵城《キャッスル》を動かせぬのをいいことに攻め入ってくる国衆がいないとも限らない……」

「そうだな」

「本当はみんな焦ってる。今川《いまがわ》に守ってもらえてるうちに早く岡崎《おかざき》城を動かせる世継ぎを作ってほしいのさ。俺が魂鋼《たまがね》を摘出しようとするのを皆が止めるのも、世継ぎを作る前に施術の失敗で俺が死んでしまわないようにだ」

佐吉《さきち》は否定しなかった。

「つまり俺は次が生まれるまでの繋《つな》ぎだな。皆もそう思っている。俺は子を作る以外、何も期待されていない。子さえできれば用済みだ。ははっ、種馬だぜ、まるで」

「かもな」

あくまで佐吉は素っ気ない。竹千代《たけちよ》は身を起こし、岡崎城の天守に目を向けた。

「かつてこの岡崎城が、三河《みかわ》国最強の城と称《たた》えられた時代があったそうだ」

「…………」

「名刀の誉れ高い城剣〝獅子王《ししおう》〟を装備し、俺の爺《じい》さん清康《きよやす》はこの岡崎城で、周辺の国衆を切り従え、三河の西半分を支配下に置いたことがあったんだ。当時の松平《まつだいら》は〝西三河《にしみかわ》の雄〟と呼ばれ、いずれ三河一国を統一すんじゃないかって言われてたらしい」

夢見るように竹千代は語り、ここで苦笑した。

「ま。調子ん乗った爺さんは、尾張《おわり》へ侵攻して、そこで命を落としちゃったんだけどさ」

「…………」

「そん時に主力兵器だった獅子王は壊れてなくなった。岡崎城も損壊し、修築したけど城は小さく弱くなった。松平の力は衰えて、せっかく統一した西三河はまた国衆たちがばらばらに支配する地に戻って……んで、今だ」

「そんなことは知っている」

語られずともわかっていることを語られ、佐吉はやや憮然《ぶぜん》としたようだった。

「今朝夢を見たよ。おまえと初めて会った日の夢だ。その日のこと覚えているか？」

「忘れたな」

実際に佐吉が忘れているのかどうかは、その愛想のない表情からはうかがえない。

「俺は覚えている。西三河を統一した爺さんに憧れてた俺は、佐吉にこう言ったっけな。松平の御家をかつての強い松平に戻し、天下に名乗りを上げたいってさ」

「言っていたかもしれんな」

「あの頃の俺は、まさか自分が城主になれないなんて思ってなかったな。いいや、城主になれたとしてどうなんだろうな？」

「………」

「爺さんの頃と今じゃ状況が違う。今の三河は、今川の属国みたいなものだ。三河を統一しようとすれば大国駿河《するが》に反旗を翻《ひるがえ》すことになる。松平に今川を相手取るだけの力なんてない。同じ状況なら爺さんだって三河統一になんて乗りださなかっただろうさ」

それが幼い頃竹千代の抱いた夢の現実だった。

「三河《みかわ》を統一し、天下に名乗りを上げるなんて、夢のまた夢だったよなぁ……」

ぼやいた竹千代《たけちよ》を、佐吉《さきち》は表情なく凝然と見つめ、やがて、こう言った。

「俺がおまえだったら今すぐにでも魂鋼《たまがね》を摘出するがな」

初めて佐吉の声色に強いものが生まれていた。

「たとえ命が危うくなろうとも志《こころざし》を成す力がそこにあるのなら俺は迷いなく摘出する……！」

どこか憎々しげでもある声色だった。

「佐吉……」

竹千代が何か言わんとした時、佐吉の表情はまた元の冷めたものに戻っていた。

「おまえは一生昼寝でもしてろ」

突き放すようにこう言うと、佐吉は背を向けた。そうして、スタスタと歩み去っていった。

三

岡崎《おかざき》に夜が訪れた。

昼間の晴天とはうって変わり、夜空は雲に覆われ、月明かりもない。城下町にはちらほらと町明かりが灯《とも》っているが、郊外に広がる田園地帯は深い闇に沈んでいる。

そんな闇の世界を見下ろせる岡崎城天守の外廻縁《そとまわりえん》に竹千代の姿があった。高欄に肘《ひじ》をのせ、岡崎城下の夜景を、夜風を肌に受けながら眺めている。その顔色は冴えなかった。

「眠れないんですかい？」

ふいに背後から錆《さ》びのある声が掛かる。振り返れば、いつの間にか半蔵《はんぞう》の逞《たくま》しい姿がそこにあり、例の漢《おとこ》くさい笑みを竹千代へ向けていた。

「半蔵、いつから？」

「ずっとおりましたよ」

「はは。さすが忍びの頭領だなぁ、まるで気がつけなかったよ」

「何言ってんです？　殿がぼうっとしてらっしゃったんじゃねえですかい？」

「ああ。そうかもしれないなぁ……」

竹千代は目線を夜景へと戻した。

「元気がないご様子。どうされたんです？」

柔らかな声で半蔵が尋ねた。しばし竹千代は黙っていたが、やがて、ぽつりとこう言う。

「どうも、佐吉は俺を軽蔑してるようだ」

「ほお？」

「理由はわかってるんだよ。俺が不甲斐《ふがい》ないからだ。城も動かせず、昼寝様と呼ばれる馬鹿殿だ。軽蔑されても仕方がないよなぁ」

「じれったいんですよ、佐吉のやつは。あいつは、ああいう生まれですからね……」

佐吉は、石田《いしだ》氏なる武家の出である。石田氏は鐵城《キャッスル》も龍域《りゅういき》も持たぬ近江《おうみ》の小土豪に過ぎなかったが、身より魂鋼《たまがね》を生成しうる城主の血族であった。

そういった一族は、多くはないが珍しくもない。かつては鐵城《キャッスル》や龍域《りゅういき》を持っていたが戦に敗れてそれらを失った者の子孫や、城主の家から遠くわかれた家柄などである。

没落した一族と言ってしまえばそれまでだが、戦国の世においては望みを抱ける血筋でもあった。大国に仕官し、手柄を立てれば、龍域や鐵城《キャッスル》を授けられ、城主になることもありうる。

だが、そのような一族にあって、何ゆえか佐吉《さきち》は五歳を過ぎても身に魂鋼を宿す兆候を示さなかった。実際、元服を終えた今でも佐吉の体内に魂鋼は生じていない。

血が薄い。出来損ない。こう蔑《さげす》まれ、佐吉は弱冠六歳にして出家させられた。

素質を持たぬ佐吉は、幼くして一族から捨てられたのである。

半蔵《はんぞう》に軍師の才を見出《みいだ》され、岡崎《おかざき》にきてからも、余所者《よそもの》の佐吉への風当たりは決して弱くなかった。生まれながらに居場所のなかった佐吉は必死に己《おのれ》の居場所を作ろうと励んできたのだ。

そんな佐吉の目に、魂鋼を身に宿し鐵城《キャッスル》を所有していながら、当主の座で安穏《あんのん》と昼寝様を演じている竹千代《たけちよ》がどう映るかは想像に難くない……。

「俺は魂鋼を摘出すべきなのかな……」

竹千代が呟《つぶや》いた。

「どうして、そう思われますかい？」

「佐吉の思いを考えれば……」

「佐吉がそう思うからやるんですかい？　死んじまうかもしれねえってのに？」

竹千代は考える。

「いいや、違うな。俺がそうしたいんだ。いずれ俺はこの胸の魂鋼によって命を落とす。うまく取り出したところで、そう長く生きられぬらしい。俺に与えられた時は少ない」

竹千代は表情を真剣なものに変えた。

「少ないが——いいや、少ないからこそ、種馬みたいに世継ぎを作り、それで俺のこの世での役割が終わってしまうなんて御免なんだ」

「…………」

「俺は、志《こころざし》を成すためにこの命を使いたい。志を成して、俺という漢《おとこ》が、この場所に、この時代に生きていることを大声で叫び、知らしめたい。あの、織田信長《おだのぶなが》のように……！」

熱く語る竹千代へ、半蔵は尋ねる。

「志ってえのは、なんですかい？」

「あの日、佐吉と初めて会った日の志だ。俺はそれをまだ捨てられない」

——かつての強い松平《まつだいら》に戻し、天下に名乗りを上げたい。

幼い日に抱いた志を捨てられず、かといって成すすべを知らず、燻《くすぶ》り続けている。

諦念が竹千代を昼寝様にし、燻る心が近江《おうみ》へ戦見物へ赴かせていたのだ。

「そいつを佐吉に伝えてやればいいでしょう？」

「それがなぁ、できないんだよ……」

急激に竹千代《たけちよ》の熱がひいていった。

「曖昧《あいまい》なことを言いたくないんだ。志《こころざし》を語ったところで、結局俺は魂鋼《たまがね》を摘出しないかもしれない。どうせ短い命ならば、そんなものは惜しまず、志のために一か八かの賭《か》けに出てみたいとは思う。だけど、いざ、死ぬかもしれないと考えると……こわくなる……」

竹千代は縋《すが》るような眼差《まなざ》しを半蔵《はんぞう》に向けた。

「なあ、半蔵。俺は魂鋼を摘出したほうがいいと思うか？」

半蔵は苦笑した。

「殿。己《おのれ》の命を人任せにしちゃいけやせんよ。摘出しなさいと答えて、もし殿が死んじまったら、一生悔やむことになる。それだけのもんを殿は誰かに背負わせたいんですかい？」

「まあ……だよな」

「拙者《せっしゃ》から言えるのは、迷いがあるならやめときなさいってことです。迷ってる殿を止めなかった周りのやつらを後悔させますからね。いざ、やるときゃ……」

半蔵が握り拳《こぶし》を作って竹千代の顔の前に突き出した。

「止めるやつを全員ぶん殴ってでもやっちまいなさいな。とってもじゃないが、殿をお止めできやしなかったって、後悔させる余地がないぐらいにね」

こう言って、片方の目を瞑《つぶ》ってみせた。竹千代の顔に微笑《ほほえ》みが生まれる。

半蔵とのこの短い会話で、不思議と竹千代の憂鬱《ゆううつ》は和らいでいた。

「さあて、殿、そろそろお休みにならないとお体に障りますよ」

「ああ、そうだな」

と、この時である。竹千代と半蔵の背後、天守の階段を歩み上ってくる足音が聞こえた。

顔を出したのは、さやかであった。

「あ。お兄ちゃん、やっと見つけた。あれ？　竹千代もいたの？」

こんなことを言って歩み寄ってくる。訝《いぶか》しげに半蔵が尋ねた。

「どうしたさやか？　こんな遅くに」

「どうしたってわけじゃないんだけど……なんか〝変〟なんだよね……」

ぴくりと半蔵の肩が動く。

「変？　何が変だ？」

「うーん……。なんとなく？　城下の東の山の方さ、いつもうるさいぐらいに蛙《かえる》が鳴いてるんだけど、今夜は少し静かな気がするんだよねぇ……」

さやか自身、己の感じた〝変〟の理由がわかっていないようだった。

「わかった。〝変〟か。念のため忍びを数人、物見に出してみろ」

「うん」

答えて、さやかは天守の階段を駆け下りていった。

「何か起こるかもしれませんな……」

「何かって？」

「さやかは妙に勘が働く。あいつが〝変〟と言ったら必ず何かあるんですよ」

それは竹千代《たけちよ》も薄々感じていたことであった。

幼い頃、竹千代と佐吉《さきち》、さやかの三人で、川で水遊びをしていたことがある。ふいにさやかが「なんか変だから川遊びをやめよう」と言い出したことあった。直後、川に鉄砲水が押し寄せたのである。さやかの〝変〟がなければ、竹千代も佐吉も水に呑《の》まれていたろう。

昔からさやかには目に映る景色や空気の微妙な変化を敏感に察知するところがあった。

「あいつのあればっかりは拙者《せつしゃ》も真似《まね》できませんな。初代服部《はつとり》家当主も似たような勘を持っていたらしいですがね」

「それはつまり軍師の才……？」

「んー……まあ、勘働きはいいが、他はダメでしょう。さやかにゃ軍師は向いてませんよ。あいつにゃ、いい旦那《だんな》を見つけてやって普通の女の幸せってやつを摑《つか》んでほしいですな」

「さやかに旦那かぁ……」

あまり想像がつかなかった。

「それより殿、申し訳ありゃあせんが、お休みになるのはもう少々お待ちくださいな。ひと騒動あるかもしれませんからね……」

神妙に変わった半蔵《はんぞう》の声に、竹千代は頷《うなず》きを返した。

四

岡崎《おかざき》城の東方、郊外の田園地帯は農家も少なく、文目《あやめ》もわからぬ深い闇に沈んでいた。その闇の内に、キリキリと忍びやかな絡繰《からく》り音が響いている。

大きな何かが岡崎城下の町明かりを目指して、静かに静かに進んでいた。その大きさ、ちょっとした砦《とりで》ほどもある。いいや、砦そのものだ。自走する砦——砦城《フオオト》に違いない。

「お、お頭《かしら》……本当にやるんですかい？」

砦城《フオオト》の内で不安げな声を漏らした男がいる。

「ああん？　なんだ、てめえ？　今さらビビってんのかよ？」

頭と呼ばれた若々しい声が答えた。

「あ。そういうわけじゃ、ねえんですが……」

「ビビることはねえよ。岡崎の城主は鐵城《キヤツスル》を動かせねえボンクラだって話だ」

「ですが、松平《まつだいら》にゃ、えらく頭の切れる服部半蔵とかいう軍師がいるっていいますよ。周りの国衆が鐵城《キヤツスル》の動かせねえ岡崎を攻めねえのは、その軍師がいるからだって……」

「なに、鐵城《キヤツスル》さえ出てこなけりゃ余裕だい」

「いや……ですが、首尾よくいったとしてですよ、松平は今川《いまがわ》と通じてるじゃねえですかい？　今川《いまがわ》が黙ってねえんじゃ……」

「てめえ……」

頭《かしら》の声に、強い怒りが生まれた。

「今川がなんだって？　まさか、てめえ、今川がこわいっつうんじゃねえだろうな？」

「あ。いや……そういう……わけじゃ……」

直後、ドガッ、と人間が殴り倒される音が闇に響く。頭が激しい怒声をあげた。

「おいらたちの目的はなんだっ！　今川をぶっつぶすことだろうがっ！　今川にビビるやつあ、今すぐ出ていきやがれっ！　わかったかっ！」

「へっ、へいっ！」

若々しい声の主は、猫のごとく闇にぎらぎら光る目を、前方の岡崎《おかざき》城へと向ける。

「そうだ。おいらは今川をぶっ倒して、おっかさんの仇を討つんだ……」

激しい憎念の込められた声が、闇を震わせた。と、この時である。

――ブオオォォンッ！　ブオオォォンッ！　ブオオォォンッ！

けたたましい法螺《ほら》貝の音が木魂《こだま》した。発されたのは岡崎城下のほうからである。

砦城《フオオト》内部に詰める男たちに緊迫が走った。直後、城下の方角より、ひゅるひゅると音を立てながら数条の火の粉の尾をひいて夜天高く打ち上げられたものがある。

「照光焙烙玉《しょうこうほうろくだま》だ!?」

砦城《フオオト》の周囲に落下した数個のそれは、そこでカッと眩《まばゆ》く燃え上がった。闇に隠れていた砦城《フオオト》の姿を明々と照らしだす。眩さに目を眇《すが》めつつ、前方へと目線を戻せば、岡崎城下を背にし、砦《とりで》に手足を生やしただけの武骨な四城の砦城《フオオト》が槍《やり》を構えて整然と立ち塞《ふさ》がっているのが見えた。

その内の一体より名乗り法螺貝を用いた雄々しい声が発された。

『そこな砦城《フオオト》、夜陰に紛《まぎ》れ当城下に近づくとは不審千万！　名乗りおれいっ！』

「くそっ、気づかれてやがったかい……」

「ど、どうしやすお頭？　奇襲って策はもう使えませんよ？」

狼狽《うろた》える男の声に、頭は怒鳴り返す。

「ばっきゃろうっ！　なら正面からぶつかってくしかねえだろうがっ！」

「い、一時撤退ってことは……」

ドガッ、と人が殴られる音が、声を止めた。

「んなもんねえっ！　もうおいらたちにゃ後がねえんだよ！　おらっ、いくぜぇっ！」

吼《ほ》えるような叫びとともに、砦城《フオオト》が突撃を開始した。

岡崎城東方山岳部付近の田園地帯にて正体不明の砦城《フオオト》の接近を確認！

物見に出した服部《はっとり》忍びからの、この一報を受け、半蔵《はんぞう》は、迅速に岡崎城周辺に配してある松《まつ》平《だいら》の砦城《フオオト》、上和田《かみわだ》城、土井《どい》城、桜井《さくらい》城、上野《うえの》城の四城に召集を掛けた。

四城が到着し、本多忠勝《ほんだただかつ》指揮のもと岡崎《おかざき》城下東部へと布陣させたのはつい先程、不審な砦城《フオオト》が城下へ到達する直前である。あと少しでも遅れていれば、城下への侵入を許していただろう。

竹千代《たけちよ》は半蔵《はんぞう》とともに岡崎城天守の外廻縁《そとまわりえん》にいた。軍師見習いの佐吉《さきち》も駆けつけている。

今、天守からは、照光焙烙玉《しょうこうほうろくだま》によって昼間のごとく照らされた岡崎城下東部の様子を眺めることができた。四体の松平砦城《まつだいらフオオト》の手前に立つ奇妙な形状の砦城《フオオト》の姿もありありと見えている。

「なんだ、あの砦城《フオオト》は？」

竹千代が高欄より身を乗り出し、訝《いぶか》しげな声を漏らす。

奇妙な形状の砦城《フオオト》だ。燃えるような朱色の瓦《かわら》の装甲が全体を覆っている。大きさは松平の砦城《フオオト》と大差ないが、形態は大きく異なっていた。〝く〟の字形の関節を持つ四つの脚で大地に立っている。頭部は前方に突き出ており、その造形は明らかに猫科動物を模していた。

目立つのは頭部より伸び出た角のごとき二対の金箔押《きんぱくおし》の脇立《わきだて》である。猫面についているため、角というよりはどこかしら獣の耳を思わせた。だが、がっぱと牙《きば》をむいた獣面《じゅうめん》は、猫と呼ぶには獰猛《どうもう》過ぎる。虎だ。真っ赤な猛虎の形をした砦城《フオオト》であった。

「四脚走行獣形《けものなり》の砦城《フオオト》だな。通常の砦城《フオオト》よりも軽量で機動性が高い」

佐吉が冷静にこう解説した。

「へえ……。だけどさ、なんだってあの砦城《フオオト》は、たった一体で岡崎に近づいてきたんだ？目的はなんだ？　そもそもどこの国衆の砦城《フオオト》なんだよ？」

「聞いたことがありやすね」

こう言ったのは半蔵だった。

「最近、赤い虎型の砦城《フオオト》を操城する盗賊団が東三河《みかわ》一帯の村を荒らしまわってるそうです。人呼んで〝赤虎党《あかとら》〟。まさか、この西三河《にしみかわ》まで手を伸ばしてくるたぁね」

「盗賊が砦城《フオオト》を所有してるのか？」

「おそらく遠江《とおとうみ》豪族の残党でしょうな。今川《いまがわ》の侵略で主家を失い、野盗化して三河に流れてきてる連中がたいそういるって話です。赤虎党はそんな遠江残党の中でも砦城《フオオト》を保有したままになってるやつらでしょうね」

「やっかいなのがいたもんだな……」

佐吉が、ふんと鼻を鳴らした。

「なに、砦城《フオオト》一体で何ができる。どうせ夜陰に乗じて岡崎城下でひと働きし、去るつもりだったのだろう。威嚇すればすぐに追い払える。世のためには捕えたいところだが……」

と、ここまで佐吉が言った時である。タッ、と虎型砦城《フオオト》が地を蹴《け》って駆け出した。向かう先は岡崎城下、松平の四体の砦城《フオオト》が立ち塞《ふさ》がるほうである。

「なっ!?　抗《あらが》うのか、あの砦城《フオオト》!?」

驚いたのは、現場にいる四体の松平砦城《フオオト》も同じである。虎型の砦城《フオオト》と松平砦城《フオオト》の間には数町の距離があった。包囲しているわけではないので、警告を発すれば遁走《とんそう》するとふんでいた。それを追い掛け、捕えるのが己《おのれ》らの役目であると思っていたのである。

しかし、実情は逆であった。何ゆえか虎型砦城《フオオト》は、こちらへ一直線に突撃してくる。凄《すさ》まじい速さだ。しなやかに動く四脚が数町の距離を瞬時に縮めてくる。

『ぼっとするでないっ！　備えよっ！』

名乗り用法螺《ほら》貝を用い、叱咤の声を上げたのは上和田《かみわだ》城に搭乗する本多忠勝《ほんだただかつ》だった。さすが歴戦の古将忠勝は、瞬時にして頭を切り替えている。

が、他の砦城《フオオト》城主たちはそうではなかった。驚きのまま行動に移せずにいる。

『うおらぁぁぁっ！』

虎型砦城《フオオト》より雄叫《おたけ》びが上がり、体当たりを受け跳ね飛ばされたのは上野《うえの》城。地を二転三転し、危うく城下町へと突っ込むところであった。

『怯《ひる》むな！　囲め囲めぇいっ！』

本多忠勝の下知《げち》を受け、他の三城――上和田城、土井《どい》城、桜井《さくらい》城が散開せんと動きだす。

しかし、虎型砦城《フオオト》は、ダッ、と大地をひと蹴《け》りしたかと思うと、驚くような跳躍を見せ、悠々と包囲の輪を飛び越えた。着地したのは土井城の真後ろ。

『ぬうっ⁉』と、振り返った土井城だったが遅い。振り上げられた虎型砦城《フオオト》の前脚には鋭利な鉤爪《かぎづめ》が輝いている。闇を裂くように一閃《いっせん》されたそれが、土井城の背部装甲をざっくりと抉《えぐ》った。

『ぬあああっ！』

めりめりと裂傷をひろげつつ土井城が前のめりに傾いでいく。地へ倒れ込んだ衝撃で、内部の絡繰《からく》り機巧が砕け、破損部より飛び散った。

『なっ!?　土井城が落とされた!?』

と、驚いている暇はない。すでに虎型砦城《フォオト》が上和田城へむけて疾駆していた。兇悪な鉤爪が上和田城を操城する本多忠勝のすぐ眼前へと迫る。ギィンッ！　と、間一髪、槍《やり》の柄《つか》にて鉤爪を受ける上和田城。しかし、虎型砦城《フォオト》は息もつかせず爪の連撃を浴びせかけていく。

『おらおらおらおらぁっ！』

三日月型の斬光となって襲いくる鉤爪の猛攻を、上和田城は巧みな槍捌《さば》きでもって受けている。が、反撃の暇《いとま》は一切与えられない。

『こやつ、速いっ！』

四脚走行獣形の砦城《フォオト》は、通常の砦城《フォオト》と比べて機動力が抜群に高いのは確かである。とはいえ、あくまで通常の砦城《フォオト》と比べての話だ。しょせん絡繰りでは本物の野性獣のごとき動きは望めない。また、機動性に重きを置くうえ、四脚走行獣形砦城《フォオト》はパワーに欠ける。

しかし、この虎型砦城《フォオト》、さながら猛虎そのままの動きを見せているではないか!?　さらに、重装の上和田城を圧倒するこのパワフルさはなんだ!?

疾風の攻撃を鈍重な砦城《フォオト》で受け止め続けている本多忠勝の操城術もまた天晴《あっぱ》れ。だが、踏みとどまることまでは叶わない。一撃ごとに後退し、ついには岡崎《おかざき》城下へ踵が入る。

桜井《さくらい》城と上野《うえの》城が上和田《かみわだ》城を救おうと、槍《やり》を構えて左右より虎型砦城《フオオト》へ突進する。

『本多《ほんだ》様！』

『しゃらくせえいっ！』

旋回するように迸《ほとばし》った鉤爪《かぎづめ》が桜井上野の二城の胸先装甲を抉《えぐ》りつつ跳ね飛ばした。宙を舞った二城が落下した先は、家々の立ち並ぶ岡崎《おかざき》の城下町である。落ちてきた桜井城と上野城に、数軒の民家が無惨に圧《お》し潰《つぶ》された。

『いかんっ！』

と、本多忠勝《ただかつ》が声を発した直後、パッ、と虎型砦城《フオオト》が跳びあがりもんどりうって上和田城の頭上を跳び越える。トッ、と軽やかに着地した先は城下町の通りであった。

『くっ！　城下に入られたぞ！』

民家の瓦礫《がれき》の内より、よろよろと桜井城と上野城が身を起こし、身構える。通りの中央に立つ真っ赤な虎型砦城《フオオト》をじりじりと包囲するように動いた。すぐに突撃しないのは、下手《へた》に巨大な砦城《フオオト》で動き回れば民家への被害が拡大するからである。

しかし、虎型砦城《フオオト》のほうは城下の被害になどお構いなしだった。

虎型砦城《フオオト》の両脇腹部の隠し狭間《さま》が、複数一斉にガパッ、と開き、先端に球形のものをつけた金属製の円筒が突きだされる。円筒についた導火線がバチバチと火花を散らしていた。

ボンッと轟音が鳴り、円筒の先端の球が幾条もの煙の尾を引いて射出される。

『対城焙烙火矢《たいじょうほうろくひや》!?』

放物線を描いた球どもは、上和田城、桜井城、上野城の胸部や腰に命中する。そこで爆散！　木製装甲の一部が粉砕し飛び散った。命中しなかった球が周囲の家々にぶつかり、爆砕する。火の手が上がり、濛々《もうもう》と黒煙が夜空に向けて立ち昇った。

しかし、城下の惨状に心を痛めている場合ではない。黒煙の帳《とばり》の向こう側で赤い影が、サッ、と動く。煙幕の先から繰り出された虎型砦城《フォオト》の後脚での強烈な蹴《け》りが、桜井城を吹っ飛ばした。数軒の民家が巻き添えを食って倒壊する。

虎型砦城《フォオト》は休まない。複雑に動いて、三城を撹乱《かくらん》してくる。

『おぬし、何者か!?　何ゆえ斯様《かよう》な狼藉《ろうぜき》に出るか！　目的はなんだ!?』

周囲を飛び回る虎型砦城《フォオト》へ向け、本多忠勝が大音声《だいおんじょう》を放った。

『目的ってか？』

虎型砦城《フォオト》の城主が答えた。

『決まってんだろ！　岡崎の龍域《りゅういき》と鐵城《キャッスル》をいただくのさ！』

『なっ……!?』

あまりにも大胆不敵な盗賊の言葉に、忠勝は呆気《あっけ》に取られてしまう。

『これ以上、町をぶっ壊されたくなかったら、おとなしく龍域と鐵城《キャッスル》をよこしゃがれ！　どうせ、てめえんとこの殿様は鐵城《キャッスル》を動かせねえんだろ？　ひゃっはははーっ！』

『おのれっ！』

主君に対する侮辱の言葉に憤った本多忠勝《ほんだただかつ》が槍《やり》先を虎型砦城《フオオト》につける。

『おっ？　やっぱ、やんのかい？　そのほうが面倒がねえや！　全城、ぶっ壊して龍域《りゅういき》を奪ってやんよぉっ！　うおらあああっ！』

虎型砦城《フオオト》が高々と跳躍した。

五

竹千代《たけちよ》は、天守の外廻縁《そとまわりえん》より松平砦城《まつだいらフオオト》と虎型砦城《フオオト》との戦いを愕然《がくぜん》たる面持《おもも》ちで眺めていた。

岡崎《おかざき》城下東側の家々が戦いに巻き込まれ倒壊し、虎型砦城《フオオト》に搭乗する盗賊どもの放つ焙烙火《ほうろくひ》矢《や》によってところどころ火災も発生している。

本多忠勝の指揮する松平の砦城《フオオト》は、高速で動く虎型砦城《フオオト》に手も足も出ぬまま、徐々に後退を余儀なくされていた。城下の被害範囲を拡げながら戦いは少しずつ岡崎城へと近づいている。

「忍び参ノ組は、火災の消火に専念しろ！　壱《いち》ノ組、弐《に》ノ組は火器を装備して本多殿の援護に向かえ！　民家に被害が出ぬように細心の注意を払え！」

竹千代の傍らでは半蔵《はんぞう》が、次々と報告に駆けつける配下の忍びたちに忙《せわ》しなく指示を与え続けていた。そこにさやかが駆けつけてくる。

「お兄ちゃん！　町の人たちの避難が終了したよ！」

「死者や怪我人《けが》は出ているか？」

「大丈夫、いないよ。念のため早めに避難誘導を始めててよかった」

「鴛鴨《おしかも》城、岩津《いわっ》城はまだ到着しないか？」

いずれも岡崎の北方に配してある松平の砦城《フォオト》である。増援を望んで忍びを走らせていた。

「ううん、まだ」

半蔵の顔に苦いものが生まれた。佐吉《さきち》がおずおずとこう言う。

「半蔵様、砦城《フォオト》をいくら集めても……」

「ああ。時間稼ぎにしかならねえだろうな。あの虎型の砦城《フォオト》、おそろしく強い。城主が相当の手練《てだ》れってのもあるが、あの性能、砦城《フォオト》の常識を超えてんな。さて、どうしたもんかね」

考え込む半蔵の横顔を見つつ、竹千代は悔しさに拳《こぶし》を握りしめる。

（くそっ、俺が岡崎城を動かせさえすれば……！）

家人たちを差配するのは軍師半蔵、実戦を指揮するのは本多忠勝、実動するのは足軽や忍び衆。岡崎城を動かせぬ竹千代は、ただ手をこまねいて見ていることしかできない。

ここで、バタバタとやかましい足音を立てて、外廻縁に飛び込んできたのは、息を切らした酒井忠次《さかいただつぐ》の老体である。榊原康政《さかきばらやすまさ》のひょろっとした姿もそれに続いて現れた。

「半蔵！　戦況はどうじゃ!?」

唾《つば》を飛ばして忠次が喚《わめ》いた。

「芳《かんば》しくありやせんな」

一言で半蔵《はんぞう》は答える。康政《やすまさ》が尋ねた。

「敵の目的はなんでしょう？」

「報告によりゃあ、岡崎《おかざき》の龍域《りゅういき》と岡崎城を奪いにきたって叫んでたらしいですよ」

「なっ、何⁉　龍域と岡崎城を……⁉」

と、酒井忠次《さかいただつぐ》は入れ歯を吐き出さんばかりに仰天したが、康政は飄然《ひょうぜん》としている。

「ずいぶんと豪気な盗賊ですね。どうです？　守りきれそうですか？」

「さて、難しいですな。少なくともけっこうな犠牲は覚悟しなきゃならんでしょうなぁ」

康政は少しの間、考え込み、こう言った。

「犠牲が出る前に、いっそ降伏して岡崎を明け渡しちゃいますか？」

「なっ……⁉」

全員が驚きを見せる。忠次が喚《わめ》き声を上げた。

「こ、こりゃっ、康政！　なんということを言うのじゃっ！　先祖代々守り通してきたこの岡崎の龍域を……あ、あろうことか、と、と、と、盗賊ごときに明け渡すと申すか⁉」

「一時《いっとき》ですよ、一時」

康政はなんでもないことのように言う。

「当家は今川《いまがわ》の擁護《ようご》を受けていています。今川も、恭順する国衆の領地が盗賊ごときに奪われて、見て見ぬふりはしませんよ。すぐに今川から他の国衆へ討伐命《とうばつめい》が下り、奪還されるでしょう」

それもそうである。このたびの赤虎党《あかとら》の襲撃は、後先を考えぬ無謀なものだ。

「一時とはいえ盗賊ごときに龍域を明け渡したとなれば、当家はいい笑い者じゃぞ！」

「しかし、我々の戦力ではあの砦城《フォオト》を撃退できそうにないですよね？　このままでは被害が大きくなります。奪還後の復興を考えれば早い段階で降伏したほうが賢いと思いますね。ほら」

と、康政が城下にて戦う松平《まつだいら》の砦城《フォオト》たちを示した。

「本多《ほんだ》殿が持ち堪えられるのもあと少しです。このままでは、三河《みかわ》最強本多忠勝《ただかつ》をみすみす討ち死にさせることになりますよ」

「た、忠勝は命よりも名を惜しむ漢《おとこ》じゃぞ！」

「盗賊ごときに討たれるなんて本多殿も本意ではないでしょう」

「じゃが……！」と、なおも反論しようとする忠次に、半蔵の声が被さった。

「拙者《せつしゃ》も榊原《さかきばら》殿の意見に賛成ですな」

「は、半蔵！　おぬしまで何を申すか？」

「敵砦城《フォオト》の性能はずば抜けてやす。勝てる望みは薄いと言わざるをえませんな。肝心なのは、御家の存続でしょう。意地を張って踏みとどまってたら再起が叶わなくなるかもしれません」

こう言われれば、忠次も何も言えなかった。しょんぼりと肩を落とす。

「な、なんということじゃ……。かつて西三河《にしみかわ》の雄とまで称《たた》えられた松平が、まさか野盗に領地を乗っ取られることになろうとはのぉ……。この汚名は末代まで残るじゃろうなぁ……」

傍らで聞いていた竹千代《たけちよ》も悔しい。降伏すれば松平《まつだいら》の家名は地に落ちる。だが、戦っても勝てる見込みはない。本多忠勝《ほんだただかつ》を始め、多くの御家人が犠牲になり、城下の被害はいっそう大きくなる。危急の事態を傍観するしかない己《おのれ》を顧《かえり》みて、無力感に苛《さいな》まれ、身が震えた。

忠次《ただつぐ》は、なおもぐずぐずと言葉を続ける。

「岡崎《おかざき》城さえ動けば斯様《かよう》な辱めを受けることなど……」

ぴくりと竹千代の肩が動いた。忠次が慌てて口を噤《つぐ》む。

(俺が岡崎城を動かせれば……勝てる?)

その言葉は、竹千代の脳裡に天啓のごとく響いた。竹千代の胸の内で何かが疼《うず》く。

(ここか？　ここなのか？　ここが俺の決断の時なのか?)

目に見えぬ何か大きな力が、竹千代に告げているような気がした。今だぞ、と。決断するならば今だぞ、と。この時を逃せば、おまえは生涯変わらぬぞ、と。その声が、燻《くすぶ》っていた小さな火を燃え上がらせていく。いつしか、それは〝決意〟という名の業火にまで膨らんだ。

「爺《じい》。岡崎城が動かせればと言ったな、今」

「あ。いや……」

竹千代の声は迷いなく真《ま》っ直《す》ぐだった。

「ならば、降伏はしないぞ」

康政《やすまさ》が細い目を僅《わず》かに開く。竹千代は康政を見返し、決然とこう言った。

「今ここで、俺の心臓から魂鋼《たまがね》を摘出する」

「えっ!?」

「俺の魂鋼を騒速《そはや》に込め、岡崎城を動かす。そして敵を撃退する。そうすれば誰ひとり犠牲にならない。降伏もしなくていい。そうだろう?」

忠次が蒼白《そうはく》になって声を張り上げた。

「と、殿、いけませぬ！　無理に魂鋼を摘出すれば、お命に……」

「爺！　御家の危機に、当主の俺が命をかけずしてどうするんだよ！」

「殿」と、康政が静かながらも強いものを込めて言った。

「御家の危機とは、すなわち殿のお命の危機です。それを回避しようとしているのに、殿御自身がお命を粗末にしては元も子もありませんよ。我儘《わがまま》はお控えください」

「俺は、我儘で命をかけたりなんかしない！」

竹千代が叫んだ。

「俺が命をかけるのは志《こころざし》のためだけだ！　天下に名乗りを上げられる強い松平、それが俺の志だ！　強い松平は盗賊になど屈しない！　ここで逃げれば俺の志が屈してしまう！　俺の志を殺さないでくれ！　俺の命ではなく、俺の志を守るために尽くしてくれっ！」

叫びに込められたあまりにも強い竹千代の意志に、康政も忠次も言葉を失った。

「おそれながら」

ふと、こう言った者がいる。佐吉《さきち》であった。佐吉はしずしずと進み出て、その場に膝をつく。

「私からもお頼み申し上げます。どうか、殿の魂鋼《たまがね》摘出をお許し願いたい」

忠次《ただつぐ》が忌々《いまいま》しげに佐吉を叱りつけた。

「佐吉！　うぬの出る幕ではない！　下がれっ！　いらぬ差し出口をするでない！　殿がお亡くなりになったらどうするつもりじゃ！」

「その時は」と、佐吉が腰の脇差を抜く。忠次が、びくっ、と半歩退いた。佐吉は鈍く光る脇差の切っ先を己《おの》が腹へむける。

「この佐吉、腹を切ります」

「佐吉!?」

さやかが悲鳴のように叫んだ。

「お、おぬしごときが腹を切ったところで……」

やや気圧《けお》されつつ忠次がなおも佐吉を罵《ののし》ろうとした時、佐吉は畳み掛けるようにこう言った。

「また、殿の魂鋼摘出をお許しにならなくとも、この佐吉、腹を切りまする」

「な……!?」

「拙者《せっしゃ》、殿の近習《きんじゅ》にござりますれば、主君が死ねば追い腹を切る所存。殿の志《こころざし》が失われれば、それは殿の魂の死にほかなりませぬ。なれば殿の魂の死に、追い腹を切らねばなりませぬ」

佐吉はあくまでも生真面目《きまじめ》な無表情だったが、内には強い覚悟が仄見《ほの》えた。この男、本当に腹を切りかねぬ、という思いが、忠次の二の句を奪う。

「やるしかないでしょうな」

こう言ったのは半蔵《はんぞう》だった。

「は、半蔵！　おぬし、佐吉ごときの意見にほだされたか！」

「いいえ。拙者は、殿の御意志に従おうと思ったまでですよ。殿がお覚悟をもって魂鋼を摘出されたいってえなら、家臣としては従わなきゃならんでしょう。まあ、当然——」

半蔵は、己の脇腹をポンッと叩いた。

「殿がお亡くなりになったら、拙者も腹を切りますよ」

「お、お兄ちゃん……」

さやかが口を挟もうとしたところで康政《やすまさ》が一歩進み出た。

「そういう流れになっちゃいましたか」

と、溜息《ためいき》を吐いた後、言った言葉がこれである。

「なら、僕も腹を切らなきゃいけませんね」

「ちょっ……康政さんまで！」

「ぬ、ぬううう……」と、忠次が顔を真っ赤にして唸《うな》った。

「え、えーいっ！　皆がそこまで申すなら仕方ない！　なれば、わしも腹を切るわい！　若いもんを死なせておいて、このジジイが生き残れるかい！　殿、おやりなされい！」

もうやけっぱちという風な忠次《ただつぐ》の叫びであった。

竹千代《たけちよ》へさやかが馳《は》せ寄ってくる。さやかの華奢《きやしや》な肩が不安に震えていた。

「竹千代、本当にやるの？　もし失敗したらみんなが……」

「大丈夫だ」

竹千代は迷いなく答えた。

「大丈夫。今、天は俺を殺さない。そんな気がするんだ」

根拠のない言葉だったが、不思議と自信があった。そうだ。天が「今だ」と、そう言っている気がしている。澄んだ竹千代の眼差《まなざ》しに見つめられ、さやかは魅せられたようになった。

「わかった。信じるよ」

内心にまだ強い不安を残しつつも、さやかはこう言って深く頷《うなず》いた。

「さぁて、やるんなら、急ぎましょうかい」

急かすように半蔵《はんぞう》が言った。

「天守に入ってください。すぐ施術に取り掛かります。酒井《さかい》殿、榊原《さかきばら》殿は速やかに岡崎《おかざき》城を動かせるよう、各陣間に部隊を集めておいてください」

「承知しました」

一同、速足で城内へと入っていく。

佐吉《さきち》も立ち上がり、無言のまま天守の内へ向かう。そんな佐吉を、竹千代が呼び止めた。

「佐吉」

佐吉は立ち止まり、振り返る。

「ありがとう。おまえのおかげで魂鋼《たまがね》を摘出できる」

心からの感謝を述べたのだが、佐吉はひどく冷めた口調でこう言った。

「おまえが城を動かせねば、俺の志《こころざし》も潰《つい》える。ならば、腹を切る覚悟を示してでも家老方を動かさねばならん。そうでもせねばならんのだ……俺は」

押し殺した佐吉の声は、そうでもせねばならぬ己《おのれ》に苛立《いらだ》ちすら覚えているかのようだった。

六

城下では本多忠勝《ほんだただかつ》率いる上和田《かみわだ》城、上野《うえの》城、桜井《さくらい》城と、虎型砦城《フオオト》との戦いが続いていた。

服部《はっとり》忍び衆が対城焙烙火矢《たいじょうほうろくひや》を装備し、援護に駆けつけたおかげで何とか持ちこたえていたが、松平砦城《まつだいらフオオト》の装甲には損傷が目立ち、すでに城下の半ばまで後退を余儀なくされている。

『守りに徹せよ！　少しでも長く持ち堪えるのだ！　持ち堪えれば鴛鴨《おしかも》城、岩津《いわつ》城が増援に駆けつけようぞ！　今しばらく踏みとどまれぇい！』

こう声を張り上げ下知《げち》を飛ばす本多忠勝だが、鴛鴨、岩津の二城が到着したところで、砦城《フオオト》ばなれした速度とパワーを持つ敵城を倒すことができるとは思っていない。

(殿、それがしが時を稼ぎますゆえ、早くお逃れくだされよ！)

忠勝《ただかつ》は、先代松平《まつだいら》家当主であり竹千代《たけちよ》の父である広忠《ひろただ》と身分を超えた盟友同士であった。

先先代清康《きよやす》が当主であった頃は共に砦城《フオオト》を繰り、戦場を駆けたこともある。

その広忠が死の間際、病床より忠勝に告げたのだ。

(竹千代は不憫《ふびん》な子である。強き志《こころざし》を秘めながら城主となる道を断たれておるのだ。どうか俺の亡き後も、竹千代が迷わぬよう導いてやってくれ)

以来、忠勝は竹千代を密《ひそ》かに我が子と思い、忠誠を尽くしてきた。

(殿のお命だけはお守り致すぞ！　たとえここで討ち死にしようとも！)

こんな忠勝の決意を嘲《あざけ》るように虎型砦城《フオオト》からは絶えず小癪《こしゃく》な挑発の声が発される。

『おらおら！　逃げ回ってばかりじゃねえか！　町がどんどんぶっ壊れていくぜ！　ひゃっはっはっ！　松平ってぇのはホント弱っちいなぁ！』

無論、安い挑発に乗る忠勝ではないが、苛立《いらだ》ちの内にこう思ってしまうのは仕方がない。

(くうっ！　鐵城《キャッスル》さえ動けば斯様《かよう》な愚弄《ぐろう》……！)

しかし、その忸怩《じくじ》たる思いをすぐに打ち消す。鐵城《キャッスル》がなくとも領地を守ってみせると竹千代へ豪語したのは己《おのれ》ではないか！

と、ここで忠勝の乗る砦城《フオオト》天守の天井板が開き、忍び装束《しょうぞく》の男が軽捷に飛び降りてきた。

服部《はっとり》忍びの伝令である。忍びは手短にこう告げた。

「本多《ほんだ》様。ただちに城へお戻りくだされ」

瞬間的に頭へ浮いたのは榊原康政《さかきばらやすまさ》が降伏を提案し、それが城内で決したのではないかということである。が、続く伝令の言葉は忠勝の予想とは大きく異なっていた。

「殿が魂鋼《たまがね》摘出をご決断されました由。陣間へ向かい、岡崎《おかざき》城出陣の御準備を！」

「何⁉」と、驚き耳を疑った忠勝。だが、間もなくその顔に笑みが浮いてきた。

「左様《さよう》か……ご決断されたか……」

物思うようにこう呟《つぶや》くと、即座に傍らにいた侍大将へ告げた。

「ここは任せる。桜井《さくらい》城、上野《うえの》城と連携し、少しでも多く出陣までの時を稼げ！」

「ハッ！　お任せあれ！」

ひとつ頷《うなず》くと本多忠勝は、伝令の忍びとともに砦城《フォオト》の搦《から》め手口へと駆け出した。

竹千代は衣服の上を脱ぎ、天守の床に座っていた。

すでに酒井忠次《さかいただつぐ》、榊原康政は天守の階段を下り、岡崎城出陣の準備へと向かっている。今天守には竹千代の他、半蔵《はんぞう》、佐吉《さきち》、さやかのみが残っていた。

天守の床面には木火土金水《もっかどごんすい》の五行を象徴する五芒星《ごぼうせい》形と、東方青龍《せいりゅう》・北方玄武《げんぶ》・西方白虎《びゃっこ》・南方朱雀《すざく》の四象および二十八宿を表した天球円を組み合わせた魔方陣が刻まれていた。背後の壁面には複雑巧緻な曼荼羅《まんだら》図。魔方陣を囲み、前方に巨大な護摩壇《ごまだん》がひとつ、周囲に小型の護摩壇が複数配置されている。これらは全て城主が岡崎《おかざき》城を操城するための装置であった。すなわち、この天守が鐵城《キャッスル》のコックピットということになる。

「殿、騒速《そはや》は持っておりますね？」

「ああ」と、竹千代《たけちよ》は腰に差したそれを鞘《さや》込めのまま引き抜き、半蔵《はんぞう》に手渡す。未《いま》だ自身の魂《たま》鋼《がね》を込めていない騒速だが、松平《まつだいら》当主の証しとして普段から携帯していた。

「手早く説明いたしやす」

半蔵が神妙な声でこう言った。

「体内から魂鋼を摘出すると申しやしても、お体を切ったりするわけじゃありません。呪術的な方法を用いて、この騒速――魂鋼刀《たまがねとう》に殿の体内の魂鋼を引き寄せます。引き寄せられた魂鋼は体内からせり上がってきて排出されます。皮膚に多少の裂傷はできますが、それ自体が殿のお命を奪うってこたぁありやせん」

すでに竹千代も知っていることである。半蔵が説明するのは、覚悟を確認するためであった。

「問題は、殿の魂鋼が心臓とくっついちまってるってことです。全部を取り出せるなら簡単ですが、一部は残さなけりゃなりません。難しいのはその案配です。ちょっと間違えて、余計な部分を取っちまえば心臓に孔《あな》が開きます。術者の腕が試されますな」

かく言う半蔵こそが、その術者である。魂鋼摘出の秘術は代々軍師に伝えられているのだ。

「それだけじゃあ、ございやせん。急な魂鋼の摘出に殿の心臓が堪えられず、正しく脈打たなくなるかもしれません。もう一度お尋ねしやすが、やりますかい？」

「ああ。俺は半蔵を信じている」

迷いなく竹千代は答える。半蔵は頷《うなず》いた。

「では、やりましょう。横になってください」

竹千代は仰向《あおむ》けになった。泰然《たいぜん》とふるまう竹千代だったが、その内面にはやはり不安と緊張とがあった。ここで命を失うか、生きて力を手にするか。五分《ごぶ》五分の賭《か》けである。

さやかが祈るように両手を組み、ぎゅっ、と瞼《まぶた》を瞑《つぶ》った。

対して佐吉《さきち》はしっかと目を見開き姿勢よく端座している。

半蔵が騒速を抜いた。水に濡れたような刀身が露《あら》わになる。刀身を静かに竹千代の胸元へ当てた。ひやりとした感触を竹千代は胸に覚える。

瞼を閉じた半蔵の口より厳粛に呪の声が流れだした。摩利支天《まりしてん》の真言《しんごん》である。しばし、天守内に半蔵の唱える陀羅尼《だらに》の声が厳かに響き続けた。やがて、ぼおっと騒速の刀身より蒼《あお》い神秘的な光が生じ始める。途端、キーンッと竹千代の胸に刺すような痛みが走った。

（うっ……！）

胸の内に異物感が生まれた。何かがそこで蠢動《しゅんどう》する不快な感覚がある。心臓の魂鋼が騒速に誘引されて動き始めたのだ。胸元に熱が生じてくる。抉《えぐ》られるような激痛が湧《わ》き起こった。

「ぐっ、ぐあああ……っ」

堪らず声が漏れた。

「たけち……！」

さやかが声を上げようとして、呑《の》み込む。半蔵《はんぞう》の集中を乱してはならぬと己《おのれ》を制したのだ。

ふわっ、と竹千代《たけちよ》の胸元に蒼《あお》い光が浮き上がる。佐吉《さきち》が驚きとともに僅《わず》かに膝立ちになった。

「これは……？」

竹千代の胸の光は、明らかに内部の魂鋼《たまがね》が騒速《そはや》に呼応して発光し、皮膚を透かして浮き上がったものだった。その範囲、左胸を完全に覆うほどの大きさである。

「お、大きい……？　この大きさは……？」

佐吉が、刀に込められる前の魂鋼を見たのは初めてだった。だが、魂鋼の平均的な大きさは握り拳《こぶし》程度と聞いている。今、竹千代の胸に浮いて見えている魂鋼は、その三倍以上はあった。元服を過ぎても摘出されなかった竹千代の魂鋼は、体内で平均を遥かに超える大きさに成長していたのである。魂鋼の大きさはそれを排出する際に生じる痛みの大きさにも比例していた。

「ぐあっ！　があああっ！　うぐあっ！」

凄《すさ》まじい痛みに竹千代は身をよじる。肛門から棘《とげ》のついた大石を口腔《こうくう》まで通すような痛みであった。心臓部から魂鋼が筋肉を押しやりながらせり上がってくるのがわかる。まなこを零《こぼ》れ落ちんばかりに見開き、両手の指が宙を掻《か》き、苦鳴とともに口からは唾《つば》が迸《ほとばし》った。

激痛に苛《さいな》まれる中、竹千代は己の心臓が強く動悸していることを意識する。

(や……やばい……！　これは……)

発作が起こる前兆であった。無理やりに魂鋼《たまがね》をひっぺがされた心臓が、その負荷によって異常な脈動を開始したに違いない。今、この状況で発作が起こるのは文字通り致命的であった。

(だっ……ダメだ！　鎮まれ！　鎮まってくれ！　俺の心臓！)

だが、そう思えば思うほどに心臓の動悸は強くなる。息がつまり、呼吸が困難になってきた。体外へと排出される魂鋼の痛みと相まって、竹千代《たけちよ》の意識が徐々に遠くなっていく。このまま意識を手放せば、もう二度と戻ってこられないという予感があった。五分《ごぶ》は生き、五分は死ぬ魂鋼摘出。その五分の死の側へ、竹千代は引っ張り込まれようとしていた。

視界が真っ白になる。その白の内に竹千代の意識もまた掻《か》き消えようとした時であった。

「竹千代。頑張って……。頑張って……。頑張って……」

声が聞こえた。その声がすんでのところで竹千代の意識を五分の生へと繋《つな》ぎ止める。

さやかが瞳を閉じ、一心に口中で念じて続けていた。

竹千代の胸元の光が強まり、ぐうっ、と大きく盛り上がる。めりめりと内部からの圧力を受け、皮膚が裂けた。蟬《せみ》の羽化《うか》を見るかのごとく裂傷の間より眩《まばゆ》く光るものが迫《せ》り出してくる。見惚れてしまうほどに美しい鉱石――魂鋼であった。

「ぐっ、ぐあああああああああぁぁぁぁぁっ！」

断末魔を思わせる竹千代の絶叫とともに魂鋼が爆《は》ぜるように排出された。

くわっ、と閉じられていた半蔵《はんぞう》の瞼《まぶた》が開かれる。

「きてぇいっ！」

裂帛《れっぱく》の気合を上げ、半蔵が中空へ飛んだ魂鋼へ、騒速《そはや》を叩きつけた。

——キィィインッ！

と、いう鮮烈な音とともに、弾き落とされたと見えた魂鋼が、騒速の刀身に付着していた。

騒速、魂鋼、ともに蒼《あお》い光を強めたかと思うと、魂鋼が飴《あめ》を熱したかのように形を崩していく。

一見して光放つ液状と化したかのごとき魂鋼は、刀身全体へと薄く広がり、染み入っていった。

ブンッ、と半蔵が騒速をひと振りし、ぴたりと正眼《せいがん》につける。

煌々《こうこう》と湯気のごとく蒼い光を放出する騒速は、以前よりも一回り長く太く変わっていた。

これにて魂鋼の摘出は終了したのである。

「竹千代！」

弾かれたようにさやかが倒れる竹千代へと馳《は》せ寄った。竹千代は倒れたままぴくりとも動かなくなっている。瞼を閉じてぐったりしていた。見たところ半蔵の施術は成功している。だが、あれだけ大きな魂鋼を急激に切り離された竹千代の心臓への負荷は相当なものであったろう。

「竹千代！　竹千代！」

さやかがその身を揺すった。薄《うつす》らと竹千代の瞼が開く。

「ははっ。痛かったぁ～……」

こんな声を漏らした。安堵《あんど》したさやかの目からぽろぽろと涙が零《こぼ》れる。

竹千代《たけちよ》はさやかを安心させるように微笑《ほほえ》みを返した。

「殿」と、半蔵《はんぞう》が騒速《そはや》を手にし、竹千代に歩み寄る。

「これが殿の魂鋼刀《たまがねとう》になります」

半身を起こした竹千代の前に、うやうやしく跪《ひざまず》き、騒速を差し出した。しばし竹千代は呆《ぼう》然《ぜん》と刀身に魅入る。だが、すぐに表情を引き締めると、騒速の柄《つか》を手に取った。

「よしっ！〈鉦偉亞吽《アイアン》岡崎《オカザキ》〉出陣だ！」

七

パオ、オォォォンッ！　パオ、オォォォンッ！

高らかと岡崎《おかざき》城戦《いくさ》備えを告げる法螺《ほら》貝の音が、城中および城下へ響き渡った。

「遅れてすまぬ！　ただいま参着致した！」

息を荒らげて本多忠勝《ほんだただかつ》がその巨体を現したのは、岡崎城本丸御殿の地下に造られた陣間である。すでに陣間には甲冑《かっちゅう》を着こんだ本多忠勝配下の足軽衆が集合していた。

武神と称される本多忠勝率いる忠勝隊は、勇猛果敢、血気に盛んな荒武者ぞろい。その半数は、現在上和田《かみわだ》城、上野《うえの》城、桜井《さくらい》城に搭乗し、虎型砦《フォオト》城と交戦中であった。ゆえにここに集まった隊員もまた半数。だが、集合した面々の奮起した面《つら》がまえを目にし、忠勝は確信した。

（うむっ！　じゅうぶんよ。陀威那燃《ダイナモ》働きに不足なし！）

声を張り上げ、檄《げき》を飛ばす。

「久方ぶりの鐵城戦《キャッスルいくさ》じゃっ！　皆の者、心して臨めいっ！」

おおおっ！　と、猛々《たけだけ》しく足軽衆が応えた。

「こりゃーっ！　おぬしら、若い者になど負けるでないぞーっ！」

こちらは二の丸地下の陣間。酒井忠次《さかいただつぐ》が扇子《せんす》をふりふり酒井隊の武士らを鼓舞《こぶ》している。

「わかっとるわーい、じさまーっ！」

応えた酒井隊の侍どもは上は七十過ぎ、若い者でも五十越えの老兵ばかり。さながら老人介護施設のごとき感は否めないが、いずれも矍鑠《かくしゃく》とし、合戦経験豊富な古参の老武者どもである。

「皆さん。支度は万全ですか～？　後で焦らぬようにしっかり準備しておきましょうねぇ～」

こう榊原康政《さかきばらやすまさ》が持ち前の飄々《ひょうひょう》たる声を上げているのは、三の丸地下の陣間だ。

「ハッ」とこれに応えた榊原隊の面々は内に闘志を秘めつつも落ち着いた面構《つらがま》え。

本丸に本多隊、二の丸に酒井隊、三の丸に榊原隊。他にも富士見櫓《ふじみやぐら》、多聞櫓地下の陣間にも侍大将に率いられた小部隊が詰めていた。

そして天守本陣には、新たに岡崎城主となった松平《まつだいら》竹千代の、床几《しょうぎ》に座した姿がある。

傍らには軍師服部《はっとり》半蔵の立ち姿。少し離れて控えるのは軍師見習い石田佐吉《いしださきち》。

今、竹千代は己《おのれ》の魂鋼を込めたばかりの騒速を握り、瞳を閉じ、深く瞑想《めいそう》していた。

竹千代《たけちよ》の胸には赤く血の滲《にじ》んだ布が巻かれている。呪術的な手段で摘出された魂鋼《たまがね》は、竹千代の筋肉や内臓をほとんど傷つけてはいないが、表皮を突き破った生々しい傷はそこに残っていた。未《いま》だ痛みはあるが、今、その痛みが竹千代には誇らしく感じられている。

「殿。やり方はご存知ですな？」

「ああ。大丈夫だ」

竹千代が静かに目を開け、床几《しょうぎ》を立つ。

「いくぞ〈鉦偉亞吽《アイアン》　岡崎《オカザキ》〉！　戦《いくさ》備えだ！」

叫ぶとともに、竹千代は騒速《そはや》を一気に床面の魔方陣中央へと突き立てた。

途端、魔方陣が蒼《あお》く光を放つ。魔法陣のみならず背後の曼荼羅《まんだら》の諸仏が蒼く点灯する。ボッ、ボッ、ボッ、と周囲の護摩壇《ごまだん》に蒼い龍氣《りゅうき》の焔《ほむら》が順繰りに灯《とも》った。これは岡崎《おかざき》城最奥部に存在する〝龍氣機関〟に龍氣が伝導され、起動し始めたことを示している。

この龍氣機関こそが龍氣を動力へと変換する鐵城《キャッスル》の心臓部。足利《あしかが》幕府滅亡後、現存する鐵城《キャッスル》は幾度となく改築増築を繰り返されてきたが、龍氣機関だけは何者にも作り出すことが叶わなかった。ゆえに日本国の鐵城《キャッスル》の数は減ることはあっても増えることは決してない。

瞬く間に天守内部が蒼い光に満たされた。その光は天守を漏れ出、稲妻状の軌道を描きつつ、本丸へ、二の丸へ、三の丸へ、富士見櫓《ふじみやぐら》へ、多聞櫓へと伝導していった。

この時、それらの地下陣間に詰める諸部隊の足軽たちは雄叫《おたけ》びを上げている。

「きたきたきたぁぁぁっ！　回せ回せぇっ！」

各陣間は広大な地下空間である。そこに数限りない巨大な車輪上の機巧が複雑に組み合わさり、みっしりと詰まっていた。そのひとつひとつに足軽が入り、猛然と駆け足をすることで車輪は回転する（ハムスターの回し車を想像していただきたい！）。

――〝陀威那燃《ダイナモ》〟と呼ばれる鐵城《キャッスル》の機巧である。

これを足軽衆が回転させることによって龍氣《りゅうき》を増幅させ、鐵城《キャッスル》各部位の機巧を起動させるのだ。〝足軽〟なる名称の由来は陀威那燃《ダイナモ》内で軽快に駆ける者の意なのである。

見よ！　足軽たちの駆け足で猛回転する陀威那燃《ダイナモ》が燦然《さんぜん》たる輝きを帯びだしたではないか！

城下町より岡崎《おかざき》城を眺めてみれば、天守が、本丸が、二の丸が、三の丸が、富士見櫓《ふじみやぐら》が、多聞櫓が、ぼうっ、と光放つのが見えたであろう。

ゴゴゴゴゴゴゴッ……！　凄《すさ》まじい鳴動！　そして激震！

天守を中心に岡崎城の敷地に複雑にして幾何学的な割れ目が生じる。天守曲輪《くるわ》、清水《しみず》曲輪、西端城《にしはじょう》曲輪が割れ目から分解し、建築物とともに滑るように移動しながら、沈み、迫《せ》り出し、組み合わさって、見る間に形を変えていく。結跏趺坐《けっかふざ》の姿勢をとる鎧武者《よろいむしゃ》の形へと！

本丸が右肩に、二の丸が左肩に、三の丸が腹部に、二つの櫓は天守門・埋《うずみ》門と合体し、両脚に、そして天守は頭部へと！　バカッと天守が左右に割れて、凛々しい造形の若武者の面《おもて》が現れる。ギョンッと何かが起動する音。両眼に城主の意思とともに蒼《あお》い光が灯《とも》った。

ドロドロドロドロドロドロドロドロドドドドォォォ！

パオパオパオオォォォォン！　パオォォォォォン！

鳴り響く陣太鼓！　鳴り渡る法螺《ほら》貝の音！

人型と化した岡崎城が厳かに立ち上がる。堅固な野面積石垣《のづらづみいしがき》装甲の甲冑《かっちゅう》に鎧《よろ》われて、頭《かしら》には日輪のごとく燦然と金色《こんじき》に輝く羊歯《しだ》の葉形の前立《まえだて》を備えた大黒頭巾形兜《だいこくずきんなりかぶと》、背には葵《あおい》の御紋の染められた旗指物《はたさしもの》を靡《なび》かせる、おおっ、その天すら突かんばかりの凛然《りんぜん》たる立ち姿よ！

城下へ威容を誇示するがごとく、ビシリッ、と巨体が勇壮に見得を切る！

ヨッ！　待ってましたぁっ！


――〈鋥偉亞吽《アイアン》　岡崎《オカザキ》〉戦備え完了っ！　いざ、出陣なぁ～りぃ～！


ドロドロドロドロドロドロドドドドォォォ！

パオパオパオオォォォォン！　パオォォォォォン！　パオオォォォン！

今、天守正面の護摩壇《ごまだん》に焚《た》かれた龍氣の火炎には外界の景色が映し出されていた。護摩壇の火は循環する龍氣を通して隔たった場所の映像音声情報を伝達しているのである。

が、竹千代《たけちよ》は瞼《まぶた》を閉じ、それを見ていない。すでに竹千代の五感は岡崎城全体に拡張され、鐵城《キャッスル》の目を通して物を見ていた。

初めて竹千代《たけちよ》が操城する岡崎城《おかざき》。不思議な感覚であった。

乗り物を操縦しているという感じが一切ない。床几《しょうぎ》に座したまま体を動かしておらぬのに、手を動かそうと思えば岡崎城の手が、脚を動かそうと思えば脚が自然と動く。

己《おのれ》の肉体がそのまま城のサイズまで大きくなったかのようだ。いや、むしろ普段よりも五体が自由で力強くなった気すらする。これは錯覚ではない。岡崎城と一体になった竹千代は城の持つ武力そのものとも一体になっているのだ。

「よーし、順調に戦備《いくさ》えに変形できたな」

半蔵《はんぞう》が淡く明滅を繰り返す曼荼羅《まんだら》の諸仏を眺め、呟《つぶや》いた。曼荼羅に描かれた諸仏は岡崎城の各陣間の龍氣増幅量《りゅうき》を表示したものである。

「各陣間、龍氣の消耗を抑え陀威那燃《ダイナモ》を適切な回転量まで減速せよ！」

『承知致した』『わかっとるわい』『了解しましたぁ』『ハッ！』『承知！』

立て続けに応える声が聞こえたのは左右に配置された小ぶりな護摩壇《ごまだん》からだ。

それぞれの護摩壇に灯《とも》った炎の中に、本多忠勝《ほんだただかつ》、酒井忠次《さかいただつぐ》、榊原康政《さかきばらやすまさ》、ふたりの足軽大将ら、各陣間の指揮官たちの顔が映し出されている。

いたずらな陀威那燃《ダイナモ》の回転は龍氣の消耗に繋《つな》がり、活動停止、場合によっては鐵城《キャッスル》と五感を共有する城主の精神と体力をも擦り減らす結果となる。また、片寄ってどこか一カ所の陣間が回転数を速めたり、遅くしたりすれば、鐵城《キャッスル》の動きの均等が崩れ、動作に支障が生じる。

その案配を見極め、城主が操城に専念できるよう各陣間に指示を送るのが軍師の務めなのだ。

竹千代が目を凝《こ》らすと、自動的に遠眼鏡《とおめがね》機巧が作動し、遠くの景色が拡大される。城下町の中央付近で争い合う三城の松平《まつだいら》砦城《フォオト》と虎型砦城《フォオト》の姿が見えた。

砦城《フォオト》は鐵城《キャッスル》と比べて圧倒的に小さい。幼児と大人ほどのサイズの差がある。龍氣を用いず絡繰《からく》りのみで動かす砦城《フォオト》はおのずとその規模に限界があるからだ。

猛虎のごとく凶暴に見えていた虎型砦城《フォオト》が、今は大きな猫ほどにしか感じられない。

虎型砦城《フォオト》の名乗り法螺《ほら》貝より漏れ聞こえたのは、内に詰める盗賊どもの狼狽《ろうばい》の声だった。

『なっ、なっ、どういうことだよぉっ！　松平は城を動かせねえんじゃなかったのか！』

『これじゃあ、話が違う！　お、お頭、撤退しやしょう！』

即座に、ドガッ、と人がぶん殴られる音がする。

『ビビんじゃねえ！　あんな鐵城《キャッスル》にビビってて、今川《いまがわ》をぶっ倒せるかっつうんだよ！』

睨《にら》むように虎型砦城《フォオト》の首が岡崎城に向けられた。

『うおらっ！　いくぜえっ！』

タッ、と地を蹴《け》って虎型砦城《フォオト》が岡崎城へ向けて駆け出した。

「全陣間、合戦に備えよ！」

鋭く発された半蔵の声に、護摩壇の火に映る武将たちの顔が一斉に『おうっ！』と応える。

「よっし！　いくぞ、岡崎《おかざき》っ！」

気合の声を発し、竹千代《たけちよ》は岡崎城を前進させる。

すでに虎型砦城《フォオト》の姿は数町先まで迫っていた。双方、互いに激突せんとしたところで、パッ、と虎型砦城《フォオト》の身が跳躍する。その手にはギラギラと鉤爪《かぎづめ》が輝いていた。

『食らいやがれっ！』

岡崎城の喉首へ襲いくる鉤爪。が、龍氣《りゅうき》によって鋭敏化された竹千代の目は、疾風の動きを捉《とら》えきれている。ブンッ、と振り上げられた岡崎城の右腕は本丸の陀威那燃《ダイナモ》によって強化されていた。強靭化《きょうじん》した右拳《こぶし》が虎型砦城《フォオト》に炸裂する！

『なあっ!?』

凄《すさ》まじい一撃が虎型砦城《フォオト》を毬のごとく吹っ飛ばす。赤い城体が城下の外まで飛んでいった。

心臓の弱い竹千代だが、幼少期より武術の鍛錬《たんれん》を欠かしたことはない。今の場面で反射的に体が動いたのは、鍛錬の賜物と言えた。

「追撃するぞ！　富士見櫓《ふじみやぐら》陣間、多聞櫓陣間！」

半蔵《はんぞう》が即座に脚部を担当する二陣間に下知《げち》を放った。漲《みなぎ》る脚部の龍氣を意識しつつ、竹千代は岡崎城を虎型砦城《フォオト》の飛んでいった郊外まで駆けさせる。

城下を抜けたところで、地に倒れる虎型砦城《フォオト》の姿が目に入った。岡崎城が接近すると、虎型砦城《フォオト》は蹶然《けつぜん》と身を跳ねあがらせ、距離を取って着地する。

『く、くっそぉ……』

歯ぎしりとともに虎型砦城《フオオト》が声を絞り出す。

竹千代は、岡崎城を身構えさせ、威圧的にこう言った。

『まだやるか？　おとなしくお縄につけば命までは取らないぞ』

竹千代の呼びかけを受け、虎型砦城《フオオト》の猫面が睨《にら》むように首を上げた。

『なっめんじゃねえぞ……。こんなところで負けたんじゃ、おっかさんに叱られらぁ……。温存しときたかったが、ここが正念場ってやつか。全力でいくぜ……』

『やめとけ。砦城《フオオト》一体で鐵城《キャッスル》に敵《かな》うと思ってんのか？』

『誰が砦城《フオオト》っつったぁっ！　ちっこいからって侮るんじゃねえぞぉおおっ！』

途端、ボッ、と虎型砦城《フオオト》より蒼《あお》い輝きが迸《ほとばし》った。さながら操城主の感情の発露に呼応するかのように！　その光、紛《まご》うことなき龍氣の煌《きら》めき!?

『なんで砦城《フオオト》から龍氣が……!?』

竹千代が驚きの声を発した。

『いくぜ、井伊谷城《いいのや》！　変形だぁっ！』

虎型砦城《フオオト》を包む輝きが眩《まばゆ》いばかりに高まった。蒼の光の中で虎型砦城《フオオト》の赤い装甲が割れ、組み変わっていくのが朧《おぼろ》にうかがえる。ガシンッ、ガシャンと金属が外れ、また組み合わさる音が響き渡った。四脚が形を変え後脚で立ち上がり、直立する。パッ、と散るように光が掻《か》き消えた時、そこに立っていたのは朱色の甲冑《かっちゅう》に身を包んだ若武者形《なり》の城であった。

『赤い閃光！　〈凜駆主《リンクス》　井伊谷《イイノヤ》〉武者備え、完了っ！』

見得を切った井伊谷城《いいのや》の赤い頭形兜《ずなりかぶと》には金箔押《きんぱくおし》の大天衝脇立《おおてんつきわきだて》が勇壮に光を放っていた。

「井伊谷城だと……もしや……？」

半蔵《はんぞう》が呟《つぶや》いた時、虎型砦城《フオオト》改め、井伊谷城が、タッ、と地を蹴《け》り疾駆してきた。

速い！　龍氣《りゅうき》によって増幅され、先程の虎型だった頃とは比較にならぬ速度である。

その両腕には鋭利な鉤爪《かぎづめ》が変形してなお残されたままだ。

『うおりゃあああっ！』

一跳足で間合いを詰める井伊谷城、規模こそ小さい砦級《とりで》だが、その身軽なことは驚くばかり。辺りを蹴立てて飛び回り、二対の鉤爪が一閃《いっせん》二閃と孤を描き、岡崎城《おかざき》へと襲いくる。

竹千代《たけちよ》の余裕が一瞬で霧散した。

息もつかせぬ早業で、所構わず繰り出される爪風を、岡崎城は足で躱《かわ》し腕で受け、致命傷を避け続けるも、その装甲には徐々に徐々に掻《か》き傷が刻まれていく。

『こ、このっ！』

正面に捉《とら》えたと見た井伊谷城に、叩き込まれる岡崎城の拳《こぶし》。が、すでに残像。拳は虚《むな》しく空を滑る。刹那《せつな》、左方に感得した殺気。視界の隅に見えた赤い影へ、素早く半転、唸《うな》りを上げる回し蹴り。しかし、その一撃はまたもや残像を掻き消すばかり。右かと思えば左に回り、左かと思えば右に跳び、変幻自在の井伊谷城の動きを岡崎城は捉えられない。

『どうした、どうしたぁっ！　デッケーのは図体ばかりかよ！』

「くそっ。調子に乗りやがって……！」

苛立《いらだ》ちに任せ、拳を繰りだそうとする竹千代を、半蔵の声が静かに制した。

「殿、挑発に乗って手を出しちゃいけやせん。守りに徹してください」

「だが、これじゃあ、防戦一方だ」

「それでいいんです。向こうは焦ってますよ」

意外な言葉だった。

「ありゃあ砦城《フォオト》じゃなく鐵城《キャッスル》ですな。変形前は絡繰《からく》りだけで動かしてたんでしょう。さすがに岡崎城相手に絡繰りじゃ分《ぶ》が悪いと、ようやく龍氣を使い始めたってとこでしょうな」

そのぐらいのことは竹千代も察していた。砦城《フォオト》ならば龍氣を放つはずがない。

「だが、そこのところに向こうの弱みがある」

「弱み？」

「〝温存しときたかった〟って、さっきあいつ言ってましたね。龍域《りゅういき》を持たねえんで龍氣の補充が長くできてないんですよ。龍氣が尽きる前に勝負を決めたい。だから焦ってる」

「なるほどな……」

「速度は向こうが上でも、体格ではこっちが勝ってる。やっこさんがやけに動き回るのはそうやってこっちの隙《すき》を誘い出すためだ。それしか向こうに勝機はない。だが、動き回れば龍氣《りゅうき》を消耗する。こっちが守りに徹し、合戦が長期化すれば向こうの焦りは高まりやす」

「敵の龍氣切れを待つってことか？」

「そこまで待つ必要はありません。焦りが高まれば必ず隙が生まれる。そこを見極めて──」

「ぶっ叩く、だな？」

にっ、と半蔵《はんぞう》は不敵に笑みをもって答えた。

岡崎《おかざき》城は後方へ飛び退いて距離を取る。その距離を飛燕《ひえん》の速度で縮めてくる井伊谷《いいのや》城。シャッと繰り出された鉤爪《かぎづめ》の一閃《いっせん》を腕で受けつつ、岡崎城はまた跳び下がった。

『おらおらっ、逃げてんじゃねえぞ！　三河《みかわ》の松平《まつだいら》ってぇのは臆病者《おくびょうもの》かぁ！』

半蔵の話の後では、この井伊谷城の罵声《ばせい》も必死の挑発にしか聞こえない。無論、乗らない。両腕でしっかりと身の守りを固めつつ、軽い跳躍を繰り返し、後方へ後方へと退いていく。

『悔しかったらやりかえしてみやぁがれ！　おらぁっ！』

井伊谷城の猛攻はとどまるところを知らなかった。

だが、確かに焦っている。さらに頭に血も上ってきているらしい。動きが無茶苦茶で雑だ。もはや敵の鉤爪が岡崎城の装甲に掻《か》き傷を穿《うが》つことすらできなくなっていた。

(敵城に軍師はいないな)

鎮静化した竹千代《たけちよ》の頭はこんなことまで察する余裕が生まれている。軍師がいるなら、ここまで城主が激昂《げきこう》し冷静さを欠く前に諫《いさ》めるはずだ。逆を返せば軍師もおらぬのにここまで巧みに城を操《あやつ》り、小規模の鐵城《キャッスル》で岡崎城に抗《あらが》うその腕前は天晴《あっぱ》れと言えなくもない。

『てめっ、てめえっ、コラ、逃げんじゃねえっ！　戦え、コラァッ！　こっちゃあ、命かけても負けられねえんだ！　負けねえっ、負けねえっ！　負けねえぞ！』

我武者羅《がむしゃら》に振るわれる鉤爪は虚《むな》しく躱《かわ》され、空を切る。焦慮《しょうりょ》に任せて腕を振り回しているといった感じだった。これでは当たる攻撃も当たらない。

「本丸陣間、陀威那燃《ダイナモ》全開でお願い致す」

頃合いと見た半蔵が右腕を担当する陣間に告げた。

『承知した』

答えたのは本丸陣間の本多忠勝《ほんだただかつ》。本多隊の足軽衆が勇猛な鬨《とき》の声を上げ、陀威那燃《ダイナモ》を猛回転させる。見る間に岡崎城の右腕に龍氣が漲《みなぎ》り、輝きを帯びる。

『なっっっめんじゃねえぇぇぇえっ！』

怒号とともに真正面から突撃してくる井伊谷城。隙だらけだった。

「今です、殿！」

「おおっ！　いくぞ岡崎！」

岡崎城は充溢した龍氣で真っ蒼に輝く腕を振りかぶる。

「松平軍法〈厭離穢土式《おんりえどしき》鋞偉亞吽《アイアン》大鉄拳《だいてっけん》〉！」

閃光と化した右拳《こぶし》が爆然と井伊谷城《いいのや》のどてっ腹に炸裂した。

赤い装甲が弾け飛び、小柄な井伊谷城が後方数町の距離を流星のごとく吹っ飛ばされる。

『なっ⁉　なぁにぃいいいいいいっ！』

轟然《ごうぜん》たる響きとともに大地へ叩きつけられ、衝撃のままに擂《す》り鉢《ばち》状の大穴を穿《うが》った。舞い上がる土煙の中、ボッ、と井伊谷城の腹部でひと爆発起こり、もうもうと爆炎が立ち上る。

――〈凜駆主《リンクス》　井伊谷《イイノヤ》〉落城《げきは》っ！　盗賊討伐《とうばつ》、完了なぁ～りぃ～！

ドロドロドロドロドロドロドロドドドドォォォ！

パオパオパオオオオォォォォン！　パオォォォォォン！　パオオォォォン！

八

「ゆけゆけぇっ！　敵の大将を捕えろぉっ！」

岡崎《おかざき》城脚部の天守門と埋《うずみ》門が開き、足軽たちが雪崩《なだ》れ出て、活動を停止した井伊谷城へ殺到していった。井伊谷城の内より盗賊どもが躍り出て、活路を開かんと刀を振り回し応戦している。

瞬く間に田園地帯は双方入り乱れての混戦の場と化した。こうなっては巨大な鐵城《キャッスル》での下《へ》手《た》な援護は味方を巻き込む危険がある。竹千代《たけちよ》は岡崎城の天守で趨勢《すうせい》を見守るしかなかった。

「私もいってまいります」

佐吉《さきち》が半蔵《はんぞう》に告げた。

「いずれ片付くぜ。見な。本多《ほんだ》殿が部隊を率いて出ていってる。あっという間だ」

だが、佐吉は強い意志で首を振る。

「いつまでも文弱《ぶんじゃく》の徒と罵《ののし》られたくはありませんので」

それは普段から実際に佐吉へ向けられている言葉であった。

小才ばかり利き、戦場ではどうせ役立たずの文弱の徒。閉鎖的な武功一筋の荒っぽい三河《みかわ》武士たちからすれば、寡黙《かもく》で愛嬌《あいきょう》のない余所者《よそもの》の佐吉はそのように映るのだろう。

この機会に多少なりとも手柄を立てて、佐吉は文弱者の悪評を払拭《ふっしょく》したかった。

「わかった。いってこい」

半蔵の許可を得、佐吉は岡崎城内の階段を駆け下りて、天守門より表へ飛び出た。

この頃、夜天を覆っていた雲は流れ、戦場はぼんやり月明かりに照らされている。

未《いま》だ荒野の遠近《おちこち》で三河武士と盗賊とが刃を交えていた。捕えられる者は捕えられ、佐吉の出る幕はすでになさそうにも見受けられる。

佐吉は首を巡らせつつ駆け回った。どこかに残党がおらぬかと捜して走る。

「佐吉ぃー！」

聞きなれた声がした。ふと横を見れば、いつの間にかさやかが並走している。

「さやか？　戦場は危ないぞ」

「私は偵察。佐吉《さきち》こそ、わざわざ出てきたの？」

「文弱《ぶんじゃく》の徒と罵《ののし》られたくないからな」

佐吉は半蔵《はんぞう》に言ったのと同じことをその妹にも言う。さやか相手には「俺だって男らしく戦えるのだ」と、どこかしら見栄を張りたくもあった。

「それよりどこかに隠れている盗賊はいないか？」

尋ねられ、さやかは、ハッと何事か思い出したような顔になる。

「あーっ！　そうだった！　あそこの林の裏っ側に逃げてったやつらがいたの！　そいつらがお坊さんたちを追いかけてるの！　それをみんなに知らせようと思ってきたんだった！」

「お坊さん？」

佐吉は怪訝《けげん》そうに眉根を寄せた。

「たぶん旅のお坊さんだよ。馬に乗ってるから、それを奪って逃げようとしてるんだと思う」

「斯様《かよう》な夜更けに旅の……？」

いささか腑《ふ》に落ちぬ点があった。巨大な鐵城《キャッスル》と砦城《フォオト》の合戦ならば遠方からでもわかるだろう。旅人なら普通、避けて通り、近寄らぬ。馬に乗っているのなら、早々に遠ざかるはずだ。そもそも旅の僧侶《そうりょ》が馬に乗っているというのもどこかおかしい。

が、難しく考えるよりも武功を立てるほうが先決だった。

「わかった！」

佐吉は林へと方向転換する。

「ちょっ、ひとりでいくの？　危ないよぉ！　敵は三人いたよ！」

さやかの声を背に聞きつつ、佐吉は灌木林《かんぼくりん》へ跳び込んだ。文目《あやめ》もわからぬ闇の林であったが突っ切ったほうが早そうである。手柄を奪われる前に現場へ一番乗りがしたい。

さしてかからず林を抜けると、そこは月光に照らされた一面のすすき野原。

「いた」

二騎の馬が長脇差《ながわきざし》を握る盗賊三名に囲まれ、棹《さお》立ちになっている。馬上の者は確かに網代笠《あじろがさ》を被った僧形《そうぎょう》の人物。それが二名。さやかの言っていた通りだ。

「てめえっ！　その馬をよこしゃぁがれっ！」

盗賊は長脇差で脅しつけるが、僧侶二名は果敢に錫杖《しゃくじょう》を振って、それを払っている。

佐吉が刀を抜いて駆け出した。即座に盗賊がすすきを掻《か》き分ける音に気がつき、振り返る。

「げっ！　もうきやがった！」

「馬鹿っ！　びびるな、若造ひとりだ！」

バラバラと散開し、盗賊どもは佐吉を迎え討つ陣形を取る。

佐吉は足を止め、刀を正眼《せいがん》に構えた。不用意に飛び込めば、三方から一気に斬りかかられる。

「キエェェエイッ！」

鳥のごとき奇声を上げて、盗賊のひとりが躍り込んできた。上段より襲いくる凶刃を佐吉《さきち》は半身を開いて躱《かわ》しざま、敵の脇腹に重い峰打ちを叩き込む。ドッ、と盗賊がすすきに沈んだ。

「てんめぇっ！　よくも兄貴を！」

残るふたりが同時に突進してきた。小癪《こしゃく》な小僧を膾《なます》にせんと、佐吉へ浴びせくる刃の煌《きら》めき。が、佐吉は面憎《つらにく》いまでの無表情。我武者羅《がむしゃら》に振るわれる二閃の刃を丁々《ちょうちょう》と受け流す巧みな刀の冴え。隙《すき》見つけたりとばかりに炸裂した峰打ちが盗賊ひとりの肩骨を割り、昏倒《こんとう》させる。もうひとりが怖気《おぞけ》を見せ、怯《ひる》んだところをその脳天に、トンッ、と一発お見舞いすると、たちまち頭上に星が散り、白目をむいてぶっ倒れた。

チンッ、と涼やかな鍔鳴《つばな》りの音を響かせ、佐吉は襲われていた僧侶《そうりょ》二名に顔を向ける。

「お見事」

僧のひとりが口にする。鴉《からす》の鳴くような甲高い声であった。馬を降りて歩み寄ってくる。

「危ういところをお助けいただきかたじけない。松平《まつだいら》御家中の方かな？」

こう尋ねてくるその顔は網代笠《あじろがさ》に隠れてうかがえなかった。

「石田《いしだ》佐吉と申す軽輩者です」

「お強いの。流儀をお尋ねしてもよろしいか？」

「流儀と呼べるほどのものはございませぬ」

「我流か？」

「いえ、服部半蔵《はっとりはんぞう》様より学びました」

「ほう？」と、僧の声に驚きが生まれた。

「服部殿といえば、名に聞こえた三河《みかわ》松平家の名軍師ではないか？　いや、拙僧《せっそう》ら、京より国へ帰る旅の途上での。岡崎《おかざき》城とどこぞの砦城《フォオト》が合戦に及んでいたもので、服部殿の差配ぶりはいかがなものかと、失礼ながら戦《いくさ》見物をしておったのだ」

「危のうござりますぞ」

やや軽挙を非難するように佐吉は言った。

「なに、拙僧、戦場《いくさば》にはいささか馴染みがありましての……」

不敵なことを僧侶は言った。その言葉には言い知れぬ凄《すご》みがある。

思えば、先程盗賊三名に囲まれていた時も、この僧侶に動じる様子は見られなかった。もしかすると、佐吉が助けずともこの僧はあの三名の盗賊を退けていたかもしれない。

「それはともかく服部殿の直弟子とあらばさぞや将来を嘱望《しょくぼう》されておるのでありましょうな」

「いや、それは……」

嘱望どころか余所者《よそもの》の佐吉は松平家中において一員と認められていないきらいすらあった。今朝も酒井忠次《さかいただつぐ》よりあらぬ疑いをかけられ、不当な叱責を受けたばかりである。

僧は、佐吉の沈んだ雰囲気を敏感に察知した。

「そうではないと？　惜しいのぉ……。見たところ石田《いしだ》殿は利発な顔立ちをしておられる。賢良武勇の御仁を遊ばせておくとは……実に惜しい」

「御坊は、拙者《せっしゃ》を買いかぶっておられる」

「いやいや、どうしてどうして。どうかな、石田殿、我が殿の元へこられてみては？」

「は？」と、ふいの勧誘に佐吉《さきち》は目を丸くした。

「我が殿なれば、石田殿ほどの人材を蔑《ないがし》ろには致すまいぞ。手柄を立てれば然るべき城主の軍師に任ずることもありましょう。うむ。それがよろしい」

勝手に納得し、頷《うなず》く僧を佐吉は慌てて制した。

「お待ちください。御坊はいずこの家中の御方なのか？　いや、御名をお聞かせ願いたい」

只者《ただもの》ではないことは察していた。〝我が殿〟などという言いぶりからするにただの寺の住職とも思えない。どこぞの武家——それも大身《たいしん》の武家に仕える人物と佐吉は見た。

「拙僧《せっそう》の名か……？」

僧が網代笠《あじろがさ》を外し、隠れていた素顔を佐吉の前に晒《さら》した。

ゾッ、と佐吉の身に鳥肌が立つ。

皮膚が人とは思えぬ真紫色をしていた。剃髪《ていはつ》なのは僧ゆえ当然だが、頭髪のみならず眉一本、睫毛《まつげ》一本すらもない。鼻が猛禽《もうきん》の嘴《くちばし》を思わせて高く、耳は出羽《でわ》山中に巣くうという叡流風天《えるふてん》狗《ぐ》のごとく長く先が尖《とが》っている。だが、何よりも佐吉の胸に寒気を感じさせたのは、その目だ。

ギョロリと大きなまなこに対し、異様に黒目が小さい三白眼《さんぱくがん》。見つめられるとさながら爬《は》虫《ちゅう》生物の凝視《ぎょうし》を受けているかのごとき気味の悪さがあった。妖相と言っていい顔貌である。

息を呑《の》む佐吉へ、僧は独特の甲高い声でこう名乗った。

「拙僧は太原雪斎《たいげんせっさい》と申す」

その名を耳にし、佐吉は霹靂《へきれき》に打たれたかのごとき驚きを覚えた。

――太原雪斎。大国駿河《するが》の守護大名、今川義元《いまがわよしもと》の軍師として知られる人物であった。

九

足軽たちの勇猛な働きにより、多少の捕り逃がしはあるものの、およそほとんどの盗賊どもが捕縛された。そう竹千代《たけちよ》に報告が入ったのは、四半刻ほど経過した頃である。

「おまえか？　本当におまえがあの井伊谷《いいのや》城の城主なのか？」

ひっくくられ地べたに座らされたその首魁《しゅかい》の姿を見、竹千代は驚き、かつ呆《あき》れていた。

目の前で縛られているのは、年の頃十二、三といった少年だったのである。肌は全身褐色で、ボサボサの赤毛を茶筅《ちゃせん》に結い、赤い胸当ての下の着物もボロボロだ。反抗的な光を湛《たた》えた琥珀《こはく》色の双眸《そうぼう》は猫を思わせ大きく、口元から発達した糸切り歯が牙《きば》みたいに覗《のぞ》いていた。と、書けば京洛の乞食《こつじき》小僧とでもいった風だが、よくよく見ればなかなか愛らしい顔立ちをしている。

「べらぼうめっ！　おいらが井伊谷城の城主じゃいけねえかよ！」

怒った猫みたいに赤毛を逆立て、フーフーッと息を荒くしながら睨《にら》みつけてくる少年を、竹《たけ》千代《ちよ》はポカンとして見つめてしまう。名乗り用法螺《ほら》貝から聞こえた声色から、城主が若いことは察していたが、ここまで幼いとは思わなかった。

「ぼーっと見てねえで、縄を解きやがれ！　心配しなくたって、この井伊虎松《いいとらまつ》、腐っても武士だ！　逃げも隠れもしやしねえやい！　縄を解いて、腹を切らせろ、すっとこどっこい！」

息もつかせず喚《わめ》き散らす少年──虎松に、半蔵《はんぞう》が歩み寄った。しゃがみこんで目線を合わせると、にこっ、と笑う。赤子でも懐きそうな笑顔に、虎松は毒気を抜かれ、言葉を止めた。

「井伊虎松と言ったな？　もしや井伊直虎《なおとら》殿の近縁の者か？」

尋ねられ、虎松は不思議そうに半蔵を見つめ返した。

「おっかさんを知ってんのかい？」

「おっかさん？　直虎殿に子はなかったと聞いていたが……」

「本当のおっかさんじゃねえよ。だけど、おいらにとっちゃ、本当のおっかさんと同じだい」

「なるほどな……」

何事か納得したように頷《うなず》く半蔵に、竹千代は囁《ささや》いた。

「半蔵。井伊直虎って言えば……」

「ああ。〝女城主直虎〟だ」

竹千代も噂《うわさ》には聞いたことがある。遠江《とおとうみ》国の片隅、井伊谷《いいのや》という土地に湧《わ》いた小さな龍脈《りゅうみゃく》を代々守る〝井伊〟なる一族があった。その当主こそ井伊直虎。男のような名だが、女人である。女でありながら身に魂鋼《たまがね》を宿し、家督《かとく》を継いで城主となった。その操城術の巧みさは卓越したものがあり、国衆同士の合戦を見事に制して井伊谷の地を守っていたという。

この稀代《きたい》の女豪傑の名は遠江のみならず近隣諸国にまで轟《とどろ》き、人は彼女をこう呼んだ。

――〝女城主直虎〟あるいは〝女人鬼直虎《アマゾネス》〟と……。

「そうか直虎殿の義理の子か。未婚で子を持たぬ直虎殿ゆえ、分家から男子を養子に入れたとでもいったところか。直虎殿の薫陶を受けて育ったというなら、あの操城の腕前も頷けるな」

「だが、半蔵、井伊直虎は……」

「ああ、死んだよ」

竹千代の問いへ忌々《いまいま》しげに答えたのは、虎松だった。

「駿河《するが》の今川義元《いまがわよしもと》に攻められてな。井伊谷の龍脈も奪われちまった。おっかさんはおいらを井伊谷城に乗せて落ち延びさせてくれたんだ」

虎松の目に微《かす》かに潤みが生じる。

「おっかさんは最期《さいご》に言っていた。おいらは天から井伊谷に与えられた子――天津彦根《あまつひこね》だって。井伊谷城とおいらさえ生き残れば井伊の再興はなるってさ。だけど、その井伊谷城も……」

虎松は遠く煙を上げる井伊谷城に寂しげな目を向けた。

「戦で破損したのをなんとか修築したが、あんなに小さくなっちまった……。あれじゃ砦城《フオオト》だ。

おいらも御家を失ったやつらを集めたのはいいけど、盗っ人に身を落としちまってる……」

忸怩《じくじ》として漏らす虎松《とらまつ》だが、こんな幼い身で荒くれた浪人どもをまとめ上げ、盗賊団の頭領になっていたのだと思えば舌を巻く逞《たくま》しさである。

「おまえ、どうしてうちの城を奪おうとしたんだ？」

「決まってんだろ！　力が欲しかったんだい！　魂鋼刀《たまがねとう》の龍氣《りゅうき》も尽きてきて、逃げてばっかもいられねえって思ったのよ。どっかの龍域《りゅういき》を、いいや鐵城《キャッスル》を奪って力をつけようってな」

そんなおり、城を動かせぬ松平《まつだいら》は格好の標的であったのだろう。

「岡崎《おかざき》城を奪って三河《みかわ》の龍脈《りゅうみゃく》を手に入れる！　そうしてちっちゃくなっちまった井伊谷《いいのや》城を元通り……いいや、前よりもでっかい城に改築すんだよ！　天津彦根《あまつひこね》の城——彦根城にな！その力で今川《いまがわ》をぶっ潰《つぶ》し、井伊谷の龍脈を取り戻す。おっかさんの仇を討つんだ！」

大胆不敵というよりも無謀な策である。おそらく虎松は魂鋼刀の龍氣が底をつき始め、これが最後と望みをかけて岡崎へ挑んだのであろう。竹千代《たけちよ》は苦笑した。

「おまえ、強いなぁ。俺はおまえに学ばなきゃならないのかもな」

竹千代の言葉に、虎松は、ケッ、と地面へ唾《つば》を吐いた。

「で、どうします？　盗賊は磔《はりつけ》のうえ斬首《ざんしゅ》と決まっておりやすが……」

半蔵《はんぞう》に尋ねられ、竹千代はしばし考え込み、言った。

「いや、殺さない」

キッ、と虎松が竹千代を睨《にら》みつける。

「ガキだと思って情けをかけるんじゃねえ！　捕えられておめおめと生き恥を晒《さら》せるかい！　覚悟はできてる！　潔く腹を切って死んでやるから、とっとと縄を解きやがれ！」

威勢よく喚《わめ》き散らす虎松へ、竹千代は、くすっと笑い、首を振った。

「いや、殺さないよ」

「はあ？　な、なんでだよ！」

命拾いしたにもかかわらず、虎松は納得いかなげだった。

「ど、どういうことだよ！　わけわかんねえ！　おいらをどうするつもりだよ！」

不服そうに喚く虎松を眺めながら、竹千代は考え込んでいた。

（井伊《いい》一族はもともと今川に恭順する立場だったと聞く……。なのに攻め滅ぼされた……）

井伊が今川より離反したからという話だが、今川の策謀によって離反せねばならぬ状況に追い込まれたからだともっぱらの噂《うわさ》であった。そうやって今川は半独立の勢力を保っていた国衆を滅ぼし、完全に遠江《とおとうみ》一国を併呑《へいどん》したのである。

（では、三河は？　松平はどうだ？）

遠江の状況はそのまま未来の三河と言っていいかもしれない。

今川の侵略で領地を失い野盗に身を落とし、お縄にかけられる井伊虎松……。それは、もしかすると将来の竹千代の姿かもしれなかった。ゆえに竹千代は虎松を殺せなかったのである。

（俺は岡崎城《おかざきじょう》を動かせるようになった。だが、今川《いまがわ》が三河《みかわ》に侵攻してきた時、それだけで俺はこの松平《まつだいら》を守り通せるのだろうか？）

かつて岡崎城は〝獅子王《ししおう》〟なる強力な城剣を装備し、三河最強の城と呼び習わされていた。

現在の松平一族の衰退は、獅子王が失われたことによるものと言っていい。

（獅子王に代わる強力な武具を持たねばならない）

こう思った時、脳裡に蘇ったのは近江《おうみ》で見た織田《おだ》と六角《ろっかく》の合戦であった。あの時、織田は神々しいまでの威光を放つ強力な城剣を用い、瞬時にして六角軍を壊滅させた。

（俺も……織田のような圧倒的な力を備えた武具を……！）

竹千代《たけちよ》の胸中に、めらっと燃え上がるものが生まれる。

魂鋼《たまがね》を摘出する前に竹千代の胸に燻《くすぶ》っていたのは〝夢〟の火であった。今、昼寝から覚めた竹千代の胸には、新たな炎が燃え上がっている。すなわち——〝野心〟の焔《ほむら》。

（今川に負けぬ圧倒的な力を！　俺の命尽きる前に天下に名乗りを上げられるだけの力を！）

ああ、誰知ろう。その圧倒的な力を竹千代は間もなく手にすることになる。

だが、その力を竹千代が手にする代償は決して小さくはなかったのだ……。

【大《おおきな》海《かい》龍《りゅう》三《み》河《かわ》湾《わんの》合戦《たたかい》】

一

漁師の朝は早い。

この日、幡豆《はず》の漁師磯兵衛《いそべえ》は、息子の潮吉《しおきち》とともに、夜明け前の暗い三河湾に舟で出ていた。穏やかな海面が星明かりに照らされ、薄《うっす》らと明るい。右手に目を向ければ知多《ちた》半島が、左手には渥美《あつみ》半島が黒い影となって眺められた。そのふたつの半島の向こう側は伊勢《いせ》湾である。

「今日も魚のかかりが悪いなぁ……」

海中に仕掛けておいた網を潮松とともに引き揚げながら、磯兵衛がぼやいた。網には雑魚《ざこ》が数匹跳ねている程度である。このような不漁がもう七日は続いていた。

「何か悪いことが起こらなきゃいいがなぁ……」

父親の不安げな呟《つぶや》きに、息子の潮吉が尋ねた。

「悪いことってなんだい？　魚が捕れねえだけでじゅうぶん悪いことじゃねえかよ」

「いや、なあ、こういう理由もわからん不漁が続く時ってのは、必ず何か悪いことが起こるのよ。今日は早く引き上げたほうがいいかもしれねえなぁ……」

こう磯兵がぼやいた時である。

「あっ！」と、ふいに潮吉《しおきち》が声をあげた。

「お、おっとう……あ、ありゃあ、なんだい……」

まなこを見開き、沖を指差している。磯兵衛《いそべえ》もまた目を見張った。

沖の向こう、伊勢《いせ》湾内で水面がぼんやりと蒼《あお》く光っている。その範囲が広い。光の中心から優に二十間四方ほどの海面がてらてらと妖しく輝き、夜天の星すら霞ませている。

ここで舟が揺れた。今の今まで凪《な》いでいた海が突如《とつじょ》うねり、大波を生じさせたのである。

「うわっ！　わわわわっ！」

自然な大波ではなかった。巨大な何かが海中で動いたことによって生じた波に違いない。

「おっとう、あれっ！」

沖の光る水面が輝きを強め、丘のごとく盛り上がっている。海中にあった何か――正体不明の巨大発光体が浮上しているのだ。それが海面を割って姿を現したのは間もなくのこと。

荒れくるう海原の中、舟上のふたりは己《おのれ》の目を疑った。

高らかと屹立《きつりつ》したそれは一見して煌々《こうこう》と輝く鐘楼《しょうろう》であった。海中より鐘楼が生え、雨後の竹の子を思わせグングンと伸びあがっている。初め、そのように二名の目には映ったのだ。

が、違う。驚くべし。なんとそれは――

「か、刀ぁ!?　ありゃあ、刀だよ、おっとうっ！」

海中より現れたのは鐘楼のごとく馬鹿でかい日本刀だったのだ。

この一事だけでも驚天動地の大椿事《だいちんじ》！　だが椿事には続きがあった。巨大日本刀に続き、真っ黒い島のごときものが浮き上がってきたのである。実際、それは島と言って差し支えないほどの大きさがあった。巨大日本刀はその島のごときものに突き立っていたのである。

それが海上に姿を見せたのは一瞬。すぐに海中に隠れ、ただ巨大日本刀のみが突き出て見える。その日本刀がうねうねと蛇行しながら滑るように三河《みかわ》湾内へと進入し始めたではないか。

「に、逃げろっ！　潮吉！　陸に向かって漕《こ》げ！」

無我夢中で櫂《かい》を漕ぐ舟へとみるみる日本刀が迫りくる。さながら海面すれすれを泳ぐ鮫《さめ》の背びれを見るかのようだった。しかし、鮫と言うには大き過ぎる！　鯨《くじら》と言ってもまだ足りぬ！

「あ……ありゃあ……も、もしかして……」

磯兵衛が愕然《がくぜん》と声を漏らす。すでに巨大日本刀は半町ほど背後に迫り、転覆しないのが不思議なほどの大波が舟を苛《さいな》んでいた。

「ありゃあ……ありゃあ……あれだぁっ！　も、も、ももも……」

途端、水柱が奔騰《ほんとう》する。集中豪雨のごとき水しぶきが降り注ぐ中、磯兵衛と潮吉は、海上へと躍り出た巨大なものの戦慄《せんりつ》的なシルエットをほんの一瞬だが垣間見たのであった。

「猛者海龍《モササウルス》だあああああああっ！」

舟が波に呑《の》まれ木っ端《こば》と化す直前に磯兵衛が口にしたのは、漁師たちの間で語られる伝説上の荒ぶる龍神の名であった……。

二

「何？　三河湾《みかわわん》に猛者海龍《モササウルス》が出現したと？」

岡崎城《おかざき》へ現れた漁師の陳情を聞き、冷静沈着な本多忠勝《ほんだただかつ》もさすがに耳を疑った。

「へえ。そうなんでございやす」

庭に平伏《へいふく》する幡豆《はず》の漁師の頭領沖蔵《おきぞう》が地につけていた頭を上げた。

広間に面する庭である。広間の障子《しょうじ》は開け放たれ、上段の間に竹千代《たけちよ》が座していた。本多忠勝、榊原康政《さかきばらやすまさ》、酒井忠次《さかいただつぐ》、半蔵《はんぞう》が居そろっている。広縁にはひっそりと佐吉《さきち》が控えていた。

「村の仲間が朝に海へ出て、猛者海龍《モササウルス》に襲われ、命からがら泳ぎ戻ってきたんでやすよ。他にも仲間が何人も……わしも遠くからですが海を泳ぐでかい姿を見ておりやす」

最前から漁師は、竹千代ではなく忠勝に向けて訴えていた。若輩の竹千代よりも忠勝のほうが威厳があり、領主然として見え、頼りがいがありそうだったからだろう。

「生半には信じられぬな。何か……そうさな、鯨《くじら》か何かと見間違えておるのではないか？」

「いいえ！　ありゃあ、鯨なんてもんじゃありませんよ。見りゃあわかります。山のようにデカいんですよ。肌だって岩みてえにゴツゴツしてましたし。まるで生きた島でしたなぁ。それに猛者海龍《モササウルス》の背中にゃ、塔みたいにデカい刀が突き刺さっておりましてな」

「塔のごとく大きな刀……と？」

「へえ。それで痛くて暴れてるに違いありゃあせんな。おっかなくて舟が出せねえってんで、みんな困ってますよ。なんとかお願えします。本多様」

やはり竹千代ではなく忠勝に訴えていた。竹千代は内心で苦笑する。

「しかし、うぬは幡豆の漁師であろ？　我らではなく吉良《きら》殿に訴えるのが筋ではないか？」

幡豆は岡崎の南隣にある郡で、三河湾に接している。その幡豆を治める国衆が吉良一族だ。松平《まつだいら》の領地は三河湾に接していない。忠勝の言うように三河湾での問題を松平に訴えるのはおかしい。せめて幡豆郡の隣で三河湾沿岸の宝飯《ほい》郡蒲郷《がまごおり》の国人領主鵜殿《うどの》一族を頼るべきだろう。

「訴えましたが、吉良の殿様はそんな暇はないとお目通りも叶いませなんで……」

漁師は力無くうなだれた。

「まあ、吉良の一族は矢作《やはぎ》川を挟んで東条吉良と西条吉良に分裂し、抗争の真っ最中だそうですからね。暇がないというのは嘘《うそ》じゃないでしょう」

こう言ったのは、周辺勢力の動向に明るい榊原康政である。

「蒲郷の漁師が鵜殿の殿様に訴えたって話を聞きやしたが、そちらも動いてはくれねえそうで。それで松平様を頼るしかねえと……。こうやって話を聴いてくださったのは松平様だけでごぜえやす！　どうか、どうか、わしら三河の漁師をお救いくだされ！」

その後、漁師が下がって、榊原と酒井の二名が口を開く。

「猛者海龍《モササウルス》ですか……。何人も見ているって言うんじゃ信じないわけにもいきませんね……」

「わざわざ当家を頼ってきたのじゃ、何か手を打ってやりたいところではあるがのぉ……」

三家老たちが話し合いを始める。竹千代《たけちよ》へ意見を求める様子はない。

決めるべきことを決めてから〝うかがい〟を立てるつもりであって、蔑《ないがし》ろにしているわけではない。とはいえ、よく話し合われた家老たちの決定には、もはや口を挟む余地などなく、家老たちもまた竹千代が首を横に振らぬことを前提にうかがいを立てるのだが……。

（なんとも情けないなぁ。これじゃ俺は置物だ）

とは思ってみても、これは自業自得なことである。家督《かとく》を継いでから魂鋼《たまがね》を摘出できぬ鬱屈《うつくつ》で、政《まつりごと》に関心を示そうとしてこなかった竹千代が悪いのだ。

「今の猛者海龍《モササウルス》の話ですがね」

ふいに半蔵《はんぞう》が口を開いた。

「実はもうひと月ほど前から伊勢《いせ》湾に現れてたって話が拙者《せっしゃ》の元には入ってますよ。配下の者にも姿を確認させやした。どうも伊勢湾を中心に泳ぎ回ってるみたいですな。三河《みかわ》湾には、たまたま入りこんだだけのようです。まあ、いずれ出ていくでしょうよ」

「いずれ出ていく？」

なんとも拍子抜けである。酒井忠次《さかいただつぐ》がほっとしたような声を上げた。

「おおっ、なればわしらが手を打つ必要もあるまい。伊勢湾に出ていってくれるならば尾張《おわり》や伊勢、志摩《しま》の管轄じゃしのぉ」

榊原康政《さかきばらやすまさ》も同意を示す。

「そうですね。志摩には九鬼《くき》の水軍がいますし。伊勢湾を荒らす化け物が出たとなれば、僕らが手を出さずとも、九鬼がなんとかしてくれるでしょう」

志摩は海賊大名として知られる九鬼嘉隆《よしたか》が治めている。〈波威烈《パイレーツ》　鳥羽《トバ》〉こと鳥羽《とば》城を主力とした九鬼の水軍は志摩伊勢の海域を縄張りにしていた。九鬼の一族は海賊と呼ばれるだけあり気性が荒い。縄張りを荒らす者は、猛者海龍《モササウルス》だろうが容赦しないだろう。

「そもそも当家の領地は三河湾に接していませんしね。何かしようと思えば、幡豆《はず》郡や宝飯《ほい》郡の国衆の領地へ踏み入って余計な諍《いさか》いの元になる。まあ、現実的に無理ですね」

ここで本多忠勝《ほんだただかつ》が口を開いた。

「猛者海龍《モササウルス》の背に刀が刺さっていたというが、それはなんであろうか？」

「ん？　刀ですか？　まあ、塔のように大きい刀、といえば鐵城《キャッスル》の装備でしょうね。すでにどこかの国の鐵城《キャッスル》が猛者海龍《モササウルス》と争い、城剣を突き刺したんじゃないですかね？」

「どこか、とは、いずこであろうか？」

忠勝が武骨な顔を向けた先は半蔵であった。

「それはつまり、猛者海龍《モササウルス》がどこからやってきたかってことですかい？」

半蔵が答えた。「うむ」と忠勝が頷《うなず》く。

「忠勝《ただかつ》よ、どこからきたかなど、どうでもよかろうが」

と、忠次《ただつぐ》が口を挟んだのへ、半蔵《はんぞう》はこう言う。

「酒井《さかい》殿。本多《ほんだ》殿はこう考えてらっしゃるんじゃないですかね？　猛者海龍《モササウルス》の正体は何かと。山のように大きな海を泳ぐもの。しかも鯨《くじら》でもないって言えばなんでしょうねえ？」

「う……うむ？」

忠次はピンとこないようであったが、康政《やすまさ》は気がついた。

「海城《うみしろ》だと言いたいのですか？」

海城とは海や河口に隣接した龍域《りゅういき》に築かれた鐵城《キャッスル》で、戦艦や海洋生物、半人半魚などの形に変形し、自在に海洋を活動できるようになる。先程出た九鬼《くき》水軍の鳥羽《とば》城なども海城だ。

忠勝が再び口を開く。

「海城だとすれば、何ゆえ伊勢《いせ》や三河《みかわ》の海に侵入しておるのかが気になる。聞けば、志摩《しま》の鳥羽城とは形が異なる。と、なればいずこの勢力であろうか？」

「拙者《せつしゃ》もそこが気になりましてね、配下の忍びに探らせましたよ。実はデカい刀を差した怪魚は前々から目撃されております。それを辿《たど》ると、紀伊《きい》、阿波《あわ》、土佐《とさ》、と西に遡《さかのぼ》れました」

「左様《さよう》に遠い海から……？」

「土佐の前は豊後《ぶんご》、豊前《ぶぜん》……周防灘《すおうなだ》の辺りで目撃されたのが初めのようですな」

「どこかの武将と争ったとは？」

「聞いてませんな。初めに目撃された時にはすでに刀が刺さっていたってことですが……」

と、ここで、ハッとしたように呟《つぶや》いた者がいた。

「豊前……海城……刀……？」

一同が振り返った先にいたのは、広縁に控えていた佐吉《さきち》である。即座に忠次が叱りつけた。

「これ、佐吉！　談合の最中ぞ！　控えい！」

「失礼いたしました」と、畏《おそ》れ入り黙る佐吉。竹千代《たけちよ》が慌てて腰を上げた。

「待てよ、佐吉。何かあるなら遠慮なく言ってくれ」

家老たちだけで進められる評定《ひょうてい》に一石を投じたいという思いが竹千代にこう言わせたのだ。

竹千代が意見を求めたのならば忠次も聞かねばならない。

「ふん。佐吉、申してみよ」

「ハッ。では」

佐吉が広間の内へ膝を向ける。

「豊前の海城と言えば思い当たるものがございます。〈沙武摩鱗《サブマリン》　小倉《コクラ》〉こと小倉城」

広縁にいるほとんどの人間が首を傾《かし》げ、視線を交し合った。聞き覚えがなかったのである。

ただひとり半蔵のみが感心した様子を見せた。

「ほお。応仁《おうにん》の乱のおり、海戦に敗れ、関門海峡《かんもんかいきょう》に没した鐵城《キャッスル》だな？」

うんざりと忠次が声を上げる。

「何かと思えばすでに落城した城ではないか。そんなものの話をしたところで……」

「佐吉《さきち》。続けてくれよ」

竹千代《たけちよ》が忠次《ただつぐ》の文句を遮って先を促した。

「ハッ。関門海峡《かんもんかいきょう》に沈んだものと言えば、もうひとつございます」

「もうひとつ……？」

「関門海峡の一角には壇ノ浦《だんのうら》がございます」

康政《やすまさ》が声をあげた。

「壇ノ浦!?　源平合戦の壇ノ浦かい？」

「ああ、そうか。もうひとつ没したもの……佐吉君、君が言いたいのはあれだね？」

康政の問いに、佐吉は無言で頷《うなず》き、半蔵《はんぞう》へ顔を向けた。

「半蔵様、御配下の忍びの方は、猛者海龍《モササウルス》の姿を絵などに写してはおりませぬか？」

「してるぜ。つっても、海から突き出た刀だけだがな」

半蔵は懐《ふところ》より、折りたたんだ和紙を取り出した。佐吉はそれを受けとり、描かれた刀を子細に眺める。そして、顔を上げ、こう言った。

「天叢雲剣《アマノムラクモノツルギ》に似ております」

「な、なんじゃとぉ!?」

忠次が飛び上がらんばかりの驚声をあげた。

「こ、ここ、こりゃ、佐吉！　いい加減なことを申すでない！」

「畏《おそ》れながら、『平家物語』の記述にある天叢雲剣の拵《こしら》えと瓜《うり》二つでございます」

忠勝《ただかつ》が唸《うな》った。

「むう……天叢雲剣と申せば、草薙剣《クサナギノツルギ》と対になる神剣よな。神代《かみよ》の頃、地上を平定《へいてい》せんと天《あま》下《くだ》った経津主神《フツヌシノカミ》が所持していたふた振りの神剣……。地を割り、天を裂き、数千という禍津《まがつ》神《かみ》の軍勢を瞬時にして討滅しえたと伝わるが……」

「はい。それを手にした者には比類なき力が授けられる、とも……」

忠勝の言に付け加えられた佐吉の言葉に、竹千代は眉を僅《わず》かに動かした。

（比類なき……〝力〟……？）

佐吉は続ける。

「神話によれば国土平定後、天叢雲剣は平氏に、草薙剣は源氏に与えられたとあります。が、その後に起こった源平の合戦で平氏は源氏に敗れ壇ノ浦にて滅亡。天叢雲剣もまたその際に海中に没し、以来失われて久しい……」

己《おのれ》の意見が取り上げられたことに力を得たのか、佐吉の弁舌は流れるようになっていた。

竹千代の胸もやや躍っている。いつも重臣たちだけで進められる話し合いに、若い佐吉が混じって見識を述べているのだ。それに――

（天叢雲剣の比類なき力……）

思い出されたのは言うまでもなく、織田信長《おだのぶなが》が六角《ろっかく》との戦で一瞬見せた城剣のこと。

それは正しく竹千代《たけちよ》が望み、手に入れたかった獅子王《ししおう》に代わる〝力〟に違いない。いや、本当に天叢雲剣《アマノムラクモノツルギ》ならば、岡崎《おかざき》城を三河《みかわ》最強と呼ばしめた獅子王以上の圧倒的な力であろう。

(欲しい!)

こう思った。

(それがあれば今川《いまがわ》が攻めてきても戦えるんじゃないか? それだけじゃない。三河を統一し、天下に名乗りを上げることだってできるんじゃないか? 欲しい! 欲しいぞ!)

だが、そんな竹千代の思いに水を差すように榊原康政《さかきばらやすまさ》が飄然《ひょうぜん》とこう言った。

「佐吉《さきち》君、つまり君は壇ノ浦《だんのうら》に沈んだ小倉《こくら》城に、同じように沈んだ天叢雲剣が突き刺さって、それが今現れている猛者海龍《モササウルス》だって言うんだね?」

康政をかぶりを振る。

「それじゃあ順序が逆だ。沈んだのは天叢雲剣が先だよね? 後から沈んだ小倉城に突き刺さるなんて考えられない。第一、落城した小倉城を誰が乗りこなしていると言うんだい?」

佐吉はここで考え込んだ。いいや、考え込むふりをしている。付き合いの長い竹千代にはそれがわかった。何かしらの考えがあるが、口にするのを憚《はばか》っているらしかった。

結局、佐吉は己《おのれ》の意見を呑《の》み込むことに決めたらしく、頭を下げてこう言う。

「榊原様の仰る通りです。ただ、豊前《ぶぜん》の海城《うみしろ》といえば小倉城がある、猛者海龍《モササウルス》の背に刺さった刀は天叢雲剣に似ていると、そう思い立ったので申し上げたまでにございます……」

この消極的な態度に竹千代は苛立《いらだ》ちを覚え、尋ねた。

「本当か、佐吉？　何か考えがあるんじゃないのか？」

「いいえ。ございません」

頑《かたく》なにこう答え、佐吉はもう何も言おうとしなかった。忠次《ただつぐ》が佐吉へ侮蔑《ぶべつ》の眼差《まなざ》しを送る。

「つまり己の博識をひけらかしたかったと、それだけのことじゃな？　天叢雲などと大仰《おおぎょう》な戯言《ざれごと》を抜かしおって。聞くだけ無駄だったわい。これだから寺坊主あがりの文弱《ぶんじゃく》者はのぉ」

ぴくり、と佐吉の肩が震えた。

「なんにせよじゃ。猛者海龍《モササウルス》の正体が海城であれなんであれ、ほっておけば三河の海の外へ出ていくんじゃろ？　我らが手を出す必要などない。皆もそれでよろしいな？」

反論する者はいなかった。無論、佐吉も何も言わない。

「あ。いや、みんな待ってくれ」

竹千代が声を上げた。一同の視線が竹千代へ集まる。

「殿、何か？」

忠勝《ただかつ》が重い声で尋ねてきた。

（俺は天叢雲が欲しい。天下に名乗りを上げられる力が欲しい）

言いたかったのはこれであった。だが、いざそれを皆に告げようとすると言葉が出てこない。

康政《やすまさ》が言っていたように、猛者海龍《モササウルス》に突き立っている刀を取りにいこうとした場合、他の国衆の領地に侵入することになる。角が立たぬようにするには厄介な交渉が必要だ。

思えば、竹千代《たけちよ》が天叢雲《アマノムラクモ》を欲しがるのは子供が玩具を欲しがるような我儘《わがまま》である。そもそも本当に猛者海龍《モササウルス》の背の刀が天叢雲かどうか自体が定かでないのだ。

(俺の我儘でみんなに迷惑をかけてしまっていいんだろうか……?)

この迷いが竹千代の口を重くしてしまっていた。と、こんな折である。

「すみませーん」

広縁に面する障子《しょうじ》の陰から女の声がした。ひょこっ、と顔を覗《のぞ》かせたのはさやかである。

「どうした、さやか?」

半蔵《はんぞう》が尋ねた。

「あ。たった今、物見の忍びから報告が入ったんだけど、今、大丈夫かな?」

「言ってみろ」

「えっとね、ついさっき猛者海龍《モササウルス》が伊勢《いせ》湾に出ていったって」

「えっ!?」

この報告に、竹千代は、力が抜けるものを覚えた。

(出ていった? 天叢雲が……)

竹千代の思いとは裏腹に、家老衆たちは肩の荷が下りたような顔になる。

「やれやれ、早々に出ていってくれて助かったわい」

「ですね。これで漁師の方々も安心するでしょう」

こんなことを言い合っている。忠勝《ただかつ》が竹千代に顔を向けた。

「それで、殿、先程はなんと？」

「あ。いや……そうだな……」

竹千代は戸惑うように言い淀《よど》む。結局、こう言った。

「なんでもない。気にしないでくれ」

こうして評定《ひょうてい》はお開きとなったのである。

三

翌早朝。竹千代は城下外れにある牢屋敷の地下牢へ続く階段を下っていた。

十幾つかの牢部屋には、先日捕らえた盗賊どもが押し込められており、木製の格子《こうし》の前を通り過ぎる竹千代を恨みがましい目で眺めてくる。やがて最も奥にある牢部屋の前に辿《たど》りついた。

竹千代は格子ごしに中にいる蓬髪の少年へ声をかける。

「元気にやってるか？」

ジロリと薄闇でもよく光る猫みたいな目で睨《にら》んできたのは、井伊虎松《いいとらまつ》だった。

「へんっ。これが元気に見えるかっての」

牢に入れられ早《はや》七日は経っているが、この利かん気の強い悪童子の威勢に翳《かげ》りは見られない。

「元気そうだな。いや、ちょっとおまえの顔が見たくなってな」

「なんだそりゃ？　見世物じゃねえぞ、ばっきゃろう」

悪態を吐いたあと、虎松《とらまつ》は、ふと何か思い立ったように、こう尋ねてくる。

「そういやぁ、井伊谷《いいのや》城はどうなってる？」

「回収して修築中だ。龍氣《りゅうき》機関は無事だったから、また動かすことができるだろうよ」

虎松は安堵《あんど》の息を吐いた。だが、すぐに表情を反抗的なものに戻す。

「まさかおまえ、おいらの井伊谷城を勝手に使うつもりじゃねえだろうな？」

「さあな、どうするかは決めてない。松平《まつだいら》家には鐵城《キャッスル》城主は俺しかいないからな。鐵城《キャッスル》が増えても持て余すだけだ。誰か城主を当家に迎えられればいいんだが……」

「変なやつに触らせるんじゃねえぞ！　井伊谷城はおいらのもんなんだからな！　おいらはあいつを使って井伊谷の龍脈《りゅうみゃく》を取り戻さなきゃならねえんだからよ！」

「おまえ、まだ諦《あきら》めてないのかよ？」

「命拾いしちまってんだ。死ぬまで諦めてたまるかってんだ！」

竹千代《たけちよ》は、くすっと笑った。

「やっぱりおまえは強いな。実はそういうおまえに聞きたいことがあってきたんだ」

「あん？」

「おまえはどうやってあの荒くれ者の浪人たちをまとめ上げたんだ？　子供のおまえを侮ったりするやつはいなかったのか？　岡崎《おかざき》を攻める策に誰も反対しなかったのか？」

こう尋ねたのは、評定《ひょうてい》で家老たちにうまくものを言えぬ己《おのれ》を顧《かえり》みてのことだった。

「は？　何言ってんだい。そんなもん、おいらのほうが強いってとこを見せつけてやりゃあいいんだよ。頭《かしら》の言うことが聞けねえのか！　って一発ぶん殴ってやるのさ」

「逞《たくま》しいな。俺にはそこまではできない」

「できるできねえじゃねえやい！　やるしかねえじゃねえかよ！」

虎松は自身の胸を拳《こぶし》で、ドンッと叩く。

「おいらにゃ志《こころざし》があるんだよ。今川《いまがわ》を倒し、井伊谷を取り戻すって志がよ。ガキのおいらがそれを成すためにゃ無理を通すしかねえんだ！　ぶん殴ってでも従えて志を成すんだよ！」

「家来に迷惑をかけてもか？　反感を買ってもか？」

「ああ、そうだい！　家来に嫌われないことと、志を成すことのどっちが大事なんでい！」

虎松の言葉は、単純で考え無しなものだったが、なぜだか竹千代の胸に響くものがあった。

（無理を通してでも、家臣に嫌われてでも志を成すか……）

無理にでも、天叢雲《アマノムラクモ》を取りにいこうと主張すべきであったか？　と、思う。

天叢雲剣。手にした者に比類なき力を与える神剣……。竹千代の志を成す力。

だが、今さら後悔しても後の祭りだ。それはすでに三河《みかわ》湾を出ていってしまっている。

喪失感があった。竹千代《たけちよ》は千載一遇《せんざいいちぐう》といっていい機会を逃してしまった気がした。

「おい。話はそれだけかよ」

虎松《とらまつ》の不機嫌そうな声に、竹千代は我に返った。

「いや、もうひとつ話がある。おまえ、俺に仕えてみないか？」

意外な言葉に、虎松はきょとんとなってしまう。

「はあ？　何を言ってやがる？　おめえ、気は確かかよ？」

「さっきも言ったが、松平《まつだいら》家には俺しか鐵城《キャッスル》城主がいない。先日見せたおまえの操城技術はたいしたものだった。俺に仕えてその腕をふるってくれないか？」

「ばっきゃろう！　真っ平御免だい！」

虎松は嚙《か》みつきそうな勢いで吼《ほ》えた。

「どうしてだよ？　悪くない話だと思うんだけどな……」

「何度も言わせんな！　おいらは今川《いまがわ》をぶっ倒したいんだ！　おめえら松平は、今川と結んでやがるじゃねえか！　誰が今川に尻尾《しっぽ》ふる家に仕官するかってんだい！」

今川に尻尾をふる家という言い草に竹千代は、いささか、むっときた。実際にその通りだからなおのことである。怒りをこらえ、あえて冷たくこう言った。

「なら、おまえを生かしておく理由もなくなるぞ。いいのかよ？」

「磔《はりつけ》でも斬首《ざんしゅ》でも好きにしやがれってんだ！　おいらぁ、首が飛んでも動いてみせらぁ！」

激しい咳呵《たんか》に竹千代は鼻白《はなじろ》む。なんとも口の減らない悪ガキであった。

「もう知らん！」

憤りのまま、竹千代は牢に背を向けた。虎松はふてぶてしく、アッカンベエをする。
二、三歩、歩んだところで、竹千代は足を止めた。
「井伊谷《いいのや》城の新しい城主はしばらく捜さないでおくぞ……。考えておいてくれ」

虎松がどんな顔をしたのか、確認せぬまま竹千代は歩み去った。

四

佐吉《さきち》は西端《にしはじょう》城 曲輪《くるわ》の土塁《どるい》の上に座り込み、一通の文《ふみ》に目を通していた。

――駿河《するが》今川家の宰相、太原雪斎《たいげんせっさい》から届いた文である。

文には「殿に石田《いしだ》殿のことを話したら、たいへん興味を持たれた。当家にこられたならば迎え入れる準備はできている」と、おおよそこのような内容のことが書かれている。

殿、とは当然今川義元《よしもと》のことだ。己《おのれ》の名が大大名である今川義元の耳に入っている。それを思うと、佐吉の胸はどうしても高鳴らずにはいられない。

盗賊討伐《とうばつ》のおりに出会った太原雪斎とは密《ひそ》かにこのような文のやり取りが続いていた。

あの時の勧誘を佐吉は「二君に仕えるは士道に反するゆえ……」と、辞退している。

太原雪斎は笑い、こう言った。「心がけは天晴《あっぱ》れ。然《さ》れど、己を高く用いぬ御家には見切りをつけ、己《おのれ》が仕えるに足る主君へ仕官するは今の戦国の世の習いなるぞ……」と。

昨日の評定《ひょうてい》での一件が頭を過《よぎ》る。

家老衆の評定に軽輩である自分がいらざる差し出口をし、その結果咎《とが》められたことは当然と納得していた。佐吉《さきち》の内に澱のごとく残るのは、酒井忠次《さかいただつぐ》が口にした言葉である。

——寺坊主あがりの文弱者《ぶんじゃく》……。

これは忠次ひとりからの評価ではなく、松平《まつだいら》の家人全体からの評価である。余所者《よそもの》の分際で当主の近習《きんじゅ》、軍師見習いに取り立てられた佐吉への風当たりは強かった。

(はたして俺はこのまま岡崎《おかざき》にとどまっていて、本当に軍師になれるのだろうか？)

松平家の鐵城《キャツスル》は岡崎城一体しかない。軍師の座もまたひとつしかないのだ。半蔵《はんぞう》がその座を余所者の佐吉に引き継ぐと言って、みなが納得するだろうか？　そうは思えない。

(ならばいっそ今川《いまがわ》に……)

ここまで考え、佐吉はその思いを押し殺した。

(俺を取り立ててくれた半蔵様へ、後ろ足で砂をかけるようなことはできぬ)

鬱屈《うっくつ》を抱えながらも、いつか軍師になるのだと必死に勉学に励んでいた幼い佐吉の寺へ、半蔵が現れたのは、佐吉が十歳になるかならぬかの時である。何ゆえ半蔵が近江《おうみ》国にある佐吉の寺を訪れたかは知らない。おそらく忍び働きの一環であったのだろう。

住職と話し込む壮漢が名に聞こえた三河《みかわ》の軍師服部《はっとり》半蔵であると耳にした佐吉は、即座に弟子入りを志願した。魂鋼《たまがね》を生み出しえなかった無念、寺での厳しい修行の日々、軍師へ向ける情熱など、思いのたけを語り尽くした時、半蔵は莞爾《かんじ》と笑ってこう言ったものである。

「面魂《つらだましい》がいい。いずれおまえは何かを成すやつだ」

その時、その場面、その言葉、その半蔵の表情は、佐吉の胸に深く刻み込まれ、生涯忘れることはなかった。閉ざされていた佐吉の人生に一筋の光明が射した瞬間だったのである。

（そうだ。俺は、半蔵様の期待に応えねばならん。皆の評価も俺の働き次第でいくらでも変わろう。まだ俺の働きが足りぬ、それだけだ。腐るな。ただ一心に学び、働くだけ……）

「なーにやってるの〜？」

ふいに背後から声を掛けられ、佐吉は危うく土塁《どるい》から転げ落ちそうになる。

振り返れば、さやかの可憐な姿が真後ろにあった。

「さ、さやかか、脅かすな」

「ちょっとぉ、びっくりしすぎだよぉ」

くりっとしたまなこが、不思議そうに佐吉を見つめてくる。

「何読んでたの？　お手紙？」

「な、なんでもない！」

佐吉は慌てて文《ふみ》を懐《ふところ》にしまう。

「そう？　なんか〝変〟だったよ、佐吉」

佐吉《さきち》はドキリとする。例のさやかの勘が、太原雪斎《たいげんせっさい》と文のやり取りをする佐吉の怪しい挙動を察知してしまったと思ったのだ。

「落ち込んでるように見えたよ。さっきの評定《ひょうてい》でなんかあったの?」

佐吉は、ホッとする。さやかの勘はべつのほうへ働いていた。

「なんでもない」

努めて素っ気なくこう返したが、素っ気ない佐吉を素っ気ないままにしておいてくれないのが、さやかという少女であった。

「あーっ、その憎らしい顔ーっ! ホレ、笑えー! ホレホレ!」

佐吉の脇に手を伸ばし、くすぐってくる。

「あっ、こらっ! やめろ、さやか! やめないか!」

身をよじって逃れようとするが、さやかは執拗《しつよう》である。

「服部《はっとり》忍法〈くすぐりくすぐりー〉! ホレ、笑えー! ホレホレホレホレ!」

「やめっ、やめろ! やめるんだ!」

無様に顔が歪《ゆが》んでしまう佐吉であった。ようやく振り切って、地べたに尻《しり》もちをつく。そんな彼を、さやかはにこにこ笑って見下《みお》ろしている。

「で。何があったの? お姉さんに話してごらんなさいな」

腰に手を当て大きな胸を張る。風に吹かれ、桃の花のような甘やかな香りがさやかから漂

い、佐吉《さきち》の鼻腔《びこう》をくすぐった。佐吉は着物についた土を払いつつ立ち上がる。

「いや、いい。おまえにくすぐられていたら、余計な悩みも吹き飛んだ」

嘘《うそ》ではない。実際、不思議と佐吉の鬱屈《うっくつ》は和らいでいた。

「んじゃあ、もっとくすぐっちゃう？」

「勘弁してくれ」

「そっか、じゃあ勘弁したげる」

こうおどけた後、ふっとさやかの顔色が曇った。

「なんか竹千代《たけちよ》もね、さっきの佐吉みたいな顔してたよ」

「竹千代が？」

さやかの口から竹千代の名が出たことに、佐吉はなぜだか不快感を覚える。

「うん。何か考え込んでるみたい。竹千代もくすぐっちゃおっかな」

「あんなやつ、ほっておけ」

冷たく佐吉は言った。むーっ、とさやかは口を一文字に結ぶ。

「最近、佐吉、なんだか竹千代に冷たいよね。佐吉は竹千代が嫌いなの？」

「あいつは俺の主君だ。嫌いも何もない」

こう答えた。

「だが、じれったくは思う」

「じれったい？」

「ああ。俺の体は魂鋼《たまがね》を宿せなかった。城主を主君とするしか俺に出世の道はない。その城主があの竹千代だ。あいつが先に進まぬ限り、俺もどこへも進めない。なのにあいつは足踏みばかりする。あいつはいつも俺の道の先に閊《つか》えている……」

佐吉は悔しげに唇を噛《か》んだ。

「俺が城主でさえあったならば、とっくにあいつの先へ進んでいるというのに……。俺に力があれば、あんなやつすぐにでも追い越してやれるというのに……」

さやかが真《ま》っ直《す》ぐに己《おのれ》を見つめていることに気がつき、佐吉は言葉を止める。

無意識のうちに主君である竹千代を悪く言ってしまっていた。普段ならば、決して口にしない心の内をなぜだかさやかには漏らしてしまう。

「力かぁ～……」

さやかが呟《つぶや》いた。

「竹千代もそんなこと言っていた気がするな。力が欲しいって。やっぱり男の子はそういうのを欲しがるものなのかな？　でもさ、その力ってなんなのさ？」

「それは無論……」

「当主としてたくさんの家来を動かす力？　城主になって鐵城《キャッスル》を動かす力？　もっともぉ～っと強い鐵城《キャッスル》の力？　力があればって言うけれど、それって終わりがあるの？　手に入れても、もっとなきゃ、もっとなきゃって思っちゃうんじゃないのかな？」

「…………」

「力ってさ、どこかから手に入れるものじゃないと思う。手に入れるんじゃなくて、生み出すものなんじゃないのかな？　この場所で裸ん坊の自分のまんまで……」

さやかは自分のお腹を撫《な》でた。宿した子を慈しむような仕草で……。

佐吉《さきち》の目に、そんなさやかが言いようもなく神聖なものに映った。

（ああ……俺が松平《まつだいら》家を離れられぬ理由がもうひとつあったな……）

さやかが、にひっ、と破顔する。

「と、女の子のあたしは思うんですよねー！」

ひらりと蝶のようにさやかは跳び下がる。

「佐吉！　やっぱり、あたし竹千代《たけちよ》のところにいってくるよ。お姉さんのくすぐりで、殿を笑わせてやるんだ〜……って、あれ？」

唐突にさやかが言葉を止めた。その眼差《まなざ》しが土塁《どるい》から眺められる岡崎《おかざき》の景色へと向いている。

「どうした？」

「あれって……？」

さやかは懐《ふところ》より細長い円筒形のものを取り出す。忍び道具のひとつ、遠眼鏡《とおめがね》だ。

佐吉はさやかが遠眼鏡を向ける先へ目をやる。遥か三河《みかわ》の大地の先に三河湾の海原が薄《うっす》らと白く望まれた。そこに、何かがポツリと見える。島のようだ。その島には何やら塔のようなものが立っている。だが、三河湾のあんな場所に島などないはずだった。

「あ、あれ……間違いないよ！　佐吉、見てみて！」

さやかが佐吉に遠眼鏡を手渡してきた。佐吉はそれで三河湾上に見えた謎の島を眺める。

遠方ゆえよくは見えぬが、それは確かに島のようだった。草木一本生えておらず海上に顔を出した岩礁《がんしょう》のごとき島である。問題はそこに屹立《きつりつ》する塔のごときもの。

「あれは……天叢雲剣《アマノムラクモノツルギ》……」

呆然《ぼうぜん》と声を漏らした佐吉の遠眼鏡の向こう側で、謎の島が海上を滑るように移動していた。

五

三河湾に再度猛者海龍《モササウルス》出現！　この報《しら》せを受け、竹千代が西端《にしは》城《じょう》曲輪《くるわ》に駆けつけた時、すでにそこには佐吉、さやか、半蔵《はんぞう》、本多忠勝《ほんだただかつ》、酒井忠次《さかいただつぐ》、榊原康政《さかきばらやすまさ》らが居そろっていた。

「おう、殿、きやしたか」

半蔵が竹千代の到着に気がつき、振り返った。

「猛者海龍《モササウルス》が戻ってきたってのは本当なのか？」

「ええ。こいつで見てみてくださいよ」

手渡された遠眼鏡で竹千代は三河湾へ目を凝《こ》らす。海原に島のごときものが見えた。白い波を立てて動いている。そこに高らかと突き立っているのはひと振りの巨大刀……。

真昼間ゆえよくはわからぬが、蒼《あお》く光を帯びているように見えた。その微《かす》かな光に竹千代《たけちよ》は魅せられてしまう。胸がドキドキと高鳴っていた。

(力だ……。比類ない力……戦国の世に旗を立てる力が手の届く場所へ戻ってきてくれた)

遠眼鏡《とおめがね》で拡大された天叢雲剣《アマノムラクモノツルギ》は、実際に手を伸ばせばつかめそうに見えた。

無意識に竹千代は手を突きだし、虚空を握りしめている。

「さて、どうしたものですかね?」

この榊原康政《さかきばらやすまさ》の言葉に、竹千代の幻想は破られる。

遠眼鏡を降ろすと、重臣たちが互いに向き合い、談合を始めていた。

「半蔵《はんぞう》、志摩《しま》や伊勢《いせ》の動きは?」

本多忠勝《ほんだただかつ》が、半蔵に尋ねた。

「今朝方九鬼《くき》が鳥羽《とば》城で伊勢湾内の尾張《おわり》に近い辺りまで猛者海龍《モササウルス》討伐《とうばつ》に繰り出したそうですよ。何発か大砲も撃ったって話です。深く潜られて取り逃がしたらしいですがね」

「九鬼の攻撃を受け、再び三河《みかわ》の海に逃げ込んできたというわけか? ふうむ」

忠勝が唸《うな》った。

「半蔵。九鬼は尾張の近くまで乗りこんでいったと申したな? しかも大砲を撃ったと? いくら血の気の多い九鬼海賊でも、尾張の領海内で左様《さよう》な狼藉《ろうぜき》を働くというのは……」

「たぶんですがね……」と、半蔵は声を潜めた。「九鬼は尾張の織田《おだ》と通じてますよ」

「何!?」

「織田信長《のぶなが》が密《ひそ》かに志摩の九鬼嘉隆《よしたか》を訪ねたって噂《うわさ》が前々からありましてね。九鬼の大将は信長にいたく惚《ほ》れこんだって話ですよ」

「あの海賊大名が惚れこんだ……？　信じられぬな……」

「信長は、すでに伊勢にまで勢力を伸ばし始めています。伊勢が落とされれば、次は志摩。早めに恭順の意を示しておいたほうがいいって心算もあるんでしょうが……信長って漢《おとこ》にゃ、海賊すら惚れさせる何かがあるってことも確かでしょうな」

信長の合戦を直接目にした竹千代は、わかる気がして、心の内で頷《うなず》いた。

「九鬼は織田と通じておるゆえ、尾張の領海内で大砲を撃つのも許されておると？」

「むしろ織田からの要請を受けて討伐に乗り出したって考えたほうがよさそうですな」

と、ここで「あのー」と、いう愛らしい声が重臣たちの談合に割り込んできた。

「なんだ、さやか？」

「昨日の漁師さんが、猛者海龍《モササウルス》をやっつけてくれって、またお城にきてるんだけど……」

このさやかの言葉に答えたのは酒井忠次《さかいただつぐ》だった。

「気にせんでええわい。どうせ、またすぐに出ていくじゃろ。すでに九鬼が討伐に乗り出しておるのじゃ。出ていってくれさえすればそやつらがなんとかしてくれるわい」

「ですね。漁師の方々には申し訳ないですが、少し辛抱してもらいましょう」

と、康政《やすまさ》も同意する。竹千代《たけちよ》の胸に強い焦慮《しょうりょ》が生まれた。

（いいのか？　これで終わりでいいのか？　目の前に……手の届きそうな場所に天叢雲剣《アマノムラクモノツルギ》が……比類なき力があるというのに……これで終わりでいいのか？）

竹千代は震える拳《こぶし》をぎゅっと握る。

（このまま俺は終わってしまっていいのか!?）

魂鋼《たまがね》を摘出したとはいえ、竹千代の心臓にはまだその一部が残っていた。残された魂鋼は、ほんの少しずつとはいえ竹千代の心臓を着実に侵食している。また、摘出によって竹千代の心臓は半分ほどの大きさに縮んでおり、いつ深刻な発作が起こるかわからぬ状況だという。

旗を立てぬまま、己《おのれ》が生きた証しを何ひとつ残せぬまま終わってしまう。それでいいのか？

「殿。それでよろしいか？」

忠勝《ただかつ》がいつものように竹千代へ〝うかがい〟を立ててくる。

暫時《ざんじ》、竹千代は無言であった。いつになく長い当主の沈黙に、家老たちが怪訝《けげん》な表情を見せ始める。やがて、竹千代の唇が僅《わず》かに震え、次の言葉を発した。

「……いいや……」

居並んだ一同、全員が訝《いぶか》しげな表情になる。

言ってしまった竹千代は、もうままよと勢いに任せた。

「ダメだ！　九鬼《くき》になど任せらない。猛者海龍《モササウルス》はこの松平《まつだいら》の手で討伐《とうばつ》する。幡豆《はず》の漁師がわざわざこの松平に、助けを求め声をあげているんだぞ。それを見て見ぬふりするなどできんだろう。それが武士のやることか？　なあ、みんな!?」

「とは、申しましてもね……」

竹千代の興奮に対するような榊原康政《さかきばら》の落ち着いた声。

「吉良《きら》の領地である幡豆郡を岡崎《おかざき》城で通過すれば、間違いなく角が立ちますよ。どうやって三《み》河《かわ》湾に出るというのですか？」

もっともな問いに、竹千代は必死に頭を巡らせる。

「碧海《へきかい》郡の刈谷《かりや》から出るのはどうだ？」

「刈谷？　なるほど、刈谷ですか……」

尾張《おわり》との国境、三河湾と接する碧海郡刈谷の水野《みずの》家と松平家は懇意の間柄で、度々縁戚関係を結んでいる。何を隠そう亡くなった竹千代の母も水野家の出なのだ。

現在、水野家は織田《おだ》、松平家は今川《いまがわ》、と臣従する勢力が別れており少々関係が微妙ではあったが、掛け合えば三河湾まで通してもらうぐらい許してもらえるかもしれない。

「しかし、三河湾に出られたとして、岡崎城は海戦には不向きですよ。猛者海龍《モササウルス》の正体が巨大な魚であれ海城《うみしろ》であれ圧倒的に分が悪いでしょう。殿には何か勝算がおありなのですか？」

「そ、それは……」

竹千代《たけちよ》が言葉に詰まると、難しい顔で腕組みをしていた忠勝《ただかつ》が口を開いた。

「殿。助けを乞われ、それを他国任せにすることを情けなく思うお気持ちはわかりまする。が、待てばいずれ去る猛者海龍《モササウルス》のためにわざわざ危険を冒す愚は避けるべきですぞ」

康政《やすまさ》や忠勝の言が正しいことなど百も承知の竹千代だ。「そうだな」と言ってしまえば全てが丸くおさまる。だが、それでは竹千代などいないに等しい。神州《しんしゅう》全土に「ここにいるぞ」と叫ぶどころか、小さな家中ですら「ここにいるぞ」と叫べないことになるではないか。

だから竹千代は意地を通したかった。己《おのれ》がここにあることを誇示せんがため、たとえ暗愚な君主と言われようとも、そうせねばならぬと思ったのだ。

「黙れえっ！」

怒喝《どかつ》一声。思いのほか大きな竹千代の声だった。

「愚を避けると言ったか、忠勝！　俺の考えを愚かだと、そう言ったな!?」

「そうは申しておりますまい」

忠勝は微塵《みじん》も動揺を見せず竹千代を見返した。一歩も退かぬ巌《いわお》のごとき老将の貫録に、竹千代は気圧《けお》されそうになる。だが、竹千代は己を鼓舞《こぶ》するように声を張り上げた。

「言っただろうが！　皆がなんと言おうと俺は、猛者海龍《モササウルス》を討伐《とうばつ》する！　これは松平《まつだいら》家当主の命令だ！　命令は絶対だ！　口答えは一切許さん！」

誰もが絶句する。今まで竹千代が当主の地位を振りかざしてまで己の意見を押し通そうとしたことなど一度もなかったからだ。忠次《ただつぐ》は狼狽《ろうばい》を隠せずキョロキョロと目を泳がせ、康政は困り顔をしている。忠勝は眉根を寄せて瞼《まぶた》を閉じていた。佐吉《さきち》もさやかも唖然《あぜん》としている。

このような中、唯一口を開いた男がいた。

「殿」

半蔵《はんぞう》である。

「助けを求める声に応えたいなんて嘘《うそ》はおよしなさい」

「嘘だって？」

「本当は天叢雲剣《アマノムラクモノツルギ》が欲しいんでしょう？」

内心を見透かされて、竹千代は動揺する。

「だ……だとしたらどうだって言うんだよ？」

「お尋ねしやす。何ゆえ殿は天叢雲剣を御所望ですかい？」

「そ、それはもちろん力が欲しいからだ」

「力？　力を手にしてどうされる？」

半蔵の追及は厳しい。

「ち、力があれば、岡崎《おかざき》を守れる。御家も龍域《りゅういき》も守れる。それに……」

竹千代は一度ここでゴクリと唾《つば》を呑《の》むと、必死で叫んだ。

「旗を立てられる。織田信長《おだのぶなが》のように！　戦国の世に、旗を！」

「殿ぉっ！」

忠次《ただつぐ》がけたたましく嘆き声をあげる。

「殿は乱をお望みか？　恐ろしいことじゃ！　ああっ、和を尊ぶお優しい殿はどこへいかれたのじゃ？　なぜ、左様《さよう》なお考えを抱かれたのじゃ！」

乱心者のように喚《わめ》き散らした後、キッ、と忠次が睨《にら》みつけたのは佐吉《さきち》であった。

「定めしおぬしじゃろ？」

「は？」

さすがの佐吉も涼しい顔ではいられなかった。

「そもそも猛者海龍《モササウルス》の背の刀が天叢雲剣《アマノムラクモノツルギ》じゃなどという法螺《ほら》を吐いたのはおぬしであったな！　殿の近習《きんじゅ》という御役目を利用し、おぬしが殿に大それた考えを吹きこんだに違いないわい！」

「違うっ！」

竹千代《たけちよ》が怒鳴った。

「爺《じい》！　いい加減にしろ！　力を欲しているのは俺だ！　旗を立てたいと望んだのも俺だ！　俺がなんでも言われるままの置物だと思うな！　俺には俺の魂があるんだ！」

忠次の老いた顔が青ざめた。

「俺は猛者海龍《モササウルス》を討伐《とうばつ》する！　そして天叢雲剣を手に入れるんだ！　主命だ！　従えっ！」

竹千代の怒号に、忠次が「あああ……」と弱々しい声をあげて卒倒しそうになる。さやかがすかさず回り込んで忠次の枯れ枝のような体を支えた。

「いいな、半蔵《はんぞう》！」

竹千代は精一杯の虚勢を張って半蔵に言い放つ。半蔵はしばし竹千代の瞳を鋭く見つめていたが、やがて、ふう、と溜息《ためいき》とも嘆息ともつかぬ息を吐き、こう言った。

「わかりました。やりやしょう」

意外な言葉に、皆が驚きを見せた。

「半蔵、勝算はあるのだろうな？」

本多忠勝《ほんだただかつ》が尋ねる。半蔵は、醤油《しょうゆ》顔に苦笑を浮かべ、ポリポリと頭を掻《か》いた。

「ありませんなぁ」

「何？　ないと？」

「あれの正体が結局、化け物なのか海城《うみしろ》なのかもわかっちゃいませんし、榊原《さかきばら》殿の仰る通り、海戦じゃ岡崎《おかざき》城には分が悪い。勝つ見込みは薄いんじゃないでしょうかね？」

「それでは同意しかねるぞ」

「いえ、本多殿、今回は勝たなくともいいじゃありやせんか」

不思議な半蔵の言葉に、忠勝は怪訝《けげん》げに眉間へ皺《しわ》をよせる。

「どういうことだ？」

「拙者《せっしゃ》、先程、殿におうかがいしましたよ。殿の目的は天叢雲かと？　殿はそうだと仰《おお》せだ。

なら、猛者海龍《モササウルス》に勝つ必要はない。つまり――」

半蔵《はんぞう》が竹千代《たけちよ》に顔を向け、にかっ、と笑った。

「刀を引っこ抜きゃいい。ですね、殿？」

「ああ。それでいい」

「なら、できそうですよ。刀を引っこ抜いたあとは、伊勢《いせ》なり尾張《おわり》なり猛者海龍《モササウルス》の好きなところに出ていってもらいましょう。あとは九鬼《くき》が煮るなり焼くなりしてくれまさぁ」

「なるほどの……」

忠勝《ただかつ》は納得したようだった。半蔵がまた竹千代を見る。

「ですがね、殿。これだけは申し上げておきますよ。深い海では岡崎《おかざき》城は活動できやせん。せいぜい浅い三河《みかわ》湾の中だけです。万一刀を抜き損なって猛者海龍《モササウルス》を三河の海から逃がしたら、きっぱりお諦《あきら》めいただかなきゃなりませんが、よろしいですな？」

半蔵の声色には有無を言わさぬところがあった。

「わかった」

「それを聞いて安心しやした。約束ですよ、殿」

竹千代は頷《うなず》いた。と、ここで――

「あれ？　雨？」

ふと、さやかが呟《つぶや》いた。手のひらを開き、上へ向けている。

間を置かず他の者にもそれは察せられた。ポツポツと微《かす》かな雨粒が頰や手の甲に当たるのが感じられる。見上げれば、先程まで抜けるようであった青空が暗雲に覆われんとしていた。

竹千代の前途を照らすはずの猛者海龍《モササウルス》退治は、どこか不穏な天候の中で戦《いくさ》備えが始められたのである……。

六

三河湾は渥美《あつみ》半島と知多《ちた》半島に挟まれた浅い海域であった。

外海には接しておらず湾を出ればそこはすぐに伊勢湾である。

刈谷《かりや》の水野《みずの》家とは榊原康政《さかきばらやすまさ》が交渉し、すでに岡崎城で領内を通過し、海へ抜ける許可を得ていた。水野はかなり渋ったが、康政が交渉し、半日の内に首を縦に振らせている。

出立前に降りだした雨はどしゃぶりとなっていた。嵐というほどではないが、風もまた強まっている。三河湾の海面も雨粒に打たれ心なしか波が強くなっているように思われた。

境川《さかい》沿いを海に向け進行する岡崎城の天守からは、湾内の猛者海龍《モササウルス》とその背に突き立った天叢雲《アマノムラクモノツルギ》剣を常に眺めることができる。今のところ猛者海龍《モササウルス》は、ゆったりと湾内を回遊するだけで、三河の海を出ていこうとする気配はなかった。

「やっぱり海城《うみしろ》っぽいな」

鐵城《キャツスル》の遠眼鏡《とおめがね》機巧で猛者海龍《モササウルス》を観察しながら竹千代が言った。

拡大された猛者海龍《モササウルス》の表面は生き物のそれではなく、硬い石である。明らかに人工物だ。

「ですな。それも相当長い間海中に沈んでいて整備されている様子もない。佐吉《さきち》」

と、半蔵《はんぞう》は天守本陣の隅に控える佐吉に顔を向ける。

「おまえの言った通り、小倉《こくら》城かもしれねえな？」

「どうでしょうか」

佐吉の声は微妙だった。

「あれは失言でした。遠の昔に水没した小倉城が動いてこの三河《みかわ》の海までやってきたなど、やはりありえることではありません。あの刀が天叢雲《アマノムラクモノツルギ》剣だというのも……」

「なんだ佐吉、酒井《さかい》殿の言葉を気にしているのか？」

「私の妄言《もうげん》が元で殿が此度《こたび》の出陣を思い立たれたのは確かですから……」

「妄言!?」

竹千代《たけちよ》が声を上げて佐吉を振り返った。

「妄言ってなんだよ、佐吉。あの刀が天叢雲剣だって言ったのは嘘《うそ》だったっていうのかよ」

ジロッ、と佐吉が竹千代を睨《にら》み返す。眼差《まなざ》しは鋭いが言葉は素っ気ない。

「俺はただあれが天叢雲剣に似ていると言っただけだ」

「そういう言い方してなかっただろ。そもそもおまえは剣を手に入れることに反対なのか？」

「俺は反対などできる立場にはいない」

「立場とかじゃない！　おまえの胸の内を聞きたいんだよ！」

熱くなる竹千代に対し、佐吉の言葉は冷ややかだった。

「御家老衆と同じだ。岡崎《おかざき》城は海戦には不向き。それに刈谷《かりや》を通ったところで三河湾に鐵城《キャッスル》で侵入することを沿岸の国衆が快く思うはずがない。今回のことは必ず厄介事の種になる」

「なんだよ、佐吉。俺が魂鋼《たまがね》を取り出す時は賛成してくれたのに、どうして今回はそんなに乗り気じゃないいんだよ？」

佐吉の眉根に不快げな色が浮いた。

「それとこれとは話がべつだ。俺には今回の無謀な出陣の意味がわからん。強い城剣が欲しいのならば、それを購入できるだけの金をどう捻出するかをこそ考えるべきだろう」

「普通の剣じゃダメなんだよ！　俺が欲しいのは信長《のぶなが》の持っていたような強大な剣なんだ！」

「あれが天叢雲かどうかもわからんのだ。無茶をしてでも取りにいく理由がどこにある？　到底危険に見合っているとは思えん。おまえが主張していることは幼稚な我儘《わがまま》に過ぎん」

「幼稚だと⁉」

「まあ、待て」と、ここで半蔵が終わりの見えぬ言い争いに割って入った。

「佐吉。危険危険と言うがな、あれが小倉城ならば、案外こちらが有利かもしれんぞ」

「ですからそれは……」

「いいや。漁師の目撃した猛者海龍《モササウルス》の姿は、軍記に書かれた小倉城の戦《いくさ》備え形態によく似ている。あながち妄言《もうげん》とは言えねえな」

「半蔵《はんぞう》、こちらが有利ってどういうことだ？」

竹千代《たけちよ》が興味深げに尋ねた。

「小倉《こくら》城は海中を潜航して活動する鐵城《キャッスル》です。だが、見てみなさいよ。浅い三河《みかわ》の海じゃ、潜りきれずに背中を出したまんまだ。あれじゃあ、小倉城もじゅうぶんな動きはできやせん。三河湾内から出しさえしなけりゃこっちに勝機があるかもしれません」

「なら……！」

「とはいえ、気になるのは、あれをいったい何者が動かしているかってことです。あれだけ深々と刀を突き刺されてりゃ、間違いなく内部は浸水している。普通あれじゃ動かせやせん」

半蔵は佐吉《さきち》へ顔を向けた。

「佐吉、先の評定《ひょうてい》の時、おまえは何か言いかけていたな？　考えがあるんじゃないのか？」

「いえ、あの時も申しあげたように考えなど……」

「嘘《うそ》言え。慎重なおまえのことだ。憶測でものを言いたくねえってところだったんだろう？」

「私があの時思ったのは、本当にただの空想に過ぎぬのです。荒唐無稽《こうとうむけい》に過ぎるゆえ、申すに値しないと思ったので……」

「荒唐無稽上等だ。そのほうが面白い。笑わねえから話してみろよ」

しばし佐吉は黙り続けた。だが、言わねばならぬ雰囲気に負けたのか、遠慮がちに口を開く。

「天叢雲《アマノムラクモ》……」

「天叢雲？」

「小倉城を乗りこなしているのは……天叢雲剣そのものなのではないかと……」

竹千代があんぐりと口を開けた。佐吉は「だから言いたくなかったのだ」という風に顔をしかめる。半蔵が楽しげに口元を緩ませ先を促した。

「ほう。それで？」

佐吉は不承不承《ふしようぶしよう》続ける。

「ご存知の通り天叢雲剣は神代《かみよ》の昔に鍛《きた》えられた神剣。神の依代《よりしろ》であり、それそのものが神格を与えられた存在です。ならば意思を持ち、廃城となった鐵城《キヤツスル》を操《あやつ》ることもありえるかもしれない。己《おのれ》の意思で小倉城に突き立ち、小倉城を操って伊勢《いせ》の海まで旅してきた……」

佐吉の言葉は己の発言を恥じ入るように小さくなっていき止まった。

語ることを渋っていた理由もわかる。あまりにも壮大稀有《けう》な夢物語だ。

「な、なあ佐吉、おまえの言ってることが本当だとして……」

「本当なわけあるか」

佐吉は、ぶすっとした。早くこの話を打ち切りたがっている。

「待ってくれ。本当だとして、どうしてここまでやってきたんだ？」

佐吉はまたも口を噤《つぐ》もうとしたが、半蔵に見つめられ、観念したように言った。

「……片割れを求めて」

竹千代《たけちよ》には意味がわからなかったが、半蔵《はんぞう》にはわかった。

「なるほどな。熱田《あつた》神宮の草薙剣《クサナギノツルギ》か?」

こくりと佐吉《さきち》は頷《うなず》く。

「半蔵、どういうことなんだ?」

「天叢雲《アマノムラクモ》は壇ノ浦《だんのうら》に沈んだが、草薙剣はその後、熱田神宮に納められ御神体として鎮まっていますな。熱田神宮があるのは尾張《おわり》の伊勢《いせ》湾に面した岬の上。天叢雲が己《おのれ》と対になる草薙に引き寄せられて遠い壇ノ浦より伊勢湾まで旅してきた、そう佐吉は言ってるんですよ」

「あくまで空想です。私はやはりあれは天叢雲ではないと思っております」

佐吉は消極的に言って面を俯《うつむ》かせた。

そうこうするうちに岡崎《おかざき》城は境《さかい》川の河口にまで到着している。

猛者海龍《モササウルス》の小島のごとき姿は、今、三河《みかわ》湾のちょうど真ん中辺りに浮いて見えていた。

境川の対岸はもう尾張だ。侵攻の意図がないとはいえ、あまり長く鐵城《キャッスル》の姿をちらつかせていい場所ではない。早々にことに当たるべきであった。

「よし、いくぜ」

覚悟を決めるように言って竹千代は岡崎城を海へ踏み出させた。

足首程度だった水位は歩むごとに高くなり、間もなく岡崎城の腰の下ぐらいの高さにまで達する。このぐらいが三河湾の最高深度であった。

とはいえ陸上型の岡崎城にとっては水を掻《か》きわけ進むだけでも困難なことである。膝がうまくあがらず、足裏は海底の泥に絡んだ。そもそも岡崎城の外壁は耐水性が強くない。陸上で豪雨を受ける程度なら雨漏りひとつしないのだが、海水に浸かるとなるとどうだろう？

岡崎城は猛者海龍《モササウルス》を遠巻きにして知多《ちた》半島沿いに湾の入り口方向へ回り込んでいく。猛者《モサ》海龍《サウルス》がこちらに気がついた気配は今のところない。

「殿、いきなり跳びかかっちゃダメですよ。まずは陸のほうへと追い立てましょう。浅瀬へ追いやれば動きが取れなくなるはずです。そこを一気に引き抜いてやりましょうぜ」

徐々に徐々に猛者海龍《モササウルス》の背に突き立った巨大日本刀が近くなる。雨雲で薄暗くなった海上で、刀はぼんやりと蒼《あお》い光を放っていた。

距離四町ほどまで近づいたところで岡崎城は歩みを止める。もうこちらに気がついてもよさそうなものだが、猛者海龍《モササウルス》は不気味なほどの無関心さを保っていた。

『そこの海城《うみしろ》！　俺は三河国松平《まつだいら》家の当主松平竹千代だ！』

竹千代が声を張った。

『おまえはどこの国の者だ？　なぜ三河の海へ現れた？　答えろ！』

だが、なんの返答もなかった。どしゃぶりの海を面憎《つらにく》いまでの無反応でたゆたっている。

『答えないのか？　なら三河の海を侵した廉《かど》で成敗するが構わないな？』

やはり反応はない。佐吉《さきち》の仮説の通り、猛者海龍《モササウルス》には誰も搭城していないのではないだろうか？　なんだか竹千代《たけちよ》は独り相撲を取っているような阿呆臭さを覚えてくる。

『なら、遠慮なくいかせてもらうぜ！』

ザバザバと波しぶきを上げて岡崎城《おかざき》が、猛者海龍《モササウルス》へと突進を開始した。

猛者海龍《モササウルス》まで近づくこと距離一町ほど。だが、まだ猛者海龍《モササウルス》は動きを見せない。

（なんだ？　あれは本当に動くのか？　いや、さっきまでは動いていたけど……）

と、竹千代が不可解に思った時である。ふいに半蔵《はんぞう》が叫んだ。

「殿！　様子がおかしい！　いったん止まってください！」

「え？」

直後——凄《すさ》まじい爆音が鳴り響いた。

高々と水柱が奔騰《ほんとう》し、岡崎城内が激震する。陀威那燃《ダイナモ》を回していた足軽たちがよろめいて次々と転倒した。天守壁面の曼荼羅《まんだら》の諸仏が激しく点滅を繰り返す。

「なっ、なんだ!?」

竹千代もまた危うく床几《しょうぎ》から転げるところだった。何が起こったのかまるでわからなかった。ただ、岡崎城の腰の辺りで何かが爆発したのだけはわかった。

半蔵が護摩壇《ごまだん》の火のひとつへ呼びかける。

「三の丸！　大事ないか！」

『え、ええ。凄《すご》い衝撃でしたが……なんとか……』

と、返したのは腹部を担当する三の丸陣間、榊原康政《さかきばらやすまさ》の声だった。

「対海城浮火《たいうみじろうきび》……。猛者海龍《モササウルス》が放っていたのか……？」

慄然と声を漏らしたのは佐吉である。浮火とは、浮標《ブイ》のような木製の球に火薬を詰めたものだ。海上に浮かべておき、船舶や海城が接触した時に爆発する。

「殿！　きますよ！」

半蔵の声に、竹千代は、ハッと前方へ意識を戻す。今まで微動だにしなかった猛者海龍《モササウルス》が飛沫《しぶき》をあげてこちらへ突進してきたのが見えた――のは一瞬、次の瞬間には、またも強烈な衝撃が岡崎城を襲った。今度はわかる。体当たりを食らわされた。

どっと大量の水しぶきが舞い上がり、岡崎城が海面へ、ざんぶと倒れ込む。と、思うや、大波とともに巨大なものが海中から躍り出た。

竹千代は見る！　今まで海中に隠れていた醜悪奇怪な猛者海龍《モササウルス》の全貌を！　頭部には大顎《おおあご》が開き、鰐《わに》のそれを思わせるが、胴体は鰭《ひれ》状の四肢を備えアザラシに似ている。

しかし、動物ではない。石垣《いしがき》造りのそれは明らかに鐵城《キャッスル》だ。長く海中に没していたためか、藻類《そうるい》、フジツボ、牡蠣《かき》、イソギンチャクなどの海洋固着生物にビッシリと覆われ岩礁《がんしょう》のようである。窓からは海水が溢《あふ》れ出、内部が完全に浸水していることを教えていた。が、これを竹千代が見たのは一刹那《せつな》。直後、岡崎城は猛者海龍《モササウルス》（いいや、海城とわかった限り、ここは佐吉《さきち》の意見を入れて小倉城《こくら》と呼ぼう）に乗り上げられ、戦慄《せんりつ》を感じる暇すら与えられず海底まで背面を押し付けられた。一転、竹千代《たけちよ》の視界は暗い海中の風景にぼやける。目前に小倉城の恐ろしげな鰐面《わにづら》がユラユラと揺れていた。その大顎《おおあご》が、がっぱ、と開かれる。

『うぐっ！』

小倉城の鋭い牙《きば》が岡崎《おかざき》城の左肩口に食い込んだ。万力《まんりき》のごとき顎の力が岡崎城の左肩を嚙《か》み潰《つぶ》そうとしている。

「酒井《さかい》殿！　御無事か!?」

半蔵《はんぞう》が左肩二の丸陣間の酒井隊へと、護摩壇《ごまだん》の火を通して呼びかけた。

二の丸は、小倉城の顎の圧力によりミシリミシリと陣間の壁が軋《きし》む音に騒然となっている。

『な、なんじゃー！　まさか穴はあかんじゃろなーっ！』

『わ、わし、また孫に会えるんじゃろかーっ!?』

酒井隊の老兵たちが悲鳴をあげていた。

『こりゃ、落ち着けい！　どうせ老い先短い命じゃろがーっ！　回す足を緩めるでなーい！』

甲高い声で鼓舞《こぶ》する酒井忠次《ただつぐ》の顔も蒼白《そうはく》だった。

「酒井殿！　もうひと頑張りお願い致す！　本多《ほんだ》殿！」

『おう』と、こちらは本多忠勝《ただかつ》、野太い声に動揺は感じられなかった。

「敵城を引きはがす！　本丸陣間、二の丸陣間、陀威那燃《ダイナモ》働き全力で頼みたい！」

『承知した』

『わかったわい！　ジジイども！　余命を削って回すのじゃーっ！』

鬨《とき》の声を上げた本丸と二の丸の足軽たちが陀威那燃《ダイナモ》を急回転させる。増幅される龍氣《りゅうき》が岡崎城の両腕に流れ込むのを竹千代は感じ取った。

小倉城の顎をがっしと摑《つか》み、強引に引きはがさんと渾身《こんしん》の力を込める。

「うぐおおおおおっ！」

竹千代の眉根が苦しげにしかめられ、額には脂汗がびっしりと浮き上がった。

漲《みなぎ》る龍氣が力を与え、徐々に食い込んだ小倉城の顎が引きはがされいく。そして、外れた。

「りゃあぁっ！」

裂帛《れっぱく》一声、すかさず放たれた岡崎城の拳《こぶし》が小倉城の腹部へ叩き込まれる。海中ゆえ威力は弱まり、殴ったというよりか突き飛ばしたという形になった。ザアッ、と海中から身を起こした岡崎城の視界の先で、小倉城が海蛇《うみへび》のようにうねり泳ぎながら距離を取るのが見える。

「逃がすかよ！」

即座に追おうとした竹千代を「お待ちなさい！」と半蔵が止める。

「敵城は逃げてるんじゃありません。ああやって泳ぎ回りながら浮火《うきび》を散布してますよ」

指摘され、海面をうかがえば、樽《たる》状のものが波間に隠れながら小倉城の泳いだ後方にたゆたっているのが見えた。竹千代は苦々しく唇を嚙み、大回りに小倉城の泳ぐ先へ進路を変える。

「殿、見ましたね。あれは明らかに人間が乗ってる城じゃない。陀威那燃《ダイナモ》を回す者がいないにもかかわらずあれだけの動きをしている。って、ことは」

「天叢雲剣《アマノムラクモノツルギ》だな」

竹千代《たけちよ》は沈没船じみた小倉城《こくら》の背で、それだけ命あるがごとく煌々《こうこう》と光放つ刀を睨《にら》み据えた。

「そうとしか考えられませんな。佐吉《さきち》、おまえの考えは正しそうだぞ」

「……ハッ」

佐吉は、己《おのれ》の考えが的を射ていたにもかかわらず嬉しそうではない。むしろ、妄想と思っていたそれが現実の脅威となって現れたことに戦慄《せんりつ》すら覚えているようだった。

竹千代は己を奮い立たせるように言う。

「ってことは、引っこ抜きさえすれば、あれの動きも止まるってことだよな？　楽勝だ」

「そう簡単じゃありませんよ」

半蔵《はんぞう》は慎重であった。

「向こうの動きのほうが速い。浮火《うきび》が邪魔をする。浅瀬に追い込むって策も難しそうです」

小倉城は複雑に蛇行しながら嘲笑《あざわら》うように泳ぎ回っている。小倉城を捕えようとするのは、泳ぐ魚を追いまわし直接素手で捕らえようとするのに等しい。

「さっき、やつはこっちに体当たりしてきたんだ。きっとまたくる。今度はそれを逃さない」

「さて、それはどうでしょうかね」

意気込んだ竹千代の言葉を半蔵は即座に否定する。

「体当たりはこっちが浮火に接触したのを見計らって行われました。どうやら向こうはその策を通すつもりだ。突っ込んでくるのは、こっちが爆発を食らったその時だけでしょうよ」

「なら、どうすればいいいんだよ！」

竹千代は苛立《いらだ》ちのまま、己の膝を拳《こぶし》で叩いた。そんな竹千代へ、半蔵はこう尋ねる。

「まだ続けますかい？」

「な、何言ってんだ？　当たり前だろ！」

半蔵は佐吉へ目線を向ける。

「佐吉、おまえはどう思う？」

ふいに問われ、佐吉は困惑した。少し言い淀《よど》んだ佐吉だが、やがてこう言う。

「今が退き時かと……」

竹千代が床几《しょうぎ》を立つ。

「ちょ……佐吉！　あれは天叢雲で間違いなさそうだぞ！　やる意味はあるだろう！」

佐吉は、叫んだ竹千代を無視し、半蔵を見ながら続ける。

「岡崎城《おかざきじょう》では海戦に特化した海城《うみしろ》を捕えるのは不可能です。敵城がどれほど浮火を備えているのか想像もつきませんが、これ以上散布されては陸に戻ることも困難になり、漁師たちの漁《すなどり》にも影響がでましょう。早々に撤退すべきです」

「さ、佐吉《さきち》……」と、竹千代《たけちよ》は失望を露《あら》わにした。

「殿。拙者《せつしゃ》も佐吉の意見には同意ですよ。もう一度お尋ねしますが、まだ続けますかい？」

竹千代は意固地一色の顔を上げてこう言った。

「続ける。主命だ」

「わかりやした。ではやってみましょうか」

「いいのですか？」

佐吉が不安げに尋ねた。

「まだ策がある。少々危険な策なんで、あんまり気乗りしないがね」

半蔵《はんぞう》は表情を引き締め直し、天井へと呼びかける。

「さやか、いるな？」

「ハーイッ！」の返事とともに天井板が開き、さやかが着地してきた。

「忍びの者数名を連れて焙烙玉《ほうろくだま》をありったけ用意してくれ」

「へ？　焙烙玉？　なんに使うの？」

焙烙玉とは陶器に火薬を詰めた兵器のことだ。導火線に火をつけ投擲《とうてき》することによって爆発を起こす。現代でいう手榴弾《しゆりゆうだん》のようなものである。

「狭間《さま》を開き、海へと落とす。狙うのは海上に浮いている浮火《うきび》だ」

佐吉が訝《いぶか》しげに尋ねる。

「浮火を誘爆して除去するのですか？　しかし、浮火の数に対し、当城の焙烙玉の数は圧倒的に少ないのでは？　そもそも除去しながら追っていては到底……」

「いいや、目的は除去じゃない。騙《だま》くらかして誘《おび》き寄せるのさ」

竹千代は、半蔵の言うことがよく呑《の》み込めず、問うた。

「誘き寄せる？　どういうことだ？」

「敵はこっちが浮火に接触したのに乗じて突進してくる。岡崎《おかざき》城のすぐ近くで浮火を誘爆させてこっちが被爆したと誤認させるんです」

「それで、向こうが突っ込んできたところを捕まえるんだな？」

ようやく合点のいった竹千代だが、半蔵は「ですがね」と続ける。

「うまく誘き寄せたとして、また海中に押し倒されて噛《か》みつかれたら今度こそ城に穴があくかもしれません。浸水しちまったらもう一巻の終わりです。それでもやりますかい？」

「やる！」

竹千代は即答した。

「ではやりましょう。さやかっ」

「ハーイッ！　いってきまーす！」

さやかが俊敏に駆けて天守の階段を下っていく。焙烙玉の用意に向かったのだ。

半蔵は護摩壇《ごまだん》の火を通し、各陣間に策を告げる。岡崎城がゆっくりと動き出した。

小倉《こくら》城は、岡崎《おかざき》城の周囲およそ三町ほどの距離をグルグルと嘲笑《あざわら》うように泳ぎ回っている。

竹千代《たけちよ》は海面に目を落とし、慎重に浮火《うきび》を探していた。気がつかぬまま接触すれば小倉城を誘《おび》き寄せるどころではなくなってしまう。浮火はすぐに見つかった。数個ほどがまとまって、プカプカと浮いている。竹千代はそのギリギリにまで岡崎城を寄せていった。

「さやか。見えるか？」

半蔵《はんぞう》が護摩壇《ごまだん》に呼びかける。

『見えてるよー』

今、さやかは岡崎城胸部にある隠し狭間《さま》から身を乗り出し、海面を見下ろしていた。

〝狭間〟とは合戦の際、城内から鉄砲や弓矢などで外部の敵を攻撃するために開けられた穴である。普通、人間が身を乗り出すなどできぬ狭さなのだが、さやかが首を突っ込んでいるのは、大砲用のもので（もっとも岡崎城には大砲の装備はないのだが）やや大きめのものである。

「どうだ、さやか、狙えそうか？」

『うん。いくつか纏《まと》まって浮いてるから、みんなで一気に落とせばどれかは当たるはずだよ』

「よし。合図をしたらやってくれ」

竹千代はごくりと唾《つば》を呑《の》んだ。魂鋼刀《たまがねとう》の柄《つか》を握る手が汗ばんでいる。

半蔵は一呼吸置き、一気に護摩壇に向け叫んだ。

「各陣間！　衝撃に備えろ！　さやか、やれっ！」

『ハーイッ！』

数秒の静寂が流れた。その直後──

──バオオオオオオオオォォォォォン！

稲妻が落ちたかと錯覚する轟音が鳴り渡った。十数の焙烙玉《ほうろくだま》と数個の対海城浮火《うみしろ》が誘爆し合い、凄《すさ》まじい衝撃が岡崎城内を激震させる。天すら濡らさんばかりの大水柱が岡崎城の目前に奔騰《ほんとう》し、大波が生じる。一度上空に打ち上げられ滝のごとく降ってくる大量の水の壁に塞《ふさ》がれていた視界が晴れたその時──

「きたっ！」

水煙の向こう側で、小倉城が海面を裂かんばかりの猛烈な速度でこちらに突進してくる。瞬きする間も与えず肉薄した小倉城は、その鰐面《わにづら》を岡崎城へ叩きつけんとした。が、予測していたその突撃を岡崎城は半身をひねって見事に躱《かわ》す。そのまま脇を通過せんとする小倉城。その背に輝く巨大刀の柄に、岡崎城の必死一縷《いちる》の手が伸びる。

──摑《つか》んだ！　と、思うやいなや、岡崎城の両脚が海底を離れ海上まで打ち上げられた。

「うおっ!?」

小倉城は泳ぎの速度を緩めなかった。高速で引っ張られ、なおも刀を離さぬ岡崎城の身が勢いのまま鯉幟《こいのぼり》みたいに宙へと浮き上がったのである。

小倉城は、滅茶苦茶《めちゃくちゃ》な軌道を描いて泳ぎ回り、時に跳ね上がり、あるいは潜り、岡崎城を振り落とさんと暴れまわった。岡崎城《おかざき》は海中深く沈められ、振り回され、水面に叩きつけられる。

鐵城《キャッスル》は斜居櫓《ジャイロ》効果を利用した足利《あしかが》時代の不思議テクノロジーによって、本体がどんな姿勢を取っても一定の角度を保ち、足軽が陀威那燃《ダイナモ》を回し続けられるような構造になっている。それでも乱暴な小倉《こくら》城の振り回しは足軽たちの身をよろめかせ、転倒させ、壁に叩きつけさせた。

だが、竹千代《たけちよ》は、剣の柄《つか》を握りしめ、決して離そうとはしない。ようやく手にしたのだ。あとはこれを引き抜けばいい。それだけで望む力が手に入る。その執念が力を与えていた。

「こんのやろぉぉおっ！」

雄叫《おたけ》びを上げ、竹千代は強引に岡崎城の両脚を胸前に引っ張り上げる。そのまま天叢雲剣《アマノムラクモノツルギ》の刀身に脚を絡ませるようにして、小倉城の背に足裏をつけることに成功した。

今、岡崎城は天叢雲剣の柄を握り、泳ぎ回る小倉城の背に屈みこむような形になっている。

これで体勢が安定した。ようやく刀を抜ける状態まで持ってこられたのだ。

グッ、と両腕に力を込め、刀を引き抜こうとする。が、動かない。天叢雲の刀身は小倉城の硬い石垣《いしがき》装甲に深々と突き立って、ちょっとやそっとの力ではビクともしなかった。

「全陣間！　陀威那燃《ダイナモ》回転全力だ！」

即座に半蔵《はんぞう》が指示を飛ばす。ここが正念場だった。

『おおおおおおっ！　回せ！　回せぇぇえっ！』

足軽たちが死力を尽くして陀威那燃《ダイナモ》を回転させる。全身に漲る龍氣《みなぎりゅうき》が岡崎城から陽炎《かげろう》のごとく溢《あふ》れ出た。両腕両脚そして腹に力を込め、岡崎城は渾身《こんしん》の力で刀を引き抜きにかかる。

「うおおおおおおっ！」

床几《しょうぎ》に座る竹千代の両腕、額にもまた血管が爆《は》ぜんばかりに浮き出ていた。

ギリッ、と、微《かす》かに刀の動く手ごたえ。今や抜けると思った矢先——

パッ、と小倉城が暗雲高く躍り上った。

水しぶきの放物線を描き、中空で反転、背を——すなわち岡崎城を下にした小倉城はそのまま海面へと落下する。その荒れる波間に浮いているのは数個の浮火《うきび》である!?

『壇ノ浦《だんのうら》軍法〈死鯨水雷大自爆《しげいすいらいだいじばく》〉っ！』

と、城主のおらぬ小倉城が技名を叫ぶはずもない！　ここは効果を狙って筆者が叫んだ！

たちまち鳴り響く大爆音！　弾け飛ぶ水面！　巻き起こる大波！

凄《すさ》まじい衝撃と震動が岡崎城を苛《さいな》んで、足軽たちが床面に、あるいは壁に、天井に、その身を叩きつけられる。天守でもまた竹千代が床几から転げ、佐吉《さきち》が地に膝をついている。半蔵は——さすがだ、足を踏ん張り立っていた。

天守壁面の曼荼羅《まんだら》図が燃えるような警告の赤色に変わり激しく明滅する。ブオオーッ！　ブオオーッ！　と、けたたましく城内に鳴り渡るのは緊急法螺《ほら》貝の音だ。

それでも岡崎城の両腕は、しっかと天叢雲剣を握り、離していない。

と、ここで岡崎城の身が引っ張られた。驚くなかれ、小倉城が先と変わらぬ猛速度でまたも泳ぎを再開したのである。おそらく岡崎城《おかざきじょう》の身を障壁にして爆発を防ぎえたのであろう。〝大自爆〟などと技名を叫んだのは状況を見誤った筆者の早とちりだったのだ！　失礼！

先程の状況の再開、とはいかない。両脚は小倉城《こくらじょう》の背を離れ、岡崎城はほとんど海面を引き摺《ず》られるような状態になっていた。猛然と泳ぎ向かう先は三河湾《みかわわん》の外、伊勢湾《いせわん》である。

「殿。ここまでです」

曼荼羅《まんだら》の赤光で染まり緊急法螺貝《ほらがい》鳴り渡る天守本陣で、半蔵《はんぞう》が竹千代《たけちよ》に呼びかけた。

「このまま伊勢湾に出れば、もう勝機はありません。撤退しましょう」

竹千代が首を振る。

「ダメだ……」

「殿」

「もう少しで抜けそうなんだ！　あと少しで比類ない力が手に入りそうなんだ！」

嘘《うそ》ではない。固く食い込んでいた天叢雲剣《アマノムラクモノツルギ》の刀身が、ガタガタと動くようになっていた。

「殿。城の損傷が著しい。こんな状態で深い海に出れば、もう陸に戻ることも叶わなくなるかもしれやせん。これ以上はさすがに無茶でさぁ」

「無茶だと⁉　できるできないじゃない！　やるしかないんだよ、志《こころざし》を成すためには！」

それは、地下牢において虎松《とらまつ》の言った言葉だった。竹千代は佐吉《さきち》へ顔を向ける。

「おい、佐吉！　おまえは、これでいいのかよ！　ここまできて諦《あきら》めてさ！」

答えぬ佐吉の口元には強い苛立《いらだ》ちがうかがえた。

「これが天叢雲剣だってのは間違いなさそうだぞ！　なあ、欲しくないか、佐吉！　力だ！　天下に名乗りを上げられる力だぞ！」

「いい加減にしろ！　何が力だ！」

突如激昂《とつじょげきこう》し、佐吉が言い返した。

「天叢雲剣を手にしたところで力を得るのはおまえだけだ！　俺は相も変わらず文弱者《ぶんじゃくもの》の余所者《よそもの》だ！　何も得られん！　家中の信頼も、おまえに向いているさやかの……」

何か言いかけて佐吉はいったん言葉を呑《の》む。

「とにかく、死ににいくなら、ひとりでいけっ！　城の全員を道連れにするんじゃない！」

「誰も死なせない！　あとちょっとで抜けるんだ！　抜きさえすれば陸に戻る！」

「おまえっ！　まだわからんかっ！」

佐吉が壁を殴りつけた。

「佐吉、半蔵！　俺を信じてくれ！　必ずみんなを無事に陸に戻す！　今だけは……！」

叫ぶ竹千代の肩に、そっと半蔵の手のひらが置かれた。半蔵の眼差《まなざ》しは澄んでいる。

「いけません。刀を離し陸に戻りましょう」

静かだが断固とした言葉だった。蒼白《そうはく》になった竹千代の顔が失望に震える。あわあわと口が言葉もなく動いていた。やがて、喉奥より掠《かす》れた声が絞り出される。

「離さない……」

「殿っ！」

「俺は絶対に離さない！　この手を離して陸に戻って……俺に待っているものはなんだ⁉　残り少ない命を何も成さずに浪費する日々だけだろう！　そんなのは嫌だ！　俺はここで己《おのれ》の人生を変える！　ここで逃げたらもう何も変わらないんだ！」

「いけやせん！」

「いいや、いくっ！　各陣間！　陀威那燃《ダイナモ》を回せぇっ！」

軍師を介さず竹千代《たけちよ》は全陣間に呼びかけ、疲弊《ひへい》の極みにある足軽たちを鞭《むち》打った。

すでに岡崎《おかざき》城を引っ張る小倉《こくら》城は知多《ちた》半島と渥美《あつみ》半島の間を抜け、伊勢《いせ》湾に出てしまっている。波浪を縫って進む小倉城は、時を置かずに伊勢湾の中央近くまで到着した。ふいに岡崎城の視界が暗くなる。小倉城が海中へ潜ったのだ。岡崎城を引っ張って深みへ深みへ潜りゆく。

「いかんっ！」

半蔵《はんぞう》が大護摩壇《ごまだん》に映る海中風景を目にし、焦慮《しょうりょ》の声を上げた。

伊勢湾の中央には〝伊勢魔深儺《ばみゅうだ》〟と呼ばれ、巨大な岡崎城ですら足のつかぬほど深い場所がある。引っ張り込まれたのは、そこ。すでに岡崎城の活動限界を超えた深みであった。

水圧に苛《さいな》まれた岡崎城の装甲が、悲鳴のような軋《きし》みを上げている。いつ何時壁が破れ、海水が流れ込んできてもおかしくなかった。

が、そのようなことは竹千代の念頭にはない。ただ一心、暗黒の海中に、ぼおっ、と光る天叢雲剣《アマノムラクモノツルギ》だけを凝視《ぎょうし》し、いかにして抜いてやらんかとそればかりが頭にあった。

小倉城の背で、刀が、ゴリゴリと動いている手ごたえ。あるのは僅《わず》かな引っかかりのみだ。あともうひと力を込めさえすれば、間違いなくそれは抜ける。

「抜ける！　抜けるぞ、半蔵！　抜けるぞ、佐吉《さきち》！」

振り落とされんとする力に抗《あらが》い、岡崎城はグイグイと城体を刀身に引き寄せた。脚が小倉城の背につく。岡崎城は天叢雲剣に背を預けるような体勢を取り、そこで足と腕とに力を込めた。

「抜ける！　もう抜ける！　いくぞ！　いくぞ！　いくぞぉぉぉっ！」

竹千代にとって天叢雲剣を引き抜く行為は、ただ単純に武器を引き抜く行為ではなかった。我が未来をこそ引き抜こうとしていたのだ。

小倉城の前方へ進む力、後方へ岡崎城が刀を引き抜こうとする力、そのふたつが合わさる。引っかかっていた何かが、ガチンッ、と外れたかと思うと、あとは一気に刀が滑った。

光の孤が海中に描かれる。ヒュッ、と小倉城が岡崎城を置いて先へと飛んでいった。岡崎城の手の中には――煌々《こうこう》と輝く、天叢雲剣が確かにある！

「抜けたあああっ！」

ほとんど絶叫するような竹千代の歓喜の声。

（手にしたぞ！　比類ない力を！　旗だ！　旗を立てられる！　生きた証しを――）

と、この時、物凄《すご》い海流が岡崎城《おかざきじょう》の背にぶつかってきた。何事かと振り返る間もなく岡崎城は猛烈な力で流れ飛ばされ、海底にぶつかり、二、三転する。

身を起こさんとしたところ、無数の黒いものが気泡の尾を引きながら礫《つぶて》となって降ってきた。石礫——いいや、石というほど小さくはない。岩礫とでも呼ぶべき大きさである。

胸に二発、腰に一発、脚部に一発、強烈な直撃を食らう。

それが小倉《こくら》城の残骸《ざんがい》だと気がついたのは混乱した思考が正常に戻ってからだった。天叢雲《アマノムラクモノ》剣《ツルギ》を引き抜かれ、ゆき過ぎた小倉城が、直後に大爆発を起こしていたのである。

岡崎城は手にしたばかりの天叢雲剣を杖《つえ》にして立ち上がろうとする。これを手にしたからには、一刻も早く海上に出て陸に戻らねばならない。だが——

立ち上がろうとしたその右脚に力が入らない。ぐぎゃりと膝から折れ曲がり、そこだけ糸の切れた操《あやつ》り人形のようだった。

「な……なんだ？　どういうことだよ？」

岡崎城全体に拡張されている竹千代《たけちよ》の感覚——それが右脚部分だけ途切れていたのである。

ハッ、と半蔵《はんぞう》が赤く点滅する曼荼羅《まんだら》図へ目を向けた。右脚——すなわち富士見櫓《ふじみやぐら》陣間に対応する仏の光が消えている。それはすなわち、右脚の龍氣《りゅうき》が途絶えていることを示していた。

「富士見櫓！　何があった⁉」

半蔵が護摩壇《ごまだん》に叫びかけた。返ってきたのは、ワーワーという騒然たる叫び声。しかしそれが聞こえたのは一瞬である。フッ、と音声と映像とを送っていた護摩壇の蒼《あお》い火が掻《か》き消えた。

「おいっ！　どうした！　何があった!?」

火の消えた護摩壇に呼びかけても返事のあろうはずもない。

「たいへんだよ、お兄ちゃん！」

階段を駆け上り天守へ飛び込んできたのはさやかであった。

「腰部と右の脚部装甲に穴が開いて城内に海水が流れ込んできてる！」

「なっ……!?」

竹千代、佐吉《さきち》、のみならず半蔵ですら愕然《がくぜん》となった。

「富士見櫓陣間は完全に水没してるよ！　多聞櫓にも流れ込んで、すぐに……」

言い終わるのを待たず、左脚——多聞櫓陣間に対応する曼荼羅の仏の光が、フッと消えた。

一気に左脚の力が消え、岡崎城は海底に膝立ちとなる。たった今、多聞櫓陣間も水没したのだ。

「足軽たちは無事か？」

半蔵は努めて冷静にさやかへ尋ねる。

「みんな、上の陣間、本丸や二の丸、三の丸に避難した。でも、そこだっていずれ……！」

『こりゃーっ！　半蔵！』

護摩壇のひとつから甲高い叫びが聞こえた。二の丸陣間の酒井忠次《さかいただつぐ》である。炎に映った忠次の背後には狼狽《ろうばい》する足軽衆が犇《ひし》めいていた。

『下からきた足軽衆で我が隊のジジイどもが押しつぶされてしまいそうじゃぞーっ！』

『いかがする半蔵《はんぞう》？』

続いて聞こえたのは本丸陣間の本多忠勝《ほんだただかつ》の声だった。

「本多殿、まだ陀威那燃《ダイナモ》は回せそうですかい？」

『こちらの陣間に損傷はない。回せと申せばいくらでも回してみせよう』

「かたじけない。榊原《さかきばら》殿は御無事か？」

『はいはーい、なんとか無事ですよぉ～』

三の丸の榊原康政《やすまさ》から飄然《ひょうぜん》とした応答があった。次に水に呑《の》まれるのは腹部にある三の丸陣間である。にもかかわらず康政とその部隊は三の丸に留まっていた。

『腰部に開いた穴はうちの部隊でなんとか塞《ふさ》ぎましたよ。ですが一時しのぎです。脚部からの浸水で水位は増してきてますし、ここが持つのも今のうちでしょうね』

急がねばならなかった。腹部――すなわち人体で言うならば丹田《たんでん》に当る三の丸陣間は、岡《おか》崎《ざき》城全体の龍氣《りゅうき》伝導の要である。いくら両腕の龍氣を増幅させても丹田がなければ力を込められないのだ。岡崎城に残された時間は、三の丸陣間に残された時間とほぼ同じと言える。

「殿」

半蔵の呼びかけで、喪神《そうしん》したようになっていた竹千代《たけちよ》が我に返る。

「残る陣間にもうひと働きしていただきます。腕の力だけでなんとか海上まで出ましょう」

間もなく増幅された龍氣が岡崎城の両腕に漲《みなぎ》るのを竹千代は感じ取る。これに最後の望みをかけて、三つの陣間が必死に陀威那燃《ダイナモ》を回しているのだ。

竹千代は岡崎城を動かし、精一杯に両腕をかき、鐵城《キャッスル》を浮かび上がらせようと試みる。

しかし、陸上での活動のみを想定して築城された岡崎城の巨体は腕だけで泳ぐにはあまりに重かった。少しは浮き上がることができるものの、すぐに海底へ膝が戻る。

最後のあがきは虚《むな》しいものに終わった……。

七

場内に詰める誰もが無言になっていた。ただ緊急法螺《ほら》貝の音ばかりが黄泉《よみ》の神の楽の音のごとく木魂《こだま》し続けている。もはや城内の者は粛々と死の時を待つよりほかなくなっていた。

「俺の……」

竹千代がポツリと声を零《こぼ》した。

「俺のせいだ。俺が皆の忠告を無視したから。俺が、身の丈に合わぬ力を求めたから……」

佐吉《さきち》が恨めしげに、いいや、憎々しげといってもいい表情で竹千代を睨《にら》んでいた。

「殿」

気まずい沈黙の中、ふと半蔵が口を開いた。

その声色があまりにも優しげなことに、竹千代は不穏なものを覚える。

半蔵《はんぞう》は屈み込んで床几《しょうぎ》に座る竹千代《たけちよ》と目線を合わせた。

「いいですかい、殿。力ってのはね、求めるものじゃありやせん。どこかに探しにいったって、どこにもありゃあしないんです」

半蔵の言葉は温かく、だがどこか寂しげでもあった。

「なら……俺はどうすればよかったんだ……？」

力なく漏らされた竹千代の声に、半蔵は漢《おとこ》くさい笑顔で答えた。

「建てるんですよ、城を」

「城……？」

言葉の意味がわからず竹千代は、半蔵へ蒼白《そうはく》の顔を向けた。

「ええ、そうですよ。城を——ここにです」

半蔵が握り拳《こぶし》を竹千代の胸に押しつけた。

「ここに城を建てなさい。どんな軍勢に攻められても決して落城しない、強く堅固な城を」

「…………」

「〝鋼鉄の城〟を己《おのれ》の胸に」

その表情が悲愴なまでに晴れやかなことに気がつき、竹千代は言い知れぬ不安を覚える。

「では、いってまいりやす」

言うが早いか背を向けた。振り返ることもなく、一散に半蔵は天守の階段を風のごとく駆け下りていく。去り際に見せた半蔵の広く逞《たくま》しい背中が、竹千代の脳裡に焼きついた。

「お兄ちゃん⁉」

「半蔵様！　どちらに⁉」

さやかと佐吉《さきち》が叫んだ頃には、もう半蔵の姿はない。

追うべきか、ここで待つべきか、その判断もつかぬまま、さやかと佐吉は困惑し、戸惑いのままに結局なんの行動にも出られなかった。

竹千代は己の胸の内で、不吉な予感がジワジワと高まっていくのを感じている。

どれほどの時の経過があったろう。おそらく、さして経ってはおるまい。だが、天守にいる若者三名にとっては永遠とも思える時間であった。ふと、竹千代は己の右足に違和感を覚える。

（なんだ……？）

右脚が微《かす》かに動いた。竹千代自身の足ではない。感覚を共有する岡崎《おかざき》城の右脚だった。信じがたい奇跡である。右脚を担当する富士見《ふじみ》櫓《やぐら》陣間は一等先に水没し、もはや陀威那燃《ダイナモ》を回す者などひとりもいないのだ。ならば龍氣《りゅうき》の増幅もなく、脚が動くはずもないはずである。

曼荼羅《まんだら》に目をやれば、今まで消えていたはずの右脚陣間の仏に微かな光が灯《とも》っていた。

「なぜ？　いったい誰が陀威那燃《ダイナモ》を……」

見るうちに、小さかった富士見櫓の灯がどんどん輝きを増していく。

ここで、ボッ、と自然に灯った護摩壇《ごまだん》の火は、龍氣が途切れ、途絶えていた富士見櫓陣間との通信のものだった。龍氣《りゅうき》の流れが開通したことを示している。

天守の三人は、いっせいに護摩壇《ごまだん》の焔《ほむら》に映る風景へと視線を集中させた。

そこは完全に海水に満たされた暗く冷たい水の世界。その中に、ぼんやりただひとつだけ淡く光を放つ陀威那燃《ダイナモ》がある。目を凝《こ》らした三名は、あっ、と驚愕《きょうがく》の声を発した。

「半蔵《はんぞう》!?」

そうだ、服部半蔵《はっとり》だ！　服部半蔵が、たったひとりで陀威那燃《ダイナモ》を回している！　着物を脱ぎ棄てた逞《たくま》しい肉体が、海水に沈んだ陀威那燃《ダイナモ》の内にあり猛速度で駆け足をしていたのだ。

その速いこと驚異の一語に尽きる。あまりの速度に振る腕が見えない、駆ける足が見えない。そして回転する陀威那燃《ダイナモ》もまた龍氣に光る蒼《あお》い円としか視認できぬほどだった。

地上ですらこれだけの陀威那燃《ダイナモ》働きなどできるものではない。それを半蔵は海水の浮力によって動きのままならぬ中、さらに呼吸もできぬ中でやってのけていたのだ。

しかも速さは衰えるどころか増していく。蒼い光が直視するのも困難なほどに眩《まばゆ》さを増し、高速回転される陀威那燃《ダイナモ》によってその周囲に大渦が生み出されていた。

半蔵が天守を離れたのは、このためだったのである。水没した脚部陣間の陀威那燃《ダイナモ》を回し、岡崎《おかざき》城を海中より脱出させるための龍氣を生み出すために……！

「すごい……」と、驚嘆の声を漏らした佐吉《さきち》だったが、魅入っていた表情に翳《かげ》りが射す。

「半蔵様……？」

フツフツと半蔵を取り巻く海水に泡が生まれた。初め小さく僅《わず》かだった泡が、やがて大きく数を増していく。終《しま》いにはボコボコと激しく泡が湧《わ》きあがり、護摩壇の映像が泡で埋め尽くされるほどになった。富士見櫓《ふじみやぐら》陣間内の海水が沸騰していたのである。

増幅された膨大な龍氣が高熱を生じさせていたのだ。通常ならば陣間で増幅された龍氣は鐵城《キャッスル》の各部位へと伝導されるが、海水に浸った状態ゆえに漏れ出てしまっているのである。その中心にいる半蔵を苛《さいな》む熱量はいかほどのものか？　釜茹《かまゆ》で刑、いいや、灼熱《しやくねつ》地獄の責め苦に等しかろう。尋常な人間ならば苦悶の末に死に至る高熱に違いなかった。

「半蔵様！　いけません、半蔵様ぁっ！」

果してその叫びが届いているのか否か？　半蔵は、カッ、とまなこを見開き、全身の筋肉に血管を浮き立たせ、修羅《しゆら》のごとき形相でなおもなおも駆け続けていた。

今、半蔵ひとりが生み出している龍氣増幅量は全軍一丸となって全力で陀威那燃《ダイナモ》を回した場合を優に超えていた。天守の曼荼羅《まんだら》上では富士見櫓陣間の仏が、超新星のごとく他の諸仏を圧するまでに輝いている。ああっ、だがその光は半蔵の命を燃やす輝きだ！

見よ、あの瞬きひとつせぬ血走ったまなこ、紅潮した顔貌を！　高熱の中、呼吸すらせず限界を突破して駆ける半蔵に、すでに意識はなく、肉体だけが執念の力で動き続けているのだ！

ボッ！　と、半蔵のすぐ傍《そば》で何かが爆発した。立て続けに二度三度と爆発が起こる。許容量を超えた龍氣の増幅がもともと損壊の激しかった富士見櫓内で奔騰《ほんとう》しているのだ。

「半蔵《はんぞう》様！　半蔵様！　半蔵さまぁっ！」

半蔵を呼ぶ佐吉《さきち》の声はもはや咽《むせ》び泣くそれに変わっていた。

竹千代《たけちよ》は絶句し、身を震わせて護摩壇《ごまだん》の内の半蔵を見つめている。

そんな中、さやかがひとり、何か決意したかのごとく眉を引き締めた。

「竹千代」

名を呼ばれた竹千代だが、呆然《ぼうぜん》としたまま反応できなかった。その呆《ほう》けた面《つら》をさやかの手のひらが痛烈に張った。頰の痛みに竹千代はようやく心を取り戻す。

「竹千代！　やるよ」

「や、やるって……何を……？」

「お兄ちゃんが、右脚に龍氣《りゅうき》を宿してくれている。海を出よう！」

「待て、さやか！」

佐吉が泣き濡れた顔で叫んだ。

「富士見櫓《ふじみやぐら》では爆発が起こっているぞ！　今右脚を用いれば、半蔵様が……！」

「だからだよ！」

叱咤するようにさやかは言った。

「このままじゃお兄ちゃんの働きが……命が無駄になる！　やるのは今しかない！　やるよ！　お兄ちゃんの命が尽きる前に！」

言い放つと、さやかは護摩壇の火に顔を向ける。

「みんな、聞こえる？」

さやかの声が、本丸、二の丸、三の丸に響き渡った。

『さやかか？　天守におるのか？　いったい何が起こっておる？』

忠勝《ただかつ》の声だ。半蔵による右脚の龍氣増幅を諸陣間の重臣は直接知らぬものの、城内でなんらかの力の張りがあることに誰もが勘付いていた。

「お兄ちゃんが、右脚の陀威那燃《ダイナモ》を回してくれているよ」

『えっ!?　半蔵殿が、ひとりでこれを……!?』

康政《やすまさ》が驚きの声を上げた。

「この力で海上まで脱出する！　体勢を維持するのにみんなの力が必要だよ！　忠勝さん、康政さん、忠次《ただつぐ》じいちゃん、足軽のみんな！　衝撃に備えながら陀威那燃《ダイナモ》を回して！」

『承知した！』

三家老の下知《げち》を受け、足軽たちが陀威那燃《ダイナモ》を回しだす。城中にある全ての人間が窮地を脱するために残る力を振り絞る中、ただ天守にいる男ふたりだけが、未《いま》だに行動を起こせずにいた。

佐吉は床にくずおれ、地に手をついて咽んでいる。

竹千代は、床几《しょうぎ》に座り直し、魂鋼刀《たまがねとう》を握ったものの、放心状態から抜け出せずにいた。

「やるよ、竹千代」

さやかの決然とした声に振り向いた表情は、情けなく虚脱し、漢《おとこ》の顔ではなくなっていた。

「やるのか？　俺が？　俺の手で半蔵《はんぞう》にとどめを刺すのか？」

竹千代《たけちよ》は護摩壇《ごまだん》に目をやった。火に映る映像の中では半蔵が陀威那燃《ダイナモ》を回し続けている。その周囲では小爆発が立て続けに生じていた。岡崎《おかざき》城の脚部がもつのもあと僅《わず》かの間であろう。

「お願い、竹千代！　やって！」

さやかの声は悲痛であった。悲痛でないはずがない。兄を見殺しにしようとしているのだ。

竹千代の顔が、ぎゅーっと引き歪《ゆが》む。

魂鋼刀《たまがねとう》の柄《つか》を握る手が痙攣《けいれん》するように震えた。

「ううううう……うあああああああっ！」

竹千代の口から絶叫が迸《ほとばし》り出る。直後、岡崎城の右脚が海底を蹴《け》った！

カッ、と眩《まばゆ》い光の奔騰《ほんとう》。暗黒の海底が白転するほどの圧倒的な光。太陽光すら及ばぬその輝きは膨大無比な龍氣《りゅうき》エネルギーの放出現象であった。宇宙ロケットの打ち上げにも似た莫大《ばくだい》な力が岡崎城を深海底から上へ上へと猛速度で推進させる。

限界を超えた力の増幅が岡崎城の右脚部——富士見《ふじみ》櫓《やぐら》陣間に大爆発を起こした。

「半蔵様ぁぁぁあっ！」

叫ぶ佐吉《さきち》は見た。さやかも見た。竹千代も見た。護摩壇に映る半蔵の姿が光に呑《の》まれる一刹《せつ》那《な》——その顔がこちらを向き、例の漢くさい微笑《ほほえ》みを口元にそよがせるのを……。

岡崎《おかざき》城は爆炎の尾を引きながら、どんどん海上へ近づいていく。やがて海面を突き抜け、それでもなお勢いは衰えず、一閃《いっせん》の光の矢と化して、空へ空へ、雨雲すらも突き破った。

パッ、と抜けるような蒼天《そうてん》、何物にも遮られぬお日様の光、眼下に広がる雲の海。

浮遊感の中、竹千代《たけちよ》の目に映った天空の風景は、あまりにも壮大で美しかった。

半蔵《はんぞう》が「さあ、いってこい」と未来へ向けて竹千代を打ち上げたかのようだった……。

——松平《まつだいら》に過ぎたるものがひとつあり。服部《はっとり》半蔵、その鬼謀《きぼう》天に通ずとか。

こう言わしめた稀代《きたい》の大軍師がこの日この世を去った。

【駿河《するがの》妖《よう》侯《こう》今《いま》川《がわ》義《よし》元《もと》之《の》魔手《まのて》】

一

ぽーん、と蹴鞠《けまり》が高く夜空に上がり、満月と重なった。

鞠が落ちる。そして、また上がる。落ちる。上がる……。

「アリ。ヤア。アリ……」

雅やかな掛け声が、鬼趣すら孕《はら》んで響いている。

駿河国駿府《すんぷ》城——通称〝今川館《いまがわ》〟。時刻はすでに深夜であった。

月光に蒼《あお》く照らされた御殿の中庭で、ひとりの男が広縁へ背を向け、鞠を蹴っている。

公家のごとき水干《すいかん》姿。星明かりを受けて艶めく銀髪が女のように長かった。その白い手の爪《つめ》は長く先が尖《とが》り、紫色に塗られている。

鞠を蹴る後ろ姿に匂うような品位があった。と、同時に言い知れぬ妖しさもあった。

何やら平安京の幽鬼が深夜そこに忽然《こつぜん》と現れ、鞠を蹴っている——そんな風に見える。

この妖しさの一因となっているのは右側頭部に男がつけている面であろう。

般若《はんにゃ》面——能において嫉妬や恨みを表現する鬼女の面であった。

「アリ。アリ。アリ……」

男の鴨沓《かもぐつ》が、ぽん、と軽く鞠《まり》を蹴《け》上げる。垂直に上がった鞠は男の沓に落ちてきて、また蹴り上げられる。そのたびに満月が隠れ、また現れ、隠れ、現れ……これが繰り返された。

古来、蹴鞠《けまり》は天と地との均等を図る儀式であったという。今、延々と終わりなく鞠を蹴上げる男の姿は、どこか天と地とを己《おのれ》が沓先ひとつで弄《もてあそ》んでいるかのようだった。

「殿」

甲高い声が男を呼んだ。いつの間にやら広縁に僧形《そうぎょう》の男が座している。真紫色の皮膚、体毛の一切ない顔、尖《とが》った耳、そして三白眼《さんぱくがん》。太原雪斎《たいげんせっさい》であった。

トッ、と男が落下してきた鞠を受け止める。

「雪斎か……」

こう低い声で言い、振り返った男の顔——この場に第三者がいたならば、その顔を目の当たりにし、ゾクリと背筋に冷たいものが走ったであろう。血の気のないその肌は死蠟《しろう》を思わせ真っ白だった。瞳もまたどこか虚《うつ》ろである。生者の顔色には到底見えない。しかし、その顔の造形たるや、寒気がするほど美しかった。瘦《や》せた細い面輪、よく通った鼻筋、切れ長の目……。口を開き、その低い声を発さねば、高貴な公家の姫君と誰もが思ったであろう。

——今川治部大輔義元《いまがわじぶたいふよしもと》。

駿河《するが》国の守護大名。東海一の弓取りの異名を持つ、駿河の覇王であった。

「何ぞあったか?」

今川義元の声には、吟ずるような独特の抑揚があった。

「三河《みかわ》の松平《まつだいら》が、猛者海龍《モササウルス》を討伐《とうばつ》しましたぞ」

「ほお?」と、義元の眉根が僅《わず》かに寄せられた。

「これは、これは……。松平にそれを成すだけの力があったとは驚いたぞ。三河武士とは粗野なだけではないようだ。で、天叢雲剣《アマノムラクモノツルギ》はいかがしたか?」

「松平の手に」

「松平……?　今の当主はなんと言うたかの?」

「竹千代《たけちよ》にございますな」

「……竹千代?　ほお……。そやつが天叢雲剣を?　うっふふふふふ……」

雅やかに笑ったかと見えた次の瞬間、臈長《ろうた》けた義元の顔が豹変《ひょうへん》した。

側頭部に付けた面そのまま——怨念《おんねん》のこもった般若《はんにゃ》面のそれへ。

「俺の……俺の天叢雲剣を、そやつが手にしただとぉ……?」

身を震わせ、ギリギリと義元は唇を噛《か》んだ。白い額に青く癇筋《かんすじ》が浮いている。

伊勢湾《いせ》に出現した猛者海龍《モササウルス》の背に突き立っていた刀が天叢雲剣であることを、今川義元もまた、太原雪斎の博識と諸国に張り巡らせた情報網にて知っていた。それを手にせんと望んだもののの、伊勢湾の入口は志摩《しま》の九鬼《くき》水軍によって守られており、手が出せずにいたのである。

わななく義元《よしもと》の細い指、その長い爪《つめ》が手に持つ鞠《まり》に食い込む。堅い鹿革の鞠が凄《すさ》まじい力で歪《ゆが》み、今にも爆《は》ぜそうであった。

くくく……と太原雪斎《たいげんせっさい》が含み笑う。当主の情念の強さをむしろ頼もしく思うかのように。

「まあ、織田《おだ》の手に渡らなんだだけ幸いと思いましょうぞ」

「織田……織田信長《のぶなが》か……」

織田と聞いた義元の反応は、先程に倍して憎々しげで忌々《いまいま》しげだった。

昨年、義元は遠江《とおとうみ》の反今川《いまがわ》勢力を一掃し終えた。もはや遠江に今川の敵はおらず、義元は名実ともに遠江一国をその手にしている。だが、三河《みかわ》は今川の強い影響下にありながらも未《いま》だに複数の国衆がそれぞれ独立した勢力を保ち続けていた。このように三河へ完全に今川の支配が及びきらぬのは、織田が睨《にら》みを利かせているからにほかならない。

織田は今川の三河支配をめぐる宿敵なのだ。織田の名を聞いて義元が憎悪を露《あら》わにするのも頷《うなず》けよう。が、それだけではない感情もまた仄《ほの》見えていた。

「尾張《おわり》のうつけ小僧が、京に上り三好《みよし》めを討伐《とうばつ》し、帝《みかど》の覚えめでたいというのぉ……。成り上がり者の分際で……この義元に先んじて……。きゃつのあの力……あれは……」

泰然《たいぜん》と雪斎が頷いた。

「ええ。織田信長めは、草薙剣《クサナギノツルギ》の力を手にしておりましょうな」

ギラリと義元の瞳が底冷えのする光を放った。

「間違いないか？」

「信長めは、美濃《みの》を攻める前に熱田神宮《あつた》へ戦勝祈願に参ったと聞きまする。家臣を遠ざけ七日の間、飲食を断ってひとり熱田の社《やしろ》に籠《こも》ったと聞き及んでおります。七日後に出てきた信長は半死人のごとくであったとのことですが、その瞳には鬼気迫るものがあったとか……」

「その時に、信長は熱田の神に草薙の力を授けられたと？」

「おそらく。その後、信長は見事に美濃を落とし、天下に躍り出、常勝無敗の働きをしておりまする。〝神憑《かみがか》っている〟とは誰もが申すところ……。思えば、今、天叢雲《アマノムラクモ》が遥か壇ノ浦《だんのうら》より泳ぎ渡ってきたのも、片割れたる草薙の力の覚醒ゆえと考えれば説明がつきまするな……」

「おのれ……」

強烈な怨念《おんねん》が声とともに絞り出された。

「何ゆえ熱田神宮はこの駿河《するが》でなく尾張にあったのかぁ。何ゆえ、熱田の御神《おんかみ》は信長ごときに力を与えたかぁ。何ゆえ、俺でないのかぁ……。おのれ、おのれ、おのれぇ……」

握る鞠が強い力で細長く潰《つぶ》れていく。

「九鬼《くき》の水軍が猛者海龍《モササウルス》討伐に乗り出したのも、おそらく信長の命を受けてのこと。危うかったですな。万一信長が天叢雲まで手にしていれば、もはや天下に信長と並びうる者はいなくなる。松平竹千代《まつだいらたけちよ》には感状でも送りたいところですな」

「その竹千代とやらよ。いかな男か？」

じっ、と義元《よしもと》が雪斎《せっさい》を見た。

「奪えるか？　天叢雲《アマノムラクモ》を」

雪斎は考え込むような素振りを見せる。

「さて、渡せと言って、果たして渡すか……」

「なに、渡さぬならば、攻めてでも奪ってくれるわ。松平《まつだいら》ごとき地方領主、容易であろう」

「以前までならばそうでありましょうな」

意味深に雪斎は言った。

「天叢雲を手にした松平には、もはやこの今川《いまがわ》も及ばぬと？」

挑むような義元の声。雪斎は首を振った。

「そうは申しておりませぬ。ただ端倪《たんげい》すべからざる存在となったのは確か。何より拙僧《せっそう》が案じておりまするは松平との戦《いくさ》が長引いた場合、それに乗ずる者がおるやもしれぬこと」

「相模《さがみ》の北条《ほうじょう》、甲斐《かい》の武田《たけだ》か」

苦々しく義元が言った。

駿河《するが》の背後には相模と甲斐の国がある。相模には〝相模の獅子〟こと北条氏康《うじやす》が、甲斐には〝甲斐の虎〟こと武田信玄《しんげん》が。東国の英傑と呼んで差し支えない二武将の勢力があるのだ。領国を長く離れて三河《みかわ》と戦をしていれば、その期に乗じて攻め込んでこないとも限らない。

「とは、申せども、いつまでも松平に天叢雲を預けておけば信長《のぶなが》めに奪われてしまうやもしれませぬな。肝要なのは見極めかと」

「見極め？」

「松平竹千代《たけちよ》が、天叢雲を正しく扱える武士《もののふ》なのか。その見極めがつきましたその時が……」

ふっ、と今川義元の口元がほころんだ。ぽんっ、と手に持った鞠《まり》を高く放り上げる。落ちてきたところを——

——ボッ！

鞠が中空で破裂した。パラパラと破片の散る中、義元の脚が上がっている。義元の蹴《け》りが、硬く弾力のある鞠を粉砕したのである。

「竹千代とか申す小僧を踏み潰《つぶ》し、天叢雲をこの義元が手にする時……」

ふっふっふっ……と、義元がさも愉快げに肩を揺すった。

「そうだな、雪斎よ？」

「左様《さよう》にござります。すでに手は打ってございます……」

雪斎の異相にもまた、不気味な笑みが浮き上がっていた。

二

重苦しい曇天《どんてん》に機巧の動く音が響いている。

居城形態をとった岡崎《おかざき》城の周囲に、大きな鈎《かぎ》を鎖でぶら下げた、鐘楼《しょうろう》のごとき砦城《フオオト》がみっつ竚立《ちょりつ》していた。城大工たちの扱う繰連砦城《くれえんフオオト》である。

鉤《かぎ》に重い建材を引っかけ高所まで吊り上げるための重機であった。城の外壁には竹で足場が組まれ、熟練の職人たちが操連《くれえん》で吊り上げた木材を受けとり、岡崎《おかざき》城の修築を行っている。

深海底より帰還した岡崎城は無惨なまでに損壊していた。まず右脚部となっていた富士見《ふじみ》櫓《やぐら》は全壊、多聞櫓も半壊、本丸、二の丸、三の丸もところどころ壁や屋根が崩れている。

そんな岡崎城の脇に、異様に横長い蔵がひっそりと建っていた。城剣蔵と呼ばれるこの蔵は、かつて岡崎城の主力装備であった獅子王《ししおう》の収納されていた場所である。獅子王が失われてより長く使われていなかったこの蔵に、今、巨大な〝鉄屑《てつくず》〟が収められていた。

鉄屑は真っ赤に赤錆《さ》び、ところどころが欠けていて、貝やフジツボが付着している。誰がこれを神代《かみよ》の昔に鍛《きた》えられた神剣、天叢雲剣《アマノムラクモノツルギ》と思うであろう。小倉《こくら》城の背に突き立っていた時、あんなにも神々しく蒼《あお》い光を放っていた天叢雲剣だが、地上へ持ち帰ってみれば、光が嘘《うそ》のように消え去り、このような無惨な正体を露《あら》わにした。以来、光を放つことはない。

天叢雲剣はなんの役にも立たぬ巨大な鉄塊《てつかい》――まさに鉄屑だったのだ。

その鉄屑が収められた城剣蔵の前に、風を切る音が鳴り響いている。

竹千代《たけちよ》がひとり、騒速《そはや》を握り、素振《すぶ》りをしていた。

額には汗の玉が滲《にじ》み、頬は紅潮している。その表情には鬼気迫るものがあり、目の前に余人には見えぬ何者かがいるかのごとく、必死に虚空へ斬りつけ続けていた。

それを遠くより眺める人間がふたり。本多忠勝《ほんだただかつ》と榊原康政《さかきばらやすまさ》であった。

「どれほど殿はああやっておられるのだ？」

忠勝が傍らの康政に尋ねた。

「もう一刻になりますね。昨日は半日ほど続けておられました。お体に障るのでほどほどにしていただきたいのですが、いっこうに聞き入れてくださりませんね……」

忠勝は黙り込み、じっと刀を振るい続ける竹千代《たけちよ》を眺めた。

我武者羅《がむしゃら》に刀を振るう竹千代の姿は、さながら己《おのれ》の内にある、弱さや迷い、悲しみ、後悔、といった形ないものを切り払おうと必死に格闘しているかのようだった。

「半蔵《はんぞう》殿がお亡くなりになり、手にした天叢雲があんなもので、自暴自棄になっておられるようです。それに……」

康政が寂しげに言った。

「佐吉君が去ったのも、堪《こた》えているんでしょうねぇ……」

と、ここでふいに竹千代が刀を振る手を止めた。騒速《そはや》を手から落とし、胸を押さえてうずくまる。そのまなこが大きく見開かれていた。康政と忠勝が、ハッ、となる。

「いけません！　発作ですよ！」

ふたりは血相を変えて地へ倒れ込む竹千代へと駆け寄る。竹千代は胸を押さえたまま意識を失っていた。過度の運動が、脆弱な心臓へ負荷をかけ、発作を引き起こしたに違いなかった。

「誰か！　誰か早く！」

康政が声を張り上げ、人を呼ぶ。

忠勝は黙然と倒れる竹千代を巨体から見下ろし、何事か深く考え込んでいた。

半蔵のいない岡崎《おかざき》はどこか空虚であった。それだけ半蔵という漢《おとこ》の存在は大きかった。

悲しみや憤りというものは、どこかに捌《は》け口《ぐち》が必要である。家中皆に慕われていた半蔵の死の悲しみや、なぜ死なねばならなかったのかという憤りもまたそうだ。

だが、当主である竹千代にその矛《ほこ》先が向けられることはなかった。向けられたのは以前より余所者《よそもの》として風当たりの強かった――佐吉《さきち》にだったのである。

家人たちの無駄話に耳を傾ければ以下のごとき悪口雑言《あっこうぞうごん》が聞こえてきた。

「服部《はっとり》殿が、富士見櫓《ふじみやぐら》へ向かった際、何ゆえ佐吉めは天守に残り、安穏《あんのん》としておったか？　弟子ならば共に命をかけて陀威那燃《ダイナモ》を回すべきではなかったのか？」

「いやいや、水没した陣間での陀威那燃《ダイナモ》働きなど余人には叶うまい。いわんや、寺坊主あがりの文弱者《ぶんじゃく》をや。おじけて身が竦《すく》んだ上での卑怯未練であったろうよ」

「万歩譲ってそれはよし。服部殿が天守を離れたならば、見習いたる佐吉めが残り、代理を務めるが筋と申せなくもない。然《さ》れど佐吉はあの時、何をやっておった？　全軍に呼びかけ差配したのは女人のさやか殿であるぞ。これではなんのための軍師見習いか？」

と、この辺りまでならば、佐吉《さきち》も甘んじて受けられる悪口だった。佐吉もまた同じことを自らに思い、深い悔恨に苛《さいな》まれていたのだから。が、以下のものはそうではなかった。

「そも、佐吉めはわざと服部殿《はっとり》を助けなんだのではないか?」

「うむ、服部殿は佐吉を次期軍師と目しておったが、心身壮健な服部殿のこと、天寿を全《まっと》うされるまでは御役目を退かれまい。と、なると佐吉が軍師につくは遠い先のこと。ゆえに……」

「服部殿を見殺しにしたと? ううむ、大いにありえるわい。なんとも許し難き奸賊《かんぞく》よ! いずれは殿に取り入って、御家まで乗っ取るつもりに違いあるまい!」

これらの言葉は、面と向かって佐吉に発されたものではない。だが、決して鈍感ではない佐吉である。直接言われずとも家中に充満した蔑《さげす》みの雰囲気はじゅうぶんに察していた。

もはや岡崎《おかざき》に佐吉の居場所はなかったのである……。

今、佐吉の姿は岡崎城下を抜けたところにあった。その装いは、手甲脚絆《てっこうきゃはん》に菅笠《すげがさ》を被り、僅《わず》かな手荷物を包んだ風呂敷を肩から斜めにかけた旅姿である。

空は重苦しく曇っており、旅立ちというには、天も心も陰鬱《いんうつ》だった。

一度、佐吉は振り返る。城下町の向こうに修築途上の岡崎城が見えた。

佐吉は深々と頭を下げる。何に頭を下げたのか? 十歳から過ごした三河《みかわ》の国か? 松平《まつだいら》の御家か? はたまた主君、竹千代《たけちよ》か? いいや、そのどれでもない。今は亡き服部半蔵《はんぞう》だ。その魂と恩義にのみ、佐吉は礼と別れを告げたのである……。

顔を上げると、城下より走りくる可憐な姿が目に入った。

「佐吉！」

さやかである。頬が火照っており、息が荒い。ここまで全力で駆けてきたのであろう。地に目線を落とした佐吉へ、さやかが駆け寄ってきた。

「ひどいよ、佐吉！　あたしになんにも言わずに出ていっちゃうなんて！」

「………」

出奔の旨をさやかに告げなかったのは、顔を見れば決心が緩むと思ったからだった。

「ねえ、佐吉、どうして出ていっちゃうの？」

縋《すが》るような声でさやかに尋ねられ、佐吉は重い口を開いた。

「家中での俺の悪評はおまえの耳にも入っているだろう。岡崎に俺の居場所はない」

「佐吉がいなくなったら、いったい誰が軍師を務めるの？　お兄ちゃんはずっと望んでいたよ。一人前の軍師になった佐吉が、竹千代の傍らで一軍を差配する姿を見るのを……」

佐吉は暗然たる眼差《まなざ》しを地へ落とした。

「半蔵様はすでにいない。岡崎に留まっても俺が軍師につける望みはないだろう……」

「軍師になれないから出ていっちゃうの？　佐吉はあたしたちと一緒に竹千代を支えてはくれないの？　そんなことお兄ちゃんも望んでないよ！」

必死の言葉だが、さやかの口から竹千代の名が出るごとに、佐吉の心は冷めていく。

「竹千代《たけちよ》を支えるなど俺にはできぬ。たとえ、半蔵《はんぞう》様の望みであっても……」

「どうして!?」

「……あいつが半蔵様を殺したからだ」

暗い感情のこもった声が漏れ出た。

「あいつが、無謀な振る舞いに出なければ……我らの忠告をおとなしく聞いていれば、半蔵様がお亡くなりになることもなかったのだ……!」

「違うよ!」

さやかが激しく首を振った。

「殺したっていうなら、あたしだよ！　あたしがお兄ちゃんを見殺しにしたんだよ！」

悲痛に叫んださやかの目には涙が滲《にじ》んでいた。

佐吉《さきち》は、ハッとなる。半蔵の死を最も悲しんでいるのはさやかだろう。そうせねばならなかったとはいえ、実の兄を犠牲にするよう言ったのは彼女なのだ。

「すまん……」

佐吉は素直に詫びた。

「殺したと言えば、俺もだ。竹千代を殴ってでも止めていればよかったのだ。だが――」

佐吉は決然と次の言葉を言い切る。

「竹千代を主君と仰《あお》ぎ続けることはできぬ」

「なんで!?」

「あいつは己《おのれ》の幼稚な望みのためだけに全軍を犠牲にする無謀を行う。そういうやつだ。そのような主君に、俺は命を預けることなどできない」

「なら誰ならいいって言うの？　佐吉はどこにいくつもりなの？」

「駿河《するが》へ」

佐吉の眼差《まなざ》しが遥か東方に向けられた。

「今だから言うぞ。俺は駿河の太原雪斎《たいげんせっさい》様から再三お誘いを受けている。今川義元《いまがわよしもと》公に仕えてみぬかとな。義元公は度量の大きな御方ゆえ俺のような余所者《よそもの》でも受け入れてくれる」

佐吉の口ぶりには、どこか己を受け入れなかった松平《まつだいら》への当てつけめいたものがあった。

「松平を裏切るの？」

責めるような、さやかの問いに、つい佐吉の声が荒くなる。

「裏切りではない！　今川は松平の敵ではないだろう！」

佐吉の発した大声に、さやかは、ビクッ、として目を見開いた。愛らしい顔が、次第次第に歪《ゆが》んでいく。滲んでいた涙が、ポロポロと零《こぼ》れた。

「本当に……いっちゃうの……？」

内心では動揺した佐吉であったが、努めて平静を装った。

「すでに決めたことだ」

「竹千代《たけちよ》が主君の器じゃないから……？」

「ああ……そうだ」

「主君とか家来とか、そういうのいいじゃない。あたしたち、小っちゃい頃からずっと一緒の友達……ううん、姉弟《きょうだい》じゃない……。姉弟《きょうだい》が離れ離れになるなんて……嫌だよ……」

佐吉《さきち》の胸が痛んだ。兄を失くしたさやかは心細いのだ。そのような中、姉弟《きょうだい》同様に育った佐吉がいなくなってしまうことに強い不安と心細さを抱いているのだろう。

「姉弟《きょうだい》か……」

佐吉は寂しげに呟《つぶや》いた。そして、後ろ髪ひかれる思いを振り切って歩きだした。

「さらばだ。落ち着いたら文を書く」

背後にさやかのすすり泣く声が聞こえる。それが徐々に遠ざかっていく。

駆け戻り、抱きしめたいという思いがあった。だが、今はそれができぬ。いつの日か姉弟《きょうだい》ではなく、ひとりの男と見なしてもらえるその日がきたならば、その時はきっと……。

佐吉は振り返ることなく、駿河《するが》への長い道を歩み出した。

三

竹千代は寝間の布団の内で目を覚ました。

障子《しょうじ》へと目をやればすでに外は夕暮れている。

(また発作が起きたのか……)

悔しげに唇を噛《か》むと、竹千代は身を起こした。床の間の刀架から騒速《そはや》を引っつかむと、そのまま庭へと出ていく。刀を抜き、素振《すぶ》りを始めた。

刀を振るにつけ、竹千代の心中に様々な思いが去来してくる。

(半蔵《はんぞう》が死んだ！　俺の我儘《わがまま》のせいで！)

ビュッ、と刀を袈裟《けさ》がけに振る。

(佐吉が去っていった！　俺が不甲斐《ふがい》ないせいで！)

次は逆袈裟に切り上げる。

(ふたりを失って俺が手にしたものはあんな……あんな、役に立たない鉄屑《てつくず》っ……！)

涙が滲《にじ》みそうになる。それを振り払うように、竹千代は空《くう》を横に薙《な》いだ。

(半蔵の死は無駄だったのか!?　いいや、そうじゃない！　そうはしない！)

タッ、と地を蹴《け》り、竹千代は大上段から刀を振り下ろす。

(強くなる！　俺は強くなるんだ！　俺を救うために命を捨てた半蔵に報いるためにも！　殿を救ってよかったと、あの海底での戦いには意味があったと、そう思ってもらうために！)

息が上がってきた。だが、竹千代はひとつ深呼吸してまた素振りを始める。

酒井忠次《さかいただつぐ》や榊原康政《さかきばらやすまさ》は、無理をするな、ほどほどにしろと言う。無茶な運動は竹千代の命を縮めることになるから、と。実際、竹千代は昼の鍛錬《たんれん》で発作を起こし倒れているのだ。

（それがどうした！　何もせずとも遠くない将来に俺は死ぬんだ！　ならば早く！　命を縮めてでも早く強くなって、何か成さねばならない！　何かを！）

「やあああああっ！」

竹千代《たけちよ》は身を翻《ひるがえ》し、刀を旋回させた。そこで──

「ハッ⁉」

体を半転させ、背後に刀を向けた時、そこに佇む人物がいた。のっそりと立つその巨体は、本多忠勝《ほんだただかつ》。忠勝は、沈毅《ちんき》な顔に感情の読めぬ静かな無表情を湛《たた》え、竹千代を見つめている。

「た、忠勝……？」

驚き、呟《つぶや》いた後、きっ、とすぐに竹千代は忠勝を睨《にら》む。

「止めにきたのか？　やめないぞ、俺は」

「いいえ、止めませぬ」

重々しく言うと、忠勝は腰の刀を抜いた。竹千代は一瞬身が竦《すく》む。

「鍛錬《たんれん》なれば相手がいたほうがよろしかろう。それがしがお相手致す」

「忠勝が……？」

「老体ゆえ、いささか力不足とは存じまするが……」

竹千代には忠勝の真意が読めず、返答に迷ってしまう。

「それとも、この老いぼれに臆しましたかな？」

挑発的なことを言った。竹千代は、ややむっとなる。

「いいのか？　本気でいくぞ」

「構いませぬ。どこからでも、それがしを斬るつもりでかかってきなされ……」

竹千代は刀を正眼《せいがん》につける。忠勝は構えを取るでもなく刀を無造作に右手にぶら下げていた。刀を構え対峙《たいじ》する竹千代は、この老将の無防備な立ち姿に寸分も隙《すき》がないことに気がついている。それでも竹千代は己《おのれ》を奮い立たせ、雄叫《おたけ》びを上げ斬りかかった。

「やあああああっ！」

キィンッ！　と、鮮烈な音が鳴り響き、忠勝の剛力の込められた刀が竹千代を打った刀ごと跳ね飛ばした。竹千代は無様に地面へ投げ出される。忠勝が巨体より冷たく見下ろした。

「終わりですかな？」

「まだまだぁっ！」

跳ね起きて、再度竹千代は斬りかかる。

「遅いっ！」

叱咤の声とともに、またも竹千代は跳ね返された。

「くうっ！」と声を漏らし、竹千代はまた忠勝に向かう。それも受けられ、地へ転がされる。

幾度も竹千代は挑みかかり、幾度も大地へ叩き伏せられた。

忠勝は、己から打ち込んでこぬものの、受けて返す力に容赦はなかった。乱暴なそれは、まるで竹千代《たけちよ》の心を折って屈服させんとするかのようである。

幾度、地へ倒されたか、ついに竹千代は立ち上がることができなくなった。

「弱い」

嘆くように忠勝《ただかつ》が言った。その言葉は竹千代の心を抉《えぐ》った。

「斯様《かよう》に弱き主君を頂いたままでは、松平《まつだいら》の御家もそう長くはありますまい……」

「な、何……？」

肩で息をしながら竹千代は忠勝へ顔を向ける。

「当家は今川《いまがわ》の擁護《ようご》を受けておるゆえ、他の国衆が容易に攻め入ること叶わぬ。それがただの楽観に過ぎぬこと、殿はすでにお気づきでありましょう？」

忠勝の口から、この事実をはっきりと告げられたのは初めてであった。

「確かに今川に服属する周辺国衆が、なんの名分《めいぶん》もなく松平の領地を侵すことはできますまい。が、名分さえあればそれもできましょう。ようは今川を納得させさえすれば切り取りも勝手」

「…………」

「この一年、岡崎《おかざき》城を動かせぬ状況で他の国衆に攻め入られなかったのは、ひとえに稀代《きたい》の軍師として名高い半蔵《はんぞう》を警戒しておったゆえでありましょうな」

「半蔵が……」

それほどまでに服部《はっとり》半蔵という漢《おとこ》の存在は大きかったのだ。

「今、半蔵はなく、次なる軍師も不在、岡崎城は修築の途上。岡崎の龍域《りゅういき》を狙う者にとってはまたとない好機。いずこかの勢力が何かしらの名分をでっちあげ、岡崎の龍域を奪わんと遠からず攻め入ってくるは必定。ゆえに松平の御家は滅びまする」

淡々と語られたこの言葉を受け、竹千代の心に強い反発が湧《わ》き起こる。

「いいや、俺が守る」

「いかがして？」

即座に忠勝が問い返してきた。

「殿は弱い。弱き主君に御家は守れませぬ。弱いだけではなく暗愚」

「な……!?」

忠勝とは思えぬ暴言であった。

「暗愚でありましょう。臣下の諫言《かんげん》に耳を貸さず家人の命を軽んじ無謀な策に出、半蔵を無為《むい》に死に至らしめた。これを暗愚と言わずなんと申しまするか？」

グウの音も出ない竹千代を憐れむように見、忠勝は首を振る。

「以前申しましたな？　織田《おだ》のごとく天下に旗を立てると。どうしてどうして左様《さよう》なことができましょうか。たとえ天叢雲剣《アマノムラクモノツルギ》が神代《かみよ》の力を残していたとしても殿になどそれは成せませぬ。天下どころか、三河《みかわ》の地にすら立てられますまい。繰り返しましょう。松平の御家は滅びる」

ギリリッ、と竹千代は奥歯を噛《か》んだ。

「……そうはならない」

喉奥より竹千代《たけちよ》は声を絞り出す。

「そうはならない！　松平《まつだいら》の家は滅びない！」

「いいや、滅びまする」

「滅びない！　俺は松平を守る！　そして天下に旗を立ててみせる！」

フッ、と忠勝《ただかつ》は冷笑した。

「お好きになされるがよろしい。それがしはお付き合いしかねる」

「え……？」

「しばし身を引き、殿がいかにして天下に名乗りを上げるか拝見させていただきまする」

「な……？　役目を辞すというのか？」

竹千代は耳を疑い困惑した。先先代松平清康《きよやす》の頃から忠義一徹で御家に仕えてきた本多《ほんだ》忠勝が、自らこう申し出るとは思ってもいなかったのだ。

「少なくとも、それがしは今の弱き殿にお仕えする気にはなれませぬ」

突き放すように言うと、忠勝はのっそりと竹千代に背を向けた。大きな背中がゆっくりと歩み出す。暫時《ざんじ》竹千代はその遠ざかる後姿を唖然《あぜん》として眺めていた。やがて、わなわなと竹千代の身に震えが走る。その震えが形を成したかのように声となって迸《ほとばし》った。

「忠勝！」

忠勝が振り返らぬまま歩みを止めた。

「見ていてくれ忠勝！　今の俺は確かに弱くて愚かだ！　だが、必ず強くなる！　おまえが……そして佐吉《さきち》が仕えるに足る主君に必ずなってみせる！　だから、その時は……」

ここでさらに竹千代は声を張り上げた。

「必ず戻ってきてくれよっ！　約束だ！　忠勝！」

忠勝は一度振り返り、静かに頭を下げた。そして、今度こそ立ち止まらずに歩み去っていく。

この日、服部半蔵《はっとりはんぞう》、石田《いしだ》佐吉に続き、松平の武神、本多忠勝の姿が岡崎《おかざき》の地より消えた。

誰知ろう。これが、竹千代の戦いの幕開けとなろうとは。岡崎を狙い国衆が攻め入ってくるという忠勝の予言は、間もなく現実の脅威となり竹千代へ襲いくるのであった……。

四

忠勝が岡崎を去った数日後のことである。

ズシンズシン……と地響きを立てて、一体の鐵城《キャッスル》が岡崎に向け、矢作《やはぎ》川沿いを遡《さかのぼ》ってきた。

一体の鐵城《キャッスル》？　いや、あれは二体じゃないか？　いやいやよく見ろ、やはり一体だぞ？

その鐵城《キャッスル》、二体の城がピッタリ横に並んで二人三脚しながら歩んでいるように見える。が、よく見れば、頭はひとつ、脚は二本に腕も二本。右手の城には左腕と脚がなく、左手の城には右腕と脚がない。肩口から股口まで一直線にぶった切られたふたつの城が腹部中央にある無闇にデカい天守《あたま》によってひとつに繋《つな》がっているといった姿なのだ。

幡豆《はず》郡の国人領主、吉良《きら》一族の鐵城《キャッスル》〈綺羅駒院《キラクイン》　西尾《ニシオ》〉こと西尾城である。

西尾城は幡豆郡と額田《ぬかた》郡の境まできて歩みを止めた。岡崎《おかざき》とは目と鼻の先である。

『我は吉良家当主、吉良義昭《よしあき》であ〜るっ！』

法螺《ほら》貝を用いて発された声は、居丈高《いたけだか》な響きを持っていた。

『聞けい、松平《まつだいら》！　うぬらは先日、吉良家当主である我になんの断りもなく三河《みかわ》の海を侵し、勝手に猛者海龍《モササウルス》を討伐《とうばつ》し、天叢雲《アマノムラクモノツルギ》剣を奪《かす》ったのっ？　この吉良家当主に断りもなく！　即刻、吉良家当主たる我が領海より掠め盗った天叢雲を、吉良家当主たる我へ引き渡せい！　応じぬとあらば吉良家当主たる我が攻め落としてくれようぞ！』

大音声《だいおんじょう》で発されたこの傲慢《ごうまん》な言葉は、当然、岡崎城の天守にいる竹千代《たけちよ》らにも聞こえていた。

すでに岡崎城は、西尾城を迎え討つため武者形《なり》に変形している。

「うっわー……なんか偉そうなやつぅ〜」

床几《しょうぎ》に座る竹千代の傍らで、さやかが眉をしかめた。

「あいつ、何言ってんだよ。猛者海龍《モササウルス》を見て見ぬふりしてたくせにさ」

竹千代もまた呆《あき》れ声を上げた。二の丸陣間の酒井忠次《さかいただつぐ》が護摩壇《ごまだん》を通じ、悪態を吐く。

『ふんっ。わしらに猛者海龍《モササウルス》を討伐されて面子《メンツ》を潰《つぶ》されたとでも思っておるのじゃろ！　吉良めは昔から気位ばかりは高いからの』

今でこそ三河湾沿岸の弱小領主となっている吉良一族だが、その出自を遡《さかのぼ》れば、足利《あしかが》幕府の御三家筆頭であったらしい。家格だけなら一応高い。それゆえ名門意識もまた高いのだ。

『きゃつの抜かしておることなどただの難癖《なんくせ》じゃい。岡崎城が修築途上であるのをいいことに、岡崎の龍域《りゅういき》を掠め盗らんとしておるんじゃろうよ』

だが、その難癖が岡崎を攻める〝名分《めいぶん》〟になってしまっている。竹千代が不用意に断行した猛者海龍《モササウルス》討伐の因果がこんなところで巡ってきたのだ。

「だけど吉良にそんな余裕あるのか？　確か吉良一族は、西条吉良と東条吉良で家中がふたつに割れて抗争をしてたんじゃなかったのか？」

『その件ですけどね……』

護摩壇の向こうから飄然《ひょうぜん》と言ったのは三の丸の榊原康政《さかきばらやすまさ》。

『つい先日、西条吉良の義昭殿が正統な吉良家当主であると決まったらしいですよ。ほら見てください。あのふたつくっついたみたいな奇妙な敵の鐵城《キャッスル》。あれは、東条吉良から東条城を奪って西尾城と合体させたんでしょうね』

「だから吉良家当主を連発してんのか。でも、なんで今になって当主が定まったんだ？」

『今川義元《いまがわよしもと》の命だということです』

竹千代はなぜかゾクリとした。

『義元が強引に西条を正統と定め、両家を統一させたそうですよ。吉良一族は今川の擁護《ようご》下にありますからね。東条吉良《きら》も今川《いまがわ》の命には従わざるをえなかったのでしょう』

今川による吉良統一の命は、半蔵《はんぞう》が亡くなり、岡崎《おかざき》城が破損しているこの機会を見計らったかのようである。竹千代《たけちよ》の胸に不穏なものが兆した。

『さて、どうしましょうね。普段の岡崎城ならばそう後れをとるということもないでしょうが、まだ修築途上でじゅうぶんに合戦に臨める状態ではないですよ……』

「修築はどの程度まで進んでいるんだ？」

『だいたいは済んでいますよ。ですが問題は全壊した富士見櫓《ふじみやぐら》──右脚部です。建材が足りずに陀威那燃《ダイナモ》が以前の半分以下しかありませんし、装甲も仮のものです。右脚での踏み込みはかなり弱くなるとみていいでしょう。それに本多《ほんだ》殿がいないのも痛いですね……』

本多忠勝《ただかつ》不在の本丸陣間は、今、本多隊の足軽大将の指揮下にある。さらに忠勝に従って十数名ほどの隊員が岡崎から消えていた。以前ほどの働きが期待できるか不安がある。

（──斯様《かよう》に弱き主君を頂いたままでは、松平《まつだいら》の御家もそう長くはありますまい……）

忠勝の言葉が頭を過《よぎ》る。竹千代の胸の内で、むらっ、と燃えるものがあった。

「なに、忠勝がいなくてもなんとかなるさ」

強がってこう言ってみせたものの、どうしていいのかわからない。

こういう場合に頭を捻り、勝利へ導いてくれるはずの服部《はっとり》半蔵はもういない。竹千代は己《おのれ》の頭で窮状を打破する策を練らねばならなかった。が、いくら考えても何も思い浮かばない。

「くそっ……どうすれば今の岡崎城で合戦に勝てるか……」

つい、呟《つぶや》いてしまう竹千代。それを受け、さやかがこう尋ねてきた。

「ねえ、竹千代、岡崎城で勝つ必要ってあるの？」

「は？　何言ってんだよ。鐵城《キャッスル》じゃなきゃ、鐵城《キャッスル》には勝てないだろ？」

「うーん。そうかぁ〜……」

さやかが大護摩壇《ごまだん》に映る西尾城をまじまじと見る。

「あれ？　あそこさ、ほら、戸があるよね？」

と、さやかが指差したのは、天守部分で接続されたふたつの城の断面であった。確かに木製の戸が壁面にいくつもある。

「あれってさ、本当は城内の廊下か何かで、大急ぎでふたつのお城を分解してくっつけたから、そのまま残っちゃってるんじゃない？　吉良さんって人、よっぽど東西統一したのを誇りたいんだね。見せつけるために、わざわざ突貫で合体させたんだよ」

「だから、どうしたんだよ？」

「えっとね、こういう案があるんだけど……」

さやかが竹千代の耳元で何事か囁《ささや》いた。

この頃、西尾城では、吉良義昭《よしあき》が岡崎城からなんの反応も返ってこないことに苛立《いらだ》っていた。

「ええいっ！　何をやっとるか松平めは！　この吉良家当主の義昭が直々《じきじき》に言葉を発しておる

のだぞ！　もういいわい！　こちらから攻めてくれるわ！」

焦れて魂鋼刀《たまがねとう》に念を込めようとした時、漸《ようよ》う岡崎《おかざき》城が動き出した。

「おっ？」

右脚を庇《かば》うような慎重な岡崎城の歩みを確認し、吉良義昭《きらよしあき》はニンマリ笑う。

「やっと動き出したか。ぬっふっふっ。やはり岡崎城はまだじゅうぶんに戦えぬようじゃの」

ゆっくりゆっくりと近づいてくる岡崎城を迎え討たんと、西尾城も前進する。

歩むにつれて、西尾城は両腕をヌルヌルと大きく広げていった。長い腕だ。一本の腕に肘《ひじ》関節がふたつある。東条城の腕と継ぎ合わせ異様に長くさせているのだ。

「この腕で絡め捕り、投げ飛ばしてくれるわい」

吉良一族は代々〝相撲〟を得意とした。足利《あしかが》御三家であった頃は、その相撲の技を将軍の面前で披露し〝古今無双の相撲人《すまいびと》〟の誉《ほまれ》を受けたほどである。

ゆえに義昭は幼少期より厳しく父親から相撲の技を仕込まれていた。その指導のほどは凄《すさ》まじく、ひとつでも上手《うま》くできぬ技があれば「相撲の技は四十八手。ひとつ欠けても四十七！四十七は吉良敗北の数と心得よ！」と、叱咤されたと言う。

ゆえに相撲の技には自信があった。組んでしまえばまず負けぬという自負もある。

「見せてくれよう。西条流介城相撲四十八手之五《さいじょうりゅうかいじょうすもうしじゅうはってのご》〈綺羅吉良大仏壇返《きらきらだいぶつだんがえ》し〉の威力を！」

奮い立ったる西尾城、ダッ、と矢作《やはぎ》川の河原を蹴《け》った。

低い姿勢のまま雄大に両腕を広げた西尾城が、猛猪《もうちょ》のごときド迫力で岡崎城へと突進する。

対する岡崎城は無防備極まりない。ドッ、と腹部へ食らった西尾城のぶちかましに、なんとか左脚で踏みとどまるも、力の入らぬ右脚がほんの一瞬、ふわりと浮いた。

ここぞとばかりに腕を回して投げ飛ばさんとした西尾城。しかし、地を踏みしめた岡崎城の左脚の力の強いこと強いこと。さては左脚の陀威那燃《ダイナモ》ばかり猛回転させる悪あがきかな、と喝破した義昭、西尾城の蛇みたいな両腕に金剛力を込め、無理やり地から引き抜かんとする。

いくら左脚に龍氣《りゅうき》を集中させようと、大力自慢で相撲の達者、西尾城には敵《かな》わない。次第次第に踏ん張った岡崎城の左脚がぶるぶると震動する。引き離さんとしたものか、岡崎城の右腕が西尾城と東条城の断面接続部をがっしと掴《つか》んだ。

「無駄よ！　イデ食らえ！　西条流介城相撲四十八手之五〈綺羅吉……〉」

と、ここまで義昭が技名を叫ばんとした時だった。

ガゴンッ！　と、絡繰《からく》り音を立て、西尾城を掴んだ岡崎城の右腕が変形した。はたして、何に？　居城形態の本丸御殿にである。岡崎城はその右腕だけを建物状へと戻したのだ。

呆気《あっけ》にとられ、長ったらしい技名を中途で呑《の》んだ吉良義昭。技を放つのも止まってしまう。

直後、岡崎城本丸御殿の障子《しょうじ》が、ぱっと開いた。そこに甲冑《かっちゅう》姿の武者たちがいるではないか!?　おおっ、その並び立ったる雄姿たるや、魑魅魍魎《ちみもうりょう》も払わんばかり！　これぞ右腕本丸陣間に詰めていた松平《まつだいら》最強本多《ほんだ》部隊の内より選び抜かれた精鋭たちだ。

その数四十七人。勇猛果敢な四十七士！　そうだ、吉良《きら》敗北の数、四十七だった！

「ゆけいっ！　吉良へ討ち入りじゃあっ！」

叫んだのは本多《ほんだ》隊の足軽大将、大石内蔵左衛門《おおいしくらざえもん》。

「おおっ！」と、受けて一番に駆け出したのは、本多隊随一の剣客、堀部安二郎《ほりべやすじろう》。

続けざまに武者たちが、どどどっと駆け抜ける広縁の先には、ちょうど西尾城断面の木戸がある。あっという間に木戸をぶち破り、西尾城内へ雪崩《なだ》れ込む四十七士。たちまち城内は蜂の巣をつついたような騒擾《そうじょう》の渦と化す。

まさかこんな事態を予想もしていなかった吉良の足軽たちは、浮き足立った。四十七士は猛然と足軽どもを打ち倒しつつ、西尾城内を「吉良はどこだ！　吉良を捜せ！」と駆け回る。

天守にいる吉良義昭《よしあき》は徐々に徐々に近づいてくる剣戟の音、己《おのれ》を探す四十七士の声に、顔面蒼白《そうはく》になって狼狽《うろた》えた。

「殿、ここにいては危のうござる！」

と、吉良の軍師が叫んだことで、ようやく正気に返った吉良義昭は、天守を離れて城内にある台所の物置裏へと逃げ込んだ。だが、それもただの時間稼ぎ。間もなく四十七士によって見つけだされ、虚《むな》しく縄をかけられてしまったのである。

縛られ岡崎《おかざき》城へ引っ立てられる最中、吉良義昭は思ったものだ。

（ああ、まっこと四十七は吉良敗北の数であった。これは後々まで家訓として伝えねば……）

残念ながらその家訓は伝わらず、およそ百五十年後に、吉良の子孫がまたも四十七の数によって災厄を被ることになるのだが、それはこの物語とは全く関わりなきことゆえ語るまい……。

――〈綺羅駒院《キラクイン》　西尾《ニシオ》〉落城《げきは》！　幡豆《はず》郡獲得なぁりぃ～！

竹千代《たけちよ》は岡崎に迫る第一の危難を回避した。が、第二第三の危難の訪れはそう遠くない。これより竹千代は次々と攻めてくる三河《みかわ》国衆と戦っていくことになるのである……。

五

駿河《するが》国今川《いまがわ》館の城下町駿府《すんぷ》は東海道《とうかいどう》一の都であった。

雅を好む今川義元《よしもと》は、駿府の町割りを京に似せ、さらに応仁《おうにん》の乱以降荒廃した京より公家や風流人を呼び寄せ住まわせている。建ち並ぶ家々はどれも煌《きら》びやかで、往来は人で溢《あふ》れていた。繁華街の店々には京風の着物や装身具、その他の物珍しい品々が宝物蔵の扉を開いたかのごとく陳列されている。行き交う人々もどこかしら雅やかな雰囲気を漂わせていた。

そのような中、人波を心細げに掻《か》き分け進む旅姿がある。佐吉《さきち》であった。

近江《おうみ》の片田舎《いなか》の出身で、半蔵《はんぞう》に拾われてからは三河に住み続けていた佐吉は、大都会駿府の空気に呑《の》まれ、己がひどく垢《あか》抜けない場違いな存在のような気がしていた。

見るもの全てが珍しく美しい中、田舎者《いなか》丸出しでキョロキョロするのも恥ずかしく、菅笠《すげがさ》を深く被り、あえて周りを見ぬように努めている。だが、気後れしたようにも見られたくない。

（俺は義元《よしもと》公へ仕官するのだ。何も恥じ入る必要はない。胸を張れ、堂々としろ！）

こう己《おのれ》へ言い聞かせた、そんなおりであった。

「そこな御仁」

背後より声を掛けられ、佐吉《さきち》は振り返る。子供がひとり、にこにこ笑って立っていた。

茶色い髪は堅く獣毛のようで、もみあげが長いせいで猿を思わせる。大きな口と目は愛らしいが、野性味があった。山から下りてきた猿が童《わらべ》に化けているかのようである。

しかし、童？　本当に童だろうか？　小柄で、童顔をしているから一見して子供だが、物腰には落ち着きがあった。粗末な着物の上に革の胴当てをつけている姿は足軽のそれである。

どうも、この矮軀の人物は見た目に反してそれなりの年齢のようだ。とはいえ、いくつぐらいかはまるで予想がつかない。そんな年齢不詳の小男が、とことこと佐吉へ歩み寄ってきた。

「これは、おぬしのものだろう？」

小男が掲げて見せたのは、佐吉が懐《ふところ》に入れていた巾着であった。

「確かにそれは拙者《せっしゃ》の……。落としてしまっておったか……。どちらでお拾いなされた？」

「ニャッハッハッハッ！」

急に男が高笑いし、佐吉はぎょっとなる。

「違う違う。おぬし、掏《す》られておったぞ。そら、あいつだ」

ちっこい手で指差した先では、人相の悪い男が慌てて人ごみに逃げ隠れる姿があった。

唖然《あぜん》となった佐吉を見て、男がまた笑う。

「ニャッハッハッハッハッ。まあ、気をつけられよ。駿府《すんぷ》の町は風流人のみならず、ならず者も多く集まっておるからの。油断は禁物だぞ。ニャッハッハッハッハッ」

佐吉は恥じ入って顔を赤らめた。

「取り返してくださったのか……。かたじけない……」

「なに、あの掏摸《すり》の腕前があんまり未熟だったもので、つい邪魔してみたくなったのよ」

また、ニャッハッハッ、と笑った。よく笑う男である。

「御身は義元公に仕えておられるのか？」

佐吉の問いに、小男は笑いながら頷《うなず》いた。

「ああ、そう言えなくもないな。正確には今川《いまがわ》の家臣に雇われておる傭兵《ようへい》だがの」

「では、かたじけないついでに頼みがあるのだが……」

「おっ？　なんだ？　こう見えて俺は人の世話を焼くのが大好きでの。金を貸せと言われれば断るが、それ以外ならなんでも請け負ってやるぞ」

男は胸を叩いた。幼い見た目とは裏腹の口調におかしみがある。

「いや、恥ずかしながら道に迷い、駿府城にいきたいのだが、道をお教え願えぬか？」

「駿府城《すんぷ》？　構わんが、おぬし仕官を願い出るのか？」

「ええ。太原雪斎《たいげんせっさい》様よりお誘いを受けておりまして」

「雪斎から!?」

男が驚き、ぴょいんと跳びあがった。本当に猿みたいである。

「御見逸《みそ》れしたわい。おぬしさぞ名のある御仁なのだろうな……」

「いえ、もとは三河《みかわ》の小領主に仕えていた軽輩者にござる。聞けば、義元公《よしもと》は才ある者ならば誰であれ召し抱え取り立てるとか……」

「何？　左様《さよう》に申したのか？　太原雪斎が？　まことにか？」

男がしつこく尋ねてくるので、佐吉《さきち》はやや怪訝《けげん》げな顔になった。

「何か……？」

「ああ、いや、気にするな。よし。案内しようではないか」

早速、男は先に立って歩み始める。

ふと見れば男の尻《しり》のあたりから毛に覆われた長細いものが伸びていた。

(尻尾《しっぽ》……？)

初め、佐吉は何かの飾りかと思った。戦国文化の先端をいく駿府の町である。佐吉の知らぬ珍奇な装身具があってもなんらおかしくはない。

だが、その尻尾、男の歩みにつれて、ピョコピョコと動いていた。

（本物の尻尾？　この男、尻尾が生えているのか？）

先程、猿の変化《へんげ》のような男だと思ったが、まさか本当にそうなのではないかと思えてくる。

「おぬし、『捜神記《そうじんき》』なる唐土《もろこし》の書物があるのを知っているか？」

ふいに小男が言った。

「その書物に玃猿《かくえん》なる猿の化け物のことが書いてあるらしい。山中深くに棲《す》み、里の女を攫《さら》って子を孕《はら》ませるそうだ。子を産めば、女は子とともに里へ返される。子をちゃんと養わねば災いがあるため、里の者はその子を育てるしかないのだという」

その書物ならば佐吉も呼んだことがある。確かにそういうことが書かれてあった。

「俺の故郷《ふるさと》の山にも、それに似た猿神伝説があってな。ある娘が猿神に攫われ神隠しにあったそうなのだ。一年後、戻ってきた娘は記憶を失い子を孕んでいた。その子が俺だ」

「え？　では、御身は玃猿の……」

「ニャッハッハ。お袋が父もわからぬ尻尾の生えた子を産んだものだから、そういう悪い噂《うわさ》を立てられただけかもしれん。少なくとも俺は猿の子として蔑《さげす》まれて育ったわい」

笑い話のように語っているが、それは辛い境遇なのではなかろうか？

「今でも蔑まれておる。一旗あげんと里を出たが、この尻尾のせいでどこにも仕官が叶わん。特にこの駿府での扱いはひどい。義元公は家格を重んじ、品位のある者だけを用いるのでな」

「家格を重んじ、品位のある者だけを……？」

太原雪斎《たいげんせっさい》の話とはだいぶ違う。

「ニャッハッハッ。まあ、そう気にするな。太原雪斎が直々《じきじき》におぬしを招いたとあれば、間違いはなかろうよ。そら、そうこうするうちに見えてきたぞ。あれが駿府《すんぷ》城だ」

男が足を止め、道の先を指差した。そこに高層の天守を有した屋形が聳《そび》え立っている。

五層の屋根は一階部分が瓦葺《かわらぶき》、二階より上が白鑞《しろめ》葺、最上階は銅瓦葺。いずれの瓦も金箔《きんぱく》が刷かれている。棟の両端には金の鯱《しゃちほこ》が設置され、匠の技で彩られた破風《はふ》の懸魚《げぎょ》も黄金色だ。絢爛《けんらん》豪華なその城は、雅な駿府の町中にあってなお光放つような佇まいをしていたのである。

威光に打たれたかのごとく佐吉《さきち》は呆然《ぼうぜん》と立ち尽くしてしまう。

「さて」と、小男が言った。「俺はもういくぞ。同じ駿府だ、また会う機会もあるだろう」

「助かりました。拙者《せっしゃ》、石田《いしだ》佐吉と申します。御姓名をうかがってもよろしいか？」

「ん？　俺の名か？」

男が目を細めて笑った。目を細めるとますます猿に似てくる。

「俺の名は木下藤吉郎《きのしたとうきちろう》。この名、覚えておいて損はないぞ。いずれ天下に轟《とどろ》く名だ」

胸を張ってデカいことを言うと、男は佐吉に背を向ける。例のニャハハという高笑いを上げながら、小さな姿がひょこひょこと人ごみに紛《まぎ》れ消えていった。

（木下藤吉郎殿か……。不思議な御仁だ……）

ほんの小時間案内してもらっただけだが、不思議と楽しい気分になれた。佐吉は、また会いたいと、自然に思っている自分に気がついたものである。

気を取り直し、佐吉は駿府城の大門へと歩んだ。

門番に太原雪斎からの紹介状を見せると、そう待たされることもなく内へ通される。

駿府城内は香が焚《た》かれているのか、甘やかな香りが漂い、どの室も金箔障壁画で彩られていた。内には、舶来の艶めかしい仏像、豪華な調度品、金屏風《びょうぶ》。中庭には朱塗りの亭《ちん》があり、諸国より集められた奇岩が並べられ、広大な庭池には龍の彫刻が刻まれた舟が浮かべられている。すれ違う侍女は見目麗しく、煌《きら》びやかな細長《ほそなが》を纏《まと》っていた。佐吉は眩暈《めまい》すら覚える。

佐吉が、地味な僧形《そうぎょう》の太原雪斎と引き合わされた時は、どこか、ほっとしたものを覚えた。

「石田殿、よくぞおいでくださったの」

太原雪斎は、紫色の異相を微笑《ほほえ》ませ丁重すぎるほどの態度で佐吉を迎えてくれた。

「殿がお待ちかねだ。支度を整えたならば、さっそく殿の元へお連れしようぞ」

雪斎の用意した高級な素襖《すおう》に着替えさせられ、佐吉はさらに駿府城の奥へと通される。

進むにつれて香の甘い匂いが濃くなり、内装もケバケバしさを増していった。

やがて、いっそう豪華な襖《ふすま》で閉ざされた一間の前に到着する。

「殿、石田佐吉を御連れしました」

「入れ」

艶めかしく気だるげな声が返ってきた。

襖《ふすま》が開かれ、むっと内より溢《あふ》れ出るのは濃厚な香、そして煙管《キセル》の煙である。

緋毛氈《ひもうせん》の敷かれた上段に、脇息《きょうそく》に身をもたれさせ、長い煙管をくゆらせる水干姿《すいかん》があった。

豪華絢爛《けんらん》な男雛《おびな》人形のごときその人物こそが——東海の覇王、今川義元《いまがわよしもと》……。

「石田佐吉《いしださきち》にございます」

佐吉は平伏《へいふく》し、名乗った。

「苦しゅうない。面《おもて》をあげよ」

顔を上げれば、義元の凍死体のごとく真っ白い顔が佐吉を眺めている。病的なまでに痩《や》せており、煙管を握る手には青く血管が透けていた。佐吉の身が震えた。緊張からではない。今川義元という一見軟弱にも見える瘦軀《そうく》の男からむんむんと漂いくる、ある気配ゆえである。妖気そのものが上段に凝《こ》り、そこで人の形を成している——そのように感じられた。

「近《ち》こう寄れ……」

黄泉《よみ》からの誘いのごとき声を掛けられ、佐吉は義元へ膝行《しっこう》する。音もなく義元が立ち上がり、佐吉に歩み寄った。その手が佐吉の頰に触れる。ひやりとした異様に冷たい手であった。

「ほほう……匂うような美丈夫《びじょうふ》よのぉ……」

紫色の長い爪《つめ》が佐吉の頰を這《は》い回り、大蜘蛛に絡め捕られたような気味の悪さを覚える。

「うぬは、松平竹千代《まつだいらたけちよ》めに仕えておったそうだが、まことか？」

「ハッ。左様《さよう》にございます」

「竹千代《たけちよ》とはいかな男だ？」

佐吉《さきち》は返答に迷う。竹千代にあまりいい感情を抱いていない佐吉であったが、かつての主君を悪く言うのも印象がよくなかろうと思った。なので、曖昧《あいまい》にこう答える。

「気性のお優しき御方でございました。ただ、若く経験に乏しき御方ゆえ、家臣がお支えせねばならぬところがございます」

この返答は義元《よしもと》の満足のいくものではなかったらしい。つまらなそうに頬から手を離す。

「松平《まつだいら》が天叢雲剣《アマノムラクモノツルギ》を手に入れたというはまことか？」

「海城《うみしろ》の背に突き立っていた刀を手にしたのは確かにございます。しかし、引き揚げてみれば、これといった霊験《れいげん》を現すこともなく、まことに天叢雲剣であったかは疑わしく思われます」

「霊験を現さぬと申したが、今でもそうか？」

竹千代や天叢雲剣のことばかり尋ねられる。佐吉はいささか怪訝《けげん》なものを覚え始めた。

「拙者《せっしゃ》、天叢雲剣を松平が手にしてすぐに出奔しましたゆえ……今がどうであるかは……」

「ふむ、さもあろうな……」

義元が佐吉に背を向け、上段の間へと戻った。

「その松平竹千代だがの、幡豆《はず》の吉良《きら》に攻め込まれ、見事返り討ちにしたと聞くぞ」

「は？」

佐吉は耳を疑った。

（あの竹千代が吉良を倒した？　修築途上の岡崎《おかざき》城で、半蔵《はんぞう》様もおらぬのに……？）

にわかには信じられなかった。

「さて、天叢雲剣がなんの霊験も示しておらぬというは、まことであろうかの……？」

探るように義元は言ったが、佐吉にもわからぬことであった。

「まあ、よいわ……」と、義元は煙管《キセル》をひと吸いし、紫煙を吐く。

「雪斎《せっさい》。石田《いしだ》はおまえに預ける。軍師見習いとしてよく面倒を見てやれ」

「ハッ」

義元は佐吉に目を戻す。

「雪斎の元で励むがよい。いずれそなたには然るべき城主の軍師になってもらうからの」

「ハハッ！」

大国駿河《するが》の今川《いまがわ》へ仕官が叶った佐吉だが、なぜだか嬉しい気持ちにはなれなかった。

新たな主君の妖しい雰囲気に、魔性にも似た禍々《まがまが》しい何かを感じ取ったからである……。

六

『やあやあ、我こそは上ノ郷《かみのごう》城主、鵜殿長照《うどのながてる》であーる！』

高らかな名乗りの声が三河《みかわ》湾沿岸部、幡豆郡と宝飯《ほい》郡の郡境に轟《とどろ》いた。

宝飯郡蒲郷《がまごおり》周辺一帯の地域に勢力を張る鵜殿一族の鐵城《キャッスル》〈浪麟《ロウリング》懼　上ノ郷《カミノゴウ》〉こと上ノ郷城

のずんぐりした巨体がのっそりと立っている。

手脚が短く、鱗のように組まれた半球状の屋根瓦《がわら》装甲を背負った猫背姿勢であった。後脚で立ち上がった巨大アルマジロのようなものを想像していただければ、そう遠くない。

『我が領海である三河《みかわ》の海を無断で侵し、勝手に猛者海龍《モササウルス》を討伐《とうばつ》するとは無礼千万！　さらに幡豆《はず》に侵略の手を伸ばす蛮行は許し難し！　この鵜殿長照《うどのながてる》が成敗してくれる！』

こういう〝名分《めいぶん》〟で松平《まつだいら》に合戦を挑んできた鵜殿長照だが真意は違うだろう。隣郡幡豆の吉良《きら》一族は松平に敗れ、臣従の意を示していた。幡豆郡へ完全に松平の支配が及ばぬうちに攻め入って奪い取ってやらんというのが鵜殿の本音と思われる。

すなわち、吉良に続く三河国人衆の第二の襲撃であった。

『それだけが理由でしょうかね？』

こう護摩壇《ごまだん》の向こう側で漏らしたのは、榊原康政《さかきばらやすまさ》だった。すでに岡崎《おかざき》城は幡豆郡まで出陣しており、三河湾を右手に数里の距離を置いて上ノ郷《かみのごう》城と対峙《たいじ》している。

『我らが幡豆に侵略の手を伸ばしたというのはさすがに言いがかりです。戦の名分としてはお粗末過ぎますよ。何かに唆《けしか》けられているような……』

「どういうことですか、康政さん？」

問うたのは天守本陣の竹千代《たけちよ》の傍らにいるさやかだった。

『鵜殿家には今川義元《いまがわよしもと》の妹が嫁いでいます。鵜殿は、三河の国人領主の中でも牧野《まきの》一族に並ぶ親今川……いいえ、今川家臣団のひとつと言ってもいいでしょうね。背後に何か……』

「なんでもいい。攻めてくるなら迎え討つだけだ」

竹千代は力強く言って魂鋼刀《たまがねとう》を握りしめる。

岡崎城は、足りていなかった右脚部の建材を、吉良の西尾城と合体していた東条城を分解することによって得ていた。豊富な部品によって以前よりも強化されていると言っていい。

さらに本丸陣間の本多《ほんだ》隊も、先日の討ち入りを機に士気が上がっている。

(半蔵《はんぞう》や忠勝《ただかつ》がいなくても、俺は御家を守れるんだ!)

吉良との勝利を経、こんな自信が竹千代に芽生えていた。

岡崎城が上ノ郷城へむけてゆっくりと砂浜を前進する。

『ほう、くるか？　だが松平よ。そのちんけな鐵城《キャッスル》では我が上ノ郷城は倒せぬぞ。見よ！』

言うが早いか、上ノ郷城のずんぐりした巨体が、砂を蹴《け》って上へ跳んだ。中空でクルリとひと回りし、ズズンッ、と再び地へ落ちた時、その姿が完全な球形へと変わっていた。

「ダンゴムシ？」

さやかの例えは言い得て妙。上ノ郷城は、ダンゴムシのように城体を丸めることによって、背に負っていた半球形の瓦装甲に覆われ、球体と化していたのだ。呆気《あっけ》に取られて眺めていると、上ノ郷城が砂をまき散らしながら、その場で猛回転を始めたではないか!?

『喰《く》らえいっ！　鵜殿軍法〈一転怪我一生鵜殿坂砲《ひところびけがいちじょううどのさかほう》〉！』

雄叫《おたけ》びとともに、上ノ郷《かみのごう》城の球形の体軀《たいく》が放たれた砲丸のごとく跳びだしてきた。

「うおっ!?」

咄嗟《とっさ》に身をひねって躱《かわ》した岡崎《おかざき》城の左肩先を猛回転する上ノ郷城が擦過《さっか》した。

轟然《ごうぜん》と岡崎城背後の砂浜に激突した上ノ郷城、そこに擂《す》り鉢《ばち》状の大穴が開く。まともに食らっていたならば、岡崎城はどてっ腹の装甲を砕かれ、遥か遠くまで弾き飛ばされていただろう。

『回転《ローリン》っ！　回転《ローリン》っ！』

逆回転し砂を巻き上げ、一度、その場で跳ねたと思えば、またも高速で跳んでくる。

「わっ、わわっ！」

しゃがんで躱した岡崎城の天守を、すっ飛んでいった上ノ郷城が掠《かす》める。

『うわっはははっ！　我が領地蒲郷《がまごおり》には鵜殿《うどの》坂なる坂がある！　その坂で転べば一生怪我《けが》が治らぬという伝説があるのだ！　その故事にちなんだこの技よ！　そりゃっ、回転《ローリン》っ！』

叫ぶが早いかまたも突っ込んでくる上ノ郷城。

「調子に乗るんじゃねえっ！」

岡崎城は躱しざま、通過する上ノ郷城へ右拳《こぶし》を叩き込む。その拳が、ギンッ！　と、猛烈な回転力によって弾かれた。よろめいて後退した岡崎城の右脚が三河《みかわ》湾の波を踏む。

『わははっ！　回転《ローリン》する我が城に左様《さよう》な拳が効くものか！　さあっ、もう一発、回転《ローリン》！』

右から左、左から右と、息もつかせず往復する上ノ郷城に、岡崎城は成すすべもない。

『回転《ローリン》っ！　回転《ローリン》っ！　回転《ローリン》っ！　回転《ローリン》っ！　うわっはははっ！』

上ノ郷城から聞こえる声は、岡崎城を玩弄《がんろう》することに酔いしれ、大興奮であった。

「くそっ……どうすれば……」

竹千代《たけちよ》が唇を噛《か》んだ時、さやかが声を張った。

「竹千代、海に入って！」

「え？　だが岡崎城は海戦には……」

不向きであるということは、小倉《こくら》城との戦いで痛いほど知っている。

「足首ぐらいのところまででいい！　海を背にして戦うの！」

「海を背に？　背水の陣って……それ大丈夫か？」

「いいから、早く！　向こうが冷静になる前に！」

言われるままに、波を蹴《け》立てて海へと入った岡崎城。

『おっ？　どこへ逃げおるか!?　とどめぞ！　回転《ローリン》っ！』

得意げな鵜殿長照《ながてる》の声。が、その声に焦る声が重なった。

『殿、そちらは海ですぞぉっ！　当城は海中での活動は……』

どうやら、鵜殿の軍師の声だ。回転する上ノ郷城はきちんと周囲が見えていない。

『回転《ローリン》……へ？　海？』

突撃してきた上ノ郷城を躱す岡崎城。上ノ郷城が水しぶきを上げて海中に落下した。

『どっ……どわあっ！　う、海じゃぁっ！』

慌てて立ち上がった上ノ郷《かみのごう》城は球体からあのアルマジロ状の姿へ戻っている。

「今だよ！」

さやかの叫びとともに、岡崎《おかざき》城が上ノ郷城へ躍りかかる。

馬乗りになって海中に押し倒し、装甲の薄い腹部へと陀威那燃《ダイナモ》全回転の右拳《こぶし》をぶちこんだ。

メリッと拳が上ノ郷城へとめり込み、内部機巧を破壊する。

『ぬぐわあああああっ！』

カッ、と光を放つ上ノ郷城。直後、大爆発。爆炎の内より城落ち床几《しょうぎ》に乗った鵜殿長照《うどのながてる》が煙の尾を回転回転《ローリンローリン》させつつ沖のほうまで吹っ飛んでいった……。

この後、鵜殿長照は駿河《するが》へ亡命。宝飯《ほい》郡蒲郷《がまごおり》は松平《まつだいら》の手に落ちたのである。

――〈浪麟懼《ロウリング》　上ノ郷《カミノゴウ》〉落城《げきは》！　宝飯郡蒲郷獲得なぁりぃ～！

七

さて、続けざまに第三の襲撃だ。

次なる襲撃は、鵜殿との戦いの半月後に起こった。

時刻は深夜九ツ過ぎ。寝間で眠る竹千代《たけちよ》をふいに揺り起こす者がいる。

「竹千代、竹千代」

眠い目をこすると、さやかがいた。

「な、なんだよ、さやか、こんな夜中に……」

「何か〝変〟だよ。天守にきてもらっていい？」

さやかの〝変〟が侮れぬことを知っている竹千代は連れられるまま、天守にのぼる。

天守の外廻縁《そとまわりえん》に出ると、さやかが北を指差した。

「なんか、あそこ変じゃない？」

城下町郊外の北に広がる平原である。月明かりに朦朧《もうろう》と照らされたその場所には小川があり林があり道があった。竹千代にはなんらおかしく感じられなかったが……。

「あんなところに林はなかったよ。それがさっき見たら、急にできてる」

目を凝《こ》らして観察すれば、明らかな異常に気がついた。

林がジワジワと動いていたのである。林だけではない。道も、小川も動いている。その辺り一帯の大地そのものが僅《わず》かずつだが城下のほうへと移動していた。

向かう先にあるのは岡崎城の脇にある長細い蔵である。

「あれは……天叢雲剣《アマノムラクモノツルギ》を収納している蔵……!?　何者かが、天叢雲剣を奪おうとしている!?」

さやかによって即座に法螺《ほら》貝が鳴らされる。御家人たちが即座に岡崎城へと詰めかけた。城下の眠りを覚ますように岡崎城の変形音が轟《とどろ》き渡る。岡崎城が戦備え形態へ変わりきった時、移動する怪しい大地はもう城剣蔵のすぐ傍《そば》まで接近していた。

『おいっ！　おまえ、何者だ！』

竹千代《たけちよ》が移動する大地へ法螺貝《ほら》で叫び掛ける。

大地は移動をピタリとやめ、沈黙していた。

『気がついているぞ！　正体を現せ！』

『くっ……』

悔しげな声が大地より漏れ聞こえた。ぶるぶると大地が震えを帯び始める。

『くっ……くっそーっ！　バレたかぁーっ！』

途端、大地に縦横の割れ目が生じた。そのひとつひとつが持ち上がり、複雑に合体し始めたではないか。見る間に組み合わさった大地は一個の直立する鐵城《キャッスル》へと変わっていた。

『よ、よくぞ見破ったな、我が足助《あすけ》城の善阿弥《ぜんあみ》流造園軍法《りゅうぞうえんぐんぽう》〈大規模作庭隠形術《だいきぼさくていおんぎょうじゅつ》〉を！　み、見事と褒めて、や、やろうぞ！』

傲然と言っているが、声には明らかな動揺がある。

『足助城？　貴様、鈴木《すずき》一族の者か？』

鈴木一族は加茂《かも》郡を中心に三河《みかわ》西北部一帯に勢力を拡げている国人領主だ。その所有する鐵城《キャッスル》が〈雅亜殿《ガアデン》　足助《アスケ》〉こと足助城である。

三河鈴木氏の祖は、鈴木重善《しげよし》なる人物で、出家して善阿弥《ぜんあみ》を名乗った。

善阿弥といえば足利《あしかが》時代の伝説的庭師と同じ名だが、それとは全く関わりがない。

だが、わざわざ善阿弥を名乗っただけあって、初代鈴木善阿弥もまた造園に深い興味を持っていた。独自で造園術を発展させ、それを合戦の技術へと活用させていたのである。

それこそが善阿弥流造園軍法〈大規模作庭隠形術〉。

持城である足助城を自然物に似せて〝造園〟し、周囲の風景に溶け込ませ奇襲を行うのだ。

さやかの勘働きがなければ、この隠形術によってまんまと懐《ふところ》に入り込まれていただろう。

『お、おうよっ！　我こそが鈴木家当主、鈴木重勝《しげかつ》なり！』

動揺を全く隠せていない鈴木重勝の声である。

『挑んでくるか？　受けてたつぞ』

勇ましく言った竹千代だったが、戻ってきた返答はこうである。

『い、挑まん！』

『は？』

『見破られたとあっては、もはや当方に勝機なし！　降伏致す！　平に！　平にご容赦を！』

目の前で足助城の巨体が土下座した。

『え？　ええええええっ!?』

この変わり身の早さを臆病者《おくびょうもの》と詰《なじ》るのは簡単だ。だが、鈴木一族の加茂郡は北に美濃《みの》国、北西に尾張《おわり》国、南には一時だが西三河《にしみかわ》の雄と呼ばれた松平《まつだいら》一族……諸勢力に囲まれた地である。状況に応じて強《したた》かに臣従先を変え、独立した勢力を保ち続けてきたのだ。

謝る時はさっさと謝ろうぜ！　これが三河鈴木《みかわすずき》氏の処世術である。が、この時は違った。

『……と、見せかけてぇっ！』

伏せていた足助《あすけ》城が蹶然《けつぜん》と跳ね上がった。土下座からの豹変《ひょうへん》に呆気《あっけ》に取られた竹千代《たけちよ》は反応が遅れてしまう。足助城が跳んだ先は、天叢雲《アマノムラクモノツルギ》剣が収められている城剣蔵だった。

『ここまで近寄ればじゅうぶんよ！　我が目的は天叢雲剣なりぃ！』

「やばい！」

足助城は、蔵を破壊し、天叢雲剣を奪って逃げるつもりだ。岡崎《おかざき》城を倒せずとも、闇夜と例の隠形術《おんぎょうじゅつ》を使えば遁走《とんそう》するのも容易《たやす》かろう。岡崎城は足助城を捕えんと追う。が、すでに足助城は城剣蔵に到着していた。足助城が拳《こぶし》をひと振りすると、呆気なく蔵は崩壊する。

『いっただっきぞーっ！』

鈴木重勝《しげかつ》が快哉を叫ぶ。足助城が瓦礫《がれき》に手をつっこみ、剣を引き上げる、かと思ったが――

『あれ？』

足助城より困惑の声が上がった。続いて足助城は蔵の瓦礫を掻《か》き分ける。

『ない！　ないぞ！　天叢雲剣が！　なっ、ないぞ！　ええっ⁉』

焦る足助城の顔面に岡崎城の重い蹴《け》りが炸裂したのは直後のことである。

吹っ飛ばされた足助城は平原を二、三度跳ねて転がった。よろよろと身を起こすと、

『な、なぜだーっ！　なぜ天叢雲剣がない!?　どこに隠したぁっ！』

実は竹千代も驚いていた。てっきり天叢雲剣は蔵に収まっているものだとばかり思っていたのである。それが消えていた。どこにいつ消えたのかも、消えた理由もまるでわからない。

『さては、天叢雲剣を手にしたなど真っ赤な偽りであったか!?　そうであろう！』

『あ……』

竹千代が咄嗟《とっさ》に口にしたのは次の言葉であった。

『ある！　天叢雲剣は松平《まつだいら》の手にある！』

『ど、どこにある!?　では見せてみよ！』

『見せるものか！　おまえのような輩《やから》に奪われぬよう然るべき場所へ隠してあるんだ！　俺が吉良《きら》や鵜殿《うどの》に勝利したのも、天叢雲剣の御加護があってのことさ！』

『な、なにぃっ！』

鈴木重勝はこの竹千代の言葉をまんまと信じ込んだようだった。

『お、おのれぇ！　騙《だま》されたぁあっ！』

くるりと踵《きびす》を返すと、足助城が逃走し始めた。その身が、バカッと分解したかと思うと、大地に溶け込み、消えていかんとする。しかし、遅い。

『逃がすか！』

大跳躍を見せた岡崎城の足裏が、足助城を踏みつけた。『ぐえっ！』と、悲鳴を上げた足助城へと岡崎《おかざき》城の渾身《こんしん》の右拳《こぶし》が叩き込まれる。爆発が夜天を照らし、足助《あすけ》城は動かなくなった。

――〈雅亜殿《ガアデン》　足助《アスケ》〉落城《げきは》！　加茂《かも》郡獲得なぁりぃ～！

八

鈴木重勝《すずきしげかつ》は例の変わり身の早さで、松平《まつだいら》家に臣従の意を示してきた。

鈴木一族、及び吉良《きら》一族が松平に従ったのは、竹千代《たけちよ》に従ったというよりも、連戦連勝の松平の背後に天叢雲剣《アマノムラクモノツルギ》の力を錯覚したからにほかならない。

その天叢雲剣が消えていた。何者かが盗み出したとしか思えなかったが、何者なのかわからぬのが不気味である。天叢雲無きことは極秘事となり、知る者には固く箝口令《かんこうれい》が布《し》かれた。

また、臣従してきた鈴木重勝によってひとつ気がかりなことが明らかになる。

重勝曰《いわ》く、太原雪斎《たいげんせっさい》より「殿に天叢雲を献上できれば覚え目出度《めでた》きことであろう」という内容の文が送られてきたのだとか。

「献上できれば覚え目出度き」とは「献上できねば、覚えが悪くなる」とも取れる。

今川《いまがわ》に従う立場にあった鈴木一族は、天叢雲剣を奪うための行動に出ねばならなかったのだ。

吉良、鵜殿《うどの》、鈴木――いずれの背後にも今川の影が見え隠れしていた。

斯様《かよう》に不穏な空気の漂う中、次なる鐵城《キャツスル》が岡崎に向け侵攻を開始していた。

それは、東――それも岡崎と同じ額田郡《ぬかた》からやってくる。

――〈乱颯斜《ランサー》　野田《ノダ》〉こと野田城《のだ》。

額田郡菅沼郷《すがぬま》の菅沼一族の鐵城《キャッスル》であった。本丸から三の丸、曲輪《くるわ》や侍屋敷が直線状に並んだ連鎖式の野田城は、戦備え形態となっても面影を残し、縦にひょろ長い武者形《なり》をしている。

野田城は、岡崎城の数町ほど手前までゆっくりと近づいてきて止まった。

すでに岡崎城も戦備えを終えている。いつ合戦が始まるかとじりじりして待っていると――

「あれ？　なんか降りてくるよ？」

竹千代の傍らにいたさやかが大護摩壇《ごまだん》に映る野田城の足元を指差した。野田城脚部にある門が開き、誰か出てくる。甲冑《かっちゅう》姿のその人物は二十を少し過ぎたばかりの精悍《せいかん》な若武者であった。

野田城主にして野田菅沼家当主、菅沼定盈《さだみつ》その人である。

定盈は地べたにどっかと座ると、腰の刀を鞘《さや》ごと抜いて、己《おのれ》の前へ置いた。

「拙者《せっしゃ》、野田城主、菅沼定盈にござる！　松平竹千代殿に余人を交えず尋ね問うべき子細あり！　よろしければ天守より降り、ここまでお越しいただきたく存ずる！」

堂々たるその言葉に、岡崎城に詰める面々は毒気を抜かれてしまう。

「俺とふたりだけで話がしたい？　なんだよ、いったい？」

竹千代は首を傾《かし》げる。酒井忠次《さかいただつぐ》が声を張り上げた。

『いってはなりませぬぞ、殿！　罠にございます！』

「いや、向こうもひとりだ。それに鐵城《キャッスル》を降りている。本当に何か話したいんじゃ……」

『不用意に出ていけば、陰に潜んだ足軽が一気に出てくる寸法ですじゃ！　のう、康政《やすまさ》？』

話を振られた榊原《さかきばら》康政は困ったような顔をする。

『うーん。どうでしょうね？　菅沼《すがぬま》殿がそんな卑怯な人物だとは聞いたことがありませんけど……。むしろ真《ま》っ直《す》ぐな御仁だとうかがっていますが……』

『では、何ゆえ鐵城《キャッスル》でやってきたのじゃ!?　話がしたいだけなら、その必要はあるまい！』

『うーん……』

「大丈夫だと思うな」

さやかが話に割り込んだ。康政と忠次《ただつぐ》が黙ってさやかの言葉に耳を傾ける。

一介の忍び娘の意見を康政ならともかく、忠次まで聴こうとするのは、吉良《きら》、鵜殿《うどの》、鈴木《すずき》戦の勝利の全てにさやかの進言があったからだった。

「なんとなくだけど、あの人の顔、真剣だもん。たぶん大丈夫だと思うな」

「そっか」

竹千代《たけちよ》はさやかの勘働きに絶大な信頼を置くようになっていた。

「なら、いってくる」

竹千代が床几《しょうぎ》を立つ。忠次が止めた。

『殿っ！　いけません！　せめて誰かつけて……』

「いいや。向こうもひとりで出てきてるんだ。俺もそうしなきゃ」

竹千代は天守の階段を下り、岡崎《おかざき》城脚部の門から表に出る。竹千代の姿を確認すると、菅沼定盈《さだみつ》は朗らかに微笑《ほほえ》んだ。定盈に歩み寄り、二間ほどの距離を置いた場所に竹千代も座る。

「松平《まつだいら》竹千代だ」

「お初にお目にかかる。菅沼定盈にござる」

定盈が頭を下げた。礼儀正しい男である。

「鐵城《キャッスル》で乗りこんできたから、攻めてきたのかと思ったぞ」

「竹千代殿の御返答次第ではそうするつもりにござる」

鋭い言葉に、竹千代は、ドキッとなった。気圧《けお》されそうになったが努めて平静を保つ。

「で、話とはなんだ？」

「竹千代殿の真意をうかがいたい」

「真意？」

「聞けば竹千代殿は天叢雲剣《アマノムラクモノツルギ》を手に入れたとか。以来、その加護をもってして幡豆《はず》の吉良、宝飯蒲郷《ほいがまごおり》の鵜殿、加茂《かも》の鈴木を打ち倒された。拙者《せっしゃ》が知りたいのはその真意」

「真意も何も、降りかかる火の粉を払ったまでだよ」

「ほお」と、定盈は不敵に笑った。

「実を申せば、この定盈、竹千代殿が吉良や鵜殿めを倒し、その領地を奪ったことをお聞きして、胸のすくような思いがしておりましてな。我が父は今川《いまがわ》に討たれて亡くなりましたゆえ」

かつて今川が遠江《とおとうみ》への支配を拡げ、三河《みかわ》にまでその影が伸び出した時、三河国衆が今川に従う勢力とあくまで抵抗しようとする勢力でふたつに割れ争ったことがあった。世に言う〝三河忩劇《そうげき》〟である。この抗争は今川の介入によって、反今川勢力の大敗に終わった。

これによって三河の国衆のほとんどが今川に帰属する現在の形となったのである。

その時に反今川側であった菅沼定盈《すがぬまさだみつ》の父は討たれ戦死した。その後、菅沼一族は織田《おだ》の擁護《ようご》下に入ることによって、ようやく額田《ぬかた》郡菅沼郷にて命脈を保っているのである。

「竹千代《たけちよ》殿が天叢雲《アマノムラクモノツルギ》剣の力によって三河に巣くった今川の手下どもを平らげてくださっておる。そのように拙者《せつしや》の目に映りましてな。内心では快哉を叫んでおりましたぞ」

「何を言う。松平《まつだいら》も今川の擁護を受ける身だぞ」

「それが、竹千代殿の御真意か？」

定盈の声が厳しいものに変わった。

「吉良《きら》や鵜殿《うどの》、鈴木《すずき》が松平を攻めたその裏に、今川の思惑があることは竹千代殿も薄々勘付いておられるのではないか？　おそらく狙いは天叢雲剣」

ズバリ言われた。

「それでも竹千代殿は今川に従うと申すか？　それもよろしかろう。義元《よしもと》めに天叢雲剣を献上すれば松平は大きく取り立てられるであろうからの。だが、それでまことによろしいのか？」

「何が言いたい？」

「せっかく手にした比類なき神剣の力、今川に阿《おもね》るためでなく、この混沌《こんとん》とした三河の平定《へいてい》にお使いになってはいかがか？」

「三河の平定!?」

つい竹千代の声が裏返る。定盈は重く頷《うなず》いた。

「かつては西三河《にしみかわ》の雄と謳《うた》われ、三河一国を統一せんとした松平氏……。先先代松平清康《きよやす》公の成しえなかったそれを竹千代殿の手で実現させるのだ」

定盈のこの言葉に、竹千代は己《おのれ》の奥深くにくすぶっていたものが燃え立つのを覚える。

「拙者の望むのは、三河国の独立。今川にも織田にも支配されない三河者による三河の国の実現にござる。それが我が父の願いでござった」

定盈は悔しげに視線を地に落とす。

「叶うことなら、この手でそれを成したい。しかし、菅沼はあまりに弱い……」

がばっ、と定盈は顔を上げた。

「成せるのは天叢雲剣の加護を受けた竹千代殿よりほかおらぬのだ！　竹千代殿が首を縦に振ってくだされば、この定盈、織田を離れ、松平殿に従いましょうぞ！　拙者だけではない！　天叢雲の神威《しんい》あれば、渥美《あつみ》の戸田《とだ》、北設楽《したら》の設楽、八名《やな》の西郷《さいごう》もきっと応じまする！」

天叢雲剣が失われていることを定盈は知らない。神威などないのだ。ここ最近の連勝は、さやかの機転によってなんとか勝を拾っているに過ぎないのである。

「俺が、うんと言わねばどうするのだ？　あくまで今川《いまがわ》に従うと言えば……」

竹千代《たけちよ》の問いを受け、定盈《さだみつ》の目に、にわかにこわいものが宿った。

「その時は鐵城《キャツスル》へ戻り、岡崎《おかざき》へ攻め入って天叢雲剣《アマノムラクモノツルギ》を奪いまする。もっとも我が野田《のだ》城では岡崎城には敵《かな》いますまい。それでも構わぬ。志《こころざし》を成すことなく命永らえるより、志に殉じ華々しく討ち死に致したほうが余程かましであろう」

すなわち菅沼《すがぬま》定盈は死を覚悟してここにきている。その思いの大きさに竹千代は圧倒された。

竹千代は迷う。三河《みかわ》の統一？　それは一度ならず竹千代が胸に抱いた志だった。

だが、現実を知り、それがいかに無謀なことであるか竹千代はすでに知っている。

己《おのれ》がここで定盈の言を受け入れれば、三河は戦乱の巷《ちまた》となろう。そのようなことをしてしまっていいのか？　天叢雲の神威《しんい》など存在せぬのに……。

が、これらの迷いはやがて心奥より生じた強烈な野心の焔《ほむら》によって焼き尽くされていく。

心中に燃え立つ焔の中に、まだ見ぬ織田信長《おだのぶなが》の姿が浮かんだ。その信長の隣に並ぶ、竹千代自身の姿——天下に旗を立て、俺はここにいるぞと叫んでいる己の姿もまた……。

竹千代の眼差《まなざ》しに強い光が宿った。胸を張り、定盈の顔をしっかと見、こう答えた。

「いいだろう」

野田城が岡崎に背を向け、ゆっくりと菅沼郷へと歩み去っていく。

その重々しい足音を聞きながら、竹千代は全身の力が抜けて、地べたに仰《あお》向《む》けになっていた。

「殿ぉっ！」

酒井《さかい》忠次《ただつぐ》の声がした。岡崎城脚部の門より忠次、康政《やすまさ》、さやかが心配げに駆け寄ってくる。

「殿、定盈殿といったい何を話されたのですか？」

康政が尋ねてきた。

「ん？　まあ、それは後でゆっくり話す……」

竹千代の胸は高鳴っていた。

（言ってしまった……。三河を統一すると……）

とんでもないことに乗り出してしまったという気がする。だが、後悔はなかった。むしろ晴れ晴れとした気分ですらあった。

（ようやく俺の人生が動きだした。天叢雲剣を手にしたことで……いや、そうじゃない）

さやかの丸い顔が、地に横たわる竹千代を不思議そうに覗《のぞ》き込んできた。

半蔵《はんぞう》が死に、佐吉《さきち》が去り、忠勝《ただかつ》が消え、絶望の内にあった竹千代の傍らには、いつもこの少女の姿があった。この少女の助言で竹千代は襲いくる国衆らを退け、ついには三河統一を決断するまでの再起が叶ったのである。加護と言うのならば、天叢雲剣ではない。さやかの加護だ。

今、竹千代の目には、鈍くさくすら見えるこの少女の姿が勝利の女神のごとく映っていた。

「なあ、さやか、お願いがあるんだ」

「うん？」

「俺の軍師になってくれ」

一時何を言われたのかわからなかったらしく、さやかは、きょとん、となる。

やがて言葉の意味を理解するにつれ、まん丸いお目めが大きく見開かれていった。

「えっ⁉　あたしが軍師って、えええええええっ⁉」

仰天するさやかに微笑《ほほえ》みつつ、竹千代《たけちよ》は身を起こす。そして高らかに告げた。

「これより松平《まつだいら》は三河《みかわ》統一を目指す！　かつての松平が成しえなかった志《こころざし》を俺たちの手で成し遂げるんだ！」

この叫びこそ、竹千代が「俺はここにいるぞ」と天下に叫んだ第一声なのであった。

九

佐吉《さきち》へ。

元気にやってる？　駿府《すんぷ》はいいところかな？

無事に今川《いまがわ》に仕官できて太原雪斎《たいげんせつさい》さんの軍師見習いになれたって聞いて、あたしも嬉しいよ。

ところでね、佐吉がいなくなってから岡崎《おかざき》ではすっごく色んなことがあったんだよ。

忠勝《ただかつ》さんがいなくなっちゃって、吉良《きら》さんとか鵜殿《うどの》さんとか鈴木《すずき》さんとかが攻めてきてさ、すっごくたいへんだったんだからね。

でも、なんとかやっつけて、そしたら菅沼《すがぬま》の定盈《さだみつ》さんが竹千代《たけちよ》に従うって言ってきたの。一緒に三河《みかわ》を統一しようなんて、すごいこと言い出してさ。竹千代もその気になっちゃったの。

それでね、あたし、軍師になることになったんだ。竹千代がなってくれって言ったの。忠次《ただつぐ》さんや康政《やすまさ》さんも、服部《はっとり》の一族だからあたしがなるのが順当だってそう言うの。

でも、あたし、お兄ちゃんの代わりが務まるか、すっごく不安だよ……。

正直に言うね。戻ってきてほしいな、佐吉《さきち》。本当はね、あたしじゃなくて佐吉に軍師になってほしい。それがお兄ちゃんの望みでもあるはずだよ。ずっと待ってるよ、佐吉。

服部さやか

駿河《するが》国駿府《すんぷ》の武家町。今川《いまがわ》より宛《あて》がわれた小さな屋敷の一室。

佐吉は、さやかより届いた文《ふみ》を読み、信じられぬ思いに身をわななかせている。

駿府についてから佐吉は約束通りさやかへ文を送っていた。その返事が今読んだこれである。

「竹千代が鵜殿や鈴木を降《くだ》し、菅沼まで臣下に入れた……？　三河を統一するだと……？」

佐吉が岡崎《おかざき》を出た時の竹千代は、到底佐吉が仕えるに足るとは思えぬ凡君であったはずだ。

（この豹変《ひょうへん》はなんだ？　竹千代に何があった？）

思い浮かぶのはやはり天叢雲剣《アマノムラクモノツルギ》の存在である。ただの鉄屑《てつくず》に過ぎなかったあれが、神剣たる神通力をいよいよ発揮し始めた——そのようにしか思えなかった。

なんにせよ竹千代は、幡豆《はず》郡、宝飯《ほい》郡蒲郷《がまごおり》、加茂《かも》郡、額田《ぬかた》郡……西三河《にしみかわ》のほとんどを手にしたことになる。それは松平《まつだいら》が西三河の雄と呼ばれていた頃の領土とほぼ同じであった。

（それに比べ、俺は……）

今川家へ仕官が叶ったものの、佐吉は未《いま》だ太原雪斎《たいげんせっさい》の元で軍師見習いの身であった。文弱《ぶんじゃく》者と揶揄《やゆ》されることこそなくなったが、これでは岡崎にいた頃と大差ない。

「俺も……俺もやるぞ……。俺も……」

出遅れた悔しさとともに、佐吉の内にもうひとつ胸が張り裂けそうな思いがあった。

——さやかが竹千代の軍師となった。

天守の床几《しょうぎ》に座る竹千代の傍らにいつもあの蝶のごとく可憐な姿が寄り添っている。城主と軍師は一心同体、心と心の通い合った間柄でなければ務まらぬ……。

「やるぞ……俺もやってやるぞ……。見ていろよ、竹千代。見ていてくれよ、さやか」

佐吉の心に滾るのは、強烈な嫉念の蒼《あお》い焔《ほむら》であった。

【竹千代《たけちよ》戦記《のたたかい》三河《みかわ》統一《とういつ》軌跡《のきせき》】

一

三河《みかわ》国岡崎《おかざき》。岡崎城、三の丸の広間であった。

今、広間には、竹千代《たけちよ》、榊原康政《さかきばらやすまさ》、酒井忠次《さかいただつぐ》、そして軍師に任命されたさやかが集っている。

上段に座した竹千代は、まなこを見開いて、届いたばかりの一通の文《ふみ》に目を走らせていた。

文を握る手に苛立《いらだ》ちが込められている。やがて読み終えると、グシャリと握り潰《つぶ》した。

「殿、戸田《とだ》からはなんと？」

尋ねた榊原康政だったが、竹千代の態度からすでに文の内容は察している。

菅沼定盈《すがぬまさだみつ》は、竹千代が天叢雲《アマノムラクモ》の神威《しんい》をもって三河統一を掲げれば、北設楽《したら》の設楽一族、渥《あつ》美《み》の戸田一族、八名《やな》の西郷《さいごう》一族も松平《まつだいら》に従うだろう、と言っていた。

文は、その中のひとつ渥美郡の戸田一族からのものである。戸田は松平と縁戚関係にあり、近しい間柄だ。三河統一の呼びかけに応じるとすれば戸田こそ最有力候補と言えたのだが……。

「陰ながら応援してます、だってよ！」

吐き捨てるように竹千代は言った。

「まあ、渥美の真隣宝飯郡《ほい》中條郷《ちゅうじょう》では、バリバリの親今川《いまがわ》派牧野《まきの》一族が睨《にら》みを利かせてますから。不用意には従えないんでしょうね」

康政が例のごとく飄々《ひょうひょう》と言った。酒井忠次が尋ねる。

「菅沼定盈めのほうはどうなっておる？　北設楽の設楽と八名の西郷は菅沼と縁戚を結んでおるから、説き伏せて松平に従わせると申しておったが……？」

「芳《かんば》しくないようですよ。無理もないでしょう。西郷の八名郡は三河の東端、遠江《とおとうみ》の真隣です。今川から離反すれば真っ先に潰されます。設楽も同じような理由でしょう」

「ぬぬうう……！　なんとも不甲斐《ふがい》ないのぉ！」

この爺《じい》さん、初めは竹千代を諫《いさ》めていたのだが、ここのところの連戦連勝を受け、先先代松平清康《きよやす》の頃の快進撃を思い出し、老骨に燃え立つものを覚えたらしい。

「南設楽はどうなんだ？」

竹千代が尋ねた。康政は難しそうに唸《うな》る。

「ああ、奥平《おくだいら》一族ですね。うう〜ん……」

奥平一族は、奥三河南設楽郡の山間部《さんかんぶ》一帯に根を張る小豪族である。一応は今川に従っているが、かといって今川べったりというわけでもない。今川の支配に対し、どのような感情を抱いているのかがまるで見えないのだ。

「腹の内を探ってみようと、遠回しな文を幾度か出してみましたが、いっこうに返事がありません。無視されてますね」

「くそっ！」と、竹千代《たけちよ》が畳を叩いた。「つまり、どこも俺たちには従わないってことかよ！今川《いまがわ》や織田《おだ》の支配を離れた三河者《みかわ》による三河国を実現したくないのかよ！」

「仕方ありませんよ。三河の国衆は、大国に帰属しつつもそれぞれが独立してやってきました。ですので三河という大きな単位でものを考えてはいません。〝郡〟あるいは〝郷〟、さらに小さく〝氏族〟。彼らが守りたいのはその狭い範囲であって三河ではないんです」

康政《やすまさ》の声は冷めていた。

「多くの国衆にとっては、三河者が国を支配しようが、今川が支配しようが、所領さえ安堵《あんど》されるならばどちらでもいいんです。いいや、安易に松平《まつだいら》に鞍《くら》替えすれば今川の勘気《かんき》に触れ、攻め滅ぼされてしまう。松平に従うより今川に従ったままのほうが安心なんですよ」

「俺たちが頼りないと、そう思われてるのか？」

「そうでしょうね。天叢雲《アマノムラクモ》の神威《しんい》があればと菅沼《すがぬま》殿は仰ってましたけど、西三河《にしみかわ》を従えただけでは、その神威も確かではありませんよ」

先程から消極的な康政は、三河統一にあまり乗り気ではなさそうだった。

「神威が確かでないか……。なら確かであると示せばいいんだな？　松平には、今川と合戦になっても決して負けぬ力があると知らしめてやればいいんだな？　そうだな？」

竹千代の声には異様な熱気があった。不穏なものを覚え、康政が尋ねる。

「どうされるおつもりです？」

「従わぬなら、切り従える」

康政が眉をひそめた。竹千代の言葉は三河国衆への〝侵略〟を宣言したにほかならない。

「武威《ぶい》をもってして神威を示すんだ！」

竹千代には、自信がついていた。いいや、気が昂《たか》ぶっていたと言ったほうがいい。吉良《きら》、鵜殿《うどの》、鈴木《すずき》を倒し、もう三河の国衆程度になら負ける気がしなかった。

今の竹千代は、攻められたから迎え討つ受け身の竹千代ではない。三河統一のため、従わねば攻め入ってでも従わせる好戦的な竹千代へ変わっていたのだ。

「ねえ、竹千代……」

おずおずと声を発したのは、さやかであった。さやかの髪にはかつて半蔵《はんぞう》の革帯についていた銀の尾錠《びじょう》が付けられている。さやかが新たな軍師に就任した証しであった。

「うん？　なんだ、さやか？」

「さっきからさ、天叢雲の神威とか言ってるけど……。ないよね？　天叢雲剣……」

場が静まった。不安げなさやかの眼差《まなざ》しが竹千代へ向けられている。

「ある」

竹千代は立ち上がり、さやかに歩み寄るとその華奢《きゃしゃ》な両肩を、がっしと摑《つか》んだ。

「ある！　天叢雲剣はある！　あるんだ、さやか！」

さやかへ向けられたこの竹千代《たけちよ》の言葉は、むしろ己《おのれ》自身を洗脳せんとするかのようだった。

「なあ、そうだろ、さやか？」

「う、うん！　わかったよ！　わかったから離して！　痛いよ！」

さやかの悲鳴を受け、ようやく竹千代は手を離した。

「すまん」と、言って上段に戻る。表情を引き締め直し、一同へ向けてこう言い放った。

「出陣の準備だ！　松平《まつだいら》に天叢雲《アマノムラクモ》の御加護あることを三河《みかわ》の国人衆に知らしめてやるぞ！」

「おおっ！」と応じる酒井忠次《さかいただつぐ》。「ハッ」と不承不承《ふしょうぶしょう》頭を下げる榊原康政《さかきばらやすまさ》。

さやかの細い肩には竹千代に強く摑《つか》まれた痛みがまだ残っていた……。

二

まず手始めは南設楽《したら》の奥平《おくだいら》一族。竹千代はそう定めた。

奥平一族は、山間部《さんかんぶ》の小豪族に過ぎず、さして大きな勢力ではないし、再三の文を無視しているというのも面憎《つらにく》い。三河統一の景気づけには最適な相手と思われたのだ。

今、岡崎《おかざき》城は、鬱蒼《うっそう》たる木々に覆われた奥三河南設楽郡の山岳地帯を木々の枝葉を揺らしながら進んでいる。樹木の高さはおおよそ岡崎城の腰ほどだ。

いきなり戦を仕掛ける気はなかった。再三の文にも一切反応を示さぬ奥平一族。鐵城《キヤッスル》で領地まで乗りこんで、強引にその真意をうかがうのだ。無論、返答次第で打って出る。

そういうつもりで奥三河くんだりまで出てきたものの——

「奥平一族はいったいどこに消えてるんだ？」

竹千代が、天守より岡崎城の目で周囲の山々を見回した。ぽつりぽつりと山間《やまあい》に屋敷が点在している。奥平配下の地侍のものと思われたが、いずれも蛻《もぬけ》の殻《から》であった。それだけではなく肝心の奥平の本拠地である〈秘垢子異《ピクシー》　亀山《カメヤマ》〉こと亀山《かめやま》城の姿がどこにも見られないのである。

『かっかっかっ。我らに恐れをなして逃げ出しおったかの』

楽天的に笑うのは酒井忠次だったが、榊原康政は慎重である。

『油断は禁物ですよ。奥平は勢力こそ小規模ですが、山岳を跋渉《ばっしょう》する技術に長《た》けています。戦となれば地形を味方につけ、現れては消える奇襲戦法を取ります。気をつけてください』

「わかった」

こう答え、竹千代は自然と己の胸に手を当てていた。

忠勝《ただかつ》が去った日以来、発作は起こっていない。だが、激しい運動の後にはよく動悸がする。また、いつ発作が起こるかわからぬのだ。それは戦《いくさ》の最中かもしれない。

常に竹千代の心の片隅には発作への微《かす》かな不安が付きまとっていた。

と、この時である。シュッと風を切る音が竹千代の耳に聞こえた。反射的に半身を開いた岡崎城の胸先を高速で掠《かす》め通ったものがある。後方の小山の斜面に、ガイィイン、と突き立った。

「矢!?」

対城郭強弓《じょうかく》によって放たれた大矢であった。咄嗟《とっさ》に岡崎《おかざき》城は身を低くし、矢の飛んできた方向に目をやる。しかし、そこにはひっそりと森が広がるばかりで動くものは何もない。

シュッ、とまたも聞こえる風切音。矢の飛んできたのは、右手、先程とは全く違った位置からだった。飛び退いて躱《かわ》した岡崎城の足元の森に、ザッ、と矢じりが突き刺さる。

「囲まれてるのか……?」

「違うと思う」

即座にさやかがこう返す。

「敵の城は一体。そうじゃなければ一斉に射ってくるはずだよ。敵は森に紛《まぎ》れて、音もなく移動している。康政《やすまさ》さんが言っていた地形を味方につけた奇襲戦法じゃないかな?」

今まさにそれが行われているのだ。

敵がどこにいるのかわからぬのでは不用意には動けない。森林地形も岡崎城の動きを制限していた。小土豪と侮って、考えもなしに敵の独壇場に踏み入るべきではなかったのである。

『でていけ』

いずこともなく声があった。

『ここ　おくだいらのやま　よそもの　でていけ』

朴訥《ぼくとつ》純真な高い声である。亀山《かめやま》城主、奥平定勝《おくだいらさだかつ》の声であろう。周囲の山々に木魂《こだま》して、その声がどこから発されたものか判断できない。

『よそもの　いつも　やまに　わるいことはこんでくる　よそもの　ふきつ　でていけ』

竹千代《たけちよ》が叫び返した。

『三河《みかわ》統一には協力できないっていうのか！　今川《いまがわ》の支配に甘んじるっていうのか！』

『いまがわ　まつだいら　かんけいない　どっちもよそもの　みかわとういつ　めいわく　おくだいらは　やまでしずかにくらしたい　よそもの　でていけ　やまから　でていけ』

片言の口調は純朴《じゅんぼく》そうであったが、その意志は断固としていた。

『でていかないなら……』

シュッ、と再度飛来してくる矢。またも予想もしない方向からだった。

腕で弾いた岡崎城、すかさず矢の飛んできた場所へと跳びかかるも、そこには木々が茂っているばかりで何もいない。シュッ、と次の矢は背後から。ギーンッ、と岡崎城の左肩に突き立った。左肩の二の丸陣間では、壁から突き出た大矢じりの先端に、酒井《さかい》隊の老兵たちが仰天の悲鳴を上げ、腰を抜かす者すらいる。

『でていけ　でていけ　やまから　でていけ　でていけ　でていけ　よそもの　でていけ』

四方八方、次から次へと飛んでくる矢、矢、矢……！　すんでのところで躱し続ける竹千代は、十数人の射手に取り囲まれているような錯覚を覚え始める。

『殿、撤退しますか？　敵の目的は我らを追い出すことです。追撃はしてきませんよ』

康政が進言した。

「ダメだ。小豪族相手に逃げ帰ったと知られれば、天叢雲《アマノムラクモ》の神威《しんい》を疑われる！　三河統一が成るまで、俺たちは一度だって逃げちゃダメなんだ！」

言う間にもヒョウッヒョウッと襲いくる恐るべき矢の唸《うな》り。躱《かわ》しざま、竹千代《たけちよ》は声を放った。

「さやかっ！　何か策はないか!?」

「え？　策？　急に言われても……」

戸惑うさやかは、首をひねって大護摩壇《ごまだん》に映る風景に目を凝《こ》らす。

「策はないけど……」

「けど、なんだ!?」

急かすように先を促す竹千代。

「坤《ひつじさる》の方角、今あそこに敵城がいると思う」

この言葉が言い終わらぬうちに次なる矢が射出された。岡崎《おかざき》城の左手、坤の方角、まさにさやかの指摘した方向からである。岡崎城を回避させ、竹千代は即座にさやかへ尋ねた。

「どうしてわかった？」

「敵は正面から射ってきてない。必ずこっちの横、そこから後ろへ回ってる。向こうの癖かな？　たぶん、右、右と動いてるよ。あと、森がなんか〝変〟だったから？」

さやか得意の勘働きである。それだけでじゅうぶんな説明だった。

「今はどこにいる？」

「たぶん酉《とり》の方角。あの高い木がある辺り」

「わかった！」

ダッ、と竹千代は岡崎城をそちらへ駆けさせた。

さやかの言った高い木周辺の森が、動揺したように、ザッと揺れる。その地点より矢が射出された。予想できたその飛矢を岡崎城は容易《たやす》く避ける。

「また移動した！　やっぱり右！　えっと、あたしたちから見たら左！　乾《いぬい》の方角だよ！」

駆ける方向を変えた岡崎城へ即座に射出された矢は、狙いが不正確だった。位置を察知されていることに気がついて、その理由がわからず敵は戸惑い焦っている。

「壬《みずのえ》！　あっ。子《ね》に移動した！　癸《みずのと》！　ちょっと下がってるよ！」

さやかはもう敵の動きがわかり始めているらしい。次々と敵の位置、矢の飛んでくる方向を言い当てていく。徐々に徐々に矢の射出される位置と岡崎城との距離が縮まった。

ザザザッ！　と、目と鼻の先で、大きく木々が揺れた。それが山奥へ遠ざかっていく。敵は身を潜める余裕を失っているらしい。もう矢も飛んでこない。敵は撤退を開始している。

「逃がすか！　富士見櫓《ふじみやぐら》！　多聞櫓！」

脚部双陣間の陀威那燃《ダイナモ》が猛回転される。龍氣《りゆうき》の増幅された両脚に力を込め、岡崎城が大跳躍をみせた。樹木を踏み砕きながら着地し、その場所に潜むものを見事引っ捕まえている。

力まかせに抱え上げたそいつは小柄な鐵城亀山城《キャッスルかめやま》。壁から石垣《いしがき》に至るまで迷彩模様に塗られており、完全に森林へ擬態《ぎたい》していた。

だが、持ち上げられてしまえばその擬態《ぎたい》も役に立たない。哀れ、亀山《かめやま》城は捕えられた昆虫のごとく手脚をバタつかせ、もがいている。岡崎《おかざき》城は渾身《こんしん》の力で大地へ亀山城を叩きつけた。

山間《やまあい》に爆炎が立ち上り、城落ち床几《しょうぎ》に乗った奥平定勝《おくだいらさだかつ》が『わるいことあったー！』と叫び声の尾を引いて、山の彼方《かなた》へ飛んでいった。

——〈秘垢子異《ビクシー》　亀山《カメヤマ》〉落城《げきは》っ！　南設楽《したら》郡獲得なぁりぃ～！

三

「痛い……痛い……痛い……痛いぞぉ～……」

障子《しょうじ》の閉じられた薄暗い室に、呻《うめ》き声が響いている。

室の隅、闇の蟠《わだかま》るその場所に、壁に顔を向けてうずくまる何者かがいた。その何者かは、煌《きら》びやかな着物の袖をまくり上げ、病的に白く細い己《おのれ》の腕に、長い爪《つめ》を突き立てている。

面を伏せているゆえ、さながら右側頭部につけた般若《はんにゃ》面が呻きをあげているかのようだった。

——今川義元《いまがわよしもと》である。

「痛い……痛い……痛い……」

痛いと口にするごとに、自身の腕を爪で掻《か》き、血が滲《にじ》み滴っていく。

「幡豆《はず》……宝飯《ほい》……加茂《かも》……額田《ぬかた》……南設楽……」

ポタ、ポタ、と鮮血が畳に落ちた。

「俺の……俺の三河が……切り取られていくぅ……。松平《まつだいら》……松平竹千代《たけちよ》ごときにぃ〜……。痛い……痛い……我が身が切られるがごとく……痛いぞぉ〜……」

濃厚な怨嗟《えんさ》の呻きとともに、激しく腕を掻く。義元の腕が見る間に血まみれになっていった。

障子の前に、当主の異常な自傷行為を薄笑いを浮かべて眺める太原雪斎《たいげんせっさい》が座している。

義元が振り返り、美しいもののけのような形相で雪斎を睨《にら》んだ。

「雪斎ぃっ！　まだかぁ？　まだなのかぁ？　まだ俺はこの痛みに堪えねばならぬのかぁ？」

「しばらくの御辛抱を……」

「いつまでだっ！　いつになったら、きゃつを攻め、八つ裂きにしてよいのだぁっ！　傍観しているうちに俺の三河は竹千代の下賤《げせん》な手で蹂躙《じゅうりん》されておるぞぉっ！」

バリバリと紙を裂くように腕を掻きむしった。

「まあ、落ち着かれませ」

泰然《たいぜん》と雪斎が言った。

「吉良《きら》や鵜殿《うどの》、鈴木《すずき》めを嗾《けしか》けてみましたが、今のところ、松平は連戦連勝にございますな」

「では竹千代ごときに天叢雲《アマノムラクモ》の加護があると？　うぬはそう申すか？」

「さて、そこが疑わしい。松平は天叢雲の加護を受けていると嘯《うそぶ》いておりますが、報告によれば神通や霊験《れいげん》で勝っているわけではありませぬ」

「では何で勝っておる？」

「機転にて勝ちを拾っておりますな。松平《まつだいら》の新たな軍師は、年若き小娘との話ですが、なかなか小才が利くようで……」

「褒めておる場合かっ！」

義元《よしもと》が傍らにあった煙草盆《タバコぼん》を引っつかみ、ヒステリックに投げつける。雪斎《せっさい》の真横の壁にぶつかり転がった煙草盆の灰が上等な畳を遠慮なく汚す。薄笑いのまま雪斎は頭を下げた。

「拙僧《せっそう》が気になっておりまするは、松平が未《いま》だに天叢雲《アマノムラクモ》を戦《いくさ》に用いておらぬこと。神剣の加護を標榜《ひょうぼう》するならば、むしろ一度なりとて戦場《いくさば》で用いてその神威《しんい》を誇示しそうなところ……」

義元の瞳が夜行獣のごとき光を帯びた。

「竹千代《たけちよ》が天叢雲を手にしておるというは偽りだと？」

「あるいは、手にしていても扱えてはおらぬのかもしれませぬな。いずれにせよ、今しばらく様子を見るべきでしょうな……」

「また……様子見か……。痛い……痛いぞぉ……」

義元の爪《つめ》がすでに鮮血に染まりきっている腕にまた伸びる。ふと、その手が止まった。

「そういえば、あの、佐吉《さきち》とやらはどうしておるか？　きゃつを呼び寄せたは、松平の内情を探るためであろ？　何か知れたかのか？」

ふっふっふっ……と、雪斎は含み笑った。

「あれは、なかなか役に立っておりますぞ」

こう意味深に言って、また雪斎は低く笑った。

四

竹千代の三河《みかわ》統一は着々として進行していた。次なる標的は宝飯《ほい》郡中條《ちゅうじょう》郷の牧野《まきの》一族である。

「岡崎《おかざき》城が、岡崎を出て三河湾沿いを宝飯郡に向けて侵攻中！」

この一報を受け、牧野一族の当主、牧野保成《やすしげ》は奮い立った。

「モーッ！　とうとうきおったな、松平めっ！」

大兵《たいへい》肥満の大男、牧野保成は牛に酷似した面をしている。鉄の鼻輪をつけ、右額から右目の辺りまで大きな痣《あざ》があるのも、どこかホルスタイン牛を思わせた。

そんな牛男、保成が闘牛のように鼻息を荒くしている。

牧野氏はバリバリの親今川《いまがわ》派だ。今川の助力を得ることによって渥美《あつみ》郡の一部にもその勢力を拡げている。己《おのれ》こそが三河における今川支配の要であると自負すらしていた。

「松平めを打ち倒し、義元公への忠義を示すのだっ！　〈馳威参《バイソン》　牛久保《ウシクボ》〉出陣じゃっ！」

いきり立って戦備えに変形した牧野の鐵城《キャッスル》牛久保城の姿は城主同様、さながら直立した牛である。天守には湾曲した二本の角を備え、腕に握るは重々しい大戦斧《だいせんぷ》。さながら美濃《みの》国呉田《くれた》の迷宮古墳に巣くうと伝わる牛頭人身の怪物、美濃太郎牛鬼《みのたろううしおに》のごとき荒々しい威容であった。

のっしのっしと三河《みかわ》湾沿岸を幡豆《はず》方面へ向けて進んだ牛久保城は、早々に己《おのれ》の一里ほど先に凝然と立つ岡崎《おかざき》城を発見する。牧野保成《まきのやすしげ》は、牛面をニヤリとさせた。

「モー見つけたぞぉ。微塵《みじん》に粉砕してくれモーぞぉ！　イデ〝牛久保六騎〟！」

途端、牛久保城の巨体がガパッと七つに割れた。両肩、両膝、右胸、左胸の六か所が牛久保城本体から分離し、大地に落下する。そこでひとつひとつの部品が瞬時に変形した。いずれも鋭利な角を備え、逞《たくま》しい四本足で大地に立つ野牛の形態へ。

牧野一族には〝牛久保六騎〟なる六組の勇猛な寄騎衆が従っていたと郷土史料『牛窪記《うしくぼき》』に記録されている。今、牛久保城本体から分離し、牛形態と化した六つの城にはその牛久保六騎が搭城しているのだ。六つの牛城はそれぞれが本体より伝導された龍氣《りゅうき》を蓄電しており、半刻ほどの間ならば、切り離された状態で独立した戦働きが可能なのである！

「ゆけいっ！　牧野軍法〈牛久保六騎火牛之計《うしくぼろっきかぎゅうのけい》〉じゃあ！」

『ブモォオオオーッ！』

牧野保成の号令一下、嘶《いなな》くような雄叫《おたけ》びを上げ、六つの牛城が横一列に並び、猛然と突撃を開始した。小型とはいえ、ひとつひとつが鐵城《キャッスル》である。土煙を巻き上げながら猛突進する暴れ牛どもの直撃を受ければ、いかに強化された岡崎城といえどもひとたまりもなかろう。

「うわっはっはっはーっ！　モー俺様、勝利しちゃったぞ、モーッ！」

必勝を確信した牧野保成が得意げな声を上げた時である。

――ドドォンッ！

轟然《ごうぜん》たる響きと激震、舞い上がる砂煙。岡崎城のほんの目前で、六体の牛城が消失した。

呆気《あっけ》にとられた牧野保成。濛々《もうもう》たる砂煙が失《う》せた後、そこに縦長い大穴が開いていることに気がついた。穴の底で土砂に埋もれて牛城たちが無様にもがいている。

「おっ、落とし穴ぁっ⁉」

松平《まつだいら》の掘ったものに違いない。松平側に、牛久保六騎の突撃を予測されていたのである。

「やっ……やばいっ！」

六騎を分離させた牛久保城は、出陣当初のがっしりした外観とは異なり、痩《や》せっぽちで頼りない。装甲も薄くなっていた。これでは猛牛というよりか毛をすっかり剃《そ》られた羊である。

慌てて撤退する牛久保城、だが遅かった。ダッ、と駆けた岡崎城が肉薄している。

その振り上げられた右拳《こぶし》が濃厚な龍氣に輝いていた。叩きつけられた右拳が牛久保城の胸板装甲をぶち破る。牛久保城は呆気なく爆散したのであった。


――〈馳威参《バイソン》　牛久保《ウシクボ》〉落城《げきは》！　宝飯《ほい》郡中條《ちゅうじょう》郷獲得なぁりぃ～！

五

さて、一方石田《いしだ》佐吉《さきち》である。

今、佐吉《さきち》は駿府《すんぷ》の武家町の屋敷にあって、怏々《おうおう》として愉しまぬ日々を送っていた。

(なんのために俺はここにいるのだ……)

文机《ふづくえ》に向かい、読書をしつつも内容がまるで頭に入ってこない。

今川家《いまがわ》に仕官して、どれほどが過ぎたろうか？　その間、佐吉は二、三度駿府城に登城しただけで、ほとんどこの屋敷で暇を持て余していた。

佐吉はなんの仕事も与えられていなかったのである。何かすることはないかと、太原雪斎《たいげんせっさい》に掛け合ったこともあったが「いずれ力を借りる時がくる」などとはぐらかされた。

初めのうちはそれでもよかったが、十日、二十日、ひと月と、なんの音沙汰もない状況が続くと、ただの暇も苦痛に変わる。心が萎《な》え、憂鬱《ゆううつ》になってくる。

佐吉は読書をやめ、文机の引き出しをあけて文《ふみ》を取り出した。それを持って縁側に出る。さやかから届いた文だ。未《いま》だにさやかとの文のやり取りは続いている。

読めば竹千代《たけちよ》が宝飯《ほい》郡の牧野《まきの》を攻めて倒したと書かれてあった。

三河《みかわ》統一を目指す竹千代と、その軍師に就任したさやかの大活躍が綴《つづ》られている。

(それに引き替え、俺は何をやっているのだ……)

岡崎《おかざき》を出るべきではなかった――などという思いが頭を過《よぎ》り、慌ててそれを振り払った。

(このような文のやり取りはもうやめるべきかもしれない……)

読めば必ず憂鬱になる。それに、松平《まつだいら》の軍師であるさやかと文のやり取りをしていることが雪斎に知られれば間者《かんじゃ》と疑われかねないのではなかろうか？

「お？　石田《いしだ》殿、文か？」

急に声を掛けられ、佐吉は驚き慌てて文を懐《ふところ》にしまう。

顔を上げれば、垣根の上から、小猿のような顔が覗《のぞ》いている。

「き、木下《きのした》殿!?」

駿府にきたばかりの頃、道案内をしてくれた木下藤吉郎《とうきちろう》であった。

「ニャッハッハッハッハッ。さては石田殿、恋文だな？　石田殿も隅に置けぬわい。まあ、そなたほどの色男ならば、国に残してきた恋人のひとりやふたりおってもおかしくはないな」

「ち、違う！」

佐吉が狼狽《ろうばい》したのを目にし、また藤吉郎は、ニャハハと笑った。

「すまんすまん。ついからかってしまった」

垣根をよじ登り、ぴょこんと狭い屋敷の庭に降りてくる。佐吉は憮然《ぶぜん》として尋ねた。

「此度《こたび》はどのようなご用件でこられたか？」

「いや、ご用件と言うほど堅苦しい理由はない。風の噂《うわさ》で石田殿がこちらに住んでおると耳にしたものでな。どうしているかと訪ねてみたのよ」

尻尾《しっぽ》を振りながら、ひょこひょこと歩み寄ってきて、藤吉郎は佐吉の顔を覗き込んだ。

「やはり浮かぬ顔をしておるな……」

まるで佐吉《さきち》の憂鬱《ゆううつ》を予測していたかのような言葉である。

「閉じこもっておるから、そんな顔になるのだ。どれ、佐吉、今夜ともに酒でも飲まんか？」

さらりと呼び捨てにされたが、あまり不快な感じがしなかった。むしろその気安さには気持ちの良さすら感じられる。それはともかく——

「私は酒をあまり……」

「嗜《たしな》まぬと言うか？　それではつまらんぞ。今宵《こよい》、酒を調達してまたくる。構わぬな？」

「あ……いや……」

「ニャッハッハッ。気にするな、俺の奢《おご》りだ。後ほどまたくるぞ。では！」

強引に決めて藤吉郎《とうきちろう》はさっさと庭を出ていってしまった。

（参った……）

と、佐吉が思ったのは、酒を嗜まぬというよりは下戸《げこ》であったからだ。

陽気な藤吉郎との再会は、曇っていた佐吉の心を僅《わず》かながら晴れやかにした。剽軽《ひょうきん》な藤吉郎と一晩ぐらい一緒に酒を飲むのも悪くないという気にもなっていた。なっていたのだが——

（だが、まあ、よいか……）

「ニャッハッハッ。よお、佐吉、邪魔するぞ！」

その晩、藤吉郎が再び屋敷を訪れた時、佐吉は唖然《あぜん》としてしまった。

やってきたのは藤吉郎ひとりではなかったのである。他に四人、怪しげな風態の男たちが一緒だった。どいつもこいつも一癖ある顔つき、襤褸《ぼろ》の上に胴当てをつけた下級足軽の格好で、お世辞にも品のいい連中ではない。そんな怪人物たちにドヤドヤと上がり込まれ、佐吉の狭い屋敷の部屋はあっという間にいっぱいになった。

「あ、あの木下《きのした》殿、この方々は……？」

「ん？　そうだな。紹介せねばな。こいつは小六《ころく》。俺の博打《ばくち》仲間だ」

まず藤吉郎が指し示したのは、恐ろしく人相の悪い中年男である。髪は乱髪、陽に焼けた浅黒い肌をしていて、無精ひげの生えた顎《あご》に刀創《かたなきず》があった。瞳に剣呑《けんのん》極まりない光がある。真っ当な人生を歩んできた人間の目つきではない。武士というよりか侠客《きょうかく》のそれである。

「蜂須賀《はちすか》小六だ……」

低く凄《すご》みのある声で名乗り、むっつり黙った。

陽気でお喋《しゃべ》りな藤吉郎と違って、陰気で寡黙《かもく》である。佐吉はこの小六という男の近寄り難い雰囲気に気圧《けお》されるものを覚えた。それを敏感に察知した藤吉郎が、ニャハハッ、と笑う。

「こいつ、こわいだろう？　何せもとは盗賊の頭《かしら》だからな」

「と、盗賊!?」

「もとだ、もと。ん？　今もか？」

「今は違う」

ぶっきらぼうに言って、小六はそっぽを向く。

「見た目ほど恐くはないから安心しろ。それで、そっちの若いのが市松《いちまつ》と虎之助《とらのすけ》だ」

次に藤吉郎《とうきちろう》が紹介したのは、佐吉《さきち》よりひとつかふたつほど年下と思われる青年ふたりだった。

「うっす。福島《ふくしま》市松っす」

「俺は加藤《かとう》虎之助だ」

市松と名乗った青年は、相撲取りのように恰幅《かっぷく》がよい漢《おとこ》である。毛深くて、腕から胸元まで獣毛のような堅い毛が覆っていた。熊の毛を剃《そ》って人間に拵《こしら》えたかのようである。

虎之助のほうは痩《や》せ形だが野性獣のようなしなやかな筋肉の持ち主だった。その名の通り頭髪が黄と黒の斑《まだら》――虎模様である。顔立ちは精悍《せいかん》ながら、目つきがやけに鋭い。

佐吉はこのふたりの若者を見、あの虎松《とらまつ》を思い出す。年はこちらのほうが上だが、野性児じみたところに共通するものを感じた。偶然だが虎之助・市松と虎松は名も一字ずつ同じである。

「そいつらは、まあ、俺の息子みたいなものだな」

小柄で少年のような見た目の藤吉郎が、そのふたりを息子と言うのはどこか奇妙だった。

「で、そっちが半兵衛《はんべえ》だ」

最後に藤吉郎が指差した青年はある意味一番奇妙な男であった。

荒くれ者といった雰囲気の小六《ころく》、市松、虎之助とは異なり、叩けば折れそうな痩せっぽちで、肌も白い。顔つきにもしまりがなく、目をぼんやりと虚空に向けて、阿呆みたいに口をぽけっと開けていた。紹介されたにもかかわらず、放心して気がついていないようである。

「おい。半兵衛。ほら、名乗れよ」

市松に小突かれ、ようやくその阿呆みたいな青年は我に返る。

「あ。竹中《たけなか》半兵衛です」

名乗った声は寝言みたいに惚けていた。そうして、またも、ぽけっと放心する。

(な、なんなんだ、この者たちは?)

ニャッハッハッ、と藤吉郎が佐吉の当惑を面白がるように笑った。

「こいつらはな、俺の家来だ」

チビで猿男の藤吉郎に家来と言われても、四人の男たちは、なんら不快感を示した様子はなかった。むしろ誇るように軽く頷《うなず》いてみせる。

「俺はな、こいつらに約束しているのだ。いつか出世して俺がデカい男になったら、おまえらも一緒に取り立ててやるぞ、とな。それでついてきてくれているのだな」

「出世して……?」

猿と人の子として蔑《さげす》まれており、未《いま》だに仕官すら叶わない雇われ足軽の木下《きのした》藤吉郎である。

出世したら取り立ててやるなどという言葉は、普通、広言としか受け取れまい。

だが、小六、市松、虎之助、半兵衛——ここにいる四人の誰ひとりとして藤吉郎の言葉に呆《あき》れや苦笑を見せていない。四人は信じているのだ。藤吉郎がいつか本当に出世すると。

「特に市松と虎之助には鐵城《キャッスル》を与えて城主になってもらうつもりだ」

得意げに言った藤吉郎《とうきちろう》の言葉に、佐吉《さきち》は驚いて若者ふたりを見る。

「鐵城《キャッスル》の城主？　では……」

虎之助《とらのすけ》が反抗的にフンと鼻を鳴らし、傍らの刀を鞘《さや》ごとドンッと立てた。

「こいつは魂鋼刀《たまがねとう》だ」

「俺のこれもっす」

市松《いちまつ》も刀の柄《つか》を叩いた。

「市松と虎之助は、没落した鐵城《キャッスル》武家の末裔《まつえい》なのだ。生憎《あいにく》、俺は武士じゃないのでな、逆立ちしても鐵城《キャッスル》は動かせん。ならば俺の代わりに鐵城《キャッスル》を動かしてくれる家来がいればいい」

「鐵城《キャッスル》を動かせぬ者が、鐵城《キャッスル》城主を家来に……？」

魂鋼を身に宿さなかったため捨てられた佐吉にとってあまりにも新鮮な考えだった。

武家の当主は魂鋼刀を持つ者。持たぬ者は従うしかない。それが鉄則であると思い込んでいたし、佐吉でなくともそう思い込んでいる。

（そんなことができるのか？　もしできるならば俺も……）

佐吉は、己《おのれ》の胸に新しい何かが芽生えたような感覚を覚えた。

「それにな、鐵城《キャッスル》がなければ戦《いくさ》に勝てぬというわけでもない。半兵衛《はんべえ》、そうだろう？」

藤吉郎が、ぼけっとしている半兵衛に話を振る。

途端、虚《うつ》ろだった半兵衛の目に光が宿った。そして口を開けたと思いきや——

「はい。鐵城《キャッスル》はその火力、機動性において圧倒的な武力であるのは確かです。ですが、鐵城《キャッスル》にのみ頼りきる今日の合戦の形には疑問を感じますね。鐵城《キャッスル》にも欠点はあります。龍氣《りゅうき》が尽きれば動かせぬという点。魂鋼刀を持った城主ひとりしか扱えぬという点。大人数の足軽を動員せねばじゅうぶんな働きができぬという点。地の利、装備、砦城《フオオト》の数、足軽の戦意など、こちらが工夫を凝《こ》らし策を練れば鐵城《キャッスル》を用いずとも落とすことは可能です」

これだけのことをつらつらと一気に語った。語ったと思ったら、何かが切れたみたいに、また、ぽけっと放心状態に戻ってしまう。

佐吉は阿呆かと思っていた半兵衛の急な長口上に呆気《あっけ》に取られた。

くっくっくっ、と藤吉郎が笑いをかみ殺す。

「半兵衛はな、四六時中、戦のことばかり考えておるのだ。元は美濃《みの》の斎藤《さいとう》家に仕えていてな。とある事情で追い出された。こやつ、斎藤の鐵城《キャッスル》、稲葉《いなば》山城を落としてしまったんだ」

「は!?」

「鐵城《キャッスル》どころか砦城《フオオト》も用いずにな。城中に数人で忍び込んで乗っ取ってしまったらしい」

「な、なんのために……!?」

恬然《てんぜん》とこれに答えたのは半兵衛自身だった。

「落とせそうだったからです。予想通り落とせたので興味が失《う》せました。だから次の日には城を返しました。許されず追い出されてしまいましたが」

佐吉《さきち》は化け物でも見るような目で、まじまじと締まりのない半兵衛《はんべえ》の顔を眺めてしまう。

ニャッハッハッ、と藤吉郎《とうきちろう》が高笑った。

「さて、紹介も済んだことだし、飲もうではないか。石田《いしだ》殿の話も色々と聞きたい」

「は、はあ……」

こうして藤吉郎一党との酒盛りが始まる。

市松《いちまつ》、虎之助《とらのすけ》は呆《あき》れるほど呑《の》んだ。すぐさまできあがった若者二名は、大声で歌をうたったかと思えば、滑稽《こっけい》な舞を踊りだし、屋敷はあっという間に騒がしくなる。

小六《ころく》はほんのりと顔を赤くしつつも、チビチビと休まず飲み続けていた。酒が進むにつれ、近寄り難かったこの侠客《きょうかく》の表情に時おり微笑《ほほえ》みが見受けられるようになってくる。

半兵衛は酒をほとんど飲まずに、ぼけっとしたままでいた。時おり話題が合戦に関するものになると、急に一口だけ酒を啜《すす》り、立て板に水のごとく語りだす。

藤吉郎は常に会話の中心におり、愉快な冗談を言っては場を爆笑させていた。

いつしか佐吉は、この無頼な連中に好感を抱き始めている己《おのれ》に気がつく。

だからであろうか。雰囲気にのまれ、常ならぬ大酒を飲んでしまっていたのである。

「俺はいったいなんのために今川《いまがわ》に仕官したのだ！」

佐吉が畳を叩いた。通常が寡黙《かもく》で感情を押し殺しがちなぶん、酔えばたちが悪かった。気がつけば、真っ赤な顔をして、くだを巻く佐吉がいる。

「せっかく岡崎《おかざき》を出てきたというのに、今川に仕官してみれば飼い殺し同然ではないか！　これでは出世など到底できぬわ！　雪斎《せっさい》様はいったい何を考えて俺をこの駿府《すんぷ》に呼んだのか⁉」

泥酔し、気炎を上げる佐吉の話を藤吉郎はにこにこしながら聞いていた。他の連中も佐吉のこの態度を面白そうに眺めている。

「ふうむ。やはりそうであったか」

藤吉郎は空になった佐吉の土器《かわらけ》に酒を注ぐ。佐吉はそれを一気に飲み干した。

「やはり？　ああん？　やはりとはいかがなことか！　俺が斯様《かよう》な扱いを受けておるのは、当然ということか？　俺が軽輩ゆえか？　そう申すか⁉」

「まあまあ。聞け」

また藤吉郎が酒を注いだ。

「そなた、岡崎におった頃より雪斎とは文のやり取りをしておったと申したな？」

「ああ、そうだ。幾度も今川に仕官せぬかと誘われていた。それが……」

「実はな、そなたと同じようなことを申しておる者が他にも幾人かおる」

「へ？」と、佐吉は酔眼を丸くした。

「皆、かつては遠江《とおとうみ》や三河《みかわ》の国衆に仕えておった者たち——それも当主や軍師の傍《そば》近くにいた者たちばかりよ。おぬしと同じように雪斎から仕官の誘いを受け、文のやり取りをしておった。ついには主家を見限って駿府にきてみれば、閑職に追いやられてしまっておる」

「な……それは……」

聞くにつれ、酔った佐吉《さきち》の頭が醒《さ》めていった。

「今川《いまがわ》の傘下《さんか》についておる国衆の腹の内を探るためだろうな。佐吉、おぬしは知らぬうちに雪《せっ》斎《さい》の間者《かんじゃ》として働かされていたというわけだ」

心当たりがあった。雪斎からの文は遠回しに松平《まつだいら》家の内情を探るようなものだった気がする。

「そ、そんな……いや、しかし俺は、雪斎様との文で松平の内情を漏らしたりは……」

「太原《たいげん》雪斎ほどの慧眼《けいがん》の持ち主ならば文面からそこに書かれておらぬ何かを読み取ることもできよう。読み取れねば呼び寄せて召し抱え、内情を喋《しゃべ》らせる。あとは用済みだ。しばらく飼っておいて、使えぬとあらば何かしら理由をつけて遠ざけるのよ」

佐吉は愕然《がくぜん》となった。

「ま、まことの話か？　そ、それは……木下《きのした》殿の勘繰りではないのか？」

「うむ。まあ、勘繰りだな。だが、どうも俺には、今川は仕えるに足る御家とは思えなくなってきたわい。俺たちは近々駿府《すんぷ》を出るつもりよ」

「え……？」

急に佐吉の胸に寂しさが込み上げた。今宵《こよい》、共に酒を酌《く》み交わしたこの奇妙で気持ちのいい連中とは遠くない将来別れることになってしまうのである。

「佐吉、おぬしは、まだ今川に仕え続けるか？」

すぐに返答できなかった。もう岡崎《おかざき》に戻っても佐吉の居場所はない。かといって先程の藤吉《とうきち》郎《ろう》の話が真実なら駿府に留まっても出世の望みなどない。佐吉にはいく当てがなかった。

「わ、私は……今川へ一心に奉公を続けようかと……。今はただ利用されるだけの身でも、懸命に働き赤心《せきしん》を示せばいずれ報いることもあろうかと……」

「おぬし、まことにそう思うておるのか?」

「む、無論」

佐吉は歯切れの悪い返事をする。

「佐吉。己《おのれ》のおるべきではない場所からは早々に出るべきだぞ。それは逃げでもなければ、諦《あきら》めでもない。己の足で歩むということだ」

――ドキリとした。

すぐさま、にかっ、と藤吉郎が破顔する。

「ふむ。どうも余計なおせっかいをしてしまったようだな。ニャッハッハッ。では、飲もう飲もう!　まだ夜は長いぞ!　ニャッハッハッハッハーッ」

藤吉郎の一声で静まった場が再び盛り上がった。小六《ころく》、市松《いちまつ》、虎之助《とらのすけ》、半兵衛《はんべえ》ら藤吉郎の珍妙な家来たちも、先程の話などなかったかのように飲み騒ぎ始める。

だが、佐吉はもうまるで酔うことができなかった……。

六

――牧野《まきの》一族が松平《まつだいら》に敗れ駿河《するが》に亡命。

瞬く間に知れ渡ったこれらの報を受け、もはや三河《みかわ》の国人衆も日和見《ひよりみ》ではいられない。

まず「陰ながら応援しています」の文《ふみ》を送ってきていた渥美《あつみ》郡の戸田《とだ》一族が、隣郡から睨《にら》みを利かせていた牧野一族より解放され、松平へ恭順の意を示してきた。

次に、北設楽《したら》郡の設楽一族も松平へと降《くだ》る。設楽一族は三河忩劇《そうげき》のおり反今川《いまがわ》側であったこともあり、天叢雲剣《アマノムラクモノツルギ》の力を信じ、今川支配からの脱却を共に夢見てくれるようになったのだ。

続いて松平と近しかった碧海《へきかい》郡の水野《みずの》一族も密《ひそ》かに松平に従う旨を申し出てくる。

――残るは八名《やな》郡の西郷《さいごう》一族のみであった。

今、西郷一族の城、月ケ谷《わちがや》城の天守からは、南設楽郡と八名郡の境を成して流れる豊川《とよかわ》の手前まで迫った岡崎《おかざき》城の姿を眺めることができた。

「そうでごわすか。戸田どんも設楽どんも水野どんも松平に降られもしたか……」

愛犬ツンの頭を撫《な》でつつ、沈鬱《ちんうつ》な声でこう言ったのは、西郷一族の当主、西郷正勝《まさかつ》。

〝三河の西郷《せご》どん〟と呼ばれるこの恰幅《かっぷく》のいい男は、幕末の英傑、上野《うえの》公園の西郷隆盛《たかもり》像と瓜《うり》二つの外見をしていた。無論、その西郷とこの三河の西郷は縁もゆかりもないのだが。

「西郷どん、あなたも松平に従うべきだ。松平と手を携え、天叢雲の神威《しんい》をもってすれば必ずや強大な今川を倒すことができる」

こう熱心に説くのは菅沼定盈《すがぬまさだみつ》であった。

西郷正勝の妻は定盈の叔母である。つまり西郷正勝は定盈の義理の叔父に当たる。以前より深い交流があった。ゆえに定盈は岡崎城が八名に攻め入る前に、説得にきていたのである。

「菅沼どんの申しようはわかっちょ。じゃっとん、おいが松平に従えば、八名は真っ先に今川に攻め入られっじゃろうな。一族を路頭に迷わすことになりもす」

「ご安心くだされ。神剣の加護を受けた松平が必ずや守ってくれましょう」

「ふっふっふっふっふっ……」

微笑《ほほえ》んで西郷正勝が懐《ふところ》より何かを取り出した。

「八名でとれた薩摩芋《からいも》でごわす。よう蒸かしちょって食べもはんか？」

「西郷どん、そのような場合では……」

次いで徳利を出してくる。

「こんた芋焼酎《いもじょうちゅう》じゃ。わっぜうめんかと。飲みもはんか？」

「西郷どん！」

あまりに悠長な西郷の態度に、定盈はつい声を荒らげてしまう。

西郷は静かな眼差《まなざ》しで定盈を見返した。

「今さら焦っててん仕方がなか。岡崎城にはおいどんの月ヶ谷城では敵《かな》わん。しゃいも攻め入られれば負くっはわかっちょ。従うしかなか。じゃっどん——」

ここで西郷《さいごう》の大きなまなこに凄《すご》みが生まれる。

「竹千代《たけちよ》どんがほんのこて天叢雲剣《アマノムラクモノツルギ》の加護を受けちょるんか――八名《やな》を守っだけん力をもっちょるんか、身をもって確かめてからでなかれば従えん」

「何を……」

「松平《まつだいら》どんと一戦交えもす」

決然と言い切った西郷定勝《さだかつ》は、明治政府に抗《あらが》うことを決めた西郷隆盛《たかもり》のごとき気迫があった。

「なっ……!?」

西郷はドスドスと護摩壇《ごまだん》に歩んでいき、月ヶ谷《わちがや》城に詰める家人衆に大音声《だいおんじょう》で叫び告げた。

「翔《と》ぶがごとくいっど！　〈輪虹《リング》　月ヶ谷《ワチガヤ》〉出陣じゃっ！　こん西郷、けしんでん西郷星となっ輝っじゃろう！　皆んもん、きばれーっ！」

『おおっ、チェストーッ！』

雄々しく応えた足軽衆の声を聞きつつ、菅沼定盈《すがぬまさだみつ》は身をわななかせていた。震える口から迸《ほとばし》り出たのは次の言葉であったと伝わる。

「いいかげんにせんか、西郷！」

奇《く》しくも西南戦争を起こした西郷隆盛に向け、桂小五郎《かつらこごろう》が発した言葉と同じであった。

さて、そうして武者形《なり》の戦備えへ変形した月ヶ谷城は、一剣を高らかと垂直に構え『チェストーッ！』の雄叫《おたけ》び勇ましく、岡崎《おかざき》城へと突撃する。

岡崎城は拳《こぶし》、月ヶ谷城は刀をもって、両雄、獅子奮迅《ししふんじん》の勢いを現し、たちまち起こる必死の決闘。四辺を蹴《け》立てて、互いに秘術を尽くした一上一下《いちじょういちげ》の息もつかせぬ大攻防が展開された。

月ヶ谷城の奮闘は凄《すさ》まじかったが、この頃の岡崎城は国衆を切り取って得た鐵城《キャッスル》部品により強化されている。性能の差は埋めがたく、次第次第と月ヶ谷城に敗色が見えてきた。

「晋《しん》どん、もうここらでよか」

西郷が己《おのれ》の軍師に向けこう言い、刃をひいたのは、優に一刻も過ぎた頃であった……。

――〈輪虹《リング》　月ヶ谷《ワチガヤ》〉落城《げきは》っ！　八名郡獲得！　三河《みかわ》統一なぁりぃ～っ！

月ヶ谷城が刀をおさめ、その場へ跪《ひざまず》くのを目にした時、竹千代は全身の力がどっと抜けるのを感じた。竹千代を取り囲む複数の護摩壇から、一斉に歓喜の声が上がる。

『おおおおおっ！　やったぁっ！　三河統一が成ったぞぉおっ！』

『清康《きよやす》公の成し得なかった悲願を、竹千代公がついにやり遂げてくだすったぁぁあっ！』

護摩壇の焔《ほむら》の向こう側で、酒井忠次《さかいただつぐ》が老いた顔を皺《しわ》くちゃにして感涙に咽《むせ》いでいた。

（やったのか……？　俺はやり遂げたのか？　三河統一を？）

なんだか呆気《あっけ》なかった。まるで実感が湧《わ》かない。むしろ心には不思議な虚無感すらあった。

（なんだ？　どうしてだ？　ちっとも嬉しくないぞ？）

三河《みかわ》統一という大偉業を成し遂げたというのに、まるで何も成していないかのようである。

間もなく竹千代《たけちよ》はその理由に思い至った。

（——弱い）

岡崎《おかざき》を去り際に忠勝《ただかつ》が言った言葉。竹千代は弱い。

（そうか。それとなんら変わっていない……。俺は何も変わっていないんだ……）

天叢雲剣《アマノムラクモノツルギ》を一時手にしたことによって、吉良《きら》や鵜殿《うどの》、鈴木《すずき》に攻められ、攻められたから撃退した。すると天叢雲が松平《まつだいら》の手にあると勘違いした菅沼《すがぬま》が恭順の意を示し、のせられるままに三河統一を目指した。奥平《おくだいら》や牧野《まきの》を切り従えるうちに三河の国衆らは天叢雲の神威《しんい》を信じ、臣下に入った。そうやって成した三河統一……。

これは、天叢雲の威を借りただけ、与えられただけの三河統一ではないか？

竹千代自身は忠勝に「弱い」と断じられたその頃となんら変わっていないのだ。

それが竹千代の虚《むな》しさの原因であった。

「竹千代、これからどうするの？」

さやかが竹千代に尋ねた。竹千代は虚《うつ》ろな顔でさやかを振り向く。

「三河を統一して……これから私たちはどうなっちゃうの？」

さやかの顔には不安がある。思えばまるで何も考えていなかった。

（天下に旗を立てる……。そう思ってきたが、そんなことができるのだろうか？）

なるほど、竹千代は三河の国衆と戦い見事に勝ってきた。

考えてみれば、岡崎城は祖父の代に西三河《にしみかわ》を統一しているのである。城剣獅子王《ししおう》の失われている岡崎城だが、その気になりさえすれば三河の国衆になど劣《おと》らなかったのだ。

（だが……三河の外に出ればどうだ？）

祖父清康《きよやす》は尾張《おわり》に侵攻して命を落とした。今、尾張には織田信長《おだのぶなが》がいる。竹千代が三河統一に動いていたことは当然その耳に入っているだろう。だが、織田はなんの動きも見せてこなかった。畿内《きない》を切り従えるのに忙しくて三河になど構っていられぬのかもしれない。

不気味に動きを見せぬと言えば駿河《するが》の今川義元《いまがわよしもと》こそそうである。今川傘下《さんか》の国衆を攻め落としているというのに一切介入してこない。

（天叢雲剣の力を警戒しているのか？）

だが、その天叢雲剣は失われている。無いことが知れれば、臣従している国衆らも手のひらを返すに違いない。今川や織田も攻め寄せてくるだろう。そうなれば全てが終わる。

いつか知れる。少なくとも天叢雲を盗んだ何者かは、松平にそれがないことを知っている。

（俺は……もしかして、とんでもないことをしてしまったんじゃないか!?）

竹千代の心奥より今さらのように恐怖心が這《は》い上がってくる。

天叢雲の神威という幻想に最も騙《だま》されていたのは、国衆たちではない竹千代自身だった。

存在しない天叢雲によって、己《おのれ》が強くなったと勘違いしていた。だが、竹千代は弱いままなのである。天叢雲《アマノムラクモ》の神威《しんい》という化けの皮がはがれれば、そこには〝弱い〟竹千代《たけちよ》しかいない。

そのことに今ようやく気がついた。だが、もはや手遅れだ。

三河《みかわ》統一などという大それたことをしでかしてしまった今、今川義元《いまがわよしもと》が松平《まつだいら》を放っておくはずがない。強大無比な今川がやがて忿怒《ふんぬ》の刃を振り上げ攻めてくる!

竹千代の身が瘧《おこり》に罹《かか》ったかのごとく激しく震えだした。

「竹千代!?」

さやかが案ずる声を上げたが、竹千代には聞こえていなかった。

かつて抱いた青雲の志《こころざし》も、己《おのれ》の未来を切り開く力への渇望も完全に失《う》せ切っている。

今や竹千代は恐怖と後悔の凝縮された一個の肉塊に過ぎなくなっていたのだった……。

七

松平の三河統一は、駿府《すんぷ》の佐吉《さきち》の耳にも届いていた。

誰かから聞かせられたわけでもない。駿府のみならず三河周辺諸国はこの話題で持ちきりであった。町を歩けば聞きたくなくとも自然と耳に入ってくる。

佐吉は狭い屋敷の内にあって、無力感に苛《さいな》まれ身動きひとつ取れずにいた。

(竹千代が……あいつが、三河を統一……。俺は……俺は何をやっている……)

相も変わらず佐吉は閑職に追いやられていた。膨大なまでの暇な時間は佐吉を憂鬱《ゆううつ》の奈落へ落とし込んでいる。藤吉郎《とうきちろう》から聞かされた己が駿府に招かれた真実も佐吉を打ちのめしていた。

無気力の権化となっていた佐吉だが、この日、のそのそと身を起こし、久方ぶりに筆を手に取った。さやかからの文へ返事を書くためである。

どうして書く気になったかと言えば、三河統一が成って、軍師たるさやかがどうしているかが気になったから――と、いうのは言い訳で、本心はさやか恋しさからにほかならない。

竹千代とさやかの活躍に奮い立ち、俺もやるぞと思えてきた、などと心にもないことをあえて書いてみた。前向きなことを書くことで無理やりにでもやる気を出したかったのである。

書き上げた文を手に、佐吉はふらふらと屋敷を出る。さやかとの文はいつも三河駿河《するが》間を往復する行商に託していた。その行商がちょうど今日、駿府の市にきているのである。

屋敷の門を出ると、垣根に背を預けた小さな姿が目に入った。

木下《きのした》藤吉郎である。佐吉を見ると、ひょこひょこと尻尾《しっぽ》を振って人懐っこく笑った。

「これは、木下殿……」

藤吉郎が間髪《かんはつ》を容れず尋ねてきた。

「文を出しにいくのか？　誰への文だ？　国に残してきた恋人か？」

下世話《げせわ》なことを詮索《せんさく》され、佐吉はいささか、むっとなる。

「木下殿には関係なかろう」

憮然《ぶぜん》と言って、行き過ぎようとした時である。

「出してはならん」

藤吉郎《とうきちろう》が急に真面目《まじめ》な声でこう言った。佐吉《さきち》は面食らう。

「は？　何ゆえ……？」

「その文、駿府《すんぷ》を出る前に今川館《いまがわ》に届けられておるぞ」

「え？」と、佐吉は耳を疑った。

「小六《ころく》が調べた。無論、おぬしへ送られてくる文もここへ届く前に検《あらた》められておろうな。おぬしが誰と文を交わしておるのか知らぬが、その内容は全て雪斎《せっさい》に筒抜けだぞ」

「な……？　え？　それは……？　え？　まことか？」

「まことだ。おぬしが駿府にとどめ置かれている理由がこれだ」

佐吉は狼狽《ろうばい》しつつ、考え込む。熱くもないのに佐吉の顔は汗みどろになっていた。

（お、俺とさやかの文が検められているだと？　つまり俺は知らぬうちにまた間者《かんじゃ》のごとき役目をさせられていたのか？　待て待て、俺は何をさやかに書いた？）

思考を凝《こ》らして思い出す。少々さやか相手に見栄を張ったことは幾度も書いていた。それを余人が読んでいるというのは赤面ものだが、そんなことはどうでもいい。

問題は己《おのれ》の身を危うくするようなことをうっかり書いていなかったかどうかだ。

（いや、書いていない。少なくとも俺は書いていないはずだ）

では、さやかはどうだろう。他家に知られてはならぬ松平《まつだいら》の内情をうっかり書いて送ったりはしていなかったろうか？　などと考えていると――

「これは、石田様《いしだ》。お出かけになるところでございましたか？」

ふいに声が掛かった。

顔を上げれば旅姿の商人がにこにこ笑って、道の先から歩み寄ってくる。藤吉郎が目線を下げて、その商人を見ぬようにしていた。いつも佐吉が文を託している行商人である。

藤吉郎の言が確かなら、この商人こそ佐吉の文を今川館に届けている人物なわけだが、佐吉は、まだ混乱覚めやらぬゆえ、そのことに思い至れなかった。

商人が懐《ふところ》より一通の文を取り出す。

「ちょうどようございました。石田殿に岡崎《おかざき》から文が届いてございます」

「岡崎から!?」

佐吉は商人の手からそれをひったくる。

少し驚いた商人だったが、すぐにペコリと会釈《えしゃく》して早々に立ち去っていった。

「誰からの文だ？」

藤吉郎が尋ねてきたが、佐吉は答えなかった。岡崎からくる文などさやかからのものに決まっている。佐吉は文を開き、目を通した。読むにつれ、佐吉の目が愕然《がくぜん》と見開かれていく。

「き、木下《きのした》殿、拙者《せっしゃ》に届く文も検められておると申しましたな？　では、この文も……」

「おそらく、すでに読まれておるだろう」

「いかん！」と、ふいに叫んだ佐吉《さきち》に、藤吉郎《とうきちろう》はぎょっとなった。

「いかんいかんいかん！　な、なんということだ！　そんなことが！」

喚《わめ》き散らし、佐吉は再び紙面へ目を落とした。


佐吉へ。

ごめんね。ずっと返事がなかったからあたしから先に書いちゃった。

もう佐吉も知ってると思うけど、ついに竹千代《たけちよ》は三河《みかわ》を統一したよ。きっと今川義元《いまがわよしもと》さんはすごく怒ってるよね？　あたしと佐吉は敵同士になっちゃうのかな？

これから書くことはね、佐吉だから言うことだよ。駿府《すんぷ》のお友達にも、雪斎《せっさい》さんにも絶対絶対秘密にしてほしいな。読んだらこの文は燃やしてほしい。

本当は書くべきじゃないと思う。でも、あたし、すごく不安で……でも、軍師のあたしが不安でいちゃいけないから岡崎《おかざき》の誰にも相談できなくて……だから佐吉に聞いてほしい。

三河の国衆のみんなは、竹千代が天叢雲剣《アマノムラクモノツルギ》を持っていて、その力で三河を統一したと思ってる。天叢雲剣の力があれば今川さんが攻めてきても負けないからって。

でも、本当はね、天叢雲剣は岡崎にはないの。誰かに盗まれちゃってるの。

そんな嘘《うそ》、いつかバレちゃう。そうなった時、どうなるんだろう？　あたし、すごく恐い。

あたしたちどうすればいいんだろう？　頭の悪いあたしじゃ、いくら考えてもわからないよ。

助けて佐吉、あたしたち、どうすればいいの？　どうすれば、昔みたいにあたしや佐吉や竹千代が三人で遊んでいた、あの頃みたいに戻れるの？　ねえ、教えてほしいよ……。

もしかしてこれが最後の文になっちゃうかもしれないね。

いつかまた会いたいな、佐吉。竹千代と、三人でまた一緒に……。

服部《はっとり》さやか

今川義元は、掌中《しょうちゅう》の紙――さやかから佐吉に当てられた文の写しを、白蜘蛛のごとき手で握り潰《つぶ》した。さながら佐吉との再会を願うさやかの思いそのものを握り潰すかのごとく……。

「くっくっくっ……ふっくくくくっ……」

笑いをこらえ、口元に手をもっていった。だが、喉奥より後から後から込み上げてくるおかしさを抑えきれず、ついには爆笑してしまう。

「うわあはははははーっ！　そうかそうか、松平《まつだいら》は天叢雲を持っておらぬか！」

義元は、室の隅に控え、にやにやと笑う太原《たいげん》雪斎へ顔を向けた。

「さては雪斎、そなた竹千代めが天叢雲を持っておらぬと感づいておったな？」

「まあ、薄々と」

「ほう？　なれば何ゆえここまで待った？」

「待った甲斐《かい》がありましたでしょう？」

意味深な雪斎《せっさい》の言葉に含まれるものを、義元《よしもと》は即座に理解する。

「なるほど。三河《みかわ》に巣くう国衆《ごみむし》どもを竹千代《たけちよ》にまとめ上げさせ、一気に根絶やしにすると、そういう算段であったか？　ゆえに泳がせておいたと？」

「きゃつら、織田《おだ》めが三河に侵攻すれば、信長《のぶなが》に寝返り矛先《ほこ》を変えぬとも限りませぬ。そうなる前に除いておきたいところ。とはいえ名分《めいぶん》もなく攻め入るわけにもいきませぬゆえ……」

「わっはっはっ！　なるほど、これで名分ができたわけよな？　当家に離反し、侵略者たる松《まっ》平《だいら》に従ったのだ。討伐《とうばつ》したところで誰憚《はばか》らぬ」

「まあ、松平の化けの皮がはがれれば、また我らに従うと申してくるやもしれませぬが……」

「なに、許すものか」

義元の死蠟《しろう》のごとき白面に浮いたのは、残忍無比な笑みであった。

「いつまでも蝙蝠《こうもり》でいられると思うなよ……。松平に従った三河の国衆どもは一族郎党尽《ことごと》く誅殺《ちゅうさつ》してくれるわ……。そして、三河は完全にこの義元のものとなる……！」

ザッ、と義元が立ちあがった。

「雪斎！　全将全鐵城《キャッスル》城主に告げよ！　三河へ総攻撃をかけるゆえ支度せよと！　竹千代には俺直々《じきじき》に引導を渡してくれる。うわあはっはっはっはーっ！」

義元は天すら脅かさんばかりの邪悪な高笑いを轟《とどろ》かせた。

東海の覇王今川《いまがわ》義元の三河侵攻がこの時をもって開始されたのである。

【激突《ぶつかりあう》浜《はま》松《まつ》城《じょう》対《ばあさす》駿《すん》府《ぶ》城《じょう》最終決戦《さいごのたたかい》】

一

仰《あお》ぎ観るは峨々《がが》たる山容、眼前に広がるは、天まで届くかと見紛《みまが》う巨樹が密々と茂った万古の原始林。万樹の影美しく、実に天上の霊奇《りょうき》、人界の絶妙と言うべき眺め。

ここは伊勢《いせ》の国。神州《しんしゅう》随一の聖域たる伊勢神宮より北に少し離れた桑名《くわな》の地である。その奥地の山岳地帯に鬱蒼《うっそう》と存在する樹海であった。

今、人の歩む路すらない、この大密林を、何か白いものが藪《やぶ》を掻《か》き分け進んでいる。

なんだあれは？　やや？　あれは白い布だ。白布に包まれた何かだ。やけに長くて大きいぞ。その長さ、立てればちょっとした仏塔ほどもありそうである。後ろのほうが十字型になっている。さながら刀の柄《つか》のごとく。勘のいい読者ならばすでに察しがついていよう。

——天叢雲剣《アマノムラクモノツルギ》であった。

岡崎《おかざき》の地より忽然《こつぜん》と消失していた神剣は、三河《みかわ》から伊勢湾を隔てた伊勢国にあったのである。

さて、その白布に包まれた天叢雲剣を、今、筋骨隆々たる荒男およそ十数名が神輿《みこし》のように担ぎ上げ、えっほえっほと道なき山地を進んでいた。

それを指揮し、先導する人物がいる。刀を運ぶ、どの男よりも、がっしりした巨体であった。顔立ちは木彫りのように厳めしく、頭髪は白く、短く刈りこんだ髭《ひげ》もまた白い。

我々はこの屈強な老人を知っている。そうだ。岡崎を出奔した本多忠勝《ほんだただかつ》その人だ。そして刀を運ぶのは本多隊より選び抜かれた力自慢の荒武者たちである。

いや、しかし驚きだ。まさか岡崎より天叢雲剣を持ち出していたのが、人もあろうに松平《まつだいら》の重臣本多忠勝であったとは？　何ゆえ、忠勝は斯様《かよう》な盗っ人まがいのことしているのか？　また、どうして遠く離れた伊勢国のこんな山奥に運び入れているのであろうか？

やがてひとつの小山の峰についた時、一同の視界が開けた。山々に囲まれて平地がある。十軒ほどの小屋が望まれた。どの家屋も萱葺《ぶき》で、掘立柱で床を上げた高床式である。古代さながらの建物が並ぶこの村は数千年の昔より変わらぬ姿を残しているかのようであった。

と、ここでふいに鋭い声が木魂《こだま》する。

「そこまで」

四辺を見回せば、いつの間にやら周囲の木陰に白い立ち姿が、ひとつ、ふたつ、みっつ、よっつ……本多隊を取り巻いている。白い狩衣《かりぎぬ》に白袴《ばかま》を穿《は》いた若者たちであった。手に手に握るのは鋼《はがね》の大槌《おおづち》、小槌、玉箸《たまばし》、せん鋤《すき》などいずれも鍛冶《かじ》道具である。

「森を騒がせ里へ入らんとするうぬらは何者か？　ここは聖域ぞ。邪《よこしま》な者ならば去れ」

白装束《しょうぞく》の若者のひとりが敵意も露《あら》わに尋ねてきた。本多隊の面々に緊迫が走る。

忠勝《ただかつ》が泰然《たいぜん》として歩み出た。

「それがしは三河松平《みかわまつだいら》家の家臣、本多《ほんだ》忠勝。宗主殿にお会いしたい」

「何っ!? 宗主様に? 宗主様はみだりに仕事は引き受けぬ! 去れ! 去らぬとあらば」

白衣の若者たちが一斉に手にした鍛冶《かじ》道具を構えた。

「お待ちなさい」

凛とした声が響いたのはこんなおりである。

はっとして若者たちが声の発されたほうへと顔を向けた。

巫女服《みこふく》を纏《まと》った女性が坂をのぼってくる。黒く長い髪が艶めいて揺れていた。雪を欺《あざむ》くように白くきめ細かな肌は一切の穢《けが》れから隔絶された者のごとく清浄な気を帯びて見える。

その女性、不思議なことに白い布を巻いて目を隠していた。

「お久しゅうござるな、宗主殿」

忠勝が厳めしい顔を穏やかに微笑《ほほえ》ませる。

「本多様もご壮健そうでなにより」

女性と忠勝が親しげに挨拶《あいさつ》を交わし合ったのを見、白衣の若者たちは戸惑いを見せた。

「そ、宗主様のお知り合いでありましたか?」

女性は細い顎《あご》を頷《うなず》かせる。

「ええ。古い仲ですよ。本多様、前にお会いしたのはいつでありましたか?」

「もう数十年は昔よ、清康《きよやす》公御存命の頃、獅子王《ししおう》を鍛《きた》え直していただいた時にござる。あの頃はまだそれがしも軽輩の身であった……」

「数十年……。本多様も御年を召されるわけですね」

「宗主殿はまるでお変わりない。初めてお会いした日からまるで……」

忠勝は目を細め、懐かしむように女を眺める。

「宗主殿は、お幾つに成られたのだ?」

忠勝の問いに、女は、ほほほ……と気品ある笑いを返した。

「さて、幾つになったものでしょう。八十を過ぎてから数えるのをやめてしまいました……」

乙女にしか見えぬ女性は、冗談ともつかぬことを言ってまた微笑んだ。ふと、笑い止め、

「ところで、此度《こたび》は、またずいぶんなものをお持ちになられましたな」

天叢雲剣《アマノムラクモノツルギ》へ顔を向けた。

「わかりまするか?」

「わかりますよ。これほどの剣気、未《いま》だかつて感じたことがございませぬ。神代《かみよ》の聖剣……定めし天叢雲剣……違いまするか?」

「あ……あまの……!?」

女の言葉を聞き、白衣の若者たちが動揺を見せ、畏《おそ》れるように白布から身を退いた。

「さすがは宗主殿。ご名答にござる」

忠勝《ただかつ》は頭を下げる。

「それで、これを私にどうしろと？」

「鍛《きた》え直していただきたい」

「私に？」と、女は小首を傾《かし》げる。「さて、できるでしょうか」

「あなたにしかできますまい。千子《せんご》の里の宗主――千子村正殿《むらまさ》でなければ……」

ふっ、と女――千子村正は玲瓏《れいろう》たる顔を微笑《ほほえ》ませた。


古より伊勢国《いせ》桑名《くわな》の山深くには、千子なる隠れ里が存在するという伝説があった。

千子の里には鍛冶《かじ》と製鉄の神である天目一箇神《アメノマヒトツノカミ》の御霊が鎮まっており、清らかな水が湧《わ》き、良質な砂鉄が取れ、住む者は皆、刀匠《とうしょう》を生業《なりわい》としているという。その里の宗主、千子村正の鍛えた刀には神気が宿り、欠けず曲がらず、斬味凄絶《せいぜつ》にして鬼神すらも両断しうるとか。

村正銘の刀は幾つか世に出ているが、千子の里が桑名山中のいずこにあるのか、村正なる人物が果して実在の者なのかは、伝説の靄《もや》に隠れて明らかでなかった。

今、その伝説の千子の里に本多《ほんだ》忠勝はおり、伝説の千子村正とともにいるのである。

天叢雲剣《アマノムラクモノツルギ》は、里の奥にある城剣用の細長い鍛冶場に運び込まれていた。

「これはまた……ずいぶんと傷んでおりますな……」

白布を解かれ、赤錆《さ》びた刀身を露《あら》わにした天叢雲剣の刀身に触れ、村正が言った。医師が末期の病巣を診るような、そんな声色である。

「長く壇ノ浦《だんのうら》に沈んでおったのだ。天叢雲自身が水没した海城《うみしろ》を操《あやつ》って渡ってきた。おそらく熱田《あつた》神宮の草薙剣《クサナギノツルギ》に引き寄せられて参ったと思われる」

「ほお」と、嘆息を漏らしたものの、村正はさして驚いた様子もない。

「天叢雲剣なれば、左様《さよう》な神変も起こしましょうな……」

「海城に突き立っておった時は、強い龍氣《りゅうき》の輝きを放っておったが、引き抜いてみればこの通りただの鉄錆びた城剣と化してしまっておる。以来、なんの奇瑞《きずい》も現さぬのだ」

「臍《へそ》を曲げておるのでしょう」

くすりと、村正が笑った。

「双子の兄弟たる草薙を求めて旅してきたのに、途中で引き抜かれてしまっては、刀といえども臍を曲げてしまうのが道理でございます」

不思議な言葉に、忠勝はやや戸惑うも、

「それで、この刀、鍛え直すことはできようか？」

「さて。これだけのもの、私といえども容易にはいきませぬ。神格を備えた聖剣ゆえ、少しでも邪《よこしま》な心をもって打てば、荒ぶる力が私に返ってきましょう。命がけの仕事となります。とはいえ、命をかけて刀を打つは常の事。ただひとつお尋ねしたきことがございます」

「何か？」

「天叢雲剣《アマノムラクモノツルギ》を鍛《きた》え直し、なんといたしまするか？」

忠勝《ただかつ》は黙った。

「松平様《まつだいら》は、古くよりこの千子《せんご》の里と懇意にされておりますゆえ、かつては獅子王《ししおう》を鍛え直させていただきました。しかれども、本来ならば私はみだりに刀は打ちませぬ。我が刀は扱う者の心ひとつで聖刀にも妖刀にもなりうることを知っておりますゆえ」

村正《むらまさ》は天叢雲剣に顔を戻し、その錆《さ》びついた刀身を白い手で撫《な》でた。

「天叢雲ほどの刀なれば、扱う者が邪《よこしま》ならば神州《しんしゅう》を滅ぼしうる魔剣と化しましょう。ゆえにおうかがい致したいのです。本多《ほんだ》様は天叢雲を用い、何を成さんとしておられまするか？」

目隠しをした冷たく澄んだ顔が、忠勝に向けられた。

忠勝は沈毅《ちんき》な顔をしかめ、じっと考え込む。重い口が開かれ、発された言葉はこれだった。

「活《い》かしたい」

村正は黙したまま忠勝の次の言葉を待った。

「竹千代《たけちよ》公はそう永く生きられぬお体。戦国動乱の世に生まれ、その荒波の中に、忽然《こつぜん》と生じ、忽然と消える。そこにあったということすら瞬く間に忘れ去られる無為《むい》な命……」

忠勝が、ぎゅっと拳《こぶし》を強く握った。

「拙者《せっしゃ》は、殿を無為な命のままで終わらせたくはないっ……！　そこにあったと、確かにあったと、人が——いいや、竹千代公御自身が思えるような、左様《さよう》な命であってほしい。竹千代公の刹那《せつな》の命を意味あるものとして活かしたいっ……！」

忠勝とは思えぬ、熱い言葉である。そこに込められているのは確かな忠義の心であった。

岡崎《おかざき》を出奔する際、竹千代へ冷徹な態度を取った忠勝だったが、それは半蔵《はんぞう》の死を受け迷いにとらわれ自暴自棄になっていた主君を、あえて千尋《せんじん》の谷に突き落とした獅子の親心。

忠勝の願うのは、燻《くすぶ》っている竹千代の魂の燃焼だ。己《おのれ》が活きたと自覚できる生涯を送らせてやることだ。ただそれだけを熱望しているのだ。

だが、忠勝の熱を受けても村正の涼しげな顔に変化はない。

「そのため……それだけのために天叢雲剣を使うと、そう申されますか？」

「ああ」

村正はまた黙った。目を隠した面からは、何を考えているかうかがい知れない。

「竹千代公ですか……」

ぽつりと村正が言った。

「直接お会いしたことはありませぬが、心の臓に魂鋼《たまがね》が生じ、摘出するのも困難であったとは聞いております。五分《ごぶ》は生き、五分は助からぬ施術であったとか……」

村正は天を仰《あお》ぐように首を上げる。

「生きた、ということは魂鋼が竹千代公を生かすべきと定めたのでしょうなぁ……」

不思議なことを言った。

「なれば、この村正《むらまさ》、魂鋼《たまがね》の意志に従い、竹千代《たけちよ》公を活かしてみせましょう」

忠勝《ただかつ》の厳めしい顔に喜色が湧《わ》く。

「引き受けてくださるか!?」

「ええ。この千子《せんご》村正、刹那《せつな》のごとき生涯で、天叢雲剣《アマノムラクモノツルギ》を鍛《きた》え直す幸運に恵まれたことを桑名《くわな》の御神《おんかみ》に感謝し、全力を尽くしましょう」

ここで初めて村正の言葉に力強いものが生まれた。

「刹那の生涯？　それを宗主殿が申されるか？」

「大きな時の流れの前に、人の命など誰であれ刹那なものですよ。竹千代公も私も……。ゆえに響きました、刹那の命を活《い》かしたいという本多《ほんだ》様のお言葉……」

村正は天叢雲剣に背を向け、歩み出した。その美しい口元が、厳しく引き締められている。

「奥山の滝にて七日籠《こも》り、身を清め、この身に桑名の御神の御霊を降ろします。天叢雲は、神の鍛えた御剣《みつるぎ》。本来、人の身で打てる代物ではありませぬ。尋常な身で打てば、神気を身に浴び、鍛えきるまでこの命が持ちませぬでしょう」

――では、鍛えきった後、その命は……？

と、いう言葉を忠勝は呑《の》んだ。命がけ、と村正は言っていたのだ。

「久方ぶりに動かしてみましょう。我が城を……」

最後にこう言って、伝説の刀匠《とうしょう》は歩み去っていった。

二

風雲は急を告げている。

数日前より天を暗雲が覆い、昼なお暗く、駿河灘《するがなだ》の海は荒れ、びょうびょうと陸上へ吹き寄せる風は荒野の灌木《かんぼく》を揺らし、悪霊の唸《うな》るがごとき音を三河《みかわ》全土に木魂《こだま》させていた。

嵐がくる……！　三河の国衆は、ふたつの意味でそう予感していた。

ひとつは大自然の猛威たる嵐。もうひとつは、駿河の国より迫りくる戦乱の嵐……。

――東海の覇王、今川義元《いまがわよしもと》が、軍勢を率い駿河を立つ！

「つ、ついにこの時がきた……」

と、渥美《あつみ》郡田原《たはら》城にて声をわななかせたのは戸田《とだ》一族の当主、戸田重貞《しげさだ》。

「討ち死にの覚悟はできてごわす」

と、八名《やな》郡月ヶ谷《わちがや》城にて、静かに言ったのは西郷正勝《さいごうまさかつ》。

「おくだいら　やまをまもる　わるいものと　たたかう」

と、南設楽《したら》郡亀山《かめやま》城にて純朴《じゅんぼく》な声で言ったのは奥平定勝《おくだいらさだかつ》。

「今川何するものぞ！　この吉良家当主吉良義昭《きらよしあき》が、足利《あしかが》御三家の意地を見せてくれるわ！」

と、幡豆《はず》郡西尾城にて、意気込んだのは吉良義昭。

「だ、だが、本当に勝てるのか？　あ、あの今川に」

と、加茂郡足助城《かもぐんあすけじょう》にて震える声を発したのは鈴木重勝《すずきしげかつ》。

「勝てるっ！」

凛然《りんぜん》と言い切ったのは額田郡菅沼郷野田城《ぬかたぐんすがぬまごうのだじょう》の菅沼定盈《さだみつ》であった。

広間に居並んだ家臣一同を見回し、菅沼定盈は声を張る。

「恐れるな！　我ら三河《みかわ》には天叢雲剣《アマノムラクモノツルギ》の加護がある！　古の禍津神《まがつかみ》の軍勢すら退けた神剣が必ずや我らを勝利へ導いてくださるであろう！　間もなく始まる今川《いまがわ》との戦は我ら三河がひとつになり、他国の支配から解放されんがための聖戦と心得よ！」

今川の侵攻に、不安を抱える者もいる。奮い立つ者もいる。死を覚悟する者もいる。

だが、どの国衆にも多かれ少なかれ希望があった。希望とは天叢雲剣の神威《しんい》にほかならない。

「今川義元《よしもと》がいかに強大でも、我らには神代《かみよ》の剣の守護がある！」

この一事が三河国衆を鼓舞《こぶ》し、勇気を与え、戦意を高揚させていた。

今、三河は天叢雲剣の神威のもと、心理の上でも統一されていたのである。

さて、その頃、総大将たる松平竹千代《まつだいらたけちよ》はどうしていたのか……？

「きた……きた……とうとう……とうとうきた……」

竹千代は顔面蒼白《そうはく》となり、ぶつぶつと呟《つぶや》きながら無闇に岡崎《おかざき》城内を歩き回っていた。

じっとしてはいられなかったのである。心中を蝕《むしば》むのは、不安、恐怖、苛立《いらだ》ち、重圧、後悔、焦り……諸々の負の感情だった。切り従え三河一国まで大きく膨れ上がった松平の勢力の中心にあって、竹千代は、滑稽《こっけい》なまでに狼狽《ろうばい》していたのである。

ふらふらと城内をうろつくうちに、竹千代は二の丸の広縁で、ばったりとさやかにでくわした。さやかは憐れむような顔で竹千代を見る。

「さ、さやか……」

蹌踉《そうろう》とした足取りで竹千代はさやかに歩み寄り、縋《すが》りついた。

「ついに今川が攻めてくる。どうすればいい？」

「どうすればって……」

さやかは戸惑う。

「わ、わからないよ」

「そ、そんなこと言わないでくれよ、さやか。策を預けてくれ」

「わからないよっ！」

さやかが叫んだ。

「わからない！　あたしにだってどうしていいかわからないよ……！」

竹千代の顔に深い絶望の色が浮かんだ。さやかから手を離し、よたよたと後ずさる。

「降伏しますか？」

ふいに飄然《ひょうぜん》とした声がする。見れば広縁の先に榊原康政《さかきばらやすまさ》のひょろりとした姿があった。

康政は常と変らぬ飄々《ひょうひょう》とした雰囲気で歩み寄ってくる。

「こ、降伏だって……?」

「はい」

「できない! ここまできて降伏なんて、三河《みかわ》の国衆たちになんて言えばいいんだよ!」

「ですよね」

恬然《てんぜん》と康政《やすまさ》が言った。

「降伏したところで今川《いまがわ》が許すとも思えませんし……。たとえ許されたとしても、天叢雲《アマノムラクモノ》剣《ツルギ》が当家にないことが知れてしまいます。騙《だま》されたと知った国衆が一斉に離反し、松平《まつだいら》は滅ぼされてしまうかもしれませんね。さて、どうしたものか」

他人事のような康政の言葉だった。

「康政……おまえはどうしてそんなに平気でいられるんだ?」

康政はきょとんとなる。竹千代《たけちよ》は面憎《つらにく》くなり八つ当たり気味に怒鳴った。

「今川が迫ってるんだぞ!? もうすぐ俺たちは滅ぼされてしまうんだぞ! どうして、そんなに呑気《のんき》でいられる!? 焦らないのか!? 恐くはないのか!?」

「あー……」と、康政は困り顔になって後頭部を掻《か》いた。

「焦っていますし、恐いですよ。ただ、落ち着いてはいます。僕は往生際が悪いですから」

「往生際が悪い……?」

そうは見えない。康政ならば死の間際までこの飄々《ひょうひょう》然とした態度を崩しそうになかった。

「僕は、おとなしく死を受け入れるなんてできない。土壇場まで生き延びる手を考えてしまいます。そのためには落ち着いていなければなりません。だから僕は落ち着いています」

竹千代は、康政のこの言葉を受け、先程までの己《おのれ》の見苦しい狼狽《ろうばい》ぶりをやや恥じた。

「それで、ですね」と、康政が続ける。「僕なりに生き延びる手を考えてみました」

「生き延びる？　そんな手があるのか？」

竹千代が前のめりになる。

「期待しないでください。僕は外交家であって軍師ではありませんので。生き延びると言っても、今川に勝利するという意味ではないですよ。負けた後にどう生き延びるかです」

康政は懐《ふところ》から文を二通取り出した。

「尾張《おわり》と甲斐《かい》へ文を書きました」

「それはつまり、織田《おだ》と武田《たけだ》……？」

「ええ。織田か武田へ早めに臣従の意を表しておいて助けを求めるんです。言ってみれば、今川との戦に敗れた時に、落ち延びる先ですね」

「国衆をまとめておいて、いざ戦いとなったら先に自分たちだけ逃げ道を用意しておくっていうのは……なんだか卑怯な話だな……」

「逃げ道を用意するのだけが目的ではありませんよ。我らが今川からの攻撃に長く持ち堪えられれば、織田か武田の援軍を期待できるかもしれません。特に甲斐の武田が動き出せば、今川は背後を突かれることになります。倒せなくとも、追い払うことはできるでしょう」

「康政《やすまさ》さん！　それ、いいですよ！」

さやかが弾んだ声を発した。だが、康政は難しい顔をする。

「とはいえ、あくまで我らが長く持ち堪えられたらの話ですよ。援軍なんてそもそも出してもらえないかもしれません。出してもらえたにせよ、戦後間違いなく三河《みかわ》は彼らの手に落ちますね。せっかく殿が統一した三河は、また前と同じ、それぞれの国衆が織田《おだ》か武田《たけだ》か今川《いまがわ》か、いずれかの勢力に服属する状態に戻ってしまうでしょう。無論、松平《まつだいら》もです」

「前と同じ……か……」

悔しいが、生き延びるためには仕方がないのかもしれない。竹千代《たけちよ》の胸に諦念の風が吹いた。

「なので」

ふいに康政が手の内の二通の文を両手でつかむ。

「この案はなしです」

「え？」

竹千代の目の前で、康政が文を破りだした。唖然《あぜん》とする竹千代とさやかが見守る中、康政は涼しい顔で文を微塵《みじん》にしていった。はらはらとそれを床に落とすと、

「あーあ。せっかく書いたんですけどね……」

自分でやっておきながら、こんなことを言った。

「康政、なんで……？」

「なんで？　殿は、せっかく成し遂げた三河統一が水泡《すいほう》に帰《き》してもよいと？」

「いや、よくは、ないが……」

「僕は嫌ですけどね」

　この時、初めて康政の細く柔和な目に強いものが生まれた。

「康政……おまえは三河統一には気が進まなかったんじゃ……」

「気が進みませんでしたよ。本来ならばお止めすべきでした。ですが、できませんでした」

「どうして？」

「嬉しかったからですよ。今回の三河統一のご決断……いいえ、それ以前に殿が天叢雲《アマノムラクモノ》剣《ツルギ》を取りにいくと仰られた時、僕は嬉しかったんです」

「反対していたじゃないか」

「それは反対しますよ。あまりに無謀でしたので。ですが、嬉しかった。初めて殿が御自身のお言葉を我らに示してくださったんですから。僕は——いいえ、本多《ほんだ》殿も酒井《さかい》殿も、ずっと待っていたんですよ。殿が御自身の意志を我らに語ってくださるのを……」

　竹千代は言葉が出てこなかった。

　評定《ひょうてい》の席で決まったことに頷《うなず》くだけだった竹千代。自分など置物同然で、おらぬに等しい存在だと思っていた。だが、家老たちはずっと竹千代の言葉を待っていたのである。

「殿がせっかくお示しになったお言葉で打ち立てた三河《みかわ》統一を、僕は絶対に失いたくはありません。その意志を示すため文を破りました。破るために書きました」

普段の康政《やすまさ》とは思えぬ熱い言葉であった。

「戦い抜き、我らの三河を守りましょう」

きっぱりとこう言った後、ふにゃっと表情を崩した。

「まあ、殿にその気がないならば、また文を書き直しますが。どうされます?」

竹千代《たけちよ》は考えた。考えるだけの気力が戻っている。ふにゃふにゃした康政の行動と言葉が、冷水をぶっかけられたように竹千代の目を覚まさせていた。

「勝てると思うか?」

「わかりませんね。ですが国衆の志気は確実に上がっていますよ」

「それは、天叢雲《アマノムラクモ》があると思い込んでいるからだろう? 本当は神剣の加護なんてない」

「嘘《うそ》でも加護があると信じて国衆の戦意が上がっていることこそが重要なんですよ。今川《いまがわ》を倒せずとも追い返すことならできるかもしれません」

「だが、国衆を騙《だま》し続けることになる。そんなのいつまでも……」

「いいえ」と、康政は首を振った。

「今川を撃退するまでです。強大な今川を一度でも追い返すことができたなら、神威《しんい》はなくとも松平《まつだいら》の武威《ぶい》は国内外に示せます。その後のことは外交家である僕にお任せください」

康政が自身の胸に手を当てた。

「どうするんだ？」

「織田《おだ》か武田《たけだ》と同盟を結びましょう。臣従ではなく、同盟です。三河一国の主《あるじ》として。今川を撃退したなら、それだけの資格が生まれます」

「織田や武田と同盟……」

「そうすれば今川ももう容易に三河へ手が出せない。天叢雲がないと知れても国人衆が反旗を翻《ひるがえ》したりもしないでしょう。織田や武田と手を組み、今川を攻めることだってできます」

さやかが嘆声を漏らした。

「すごい……。あたしじゃなくて康政さんが軍師になったほうがいいんじゃないですか？」

「とんでもない。僕はあくまで外交家です。戦場《いくさば》での勘働きは利きませんよ。僕にできるのは戦《いくさ》が始まる前と、終わった後です。だから、さやかちゃん」

ふと、康政が真顔になった。

「この一戦、なんとか乗り切ってください」

一時、緊張を見せたさやかだが、すぐに愛らしい眉を引き締める。

「はいっ！」

凛と答えた。康政は竹千代へ顔を戻す。

「殿も」

「ああ。勝つよ。俺、絶対に勝つ」

ふっと康政《やすまさ》が微笑した。

「いえいえ、勝たなくていいんです。乗り切ればいいんですよ、殿」

気の抜けた言葉に、竹千代《たけちよ》の張り詰めていた肩の力が抜けた。

竹千代は、飄々《ひょうひょう》として捉《とら》えどころがないと思っていたこの男が、実は一歩退いた場所から己《おのれ》を見守っている〝兄〟のような存在であったことに、今ようやく気がついたのだった。

三

強風の吹きすさぶ中、東海道《とうかいどう》を異形《いぎょう》の集団が列を成して進んでいた。

人や獣、あるいはそのいずれでもない形をしたそれは、生物ではない。木材の表装、瓦《かわら》や石《いし》垣《がき》積みの装甲を纏《まと》い重々しい機巧音を絶えず鳴り響かせている。砦城《フォオト》の一軍であった。

進むにつれ、その数は増していく。今川《いまがわ》領の方々に散在していた砦城《フォオト》が一城、また一城と隊列に合流していた。いつしか夥《おびただ》しい数にまで膨れ上がっている。無数の砦城《フォオト》に混じり一際巨大なものがいくつも地を揺るがせながら進んでいた。鐵城《キャッスル》である。

三河《みかわ》侵略に乗り出した今川義元《よしもと》の軍勢であった。

東海道を東の地平線から西の地平線へ果てもなく続くこの城どもの隊列を横目に、一騎の馬が猛然と駆けていた。その背には、ひとりの男が跨っている。

向かい風に目を眇《すが》めながら必死で馬の尻《しり》に鞭《むち》をくれているその人物は、石田佐吉《いしださきち》であった。

普段、涼しく賢《さか》しげな顔が、焦慮《しょうりょ》の色に染まりきっている。

（さやか……！　さやか……！　さやか……！）

今川義元が三河侵攻を宣言したその日に、佐吉は駿府《すんぷ》の武家屋敷を飛び出していた。僅《わず》かな銭で馬を買い、それから一昼夜、休むことなく駆けている。食事も休息もろくに取っていない。

ただ一念、さやかのことばかりが意識にあった。

（俺のせいだ！　此度《こたび》の戦は、俺が未練がましくさやかと文を交し続けたがために起こったのだ！　松平《まつだいら》が今川に勝てるはずもない！　松平は滅びる！　さやかも、また共に……！）

と、ここで、突如《とつじょ》、馬が絶叫するように嘶《いなな》き、棹《さお》立ちになった。佐吉は馬上より振り落され、地面に転がる。馬もまた、どっ、と横に倒れた。素早く起き上がり、馬の手綱《たづな》を引っ張る。

「立て！　何をしている！　立てっ！」

苛《いら》立《だ》ち気味に怒鳴った。馬は健気に身を起こそうとするが、すぐにくずおれてしまう。

無理もない。一昼夜、休みなく駆け続けたのである。佐吉が平気でも、酷使された馬のほうで体力の限界がきていた。それでも佐吉は馬を叱咤する。

「立て！　立たないか！　こら、立て！」

馬はどうしたって立ち上がらなかった。荒野のど真ん中である。周囲には町も村もなければ農家もない。新たな馬を求めることなどできやしない。

「お願いだ！　立ってくれ！　時がないのだ！　頼む！　せめて次の宿場までいいんだ！」

佐吉《さきち》の叫びは懇願に変わっていた。申し訳ないとでも言うように、馬は低く嘶《いなな》く。

足元より絶望が這《は》い上がってきた。麻痺《まひ》していた疲労もまた身に蘇ってくる。ぺたりと馬の傍らに膝をついた。もう立ち上がれそうにない。

真横の街道を、砦城《フォオト》どもが先へ先へと虚《むな》しく行き過ぎていく。荒野に打ち捨てられたちっぽけな佐吉になど誰ひとり目もくれなかった。この砦城《フォオト》どもは三河《みかわ》の大地を戦火で焼き尽くすことしか頭にないのである。その戦火の内に、さやかもまた……。

「くそっ！」と、佐吉が大地を殴りつけた。拳《こぶし》が痛んだが、そんなことはどうでもよかった。

「くそっ！　くそっ！　くそぉっ！」

幾度も幾度も殴る。皮膚が破け、血が滲《にじ》んだ。

「くそっ！　くそっくそっくそっくそぉおぉっっ！」

咽《むせ》ぶような絶叫を上げたその時である。

「や？　佐吉ではないか？」

声があった。それはちょうど今佐吉の真横を通過した砦城《フォオト》からである。その砦城《フォオト》の窓蓋が持ち上がり、小猿のような姿が身を乗り出した。

「木下《きのした》殿……？」

ぼんやりと佐吉はその人物――木下藤吉郎《とうきちろう》の名を口にした。

藤吉郎が、砦城《フォオト》の窓からひょいと軽捷に飛び降りて、佐吉へ駆けてくる。

「おうおう、やはり佐吉だ。こんなところで何をしている？」

「木下殿こそ……なぜ？」

「俺はあの砦城《フォオト》の城主に雇われ、足軽働きだ」

藤吉郎が指差した砦城《フォオト》は、ふたりを置いてのっそのっそと遠ざかっている。

「鐵城《キャッスル》で働きたいと申し出たのだが、配属されたのはあのちっぽけな砦城《フォオト》の絡繰《からく》り回しよ」

ニャッハッハッ、と笑った。この独特の高笑いは不思議と佐吉をほっとさせた。

「して、佐吉。馬が疲れて難儀しているようだが、どこへ向かうつもりだったのだ？」

「あ。いや……さやか……」

と、つい口にしてまい、佐吉は慌てて口を噤《つぐ》む。だが、藤吉郎は聞き逃さなかった。

「さやか？　もしやそれは服部《はっとり》さやかのことか？　敵大将の軍師ではないか？」

佐吉は口を滑らせたことを後悔し、藤吉郎から面を背《そむ》けた。

「もしや、おぬしが文のやり取りをしていたのは服部さやかか？　おまえ、そのさやかの元に向かおうとしているのか？　向かってどうするつもりだったのだ？」

答えられなかった。考えていなかったのだ。思えばどうするつもりだったのだろう？

しばし、考え、自然と漏れ出た言葉がこれだった。

「救いたい……」ぽつりと呟《つぶや》いた。「松平《まつだいら》が滅ぼされる前に、救い出したいと……」

じっと藤吉郎《とうきちろう》が佐吉《さきち》を見つめてくる。

「惚《ほ》れとるのか？　そのさやかに？」

佐吉はなんとも答えなかった。だが、その無言が答えになってしまっている。

「ニャッハッハッハッハッ！」

ふいに藤吉郎が大笑いした。バシバシと佐吉の肩を叩いてくる。

「面白い！　面白いぞ、佐吉！　おまえは戦場の真っただ中、しかも敵の大将の乗る鐵城《キャッスル》の天守まで乗りこんで惚れた女を奪い去ろうというわけか!?　ニャハハハッ！」

言われてみればそういうことになる。佐吉は恥じ入ってうつむいた。

「いいぞ、佐吉！　俺はそういうのが好きなのだ！　惚れた女が敵大将の軍師というのがまたいいな！　此度《こたび》の戦《いくさ》、少々気が乗らぬところもあったのだが、俄然《がぜん》面白くなってきたわい！」

佐吉の気も知らずに藤吉郎は勝手にわくわくし始めた。佐吉は恨みがましく藤吉郎を見る。

「よし。佐吉、乗れ」

「は？」

「おまえを惚れた女の元に連れていってやろうぞ。あれに乗れ」

指差したのは、先程まで藤吉郎が乗っていた砦城《フォオト》である。もうずいぶんと先まで進んでいた。

「いや、しかし、あれは……」

「ちょっと待っておれ。今、奪う」

説明もせぬまま藤吉郎が、砦城《フォオト》へ駆けていく。窓蓋の開いたままの窓に向かって叫んだ。

「おーい、半兵衛《はんべえ》！」

「はい？」と窓から竹中《たけなか》半兵衛の生っちょろい顔が出た。

藤吉郎は砦城《フォオト》と並走しながら簡潔に告げる。

「奪うことにした。やってくれ」

「あ。はい」

恬然《てんぜん》と答えて、半兵衛の顔が内に引っ込む。何が何やらわからぬまま眺めていると、間もなく砦城《フォオト》が隊列を外れて草地に出た。そこで停止する。窓からまた半兵衛の顔が出た。

「奪いましたよ」

「うむ。御苦労」

満足げに頷《うなず》くと、藤吉郎は佐吉を振り返って手招きする。

「さ、早くこい。急いでいるのだろう？」

藤吉郎はもう窓に飛びついて乗り込んでいる。佐吉は狐につままれたような思いで従った。

「こ、これは……？」

砦城《フォオト》の内に入った佐吉は目を疑う。

幾人もの足軽が縄で縛られ、転がされていた。その傍らに立つのは、侠客《きょうかく》じみた蜂須賀小六《はちすかころく》と、相撲取りみたいな大男の福島市松《ふくしまいちまつ》である。半兵衛は、柱に寄りかかって、ぼけっとしていた。他にも十数人ほど人相の悪い男どもが城内にいて、佐吉《さきち》をじろっと睨《にら》んでくる。

「う、奪ったって、砦城《フォオト》を乗っ取ったのか？　今の短時間で……？」

「稲葉《いなば》山城を奪うより簡単でしたよ」

半兵衛《はんべえ》が平然とこんなこと言う。唖然《あぜん》とする佐吉の肩を藤吉郎《とうきちろう》が叩いた。

「どうだ蜂須《はちす》賀乱波《からっぱ》党《とう》の働きぶりは？　半兵衛の策でこの者たちが砦城《フォオト》を奪ってくれたのだ」

藤吉郎が示したのは、人相の悪い男どもである。

「蜂須賀乱波党……？」

「まあ、昔の小六《ころく》の子分たちだな。俺の家来になった小六にくっついてきている。小六には忠実だし、昔取った杵柄《きねづか》で諜報《ちょうほう》や強襲《きょうしゅう》に巧みだ。仕事も速いので重宝している」

「昔取った杵柄……？　それはつまり……盗賊……」

「もと盗賊だ。もと。ん？　今もだったか？」

「今は違う……」

ぼそっ、と小六が否定した。ニャッハッハッ、と藤吉郎が笑う。

「城主を捕まえたのは俺っすよ」

市松《いちまつ》が、俺も褒めてくれとばかりにこんなことを言う。市松の足元で、縛られて呻《うめ》いている陣羽織の男がそれだろう。市松に劣《おと》らず図体がでかい豪傑然とした男だった。

「うむ。市松も偉い偉い。天晴《あっぱ》れな働きだ。虎之助《とらのすけ》は天守か？」

『おうよ』と、壁から突き出た伝声管から加藤《かとう》虎之助の声がした。

『準備はできてるぜ。すぐに動かせる。オヤジさん、こいつを奪ってどうするんだ？』

オヤジさんとは、藤吉郎のことだ。見た目が子供みたいな藤吉郎がオヤジと呼ばれるのは少し違和感がある。藤吉郎は、市松と虎之助は息子みたいなものだと以前言っていた。虎之助にとってもまた、藤吉郎は文字通り〝オヤジさん〟なのだろう。

「女を奪いにいく」

『女ぁ？　ほんっと、好きだねぇ、オヤジさんは』

「バカ。俺じゃないわい。佐吉の惚《ほ》れた女だ。佐吉の恋路を助けてやるってわけだ」

『なんだ、そりゃ？』

「あ、いや……」

何か言おうとした佐吉だったが、藤吉郎は構わず続ける。

「驚くなよ。その女は岡崎《おかざき》城にいる敵大将の軍師だぞ。そいつを今から奪いにいくんだ」

「それ、面白いですね」

こう呟《つぶや》いたのは半兵衛である。小六が苦笑した。市松が「あっはっは、すっげ」と笑う。

『またオヤジさんの酔狂《すいきょう》かよ。よくわかんねえけど、三河《みかわ》までぶっ飛ばせばいいんだな？』

ぼやきつつも虎之助の声は弾んでいた。

「ニャハ。そういうことだ」

『うっし！　じゃあ蜂須賀《はちすか》党のおっちゃんたち、絡繰《からく》り働きのほう頼むぜ！』

「騒ぐな。すでにやっている……」

小六《ころく》が憮然《ぶぜん》として言った。

見れば小六の手下の蜂須賀党の男どもが、砦城《フォオト》の動力源たる回転装置を回し始めている。

これは陀威那燃《ダイナモ》とは形状が異なるものだ。太い円柱から幾本も突き出た棒を握り、柱の周りを回ることによって内部機巧全体を動かすような装置である。砦城《フォオト》の動力を簡単に説明すれば、ゼンマイだ。すなわち回転装置は巨大なゼンマイ機械の巻鍵なのである。

瞬く間に陣間内部は歯車の回転音で会話も聞き取り難いほど喧《やかま》しくなった。

『そんじゃあ、飛ばすぜ！　すっ転ばないようにどっか捕まってなよ！』

途端、砦城《フォオト》が大きく揺れた。激しい慣性の力が砦城《フォオト》内部に働き、佐吉《さきち》は危うく転びそうになる。窓から外に目をやれば、物凄《すご》い速度で景色が後方に流れていた。

ガッシャガッシャと音を立てて、みるみる他の砦城《フォオト》を追い抜いていく。

『むっ？　そこの城、なぜ隊列を離れておる!?　こらっ、どこへいく!?』

さすがに不審に思ったべつの砦城《フォオト》から声が飛んできた。数体の砦城《フォオト》が、駆け足で追ってくる。

「虎之助《とらのすけ》、引き離せるか？」

『任せとけってオヤジさん！』

グンッ、と速度が上がった。追う砦城《フォオト》から一気に距離が開く。鐵城《キャッスル》でもない絡繰り仕掛けの砦城《フォオト》でこれだけの速度を出せるとは、見上げた操城技術であった。

『見たか、のろまぁっ！　わっはっはっはっはーっ！』

愉快千万といった虎之助の声。市松《いちまつ》も小六も半兵衛《はんべえ》も、蜂須賀党の男どもも、皆、どこか楽しげであった。砦城《フォオト》を略奪し、敵大将の鐵城《キャッスル》から軍師を攫《さら》う。そんな無茶苦茶をやらかそうというのに、この連中はいたずらでも企《たくら》む悪ガキみたいに生き生きとしているのである。

「虎之助は俺の武だ」

啞然《あぜん》とする佐吉の真横で、藤吉郎《とうきちろう》がこう言った。

「市松もだな。半兵衛は俺の智、小六は俺の手足で目と耳だ。俺は面白いことを見つけてきて、こいつらにやらせる役目というわけだな。年も出自も気質もバラバラな我らだが、面白いと思えるものだけは一緒だ。ニャッハッハー」

「はあ……」

「佐吉、面白いか？」

ふいに尋ねられた。

（面白い？　今川《いまがわ》の砦城《フォオト》を奪って逃げているこの状況がか？）

面白いという言葉が正しいのかはわからない。ただ、胸には高鳴りがあった。つい先程まで倒れた馬の傍らで抱いていた絶望感が薄まり、不思議な興奮が心にある。だから、こう言った。

「面白い」

「ニャッハハハッ！　ならば、仲間だな。どうだ、佐吉《さきち》、我らと共にこんか？」

突然の勧誘だった。動悸がさらに高まる。熱い何かが胸奥より込み上げてきた。

その感情がなんであるかわからず、佐吉は戸惑う。

「わ、私に何ができると……」

「そうだな。虎之助《とらのすけ》と市松《いちまつ》が俺の武、半兵衛《はんべえ》が智、小六《ころく》が手足耳目とくると、おまえは……」

藤吉郎《とうきちろう》が考え込んだのは一瞬だった。

「〝誠《まこと》〟だな」

「まこと？」

「そうだ、誠だ。生真面目《きまじめ》な佐吉には、俺の誠を担《にな》ってもらおう。うむ。それがいいぞ！」

藤吉郎はひとりで納得し、頷《うなず》いている。

（誠？　なんだそれは？　いったい何をする役割なのかさっぱりわからんぞ？）

そこはよくわからなかったが、先程己《おのれ》の内から込み上げた感情がなんであるかはわかった。

（面白い……）

これであった。ふと、佐吉の脳裡に蘇った言葉があった。

——面白いもんを探してふらふらすんのはガキの仕事だ……。

佐吉は亡き半蔵《はんぞう》に背中を押された気がした。

四

深夜。夜天に煌々《こうこう》と満月が照っていた。

伊勢国《いせのくに》桑名《くわな》山中の千子《せんご》の里。そのさらに山深くに、高い木々に隠れるようにして滝がある。

滝壺《たきつぼ》の周辺には、飛沫《しぶき》が涼気となって漂い、寒々とした清浄さで満ちていた。侵し難いまでの静謐《せいひつ》に包まれ、滝壺に水の落ちる音を際立たせている。

〝千子の奥瀧〟と呼ばれるこの滝は、天目一箇神《アメノマヒトツノカミ》の御霊が鎮まると伝わり、千子の里の宗主のみが立ち入ることを許された聖域であった。

今、滝の下の淵で、千子村正《むらまさ》が滝に向かって手を合わせ、腰までを水に浸している。

目を隠す白布のほかは一糸纏《まと》わぬ裸体であった。木の間から差し込む月光が、闇にぼんやりと蒼《あお》く彼女を浮き上がらせている。七日間の禊《みそぎ》を終え、美しくも穢《けが》れない村正の姿態は、さながら天女の沐浴《もくよく》する姿であった。

胸前で合わせていた手がゆっくりと離れ、自らの後頭部へ伸びる。目を覆った白布の結び目をするすると解《ほど》いていった。白布がはらりと水面に落ちる。

目隠しを解き、初めて明らかになった千子村正の顔。顔の中央に常人よりも三倍は大きなまなこが泉のごとく蒼く澄んで、ただひとつあった。そう、たったのひとつ。

——すなわち、単眼であった。

製鉄と鍛冶《かじ》を司る天目一箇神は単眼であったと伝わる。

日本国に限らず世界各地の神話に登場する鍛冶《かじ》の神は、単眼のものが多い。生まれながらに単眼であった千子村正《せんごむらまさ》は、その身に鍛冶製鉄の神格が与えられた存在なのである。

村正が両の手のひらを打つ鮮烈な音が鳴った。聖なる滝に向け、二拝一礼し、彼女の口より、厳かに祝詞《のりと》が流れだす。現今の大和言葉ではない。日本国に製鉄技術の伝わった遥か弥生《やよい》の昔より、悠久の時を経てなお変わりなく伝えられる神代《かみよ》の祝詞である。

祝詞の声の高まりに呼応するように、滝壺《たきつぼ》より、ぼう、と蒼《あお》い光が湧《わ》きあがった。光は徐々に強まりを見せ、滝壺の水が波だって渦を巻き始める。

滝壺の底深くより、何か巨大なものが浮上しようとしていた……。

一方、本多忠勝《ほんだただかつ》は、山深くより響いてくる重々しい足音を聞き、鍛冶場へと駆けつけていた。鍛冶場の屋根と壁とが取り払われ、白衣の若者たちによって石の砦《とりで》と見紛《みまが》う大きな火床《ほど》に火が焚《た》かれている。尋常な火ではない。蒼く輝く龍氣《りゅうき》の火だ。

天叢雲　剣《アマノムラクモノツルギ》が目釘《めくぎ》を抜かれ柄《つか》から外されている。忠勝は初めて目にした天叢雲の茎《なかご》に漢字伝来以前の神秘的な阿比留草文字《あひるくさもじ》が刻まれているのを確認した。

若者たちが踏鞴《たたら》を踏むに従って火は強まりを見せる。踏鞴は陀威那燃《ダイナモ》と同じ龍氣増幅装置であった。じゅうぶんに火が強まると、協力して天叢雲剣を担ぎ上げ、炉へ滑り込ませる。

間もなく、山奥より木々を掻《か》き分け巨大なものが粛々と姿を現した。白衣の若者たちが地に膝をつきうやうやしく頭を下げる。

人形《なり》をした鐵城《キャッスル》である。木製の表装の上に純白の衣を纏《まと》い、腰帯の代わりに注連縄《しめなわ》が締めてあった。腕に握るのは、鐵城《キャッスル》規模の鋼《はがね》の大槌《おおづち》と玉箸《たまばし》。そしてその顔面部分は天目一箇神《アメノマヒトツノカミ》を模した単眼であった。戦に用いられる武骨な鐵城《キャッスル》とはどこか雰囲気が違う。

――〈創刀澄守《ソウドスミス》　桑名《クワナ》〉桑名《くわな》城。

それは合戦に臨むための鐵城《キャッスル》ではない。千子の里に古《いにしえ》より伝わる鐵城《キャッスル》用の武具を鍛《きた》えるための城である。城であると同時に桑名の御神《おんかみ》の依代《よりしろ》でもあった。おのずとその城体に神気が憑き、鍛える武具にも霊威が籠《こも》る。

城主は言うまでもなく千子村正であった。伝説によれば村正は南北朝争乱期の英雄的鐵城《キャッスル》城主楠木正成《くすのきまさしげ》の末裔《まつえい》であるという。それが定かであるかは遠い昔のことゆえわからぬが、少なくとも村正は身に魂鋼《たまがね》を宿しうる武士の血をひくものであるのだけは確かであった。

今、村正は桑名城の天守に静かに端座している。濡れた素肌に薄い白衣《しらぎぬ》を纏っただけの姿であった。手に握り、床に押しつけているのは魂鋼刀《たまがねとう》ではなく、大槌――自身の肉体より摘出した魂鋼によって作られた大槌である。

『本多様、ここは危のうございます。屋敷にてお休みになっていてくださりませ……』

穏やかながら厳しい村正の声に、忠勝はおとなしく従った。だが、安穏《あんのん》と休むこともできない。鍛冶場をうかがえる場所まで退き、一睡もせず村正の仕事が終わるのを待つつもりだった。

『では、参りましょう……』

　厳かに告げ、村正《むらまさ》は桑名城《くわなじょう》を動かす。玉箸《たまばし》を用いて炉の内より天叢雲剣《アマノムラクモノツルギ》を取り出し、小屋ほどもある金床《かなとこ》へ置いた。灼熱《しゃくねつ》の龍氣《りゅうき》炎で炙られた刀身が蒼《あお》いマグマのごとく照り輝いている。

『まず、ひと打ち』

──キィィンッ！

　大槌《おおづち》が刀身に叩きつけられる。清冽《せいれつ》な金属音が尾を引いて鳴り渡った。ぼうっ、とその部位の光が、束の間湧《わ》くように高まった。さながら大槌のひと打ちによって刀身内に眠る何者かの意識がほんの一瞬微睡《まどろみ》から覚めたかのように……。

　いや、実際に神代《かみよ》の刀を鍛《きた》え直すとは、そういう意味なのであろう。槌を用いて刀身の内に封じられた神の御霊に呼びかけ覚醒させる儀式。すなわち神事にほかならないのだ。

　桑名城は、玉箸を用いて刀身を返しながら、幾度も幾度も槌を打つ。打つほどに輝きは増し、ついには打ったその刹那《せつな》、世界が眩《まばゆ》い白色に染まりきるほどの光が迸《ほとばし》るようになった。

　鳴り渡る金音《かなおと》、白転する世界、鳴り渡る金音、白転する世界……。

　高まり迸るのは光のみではない。天叢雲の内に眠っていた神気もまた同様に放出される。それは現世《うつしよ》の存在にとっては攻撃的なエネルギーにほかならなかった。ごおっ、と放射状に迸る神気は衝撃と化し、大地に亀裂を生み、周囲の木々を軋《きし》ませ、ついには薙《な》ぎ倒すに至る。

　放散される神気を真正面から受ける桑名城も決して無事ではなかった。纏《まと》った白衣は無惨に敗れ、注連縄《しめなわ》は千切《ちぎ》れ、木製の装甲にも亀甲《きっこう》のごとき罅《ひび》が生じ、次第次第に増えていく。

搭城する村正は、桑名城の装甲によって物理的衝撃を防ぎえているが、天叢雲の放散する荒ぶる霊的衝撃は、装甲を透過し、村正の魂魄《こんぱく》そのものを侵し削りとっていた。

それでも村正は、しっかと単眼を見開き、瞬きひとつせぬまま眩い神剣を睨《にら》まえて、乱れることなく槌を振るう。ひと打ちひと打ちが村正の精気を奪い、もともと白かった肌が、さらにさらに透き通って、消滅してしまうのではないかと思うほど白くさせていく。

山深い千子《せんご》の里に夜を徹して槌音が響き続けた。光の迸りもまた同様。

(宗主殿……頼みまする……！)

本多忠勝《ほんだただかつ》は迸る光と槌音を聞きながら、座することすら己《おのれ》に禁じ、一心に祈り続けていた。

やがて暁の時となる。山々が青白く染まり始めた時、カーンッ、とひとつ一際大きな槌音が木魂《こだま》したのを最後に、止《や》むことなかった金音も光の放出も、ついに絶えた。

「終わったか!?」

本多忠勝は、鍛冶《かじ》場に向かって一散に駆けた。もはやそこは鍛冶場とは呼べない。火床も踏鞴もそこには存在せず、莫大《ばくだい》なエネルギー放出の痕跡を思わせる擂《す》り鉢《ばち》状の大穴が開いていた。

大きく損壊した桑名城が大穴の内にぴくりともせずしゃがみ込んでいる。その単眼の落ちる先に、東の山から昇り始めた黎明《れいめい》の光を反射し、輝くものがあった。

「おおっ！」と、嘆声を漏らし、忠勝は大穴の斜面を駆け下りた。

(天叢雲剣！)

あんなにも赤錆《さ》びていた刀身が、磨き抜かれた鏡のごとく清冽《せいれつ》に生まれ変わっていた。まだ打たれていた余韻が残り、湯気状の龍氣《りゅうき》を漂わせ、微《かす》かに熱を帯びているのがわかる。

ものに動ぜぬ老将本多忠勝《ほんだただかつ》の胸にも万感の思いが湧《わ》き起こった。涙すら流れそうである。

キイィと軋《きし》む音がして、桑名《くわな》城の門が開いた。内より気色の失《う》せた千子村正《せんごむらまさ》が、薄《うつす》らと微笑《ほほえ》みながら歩み出てきた。単眼は再び白布で隠されている。

「宗主殿、お見事！　実に見事に鍛《きた》え直してくださった！」

と、忠勝が礼を述べた途端、ゆらっと村正の華奢《きゃしゃ》な体が傾ぎ倒れる。

「宗主殿？」

忠勝が即座に抱き止めた。村正が逞《たくま》しい忠勝の胸に身を預けてくる。ぞっとするほど身が冷えており、五体の力が完全に抜けていた。

「宗主殿！　宗主殿！」

幾度か名を呼ぶと、その白い面が上がり忠勝を向く。にこっと少女のように微笑んだ。

「寿命が三十年ほど縮みましたが……命永らえてしまいましたなぁ」

冗談めかした言葉に、忠勝はほっとなる。ふいに村正が真顔になった。

「本多様、ひとつ申しておきましょう」

「なんだ？」

「鍛え直した天叢雲剣《アマノムラクモノツルギ》、刀としては上等のものでありましょう。然《さ》れど、天叢雲が竹千代《たけちよ》公を遣い手と選ぶか否かは竹千代公次第にござります。選ばれなければ、よく斬れるただの刀に過ぎませぬ。どうか、そのこと、御心にとどめ置きくだされませ……」

忠勝は深く頷《うなず》いた。

「心得た」

忠勝は東を振り返る。三河《みかわ》のある東の方角を……。

（急がねばならぬ。殿、もう少々お待ちくだされ……）

歴戦の老将たる本多忠勝は、三河を覆い尽くさんとする戦乱の気配を遠く離れた伊勢《いせ》にいて、すでに感じ取っていたのである……。

五

暗天に稲妻が走った。

凄《すさ》まじい閃光とともに高い樹に雷が直撃し、耳を劈《つんざ》かんばかりの雷鳴が轟《とどろ》き渡る。

時刻は暮れ七つ、すでに陽が落ち切った三河の地に嵐が到来していた。

水桶《みずおけ》をひっくり返したような豪雨が地を打ち、ビョウビョウと唸《うな》りを上げて吹く風は、地にあるものを根こそぎにせんばかり。方々では河が暴れ、氾濫《はんらん》し、民家を呑《の》み込んでいる。

大自然の猛威の到来する中、人界の猛威もまた三河の地へと到来せんとしていた。

「間もなくだな……」

竹千代《たけちよ》の声は緊張に震えている。

「うん」

こちらも震えた声で、だが力強くさやかが答えた。

東三河《みかわ》の遠江《とおとうみ》国との国境付近にある広大な荒野。今この地に、岡崎《おかざき》城を始めとし、戸田《とだ》の田原《はら》城、西郷《さいごう》の月ヶ谷《わちがや》城、奥平《おくだいら》の亀山《かめやま》城、吉良《きら》の西尾城、鈴木《すずき》の足助《あすけ》城、菅沼《すがぬま》の野田《のだ》城、設楽《したら》の設楽城、水野《みずの》の刈谷《かりや》城ら三河国国衆の鐵城《キャッスル》、三河全土より集った砦城《フオオト》らが陣を布《し》いている。

全城の睨まう先は東——遠江の方角であった。

駿河《するが》を立った今川《いまがわ》の軍勢が遠江に入り三河との国境付近まで迫っているという報告が、忍びの者から入っている。もう時を置かずに今川軍はこの地に到着するだろう。

『気負う必要はありませんよ』

竹千代とさやかの緊張を察知したかのように、護摩壇《ごまだん》から榊原康政《さかきばらやすまさ》の声がした。

『勝たなくてもいいんです。守り切れさえすればそれでいいんですから』

『守りきれるか？』

気を抜けばすぐに心中の気弱が鎌首をもたげてくる。

『敵は慣れぬ他国に攻め入る立場です。どこかの龍域《りゅういき》を奪わない限り龍氣《りゅうき》の補充ができません。長引けば必ず撤退します。考えようによっては我らが有利です』

あくまで「考えようによっては」だ。鐵城《キャッスル》や砦城《フオオト》の数は今川方が勝っている。数の力で一気に押し寄せられ、瞬く間に呑《の》み込まれてしまうかもしれない。

「ああ、そうだな」

竹千代はこう答えた。気休めに過ぎぬとわかっていても、それに縋《すが》りたかった。

「うん。できるよ」

傍らでさやかが言った。

「できる。守ろう。あたしたちの国を」

さやかの言葉は自分自身へ言い聞かせるようだった。だから竹千代も己《おのれ》の魂に言い聞かせる。

「ああ、守ろう……」

カッ、と雷光が閃《ひらめ》いた。天が轟音を上げる。風音と雨音、雷鳴に混じり、微《かす》かに聞こえてくる音があった。遥か東の地平の先から、地唸《うな》りにも似た低く単調な音が聞こえ、少しずつ少しずつ大きくなってくる。陣太鼓の音であった。

ぼおっ、とオーロラのごとき蒼《あお》い光が闇に包まれていた地平線上に湧《わ》く。遠く微かであったそれは徐々に近くはっきりし、そこに巨大な陰影を浮かび上がらせた。

砦城《フォオト》、そして鐵城《キャッスル》の影である。蒼い光は何体もの鐵城《キャッスル》の放つ龍氣の陽炎《かげろう》であった。

朝比奈泰朝《あさひなやすとも》・掛川《かけがわ》城。岡部元信《おかべもとのぶ》・朝日山《あさひやま》城。孕石元泰《はらみいしもとやす》・孕石城。久野元宗《くのうもとむね》・久野城。松井《まつい》宗信《むねのぶ》・二俣《ふたまた》城。由比正信《ゆいまさのぶ》・徳一色《とくのいっしき》城。一宮宗是《いちのみやむねこれ》・持舟《もちぶね》城。蒲原氏徳《かんばらうじのり》・蒲原城。飯尾連龍《いのおつらたつ》・曳《ひく》馬《ま》城。小原鎮実《おはらしげざね》・花沢《はなざわ》城。などなど……。

錚々《そうそう》たる今川《いまがわ》の猛将が搭城する鐵城《キャッスル》たちである。そして夥《おびただ》しい数の砦城《フオオト》の群れだ。

ぞっとする数である。地平線が大小の敵城の影で埋め尽くされていた。三河《みかわ》軍の優に十倍の数はいる。打ち鳴らされる陣太鼓の単調な調子に合わせ、ゆっくりと、だが着実にこちらへと迫ってきていた。三河の地を侵略せんと、蹂躙《じゆうりん》せんと、呑《の》み込まんと……。

犇々《ひしひし》と詰めかける今川軍の圧倒的な城の数は、味方の城を陥落する前に、心をこそ折ってきた。眼前に広がる雲霞《うんか》のごとき大軍勢は、まさに絶望と破滅の化身である。三河側の鐵城《キャッスル》城主、砦城《フオオト》城主、それに詰める足軽衆、誰ひとりとして怯《おび》え、気圧《けお》されぬ者はいなかった。

『恐れるなっ！』

竹千代《たけちよ》が法螺《ほら》貝を用い全軍へ向けて声を放った。

『三河には天叢雲《アマノムラクモ》の加護がある！　神代《かみよ》の剣の力が必ずや俺たちを護ってくれる！　勝利へ導いてくれる！　死を恐れず最期《さいご》まで戦い抜くんだぁぁぁっ！』

絶叫するような竹千代の声に『おおおおおおおっ！』と鬨《とき》の声が上がった。

『いくぞぉっ！』と、岡崎《おかざき》城の右腕が、今川軍をびしりと指差す。

三河軍が雄叫《おたけ》びを上げて突撃を開始した。誘われるように今川軍の砦城《フオオト》も突進し始める。

荒野のど真ん中でふたつの軍がぶつかり合わんとしたその刹那《せつな》――

――ドドドオオォォォン！

大地が爆発し、先陣を切っていた今川方の砦城《フオオト》数十体が吹っ飛んだ。

『なっ!?　対城郭埋火《たいじょうかくうずみび》かぁ!?』

さやかの命によって服部《はっとり》忍軍が地中へ埋めておいた爆薬である。重量のある城が踏めば着火し、大爆発を起こすのだ。もうもうと上がる爆煙の中、今川方の砦城《フオオト》たちは浮き足立つ。

そこへ、タッ、煙を突き抜け颯爽と一騎駆けする鐵城《キャッスル》がある。野田《のだ》城——菅沼定盈《すがぬまさだみつ》だ。

『一番槍《いちばんやり》の誉《ほまれ》は我にありぃぃっ!』

長大な槍を振り回し、周囲の砦城《フオオト》を串刺し、薙《な》ぎ倒し、蹴《け》散らしていく。これに勢いを得た三河方の鐵城《キャッスル》が続々と突進した。たちまち起こる闘諍《とうじょう》の響き、刃の煌《きら》めき、鯨波《げいは》の声。

月ケ谷《わちがや》城が『チェストーッ!』の掛け声高らかに、大上段に振り上げた一刀に気迫を込め、次から次へと砦城《フオオト》を一刀両断。西尾城が得意の相撲技で、砦城《フオオト》を捕まえ、投げつけ、はねのけ、突き倒す。亀山《かめやま》城が息もつかせず矢を放ち、兵弗《ひょうふつ》、兵弗《ひょうふつ》、と敵城を射貫き、大地に擬態《ぎたい》した足助《あすけ》城が奇襲にかけた砦城《フオオト》を押し倒しては小太刀の餌食《えじき》にしていく。

刈谷《かりや》城、設楽《したら》城、田原《たはら》城も獅子奮迅《ししふんじん》の勢いをみせ、槍で、あるいは野太刀でもって、迫りくる砦城《フオオト》の群れを、薙ぎ立て、蹴りつけ、まくり立てる。

瞬く間に敵砦城《フオオト》の残骸《ざんがい》が、潰《つぶ》れ、ひしゃげ、辺り一帯に散乱した。だが、今川の砦城《フオオト》は後から後から際限なく攻め寄せる。さらには敵鐵城《キャッスル》が参戦してきた。

まず刀を抜きつれ猛然と疾駆してくるのは、今川軍の龍虎と呼ぶべき朝比奈《あさひな》泰朝《やすとも》の掛川《かけがわ》城と岡部《おかべ》元信《もとのぶ》の朝日山《あさひやま》城。行く手を塞《ふさ》ぐ三河方の砦城《フオオト》をズッバズッバと斬り伏せる。

遅れてならじと、他の敵鐵城《キャッスル》も大地を踏み鳴らし、次々戦場へ突っ込んできた。

鐵城《キャッスル》と砦城《フォオト》入り乱れる大混戦の中、パッ、と花火を思わせ夜空に数条の光の放物線が描かれる。砦城《フォオト》に乗った服部《はっとり》忍びの放った対城焙烙火矢《たいじょうほうろくひや》だった。敵城に直撃し、小爆発を起こす。

敵砦城《フォオト》の足軽もまたこの火器を撃ち放ち、夜天を焦がすように火矢が交錯した。

立て続けに起こる爆炎と、天空を飛ぶ火矢によって夜の荒野は昼間のごとく明るくなる。

この大修羅《しゅら》場《ば》を岡崎《おかざき》城も駆けていた。鬼雨《きう》のごとく降り注ぐ矢礫《やつぶて》を振り払い、刀を、槍《やり》を、長巻《ながまき》を、振りかぶり、突きつけ、殺到してくる敵砦城《フォオト》をぶん殴り蹴《け》っ飛ばし、突き進む。

ここに大薙刀《おおなぎなた》を振り回しつつ躍り込んできた敵鐵城《キャッスル》があった。

『大将首いただいたぞぉっ！』

今川《いまがわ》武将松井宗信《まついむねのぶ》の二俣《ふたまた》城であった。獰猛《どうもう》な孤を描く薙刀の刃が上へ下へと岡崎城を薙《な》ぎつけてくる。跳んでしゃがんで巧みに躱《かわ》す岡崎城。

『ちぃっ！』と、一声、苛立《いらだ》ちのまま突き込まれた薙刀に、右肩先を削られつつも、敵城の懐《ふところ》へ飛び込んだ岡崎城。龍氣《りゅうき》輝く右拳《こぶし》のカウンターが、二俣城の天守顔面に叩き込まれた。

『ぐあぁっ！』

松井宗信の悲鳴の声を呑《の》み込んで、二俣城の頭部が爆散する。首を失った二俣城が数歩後方へよろめいて、ズズゥンッ！　と仰向《あおむ》けにぶっ倒れた。

『敵鐵城《キャッスル》討ち取ったりぃいっ！』

全軍に聞かせるように竹千代《たけちよ》は声を張った。

岡崎城が敵の鐵城《キャッスル》を倒したことによって一気に三河《みかわ》方の志気が上がる。

我もやってやらんと雑城《ぞうじょう》をなぎ倒しつつ、三河国衆の鐵城《キャッスル》が、敵鐵城《キャッスル》目がけ突進した。

『うおおおおおっ！　チェストォォーーッ！』

月ケ谷《わちがや》城の大猿叫《だいえんきょう》、大地も割れよと打ち下ろされた刀によって、唐竹割りにされたのは、今川武将由比正信《ゆいまさのぶ》の徳一色《とくのいっしき》城。

『そりゃっ！　そりゃっ、そりゃっ、そりゃっ、そりゃあぁっ！』

今川武将一宮宗是《いちのみやむねこれ》の持舟《もちぶね》城と激しく槍を合わせるのは菅沼定盈《すがぬまさだみつ》の野田《のだ》城。銀蛇《ぎんだ》のごとく複雑な軌道を描く槍《やり》の猛撃を、なんとか受ける持舟城だったが気迫に圧されて後退している。ついに防ぎきれず、胸装甲へ槍先を突き通され、あえなく落城とあいなった。

『一宮殿！』と、駆けつけんとした今川武将蒲原氏徳《かんばらうじのり》の蒲原城の右脚部に、ドッ、と矢が突き立った。亀山《かめやま》城が射た矢である。脚部陣間を貫かれ、蒲原城は膝をつく。立ち上がらんとしたところで、立て続けに放たれた矢が、肩に、腹に、そして頭部に突き刺さる。ハリネズミのごとくなった蒲原城が俯せに倒れて爆発した。

三河国衆らの奮闘は凄《すさ》まじく、神憑《かみが》かっている。強大な今川から三河を護るという大義が彼らを英雄的恍惚《こうこつ》状態にし、天叢雲剣《アマノムラクモノツルギ》の存在が暗示となって常ならぬ力を賦活《ふかつ》させていたのだ。

逆に、有力武将の乗る鐵城《キャッスル》を次々と落とされた今川方もまた三河軍に天叢雲の力が憑いていることを意識し、神威《しんい》に抗《あらが》う不遜《ふそん》を思い、浮き足立っている。

次第次第に今川《いまがわ》の大軍勢は、小勢の三河《みかわ》軍に圧され後退していた。

「いける……！」

竹千代《たけちよ》が呟《つぶや》いた。さやかが頷《うなず》きを返す。この頷きに自信を得た竹千代の目に輝きが宿った。

『ゆくぞぉっ！　敵は怯《ひる》んでいる！　一気に攻めろぉおっ！』

雨にぬかるむ大地を蹴《け》立てて、三河軍の鐵城《キャッスル》および砦城《フォオト》が敵陣深く切り込んでいく。

『ええいっ！　畏《おそ》れるな！　数ではこちらが上よ！　押し返せぇえっ！』

今川随一の勇将、掛川《かけがわ》城主朝比奈泰朝《あさひなやすとも》が、及び腰の兵たちを叱咤する。

しかし、一度下がった士気はなかなか上がりづらい。負ければ後のない三河国衆と異なり、今川方は撤退したとしても失うものは少ないのだ。自然と戦意に差が生じる。

さすがの朝比奈泰朝・掛川城、岡部元信《おかべもとのぶ》・朝日山《あさひやま》城の今川両雄は踏みとどまっているが、他の鐵城《キャッスル》はジリジリと圧されて遠江《とおとうみ》国境付近まで下がっていた。

『あの二城だ！　あの二城を討てぇえっ！』

竹千代の下知《げち》に野田《のだ》城と月ケ谷《わちがや》城が走りだした。勇敢な掛川城と朝日山城を落城させれば今川軍の士気は一気に下がろう。必ずや撤退を開始する。もう一息で三河軍の勝利はなる。

竹千代のみならず、三河国衆らの心中に光明が射した——と思ったその矢先であった。

『何を手間取うておるか……』

ふいに吟ずるような声が響き渡った。

六

すでに出陣し、ただの平地となっている岡崎城跡の龍域《りゅういき》である。

伊勢湾《いせ》を密《ひそ》かに渡り、鍛《きた》え直した天叢雲 剣《アマノムラクモノツルギ》を持参して岡崎《おかざき》に到着した忠勝の見たものは、すでに出陣し、ただの平地となっている岡崎城跡の龍域《りゅういき》である。

昼夜を問わず天叢雲剣を運んできたが、忠勝が岡崎についたのは、竹千代が出陣した半日後であった。今、忠勝は、岡崎出奔のおりに連れ出した本多隊の勇士十数名とともに、岡崎城跡の前で、豪雨に打たれ、虚《むな》しく佇立《ちょりつ》している。

「東三河まで城剣を運べる砦城《フォオト》は残っておらぬか？」

すぐに頭を切り替え、忠勝が尋ねたのは、岡崎の守りに残された家人頭《けにんがしら》であった。

「残ってはおります。上野《うえの》城と岩津《いわつ》城が。しかし、今から向かって、間に合うものか……」

もっともである。砦城《フォオト》で東三河まで向かえば、到着する頃には夜が明けてしまっているだろう。果してそれまで三河軍は持ち堪えていられるものか……。

「間に合うか否かを議論しても始まらん。とにかく向かうのだ。岩津城出陣の準備をせよ！」

「おうっ！」と本多隊の面々が応えた時である。

「む……？」

忠勝《ただかつ》は微《かす》かにだが、人が叫び交わす声を聞き取った。怒声や罵声《ばせい》である。

数間ほど先をおっとり刀の侍数名が慌てて声のほうへと駆けていくのが目に入った。

「何ぞあったか⁉」

忠勝が呼び止める。

「あっ！　これは本多《ほんだ》様！　賊が……」

「何？　賊と？」

「ハッ！　賊が、城下の牢屋敷を襲撃しております！　おそらく先日捕えた野盗の残党！　岡《おか》崎《ざき》城が留守になり、岡崎が手薄になるのを見計らい仲間を奪いにきたのでしょう！」

「くっ、斯様《かよう》な時に！」

舌打ちすると、忠勝は本多隊へ下知《げち》を飛ばす。

「我らも牢へ向かうぞ！　早急に鎮圧し、殿の元へ剣をお届けせねばならん！」

そうして駆けつける本多隊。

牢屋敷に到着すれば、鶏冠《とさか》頭の盗賊どもが、松平《まつだいら》の侍と大刀《だんびら》を振り回し争っている。

「やれやれぇっ！　血路をひらけっ！　邪魔する野郎はたたんじまえぇっ！」

声を張り上げ、盗賊らを指揮するのは、赤毛の少年であった。

「あれは……虎松《とらまつ》？」

盗賊を率い、大胆不敵にも岡崎城を乗っとらんとした井伊《いい》一族の遺児、あの井伊虎松である。盗賊の襲撃は、頭《かしら》である虎松の救出だったのだ。

「ゆけいっ！　捕えよ！　時を掛けるでないぞ！」

忠勝の下知により、本多隊の猛者十数名が抜刀して飛びかかっていった。

剽悍《ひょうかん》無比な盗賊どもも、三河《みかわ》最強本多隊の精鋭にかかっては、ひとたまりもない。押し倒され、刀を叩き折られ、次々と捕えられていく。

「ちっ！　おめえら、もう少しだけ凌《しの》いでくれっ！　すぐに助け出すからよ！」

こう叫ぶと、虎松は争い合う盗賊と侍の間を縫って駆けだした。

「いずこへゆく」

忠勝の巨体が、ぬっ、と虎松の行く手に立ち塞《ふさ》がる。

「くっそっ！」

虎松が長脇差《ながどす》を振り上げ、忠勝へ跳びかかってきた。が、即座に唸《うな》りを上げた忠勝の豪剣が長脇差を叩き落とす。キインと音を立てて長脇差が地で跳ねた。

キッ、と反抗的に忠勝を睨《にら》む虎松。だが、揺るぎもしない老将の眼光に睨み返され、じりじりと虎松は後ずさる。悔しげに歯ぎしりすると、猛る猫のように吼《ほ》えた。

「べらぼうめっ！　おいら、逃げねえ！　だから、ここを通しゃあがれ！」

虎松が妙なことを言った。

「逃げぬと？　ではいずこへ向かうか？」

「井伊谷城《いいのや》のあるとこだよ！」

井伊虎松《いいとらまつ》の鐵城《キャッスル》、井伊谷城は操城する城主がおらぬため、城跡近くに安置されていた。

「先にべつの仲間が向かって陀威那燃《ダイナモ》を回してる！　おいらを井伊谷城に乗せやがれ！　用を済ませたらちゃんと戻ってくるから安心しろい！　ばっきゃろうっ！」

「それで通ると思っておるのか？　そもそも用とはなんだ？」

忠勝《ただかつ》が厳しく問うた。

「決まってんだろ！　今川義元《いまがわよしもと》の首を捕りにいくんでい！　今、今川と合戦やってんだろ!?　竹千代《たけちよ》は言ってたぜ、家来にならないかってな！　今川に尻尾《しっぽ》ふる松平《まつだいら》に仕えるなんざ真っ平御免だが、戦うってんなら話は別でい！　家来になってやるから、戦わせろ！」

暫時《ざんじ》、忠勝は必死に訴える虎松を巨体より睨《にら》み据える。やがて、こう答えた。

「よかろう」

これに傍《そば》で聞いた本多《ほんだ》隊員が驚いた。

「よ、よいのですか!?」

「東三河《みかわ》まで剣を運ぶ足が欲しかった。井伊谷城の足ならばそう時はかかるまい」

「いけませせぬ！　こ、こんなやつに天叢雲《アマノムラクモ》を預けるのですか!?　盗んでそのまま逃げるに決まっております！　信用してはなりませぬ！」

虎松が烈火のごとく啖呵《たんか》を切る。

「ばっきゃろうっ！　おいら井伊直虎《なおとら》の息子だぞ！　そんな卑怯な真似《まね》するもんかい！」

「わしも信用はしておらぬ」

と、あっさり忠勝にこう言われてしまった。

「はあっ？　信用したんじゃねえのかよ？」

「するか、たわけが。ゆえにわしも井伊谷城に乗る」

「へっ？」

虎松が目を丸くする。

「わしがうぬの軍師を務めてやると申しておるのだ」

「な、なんだってぇっ!?　おっさんが、おいらの軍師ぃ!?」

「不服か？　では、牢に戻れ。わしは岩津《いわつ》城に乗り、殿の元へ馳《は》せ参ずる」

ケッと、虎松は唾《つば》を吐いた。

「わーった、わーった、わーったよぉ！　おっさんを乗せてきゃいいんだろ？」

「我が本多隊もだ」

「げげえっ！」と、蛙《かえる》みたいに跳びあがる虎松。

——四半刻後。

岡崎《おかざき》より深紅の虎型の鐵城《キャッスル》が東へ向かって暴風雨の三河の大地を駆け出した。

疾風のごとくひた駆けるその背には抜身の天叢雲剣《アマノムラクモノツルギ》がしっかと括《くく》りつけられている……。

七

騒擾《そうじよう》の渦と化していた合戦場が、不思議と静まりかえっていた。

今川《いまがわ》軍の後方、遥かな東方。そこにぼんやりと鬼火のごとき光が揺らめいている。

水を打ったような荒野に、戦場《いくさば》にはそぐわぬ雅やかな音色が流れ込んできた。

光射すような笙《しょう》の響き、躍るがごとき龍笛《りゅうてき》の音《ね》、低く流れる篳篥《ひちりき》の旋律。

天津神《あまつかみ》を召喚せんとするかのごとき神聖な宮廷楽の音に誘われて、静かに静かに厳かに、一体の鐵城《キャッスル》が淡く光放ちながら東方より歩み進んできた。

純白な面部は天神面に似て、見る者に畏怖の念を起こさせる。金箔《きんぱく》の刷かれた白鏑《しろめ》葺《ぶき》と銅瓦葺の装甲の合間には様々な瑞獣《ずいじゅう》の彫刻が施されていた。紫地に煌《きら》びやかな金糸の刺繍のされた大袍《だいほう》を肩に引っかけ、頭部の金塗り総覆輪阿古陀形兜《そうふくりんあこだなりかぶと》の上には高々と立烏帽子《えぼし》を被っていた。

三河《みかわ》国衆らは、豪奢《ごうしゃ》というにも装飾過多なこの伏魔殿《ふくまでん》のごとき異形《いぎよう》の鐵城《キャッスル》を目にし、恐懼《きようく》の感情すら込め、こう嘆声を漏らす。

『み……雅っ……！』

これぞまさしく東海の覇王今川義元《よしもと》の偉大なる鐵城《キャッスル》駿府《すんぷ》城、すなわち――

――〈江嶺雅ン斗《エレガント》　駿府《スンプ》〉参陣なぁりぃ～！


カッ、と稲妻が走った。

ドドドドォォォォォォォォン！　ゴロゴロゴロゴロォォ！

黄泉神《よもつかみ》たる雷帝すら駿府城を称《たた》えていた。

（いよいよ現れやがったか……！）

魂鋼刀《たまがねとう》を握る竹千代《たけちよ》の手が汗ばむ。

『不甲斐《ふがい》ないぞ、我が将らよ……』

駿府城より嘆くように発されたのは、今川義元の声にほかならない。

『これだけの手勢、これだけの時をかけ、未《いま》だ三河の小土豪ごとき膺懲《ようちょう》できぬか？』

『も、申し訳……ございませぬ……！』

答えた朝比奈泰朝《あさひなやすとも》の声は震えを帯びていた。

『待ちくたびれて、出向いてやったわ……。なに、こればかりの小勢……』

駿府城が首を巡らせ、三河軍の城々を眺めやる。

『俺ひとりで済んでしまうがな……』

ジリリ……と、三河軍の鐵城《キャッスル》たちが無意識に後ずさっている。先程まで勢いに乗っていた三河国人衆らが、駿府城の出現によって気圧《けお》されていた。駿府城――搭城する今川義元という存在には、それほどまでの圧倒的威風が備わっている。

『恐れるなぁっ！』

竹千代《たけちよ》が叫んだ。

『今川義元《いまがわよしもと》何するものぞ！　俺たちには天叢雲剣《アマノムラクモノツルギ》の加護ある！　敵大将の首を捕れぇぇっ！』

竹千代の声に、三河《みかわ》の諸将が「そうだ、その通りだ」と、我に返り、各々の武器を構え直す。

『天叢雲剣？』

嘲《あざけ》るように今川義元が声を発した。

『左様《さよう》なもの持ってはおらぬのだろう？』

竹千代は心臓を冷たい手で鷲摑《わしづか》みにされたような気がした。

『で、あろう？　た　け　ち　よ』

蛇が獲物を嘗《な》め回すかのごとき声色だった。三河国衆の内に動揺が走る。

『も、持ってない？　ないだと？』『天叢雲剣がない？　そんなこと……？』

三河軍の鐵城《キャッスル》らの首が動き、互いに互いをうかがった。

今川義元の押し殺した低い笑いが場に流れる。

『うぬらは一度でも天叢雲剣を見たか？　見ておらぬであろ？　竹千代が霊験《れいげん》や神変の類を起こしたことがあったか？　ないであろ？　うぬらは誑《たぶら》かされておったのだ』

ざわっ、と三河陣営がざわめいた。

『そ、そういえば、見たことがない……』『いや、だが、しかし……』

ここで大声を上げた者がいた。

『騙《だま》されてはならん！』

野田《のだ》城の菅沼定盈《すがぬまさだみつ》であった。

『神代《かみよ》の神剣を無闇に人目に晒《さら》せるわけもあるまい！　何よりも竹千代公の常勝無敗の働きぶりこそが天叢雲あることの証しではないか！　今川の口車に乗せられてはならん！』

が、義元はあくまで笑う。低く楽しげに。

『服部《はっとり》さやか』

「え……？　私？」

ふいに名を呼ばれ、さやかの身に戦慄《せんりつ》が走る。

『うぬは我が家中の石田佐吉《いしださきち》めに文を出しておったな？　その文にて知らせてくれたの？　松平《まつだいら》に天叢雲はない、と。あの文に誤りはあるか？』

さやかの顔色が蒼白《そうはく》になった。震える唇からは言葉が出てこない。

『まっ、まことかさやか⁉』

護摩壇《ごまだん》より甲高い酒井忠次《さかいただつぐ》の喚《わめ》き声がした。

『おぬし、佐吉めと……今川と内通しておったのか⁉　家中の秘事を漏らしたのか⁉』

『酒井殿！』

榊原康政《さかきばらやすまさ》が厳しい声で忠次《ただつぐ》を制する。ハッ、と忠次が口に手をやった。

天叢雲《アマノムラクモ》なきことは家中においても極秘事である。今の忠次の言葉は護摩壇《ごまだん》の通信を通して城中の御家人たちに聞こえてしまっていた。

『じ、じさま、今の話は……?』

『今川《いまがわ》の申す通り、天叢雲はないと……?』

『わ、わしら騙《だま》されておったのか?』

次々と二の丸陣間の老兵たちに尋ねられ、忠次は返答に窮する。

他陣間の各隊も猜疑《さいぎ》と動揺にざわついていた。

「本当なのか、さやか?」

竹千代《たけちよ》が静かにさやかへ尋ねた。

「あ……あたし……。さ、佐吉《さきち》と文のやり取りをしていたのは本当……。でも、まさか、それが今川さんに読まれていたなんて……。佐吉を信じていたから……だから……」

外界を眺めやれば三河《みかわ》国人衆の鐵城《キャッスル》や砦城《フォオト》から明らかに覇気が失《う》せていた。三河を守護する天叢雲がない。それはばかりか総大将の片腕たる軍師が敵国と内通していたとなれば、戦意が落ちるのも無理からぬことであった。

「ごめんなさい。あたしのせいで……」

さやかが今にも泣きだしそうな声で呟《つぶや》いた。

「大丈夫だ」

竹千代が首を振る。

「竹千代……」

「大丈夫。俺はさやかをちゃんと信じている」

確かな声でこう言うと、竹千代は表情を引き締め直した。

『惑わされるなっ！』

全軍へ叫びかける。

『偽りを言って我らの士気を挫《くじ》くのが今川の策だ！　天叢雲はある！　戦えぇぇぇっ！』

叫ぶと同時に岡崎《おかざき》城が単騎飛び出した。駿府《すんぷ》城目がけて一直線に駆けていく。

我に返ったように三河国衆もそれに続き、迎え討たんと今川も動き出す。

ワッ、と湧《わ》きかえるように戦が再開された。しかし、三河軍からは先程までの鬼神のごとき勢いは失せている。逆に総大将の参戦に力を得た今川軍の志気が上がっていた。

戦場を睥睨《へいげい》し、今川義元《よしもと》が溜息《ためいき》を吐く声。

『よかろう。あくまで神剣の加護あると申すなら、この義元が手ずから左様《さよう》なものなきことを証明してくれようぞ……』

ぶわっ、と駿府城の城体から妖しいまでに強大な龍氣《りゅうき》が湧き起こり、纏《まと》った袍《ほう》が翻《ひるがえ》った。

妖気に打たれ、駆け向かっていた岡崎城が、ビクッと棒立ちになる。駿府城が能役者のごとき歩法で岡崎城《おかざき》に迫ってきた。その凶暴なまでの圧迫感にゾクゾクゾクッ、と竹千代《たけちよ》の足裏より戦慄《せんりつ》が頭頂まで這《は》い上がる。麻痺《まひ》したようになった岡崎城の眼前に、駿府《すんぷ》城が肉薄した。

『アリ』

それは蹴鞠《けまり》の際に発される掛け声。ふわりと駿府城の巨体が軽く跳ねる。

——トンッ。

と、蹴上げた。それは、まさに〝トンッ〟と表記すべき軽やかな蹴りだった。が、それをまともに受けた岡崎城の衝撃はトンでは済まされぬものだった。

——ドゥギュルンッ！

この擬音こそ相応《ふさわ》しい。凄《すさ》まじい圧とともに岡崎城の巨体が天空高く打ち上げられた。斜居櫓機巧《ジャイロ》も間に合わず、城内にいる者全員が、床板に叩きつけられる。見る間に地上が遠ざかり、瞬時にして雷雲を突き抜けた岡崎城は、ほんの束の間星空を見た。刹那《せつな》の静寂。

直後、大落下！　再度、雨雲の下、猛嵐の世界へ！　高速で落ちてくる岡崎城を不気味に見上げる駿府城の白い面《つら》！　激突を覚悟した岡崎城。だが、そうはならない。

『ヤア』

大地へ着く寸前、またも駿府城が蹴り上げる！

『なぁっ!?』の、竹千代の驚声を地上に残し、再び遥か上空へ蹴り上げられる岡崎城！　成層圏に掠《かす》るかと見た上昇の後、流星のごとく落下する！　と、そこをまた蹴り上げられる！

『オウ』

上昇、落下、上昇、落下、上昇、落下、上昇、落下、上昇、落下、上昇、落下……！

遥か天空高くと地面すれすれを岡崎城は幾度となく往復させられる。執拗《しつよう》に執拗に執拗なまでに、駿府城は岡崎城を蹴り上げ、決して地面へ落とさない。

蹴鞠だ。今、岡崎城は今川義元《いまがわよしもと》の爪先ひとつで玩弄《がんろう》される蹴鞠と化していた。

『アリ。ヤア。アリ。オウ』

義元の声は愉しげで、岡崎城をいたぶることに残忍な愉悦を抱いているかのようだった。

優雅にすら見えるこの連続蹴り上げだが、岡崎城内部は危機的状況へ陥っている。

繰り返される落下と上昇で、足軽衆は床へ天井へと叩きつけられ、転がされ、幾人かが骨折し、昏倒《こんとう》し、陀威那燃《ダイナモ》働きなど覚束ぬ状況。さらに蹴られた一瞬の衝撃は尋常でなく、岡崎城全体に激しく響き渡り、石垣《いしがき》装甲がところどころ砕け、装甲下の板壁が露《あら》わになっていた。

「蹴鞠とは決して雅なだけの遊戯にあらず、天地を結ぶ神事なり……」

こう呟《つぶや》いたのは、黒衣の宰相太原雪斎《たいげんせつさい》。今、雪斎は、駿府城の天守、床几《しょうぎ》に座り魂鋼刀《たまがねとう》を握る今川義元の傍らに立ち、上下する岡崎城を底光りする三白眼《さんぱくがん》で眺めていた。

「蹴鞠を極めたる御殿はすなわち天地を極めたに等しい。見られたか、竹千代公、これぞ颯華《さっか》暴流《ぼうりゅう》蹴鞠術《けまりじゅつ》〈天上天下唯我独尊脚蹴《てんじょうてんげゆいがどくそんきやっく》〉の妙義ぞ」

幾回幾十回天と地とを往復させられたろうか？　ようやく岡崎城が轟然《ごうぜん》と大地へ衝突した。

よろよろと身を起こさんとする岡崎《おかざき》城の傍らに駿府《すんぷ》城の禍々《まがまが》しい立ち姿がすでにある。

『それ、立て。見せてみよ。天叢雲《アマノムラクモ》の神威《しんい》とやらを』

『ううう……』

呻《うめ》き膝立ちになった岡崎城の顔面に、容赦ない駿府城の蹴《け》りが炸裂した。ドッ！　と、今度は横へ、半里の距離を弾丸のごとく蹴り飛ばされ、大地を二転三転する。

『竹千代《たけちよ》公っ！』

助けに向かわんと駆け出した菅沼定盈《すがぬまさだみつ》の野田《のだ》城。すかさず朝比奈泰朝《あさひなやすとも》の掛川《かけがわ》城が回り込む。ザブリ、ズンッ！　と、一刀のもとに野田城が切り伏せられた。右肩から左脇の下までバックリ斬線の開いた野田城がよろめきつつ後ずさる。ドッと火を吹きぶっ倒れた。

——野田城、陥落！

奥平《おくだいら》の亀山《かめやま》城が敵砦城《フオオト》の群れに迫られている。立て続けに矢を放ち撃退していたが、射る矢よりも敵の数が圧倒的に多かった。退いて射る、退いて射る。砦城《フオオト》集団との距離はじわりじわりと縮まっていき、ついに目前まで接近された。これが限度と亀山城は山岳地帯へ逃げ込もうと背を向ける。そこに浴びせかかる対城焙烙火矢《たいじようほうろくひや》。直撃を受け、亀山城はあえなく爆散した。

——亀山城、陥落！

群がりくる砦城《フオオト》を摑《つか》んでは投げ、摑んでは投げていた吉良《きら》の西尾城。足利《あしかが》御三家の意地を見せ、阿修羅《あしゆら》のごとき奮闘ぶりだったがそれも長く続かない。敵砦城《フオオト》に背後から足にしがみつかれ、転倒。身を起こさんとしたところを後から後から砦城《フォオト》が乗り上げ、抑え込まれる。その砦城《フォオト》の数、奇《く》しくも四十七体。圧《お》し潰《つぶ》された西尾城はそのまま動かなくなった。

――西尾城、陥落！

敵陣深くで西郷《さいごう》の月ヶ谷《わちがや》城は夥《おびただ》しい数の砦城《フォオト》に包囲され、それでも一剣を振り上げ、敵城を両断していた。そこへ今川《いまがわ》の鐵城《キャッスル》孕石元泰《はらみいしもとやす》の孕石城と小原鎮実《おはらしげざね》の花沢《はなざわ》城が駆けつけ、前後より月ヶ谷城に槍《やり》を突き出し、身構える。進退窮《きわ》まり『チェストーッ！』と、刀を振り上げた月ヶ谷城の胸と背の双方へ敵城の槍が突き込まれた。

――月ヶ谷城、陥落！

岡部元信《おかべもとのぶ》の朝日山《あさひやま》城と鍔迫《つばぜ》り合《あ》いをしていた水野《みずの》の刈谷《かりや》城が力負けして切り伏せられた。

――刈谷城、陥落！

大地に擬態《ぎたい》していた足助《あすけ》城が、飯尾連龍《いのおつらたつ》の曳馬《ひくま》城に発見され、長巻《ながまき》で突かれて爆発した。

――足助城、陥落！

ひとつ、またひとつと竹千代の築き上げた三河《みかわ》統一国家の城が落とされていく。

残るは戸田《とだ》の田原《たはら》城と設楽《したら》の設楽城、そして竹千代の岡崎城のみとなった……。

八

天には暴れ龍のごとき稲妻が閃《ひらめ》き、猛風吹き荒れ、豪雨が降り注いでいた。

降り注ぐのは雨のみにあらず、夥《おびただ》しい数の矢、火蛇《ひだ》のごとき放物線を描く焙烙火矢《ほうろくひや》もまた。城どもの打ち合う刃が鉄臭い火花を迸《ほとばし》らせ、方々には打ち倒され瓦礫《がれき》と化した砦城《フォオト》が累々《るいるい》と転がり、遠近《おちこち》で爆炎を上げていた。

大修羅場《しゅらば》と化した合戦場を三河《みかわ》とも今川《いまがわ》とも争わぬまま、不審に駆ける砦城《フォオト》の姿がある。

「ひゃー。派手にやってんなぁ〜」

目を輝かせて言ったのは、砦城《フォオト》を操城する加藤虎之助《かとうとらのすけ》であった。

「戦、自分もしたかったす」

福島市松《ふくしまいちまつ》が、ぼそっ、とこんな声を漏らす。これを聞き、藤吉郎《とうきちろう》が高笑った。

「ニャッハッハッ。此度《こたび》は気分だけ味わっとけ。戦働きはいずれたっぷりさせてやるわい」

藤吉郎一党が奪った砦城《フォオト》であった。

砦城《フォオト》を奪ったはいいものの、今川の砦城《フォオト》に追いかけられ、一度、山岳部へ逃げ込んでいる。そのため開戦からはだいぶ遅れて今しがた三河に到着したばかりだった。

今、藤吉郎、市松、竹中半兵衛《たけなかはんべえ》は、蜂須賀小六《はちすかころく》だけを蜂須賀党の働いている回転装置の元に残し、虎之助の操城する天守に移動している。石田佐吉《いしださきち》もそこにいた。呑気《のんき》な藤吉郎一党と異なり、佐吉の顔色は蒼白《そうはく》になっている。眉根を寄せ、苛立《いらだ》たしげに足を微《かす》かに揺すっていた。

「見たところ、今川方が優勢だの」

藤吉郎の声に、佐吉の肩がぴくりと動く。

今川優勢とは、すなわちさやかが窮地に立たされていることにほかならない。

「半兵衛、おまえが三河方ならどう戦う？」

藤吉郎が、ぼけっと柱に背を預けていた半兵衛へ尋ねた。放心から覚め、半兵衛は答える。

「ここまで負けが込んでは難しいでしょうね。決死の覚悟で総攻撃をかけ駿府《すんぷ》城を落とせばなんとかなるかもしれませんが、見たところ三河方は兵の戦意が下がってます。起死回生の一手を打つには何かしらの方法で兵を昂揚《こうよう》させなければならないでしょう。たとえば天叢雲剣《アマノムラクモノツルギ》」

「天叢雲剣かぁ。比類なき力など本当にあるのかの？」

「力があるかないかはどうでもいいんです。それを掲げて見せさえすれば味方の士気は上がり、敵の戦意は下がるでしょう。万が一ですが勝機もあるかもしれません。とはいえ、ここまで松平《まつだいら》は天叢雲剣を用いずに戦ってきたと聞きます。と、なると佐吉さん」

ふいに半兵衛が佐吉に顔を向けた。

「松平は天叢雲なんて持っていませんよね？　だとすれば、まあ、勝てないでしょう」

あっさりと半兵衛は言い切り、また放心状態に戻った。佐吉は苦々しく唇を噛《か》む。

（そんなこと、わかっている……っ！）

松平の力では今川軍に勝てぬことなど初めからわかりきったことなのだ。

なぜ竹千代《たけちよ》にはそれがわからなかったのか？　なぜ、このような無謀に踏み切った？

（同じだぞ、竹千代。半蔵《はんぞう》様が亡くなった時と同じだぞ。今度は三河全土をおまえの無謀の道連れにしようとしているぞ……！　なぜ学ばん！）

竹千代《たけちよ》の無謀によって佐吉《さきち》の敬愛する半蔵《はんぞう》は死んだ。だが――

（さやかは……さやかだけは絶対に救いだす！）

佐吉は天守正面に開いた窓から見える戦場風景へ、岡崎《おかざき》城を探し焦慮《しょうりょ》の目を走らせる。立ち昇る爆煙としのつく雨に霞んで合戦場全体を見渡すことができなかった。

「ん？　なんだありゃ？」

ふいに虎之助《とらのすけ》が訝《いぶか》しげな声を上げた。

「オヤジさん、なんか変な砦城《フオオト》が駆けてくるぜ？　ん？　あれ、砦城《フオオト》か？」

一同、窓から身を乗り出し、虎之助の目線の向くほうへ目を凝《こ》らす。

西の地平の向こうに、ぽつんと赤いものが見えた。四脚走行獣形《けものなり》の城である。鐵城《キャッスル》というには小さなそれは、砦城《フオオト》というには速すぎる速度で泥飛沫《しぶき》をあげつつ疾駆している。

「あれは……井伊谷《いいのや》城？」

佐吉が声を漏らした。

「何？　井伊谷城と言えば女城主直虎《なおとら》の……」

と、言ってる間にも、赤い城は戦場へ乱入してきた。

『どけどけどけいっ！　邪魔だ邪魔だ邪魔だぁぁいっ！』

井伊谷城より威勢のいい声が迸《ほとばし》ったかと思うと、行く手を遮る砦城《フオオト》どもに体当たりし、鉤《かぎ》爪《づめ》を閃《ひらめ》かせ、蹴《け》散らしてしまう。三河方《みかわ》今川方《いまがわ》なんて関係ない。とにかく目障りな砦城《フォオト》はなんだって構わず払い除けて突き進む。横紙破りの無茶苦茶者だ。

『赤い閃光〈凜駆主《リンクス》の井伊谷《イイノヤ》〉推参でい！　邪魔する野郎はかかってきやがれってんだ！』

『虎松《とらまつ》、それは味方の砦城《フォオト》ぞ！』

井伊谷城の法螺《ほら》貝より、厳しい叱責が漏れ聞こえる。佐吉はそれが何者の声か即座に察した。

「本多《ほんだ》様の声？　虎松と本多様が乗っているのか？」

叱られても虎松の声には悪びれた様子はない。

『おっと、すまねえ。どいつもこいつも似たり寄ったりだぜ。駿府《すんぷ》城はどこだっ！』

『これっ！　目的を忘れるでない！　殿の元に向うのだ！』

『ちぇっ、わーったよぉ。竹千代ぉっ！　どこにいやがる！　竹千代やぁいっ！』

井伊谷城が戦場を縫って駆け回る。

「あはは っ。なんだ、あいつ、面白えじゃん！」

虎之助が弾んだ声を上げた。〝虎〟の一字を名に持つ同士、シンパシーでも感じるのか。

「む？　井伊谷城の背負っているあれはなんだ？」

藤吉郎《とうきちろう》が目の上に手をかざし、井伊谷城を眺めた。井伊谷城の背に、ピカピカ光るものが括《くく》りつけられている。小柄な井伊谷城には不釣り合いなほど長大なそれは、抜身の城刀だ。

ハッ、と佐吉が声を上げる。

「天叢雲剣《アマノムラクモノツルギ》……!?」

「え？　あったんですか？」

寝ぼけたみたいな声で半兵衛《はんべえ》が反応した。

「おかしいな、読みが外れた。なら勝てるかもしれませんね……」

（勝てる？　三河《みかわ》方が今川《いまがわ》に勝てる？　ならば——）

——さやかが助かるかもしれない。

『待ていっ！　そこな城！』

ズズンッ、と地響きを上げて、井伊谷《いいのや》城の真ん前に巨大な鐵城《キャッスル》が現れた。

今川の武将岡部元信《おかべもとのぶ》の朝日山《あさひやま》城である。

『うぬはいずこの城ぞ！　三河方か？　今川方か？』

さすがの井伊谷城も駆ける脚を止めざるをえなかった。だが、減らず口は止まらない。

『三河方も今川方もねえ、おいらぁ井伊《いい》方だい！　おっと、違った、ついさっき松平《まつだいら》の家来になったんだった。まあ、今川ぶっ殺す方に変わりはねえやい！　おい、コラ、でくのぼう！その邪魔くせえ図体をどきゃぁがれっ！』

『ぬうっ、小癪《こしゃく》なっ！』

憤りにまかせ朝日山城が野太刀を振りかぶった。

跳んで回避する井伊谷城。続けざまに颶風《ぐふう》のごとく振り回される太刀先を、ヒョイヒョイ躱《かわ》し続ける井伊谷城の身の軽さは驚くばかりだが、躱すばかりで進むことができなくなっている。

『ああっ、めんどくせえっ！　おまえに構ってる暇はねえっつうのによぉ！』

これを見ていた佐吉《さきち》が虎之助《とらのすけ》に声を投げた。

「加藤《かとう》殿！　井伊谷城に加勢していただけぬか！」

「はあ!?　砦城《フォオト》で鐵城《キャッスル》の相手しろってか？」

「気を引き、井伊谷城を先にいかせてやればいいのです……！」

このまま井伊谷城がぐずぐずしていたら、せっかくの天叢雲剣の到着も無駄に終わるかもしれない。さやかが助かる道も閉ざされる。

「オヤジさん」

虎之助が藤吉郎《とうきちろう》を振り返った。藤吉郎は、にひっ、と笑う。

「いっちょやったれ、虎之助」

虎之助の顔にも笑みが生まれた。内心ではこの若者、戦いたくてうずうずしていたのである。

「オッケー。うっしゃあっ、戦だ、戦ぁあっ！」

朝日山城目がけ、佐吉たちの乗る砦城《フォオト》が突進を開始した。

勢い込んで言った虎之助へ水を差すように、半兵衛が言う。

「正面から鐵城《キャッスル》に当たっても勝てません。井伊谷城をいかせたらすぐに撤退してください」

すでに佐吉の砦城《フォオト》は朝日山城の間近まで迫っている。佐吉の砦城《フォオト》は今川軍の旗指物《はたさしもの》を差していた。ゆえに朝日山城《あさひやま》は味方が加勢にきたものと思い込んでいる。その油断を突いて——

「そおらよっと！」

跳びあがった砦城《フオオト》が、真横から朝日山城に体当たりを食らわせた。

『んなっ!?』

仰天の声を発した朝日山城主岡部《おかべ》元信《もとのぶ》。朝日山城が数歩よろめいて右膝を地につく。

『隙《すき》ありぃっ！』

跳びかかろうとした虎松《とらまつ》の声に、制止する本多《ほんだ》忠勝《ただかつ》の声が重なった。

『よせっ！　この機を逃すでない！　殿の元へ向かうのだ！』

『ちぇっ！　仕方ねえな！』

タッ、と井伊谷《いいのや》城が駆け抜けていく。

『待てっ！』と、立ち上がった朝日山城のどてっ腹に虎之助《とらのすけ》の砦城《フオオト》がまたもぶつかっていく。

ズデンドウと朝日山城が仰向《あおむ》けに倒れた。半兵衛《はんべえ》が即座に言う。

「さ。逃げますよ、虎之助」

「ええっ!?　ここで逃げんのかよ？　勝てるぜ、これ？」

不服の声を発する虎之助の目の前で、がばっと朝日山城が立ちあがった。

『おのれ、貴様！　さては敵の兵に乗っ取られた砦城《フオオト》よな？　容赦ならん！』

朝日山城の顔面装甲の向こう側に忿怒《ふんぬ》の形相と化した岡部元信の顔が見えるかのようだった。

「やっべっ！」

虎之助はくるりと砦城《フォオト》を半転させ、井伊谷城の後を追って一目散に駆け出した。

『待て待て待てぇぇぇいっ！』

ドスドスと追いかけてくる朝日山城を振り切ってあっという間に戦場の騒擾《そうじょう》の中に紛《まぎ》れてしまう。惚《ほ》れ惚れするような逃げっぷりであった。

視界の果てに井伊谷城を捉《とら》えたままその後を追う。井伊谷城の深紅の装甲はよく目立つ。戦場にいる誰もが疾駆する赤い城の存在に気がついた。

『三河《みかわ》の衆よ、聞けいっ！』

井伊谷城よりよく通る声が発された。虎松ではない。本多忠勝の声だ。

『見よ！　天叢雲《アマノムラクモノツルギ》剣がただいま参着致したぞ！　神代《かみよ》の神剣の前に今川《いまがわ》なぞ恐るるに足らず！　聖剣の加護は我らにあり！　古の戦人《いくさびと》のごとく国土を侵す今川を撃退せよっ！』

大音声《だいおんじょう》を木魂《こだま》せる井伊谷城の背には、厳かに焔《ほむら》明かりを反射する古代刀があった。

『おおっ！　天叢雲剣だ！』

『あったではないか！　やはり今川の申したことは偽りであった！』

天叢雲の神威《しんい》の偉大さよ。剣を目にした三河国衆らの戦意は、敗色に染まりきっていたところから一気に昇り上がって、戦場全体へ瞬く間に伝播《でんぱ》した。

疲弊《ひへい》していた肉体と精神に力が漲《みなぎ》り、残る力を振り絞る気力が湧《わ》いてくる。勢いを盛り返した三河《みかわ》勢は今川《いまがわ》軍の城へ果敢に立ち向かっていった。

『雑城《ぞうじょう》を相手にするな！　狙うは駿府《すんぷ》城のみ！　今川義元《よしもと》の首、その一点ぞ！』

この忠勝《ただかつ》の声で、それぞれ勝手に戦っていた三河国衆たちが駿府城を討ってくれんと動き出す。無論、妨げんとする今川方との戦いとなってはしまうが、三河側の意志は統一された。

井伊谷《いいのや》城を追って駆ける佐吉《さきち》らを乗せた砦城《フオオト》の向かう先に、煌々《こうこう》と蒼《あお》い光が見えてくる。

——駿府城の放つ龍氣《りゅうき》の光であった。

九

「なにやら戦場《いくさば》が騒がしくなってきたのぉ」

今川義元が、駿府城の首を振りかえらせた。

今、駿府城は蹴《け》り飛ばした岡崎《おかざき》城を追って、戦場の中心を離れた山間部《さんかんぶ》近くへきている。すぐ数町ほど先には、岡崎城が瓦礫《がれき》とともに倒れ、それでも起きあがろうとしていた。

太原雪斎《たいげんせっさい》が告げる。

「ただいま物見より報告がございました。天叢雲《アマノムラクモ》が到着したそうにございます」

「何？　ないのではなかったのか？」

「佐吉へ当てられた文には盗まれたと書かれておりましたゆえ、奪い返したのやもしれませぬ。あるいは服部《はっとり》さやかめが我らを騙《だま》さんと文に偽りを書いたか……。いずれにせよ三河方の士気が盛り返しております。お遊びはこの辺りでおやめくだされ」

「フンッ、心得ておるわ」

義元は岡崎城へと目線を戻す。よろめきつつ岡崎城が立ちあがったところだった。

くっくっくっ、と義元は含み笑う。

「のう、雪斎。天叢雲の到着、俺は嬉しく思うておるぞ。俺の欲しかった天叢雲がすぐ傍《そば》にあるのだからの。真に己《おのれ》を手にする資格のある者——俺の元へやってきてくれたのだ……」

この頃、岡崎城内部では緊急法螺《ほら》貝のけたたましい音が鳴り響き、天守の曼荼羅《まんだら》図は内部機巧の甚大《じんだい》な損傷を告げて真っ赤に点滅している。

「陀威那燃《ダイナモ》を回せ！　次の攻撃に備えろ！　なんとか反撃に転ずるぞ！」

魂鋼刀《たまがねとう》を握りしめ、竹千代《たけちよ》が各陣間へ声を放つ。

さやかはその背後で悄然《しょうぜん》と立ち尽くしていた。本来ならば陣間への指示は軍師であるさやかの仕事。だが、駿府との内通が疑われているさやかがそれを行うことはできなかった。

なんとか岡崎城が守りの姿勢をとった時、すでに駿府城が目前に迫っている。

ドッ、と俊敏な駿府城の蹴りが両腕の守りを掻《か》い潜り、岡崎城の横っ腹に炸裂した。

蹴り飛ばされ大地にぶつかった岡崎城は勢い衰えず数町ほどの距離の地面を抉《えぐ》る。

（くっ！　岡崎城の動きが……鈍いっ……！）

理由は明白だった。天叢雲剣がないと知れ、さらに軍師さやかの石田《いしだ》佐吉との内通が明らかになり、足軽たちの働きが落ち、龍氣《りゅうき》の増幅が衰えているのである。

「みんな、全力を出せ！　このままでは勝てないぞ！　頑張ってくれ！」

必死で声を張り、再度、岡崎《おかざき》城を立たせた竹千代《たけちよ》。もう幾度蹴《け》りつけられたろうか。蹴られるために立ち上がっているような気にすらなっている。

前を向けば駿府《すんぷ》城が滑るように接近してくるのが見えた。

また蹴られる！　そう覚悟し、可能な限り衝撃を減らそうと身構えたのその矢先——

『うおおおおおおっ！　今川義元《いまがわよしもと》ぉぉぉぉっ！』

怒号とともに、背後より深紅の疾風が岡崎城の脇をすり抜けた。

（井伊谷《いいのや》城!?　虎松《とらまつ》が!?　なぜ、ここに……!?）

と、目を見張ったのは束の間、その背に煌《きら》めく一剣を見て、竹千代は二度驚いた。

「天叢雲　剣《アマノムラクモノツルギ》!?」

天叢雲剣を背負った井伊谷城はまっしぐらに駿府城に突進していく。

岡崎からここまで天叢雲を届けに駆けつけた虎松だったが、いざ育ての母の仇、今川義元の搭城する駿府城を目にすると、頭に血がのぼってしまった。役目を忘れ、本多忠勝《ほんだただかつ》の制止も振り切って、単騎、駿府城へと突撃したのだった。

『おっかさんの仇！　おらあああああっ！』

井伊谷城が地を蹴った。鋭い鉤爪《かぎづめ》を閃《ひらめ》かせ、駿府城へと跳びかかる。

だが、駿府城の法螺貝《ほら》から漏れ聞こえたのは、フッ、という冷笑の吐息。

ふわりと駿府城が軽く跳んだかと見るや、身を半転させて――

『ヤア』

ドガッ！　と、鋭い蹴りが井伊谷城を叩き落とした。まるで蝿でも払うかのようであった。

地へ直撃した井伊谷城が、衝撃にひしゃげ、背中から剣が飛ぶ。星のごとき煌めきを放ちつつくるくると中空で回転し、ドッ、と突き立ったのは岡崎城の目の前であった。

無惨に半壊した井伊谷城の法螺貝から本多忠勝の声がする。

『殿！　天叢雲、伊勢《いせ》にて鍛《きた》え直し、ただいまお持ち致したぞ！　どうか、それを――』

半ばで忠勝の声がぶつりと途切れる。井伊谷城が活動を停止したのだ。

（忠勝が……伊勢にて鍛え直し……）

竹千代は忠勝が岡崎より出奔した理由、天叢雲剣が消失した理由を一瞬にして悟った。

忠勝の忍んだ忠義心に目頭が熱くなる。同時にその身が案じられたが、大破した井伊谷城の門が開き、よろめきつつも虎松に支えられながら忠勝が出てくるのが見受けられた。

と、ここで竹千代の背後より湧《わ》きかえるような声が上がる。

三河《みかわ》国衆が駿府城を落とさんと、ついにここまで押し寄せてきたのだ。今川の諸城が防いでいるが、天叢雲を間近に見て、さらに勢いを増し、今にも押し通って殺到しそうである。

岡崎城が天叢雲の柄《つか》へ手を伸ばし、握った。身に力が湧きあがるのを感じ、一気に引き抜く。

途端、雨音を掻《か》き消すほどの大歓声が三河《みかわ》衆より湧《わ》き起った。今川《いまがわ》軍の抑えを破って、堤を切った水のように三河衆が雪崩《なだ》れ出る。一気に駿府《すんぷ》城へ突撃しようとした時であった。

『下郎ども、控えよっ！』

駿府城より空間すら揺るがさんばかりの大喝が発された。

その一声。今川義元《よしもと》の発したそのたった一声で、三河国衆らは威圧され、麻痺《まひ》したように足を止めてしまう。それができてしまうだけの威厳と貫禄が義元にはあった。

夥《おびただ》しい数の敵城に囲繞《いにょう》されながら、悠然と——優雅とも言える歩法で駿府城が歩んでくる。

岡崎《おかざき》城は天叢雲《アマノムラクモノツルギ》剣を正眼《せいがん》に構え、その切っ先を駿府城へと向けた。神代《かみよ》の神剣を手にし、それでもなお竹千代《たけちよ》は、歩みくる駿府城と己《おのれ》との差を埋め切れておらぬような不安感があった。

『竹千代、苦しゅうない』

微笑《ほほえ》みを含んだ声色で義元が言った。

『剣を渡せ』

無造作に手を差し出してきた。何も持たぬただの手にもかかわらず、竹千代は、鋭利な刃物を突きつけられたような感覚を覚える。剣を構えたまま、ジリリと後ずさった。

『それは俺の剣ぞ。さあ、献上せよ』

『お、おまえのだと……』

『ああ。天叢雲剣は、本来俺が持つに相応《ふさわ》しき剣よ。さあ、渡せ』

この威圧感から解放されるならば、いっそ渡して楽になりたい。そんな想念すら浮かんだ。

『渡さぬか？』

義元の声に恐いものが生まれた。渡さぬならばどうなるかわかっているのか？　そういう意味が言下にあった。竹千代は心を奮い立たせる。

（俺の手には天叢雲剣があるんだ。もう今川義元を恐れる必要などない！）

岡崎城は正眼につけた剣をゆっくりと持ち上げていく。正眼は守りの構えだ。これを今、攻めの構えである八双へと変えたのである。

「本丸陣間、二の丸陣間！　陀威那燃《ダイナモ》を回せ！　天叢雲へ龍氣《りゅうき》を伝導させるぞ！」

竹千代の号令に、両腕を担当する陣間が全力で陀威那燃《ダイナモ》を回す。

ふふふふふ……と、義元が不気味に笑った。

『よかろう。渡さぬならば奪い取るまで……』

義元の声を聞きつつ竹千代は魂鋼刀《たまがねとう》を握る手に力を込める。

（斬る！　天叢雲の力で！　俺は己の未来を斬り開く！）

すうっ、と駿府城が動きを見せた。

『うおおおおっ！』

裂帛《れっぱく》の気合とともに、竹千代は天叢雲剣を袈裟《けさ》がけに振るう。刀身が駿府城の肩口に吸い込まれるように落ちていく。このまま、両断――

『ヤア』

――ドガッ！

ならなかった。刃を巧みに躱《かわ》した駿府《すんぷ》城の孤を描く上段回し蹴《げ》りが岡崎《おかざき》城の顳顬《こめかみ》に直撃。岡崎城は無様に大地に蹴り倒されていた。竹千代《たけちよ》は迅速に岡崎城を立ち上がらせる。憎らしいことに駿府城は、岡崎城が立ち上がるのを悠然と待っていた。素早く剣を下段につける。

『おりゃあああっ！』

地を蹴って間合いを詰め、逆袈裟《けさ》に斬り上げた。

『オウ』

――ドゴッ！

脇腹に叩き込まれる駿府城の蹴り。跳ね飛ばされ、岡崎城はまたも地へ転がる。まるで変わりがない。剣を手にする前となんら変わりがなかった。

(なんでだ!? 比類ない力はどうした……!?)

ここで竹千代は気がついた。天叢雲《アマノムラクモノツルギ》剣に龍氣《りゅうき》が伝導されていないのだ……!?

通常の城剣でも鐵城《キャッスル》が握れば龍氣を流し込み、強靭《きょうじん》化させることができる。それによって硬質な石垣《いしがき》装甲を切断しうるのだ。だが、今この手に握っている天叢雲は、龍氣を流し込むことができていない。さながら、刀自身がそれを拒んでいるかのように。

『選ばれなんだな、竹千代』

義元《よしもと》が冷たく言い放った。

『天叢雲もわかっておるのだ。うぬが己《おのれ》の遣い手に相応《ふさわ》しからぬことを……』

竹千代は愕然《がくぜん》となった。半蔵《はんぞう》が命をかけて与えてくれた、忠勝《ただかつ》が鍛《きた》え直しここまで運んでくれた、それが己にとって無為《むい》な存在だったなど竹千代には信じられなかった。

「し、信じない……信じないぞ……」

うわ言のように口にして、竹千代は、再度岡崎城を立ち上がらせる。

剣を上段につけようと腕を動かした時——

「うっ！」

ふいに突き刺すような痛みが胸に走った。ドクドクと異常な速さで心臓が動悸しているのがわかる。竹千代の顔が見る間に蒼白《そうはく》になり、どっと脂汗が浮き上がる。

（そんな……こんな時に……っ！）

竹千代は胸を押さえて呻《うめ》く。例の発作であった。一部が鉄と化した竹千代の心臓が、不整な脈動を起こし始めていたのである。

「竹千代！　発作!?　発作が起こったの!?」

「違う！」

と、竹千代は駆け寄ってきたさやかの手を振り払う。

「や……やれる！　俺は……まだやれる……！」

竹千代《たけちよ》はくわっと目を見開き、歯を食いしばる。

「だ……陀威那燃《ダイナモ》を回せぇぇ……！」

血を吐くようにこう言うと、駿府城《すんぷ》を睨《にら》みつけた。

『うがああああああっ！』

岡崎城《おかざき》が刀を振り上げ、駿府城へ向かう。

『そろそろ飽いたぞ』

義元《よしもと》の冷笑的な一言。ふわりと向かいくる岡崎城を軽くいなすと、高々と踵を振り上げ、岡崎城の背へ、ドッ！　と、浴びせ落とした。

『ぐあっ！』

前のめりになった岡崎城の腹を逆の足で蹴《け》り上げる。回転しながら岡崎城の城体が宙に浮いた。トッ、と舞い上がった駿府城が中空の岡崎城へ三日月のごとき横蹴りをくれる。地へと叩きつけられる——と、思いきや、駿府城の爪先がさらに岡崎城を蹴り上げた。

ギュルンッギュルンッと猛回転を加えられながら、大地に倒れることすら許されず、岡崎城は、駿府城の鼻先で蹴られ、蹴られ、蹴られまくる。これを見守る戦場《いくさば》の兵たちの目には、駿府城が大きな鞠《まり》を猛速度で蹴り続けているように見えただろう。

その速度たるや凄《すさ》まじい。蹴り脚が鞭《むち》打つようにしなって見える。蹴りのひと打ちひと打ちが、爆《は》ぜるような龍氣《りゅうき》の火花を迸《ほとばし》らせ、装甲が砕け、木材が、石材が散り跳んだ。

容赦のない連蹴りの嵐。蹴鞠《けまり》を極めた天帝の打擲。

それでも岡崎城は未練がましく天叢雲剣《アマノムラクモノツルギ》を握り続けている。

（なんでだ……？　どうしてだ？　動いてくれ！　力を貸してくれ、天叢雲！）

劈《つんざ》くような胸の痛みに、堪えながら、竹千代はそう一心に念じている。

だが、その意識も朦朧《もうろう》としてきた。視界が霞んでいる。普段、胸の発作が起こった時は安静にして治まるのを待つものだった。今は安静など望むべくもない状況である。このまま意識を手放せば、竹千代は二度と再び目覚めることはないだろう。

すうっ、と冷たく暗い死の闇が竹千代の意識に浸透してきた……。

十

佐吉《さきち》もまた、この状況を見ていた。

岡崎城と駿府城を取り巻く、城の群れに佐吉らの乗る柴城《フオオト》も混ざっていたのである。

（何をやっている！　何をやっているのだ、竹千代は！）

激しい苛立《いらだ》ちと焦慮《しょうりよ》が佐吉の普段涼やかな形相を歪《ゆが》ませていた。

（天叢雲剣さえあれば勝てるのではなかったのか!?　さやかが……！　さやかが……！）

執拗《しつよう》に蹴りまくられる岡崎城の姿が、あの可憐なさやかに見えていた。

助けに向かいたい。だが、佐吉のみならず何人《なんぴと》も尋常でない速度で蹴りを放つ駿府城と蹴られる岡崎城《おかざき》の戦いに割って入るなど不可能である。駿府城《すんぷ》の尋常ならざる動き——というよりか、その並々ならぬ気迫がそれを拒んでいた。

(俺にできることはあるか？　どうすれば？　どうすれば！)

ドッ！　と、駿府城の蹴《け》りが岡崎城の下顎《あご》に炸裂した。駿府城は、もうじゅうぶんと見たのか、蹴りやめて跳び下がる。ふらっ、とよろめき、岡崎城が仰向《あおむ》けに傾いでいった。

泥を撥《は》ね上げ、地響きとともに岡崎城の巨体が倒れ込んだのは、今川三河《いまがわみかわ》の砦城《フォオト》が戦い合うその場所である。砦城《フォオト》数体が圧《お》し潰《つぶ》された。

「あ……」

佐吉《さきち》が声を漏らす。岡崎城が倒れたのは、まさに佐吉の乗る砦城《フォオト》のすぐ目の前だったのだ。岡崎城の脇腹部分の装甲が砕け、内部が露出している。

(あそこから入れる……！)

考えるのも遅しと、佐吉は砦城《フォオト》天守の窓から飛び出した。

「あっ！　佐吉！　バカっ！　何やってんだよ！」

虎之助《とらのすけ》が驚き、声を上げた時には、すでに佐吉は傾斜した砦城《フォオト》の胸部装甲を滑り下りている。

「危ないっすよ！　俺、連れ戻して……！」

と、市松《いちまつ》が佐吉に続こうとした時、その太い肩を藤吉郎《とうきちろう》の手がつかみ、止めた。

市松が振り返ると、藤吉郎はにこにこしながら首を振っている。

「市松。人の恋路を邪魔するやつぁ馬に蹴られて死んじまうぞ」

心配そうに見守る市松の隣で、藤吉郎がニャッハッハッと高笑った。

走る佐吉の目の前で、岡崎城が身じろぎをする。立ち上がろうとしているのだ。

佐吉は焦る。岡崎城が立ち上がれば、また駿府城の攻撃が始まる。そうなっては、もう岡崎城内への進入は不可能だろう。駆ける足に力を込める。あと少し、というところで、ぬうっと岡崎城が身を起こし始めた。脇腹装甲の穴が虚《むな》しく上へ遠ざかる。

佐吉は跳んだ。手が石垣《いしがき》に掛かる。渾身《こんしん》の力で己《おのれ》の身を持ち上げた。

這《は》い上がったそこは岡崎城内の廊下。けたたましく緊急法螺《ほら》貝が鳴り響いている。

佐吉は駆けた。廊下の隅に負傷した足軽たちが転がり、呻《うめ》いているのを行き過ぎる。佐吉に気がつき見咎《みとが》める余裕のある者はひとりもいなかった。

途中、榊原《さかきばら》隊の詰める二の丸陣間の脇を通過する。康政《やすまさ》が隊員を鼓舞《こぶ》していたが、疲弊《ひへい》した足軽たちはじゅうぶんな陀威那燃《ダイナモ》働きができずにいた。落城前の風景にほかならない。

天守への階段に踏み出した時、凄《すさ》まじい衝撃が岡崎城を襲い、右方の壁に叩きつけられる。

（くっ！　駿府城の攻撃が再開されたのか……！）

続いて左の壁へ跳ね飛ばされる。次は天井へ……。見る間に佐吉の体へ青あざが浮き上がる。幾度も体を壁や床に叩きつけられながらも、佐吉は階段にしがみつき、這うように上へ進んだ。さやかのいるその場所へ……。

魂鋼刀《たまがねとう》を握る竹千代《たけちよ》の目が虚《うつ》ろになっていた。

岡崎城《おかざき》へ蹴《け》りをくれる駿府《すんぷ》城の姿はもう揺れる靄《もや》のごときものとしか捉《とら》えられていない。

生への執着だけが竹千代を戦場へしがみつかせている状況だった。

「竹千代！　竹千代！　竹千代！」

さやかが竹千代の耳元で叫び続けている。その叫びがあるから竹千代は意識を繋《つな》ぎ止めていられていた。さやかも自分にできるのはそれぐらいだと知っていて、叫んでいる。

ドガッ！　と、強烈な衝撃が岡崎城へ打ち込まれた。天守の大護摩壇《ごまだん》には、重く垂れこめる暗雲が映っている。岡崎城が蹴り上げられ、宙を舞っていた。ドッ、と大地に落ちる。

激震に転がされ、身を起こしたさやかが見たのは、魂鋼刀に体重を預け、ぐったりとする竹千代の姿だった。竹千代の口が微《かす》かに声を漏らす。

「だ……い……陀威那燃《ダイナモ》……ま……回せ……」

その声はすぐ間近にある護摩壇にすら届かぬほど小さかった。

「陀威那燃《ダイナモ》回してぇえっ！」

さやかが代わりに声を張り上げる。

しかし『おおっ』という声は返ってこない。足軽衆も限界だった。何よりも、心が……。

「さやか」

ふいに背後より声がした。ハッとなって、さやかは振り返る。

階段のところに、全身汗みどろで顔面に青痣《あざ》の浮いた痩軀《そうく》の男が立っていた。

「佐吉《さきち》……!?」

一時、さやかの顔に喜色が浮かんだ。だが、すぐに警戒のそれに塗り変えられる。竹千代の身を守るように後ずさった。今や佐吉は松平《まつだいら》の敵である。

「さやか……」

よろよろと佐吉が歩み寄る。ここにくるまでにだいぶ体を打ちつけられていた。

「何をしにきたの、佐吉」

さやかの声は拒絶的に厳しい。佐吉はさやかの文の内容を今川《いまがわ》に知らせていたのだ。

「今川を……抜けてきた」

佐吉がこう言った。

「え?」

「すまぬ。おまえからの文は俺のあずかり知らぬところで太原雪斎《たいげんせっさい》に盗み見られていたのだ。それを知り、俺は今川を抜けた……」

そうだったのか、とさやかは思う。だが、まだ信用しきれなかった。姉弟《きょうだい》のように育った佐吉を信じることができなくなっていることを、さやか自身悲しく思う。

「逃げよう」

佐吉《さきち》が言った。さやかは耳を疑った。

「逃げる？」

「ああ、逃げよう。そのために俺はきた。おまえをここから救い出しにきた」

「そんなことできないよ！」

さやかが叫んだ。

「なぜだ？　岡崎《おかざき》城が落ちるのはもう目に見えている。今なら間に合う。逃げよう」

「ダメ！　竹千代《たけちよ》はまだ戦っている！　竹千代を置いて逃げるなんてできないよ！」

佐吉の顔が忌々《いまいま》しげに歪《ゆが》む。声を荒らげて怒鳴った。

「なぜ、そんなやつに固執する！　忠義か？　そいつのせいで半蔵《はんぞう》様は死んだのだぞ！　三河《みかわ》一国はそいつのせいで蹂躙《じゅうりん》されている！　そいつは忠義を尽くすに足る主君ではない！」

「忠義とかじゃないよ！」

さやかは激しく首を振った。

「では、なんだ!?　忠義でないとしたらなんなのだ！」

と、問うた佐吉だったが、どこかその答えを恐れているような様子があった。

「姉弟《きょうだい》だからだよ！　小さい頃から一緒だった竹千代を見捨ててなんていけないよ！」

「その姉弟《きょうだい》の巻き添えを食っておまえは死ぬのか!?」

「まだ、そうとは決まってない！」

「決まっている！　わからないのか！　竹千代はその為体《ていたらく》だ！　天叢雲剣《アマノムラクモノツルギ》も役に立っておらん！　足軽衆にはもはや陀威那燃《ダイナモ》を回す気力がない！　どうやって勝つつもりなんだ！」

「それは……」

さやかは言葉に詰まり、俯《うつむ》いた。息を整えた佐吉が厳しい表情を和らげる。

「逃げよう、さやか」

優しく佐吉は言った。

「岡崎にいた頃の俺は、魂鋼《たまがね》を宿せぬゆえに鬱屈《うっくつ》を抱えて生きていた。だが駿府《すんぷ》である人に教えられたのだ。城主を主君と仰《あお》がずともいい。魂鋼を宿さずとも出世の夢を見てもいい。そう俺は気づかされた。俺はこれから夢を見て生きていく」

佐吉はさやかへ手を差し伸べた。

「いこう、さやか。天地は広い。俺と一緒に面白いものを探しにいこう」

佐吉の熱く、だけど澄んだ眼差《まなざ》しに見つめられ、さやかはドキリとした。弟だと思っていた佐吉に対して、今まで一度も抱いたことのない胸の高鳴りを覚えた。

「あ、あたし……」

と、考えも纏《まと》まらぬままさやかの口が動いた時である。

「だ……だい……なも……まわ……せ……」

竹千代が身じろぎし、こう小さく声を漏らすのが聞こえた。一瞬にしてさやかの揺らいでいた心が決まる。佐吉《さきち》を振り切るようにして護摩壇《ごまだん》に向かい、叫んだ。

「みんなっ！　陀威那燃回《ダイナモ》して！　竹千代《たけちよ》はまだ戦ってるよ！」

佐吉がさやかの肩をつかむ。

「よせっ！　天叢雲剣《アマノムラクモノツルギ》が役に立たぬ今、もう勝機はない！　無駄なことはよせ！」

「違うよ！」

キッ、とさやかが佐吉を睨《にら》んだ。

「天叢雲じゃない！」

さやかは護摩壇に向き直る。その引き締められた表情には揺るぎない決心があった。

「みんな！　あたしの声なんて聞きたくないかもしれないけど、お願い！　今だけ聞いて！」

護摩壇を通してこの声は岡崎《おかざき》城の全陣間に響き渡る。

「天叢雲剣は使えないよ！」

はっきりとこう言い切った。

「な、何……？」

佐吉は耳を疑う。そんなことを告げてはますます足軽衆の士気が落ちるではないか。

「今までもね、ずっと天叢雲剣はなかったよ！　みんなに教えてあげられなくてごめんね！　でもね、みんな！　なかった、いいんだよ、天叢雲剣は！　吉良《きら》さんや鵜殿《うどの》さん、鈴木《すずき》さん、奥平《おくだいら》さん、牧野《まきの》さん、西郷《せご》どん……どの戦いの時だってなかったんだよ！」

護摩壇《ごまだん》は沈黙し、なんの応えも返ってこない。

「天叢雲剣《アマノムラクモノツルギ》の加護で三河《みかわ》を統一したって思ってたよね！　違うよ！　三河を統一したのは、みんな！　みんなの働きが天叢雲剣と同じだけの力を出したんだよ！　そう！　強いのは神代《かみよ》の神剣じゃない！　みんな！　みんなが天叢雲剣に負けないくらいとっても強いの！」

すうっ、とさかやは大きく息を吸った。

「だから！　だからねっ！　勇気を出して！　負けないで！　あとちょっとだけ、竹千代《たけちよ》と一緒に戦って！　お願いっ！　お願ぁぁぁぁぁいっ！」

泣き叫びながら、さやかは一気に言った。

しんっ――と暫時《ざんじ》、静寂の時が訪れる。

緊急法螺《ほら》貝の音と、さやかが肩で息をする音だけがしばし聞こえ続けた。

永遠とも思える沈黙の後――

『うぅおおおおおおおおおおおおおおおおおおおおおおおおおおおおおおおおっ！』

凄《すさ》まじい鬨《とき》の声がさやか周囲の護摩壇より湧《わ》き起こった。

さやかも佐吉《さきち》も呆然《ぼうぜん》となる。

『よくぞ言った！　天晴《あっぱ》れじゃ、さやか！』

酒井忠次《さかいただつぐ》の声がした。

『我が隊のジジイどもが老骨に鞭《むち》打って張り切りだしたわい！』

続いて榊原康政《さかきばらやすまさ》の声。

『目が覚めましたよ、さやかちゃん。君の言う通りです。我らは強い。天叢雲がなくとも、三河を統一しちゃったんですからね』

康政は榊原隊の足軽衆に顔を戻す。

『もうひと踏ん張り、いきますよ！』

本丸陣間も活気づいている。

『ここで全力を出さねば、本多《ほんだ》様に顔向けできぬわ！　皆、死を賭して回せいっ！』

『おおおおっ！』

多聞櫓《やぐら》陣間、富士見《ふじみ》櫓陣間も同様の盛り上がりを見せている。

佐吉は三河武士という土臭い人種の単純さに舌を巻いてしまった。

（いや……違う……）

さやかを見た。さやかは胸前で手を組んで、感涙をほろほろと流していた。

さやかに備わっているのは類いまれな勘働きだけではない。彼女自身の真心を、信念を、全軍の心に響かせ、奮い立たせる不思議な力もまた備わっているのだ。

服部半蔵《はっとりはんぞう》の否定していた軍師の才。それが確かにさやかにはあった。

みるみる曼荼羅図《まんだら》の諸仏が光を増していく。各陣間で増幅された龍氣《りゅうき》が岡崎《おかざき》城全体に伝導され、漲《みなぎ》り溢《あふ》れていく。だが竹千代《たけちよ》はぐったりと魂鋼刀《たまがねとう》にもたれたままだった。

「竹千代！　陀威那燃《ダイナモ》が回ってるよ！　龍氣がきてるよ！　目を覚まして！　竹千代！」

だが、竹千代はもう身じろぎすらしなかった。

「竹千代！　竹千代！」

なおも叫び掛けるさやか。ちっ、とひとつ舌打ちし、佐吉《さきち》が駆け寄ってきた。

「さやか、少しどけ！」

佐吉が竹千代の手を取り、手首に指を当てる。

「脈がない」

「そ、そんな……!?」

さやかの顔が歪《ゆが》んだ。佐吉が歯ぎしりをする。その身がわななないた。

「竹千代！」

佐吉が、竹千代の襟首を引っつかみ、乱暴に己《おのれ》へ向かせる。竹千代の目に光はなかった。

「竹千代、貴様！　ここで果てるのか!?　これ以上さやかを泣かせるんじゃない！　半蔵《はんぞう》様の死を無駄にするんじゃない！　おいっ、竹千代！　聞いてるのか！　おいっ！」

佐吉は忿怒《ふんぬ》の形相となっていた。凄《すさ》まじい怒りが佐吉の五体を震わせていた。

「竹千代、貴様っ！」

ついに佐吉は怒りにまかせて竹千代の顔を殴りつける。

「佐吉！」と、さやかが止めるのも構わず、佐吉は竹千代の顔を殴り続ける。

殴りながら佐吉は思った。

（そうじゃないだろ！　そうではないだろうが、竹千代！）

佐吉が殴りたいのは、こんな無抵抗な竹千代ではない。活《い》き活きと生きて立つ竹千代の憎らしい面なのだ。天下に旗を立てると広言した竹千代。実際そのようになった竹千代を殴りつけて旗をへし折り、俺こそが上だ！　俺はおまえより高い漢《おとこ》なのだとそう言ってやりたかった。

そういう隠れた己の願望――いいや、本能に、佐吉はこの時初めて気がついたのである。

「立て！　立たぬか竹千代！　立って戦え！」

俺と戦え！　そう言っているかのようだった。

十一

――立て！　立たぬか竹千代！　立って戦え！

遥か遠い場所から、こんな声が聞こえてくるのを竹千代は聞いていた。

（ここは……どこだ……？）

波の音が聞こえた。竹千代は身を起こし周囲を見渡す。夕暮れの浜辺であった。渚に赤く染まった波が静かに打ち寄せている。海風が頬に心地よかった。

ふと、見ると、ひとりの壮漢がこちらに背を向け海原を眺めて立っているのに気がつく。

さながら浜に一本だけ立つ松のように……。

その逞《たくま》しい背中に、竹千代《たけちよ》は見覚えがあった。

(半蔵《はんぞう》!)

男の名を呼んだ。男——半蔵は、振り向かぬまま、へへっと笑う。

(やってますねえ、殿)

こんなことを楽しげに言った。

(三河《みかわ》を統一し、今川《いまがわ》と一戦おっぱじめてるじゃないですかい? ふふふ。大したもんですよ。拙者《せっしゃ》がいた頃の殿とは思えませんねえ……)

竹千代は悄然《しょうぜん》と俯《うつむ》いた。

(だけど今川には勝てなかった。俺は天叢雲剣《アマノムラクモノツルギ》に選ばれなかったんだ……)

(まあ、でしょうな)

さらりと半蔵は言った。

(どうして選ばれなかったか、殿にはおわかりですかい?)

(どうしてって……)

(いいですかい、殿。剣ってのはしょせんは〝もの〟さ。それは天叢雲でも変わりはねえんですよ。ものは持ち主に遣って欲しがってる。それがものの喜びってやつでさあね)

妙なことを半蔵は言った。

（ですがね、殿。殿は天叢雲に遣われようとしていたんですよ。そんな不甲斐《ふがい》ない持ち主にゃ、ものは力を貸したくねえでしょう？）

（遣われようと……？）

（他人任せってことでさあ。俺の代わりに今川をやっつけてくだされって、そういう根性ですな。俺が今川をやっつけるからちょっと力を貸せよってそんぐらいに思わなきゃなぁ）

思い当たるところがあり、竹千代は恥じ入った。

（そう落ち込むことはありやせんよ。殿はいいところまでいってるんです）

（俺が……？）

（さやかがいいことを言ってやしたねえ……）

半蔵は物思うように空を仰《あお》いだ。

（三河統一をしたのは天叢雲じゃない。みんなの力だってね。殿だって、そのみんなさ。殿はね、己《おのれ》の力で三河を統一したんだ。つまり――）

半蔵が初めて振り返り、その漢《おとこ》くさい顔を竹千代へ向けた。

（城を築いたんですよ。ここに）

握り拳《こぶし》を己の胸に当てた。

呆然《ぼうぜん》とする竹千代へ半蔵が歩み寄ってくる。そして竹千代の胸に握り拳をぐっと押し当てた。

(せっかく築いた城だ。大事に強く育てなさいな)

(…………)

(どんな軍勢に攻められても決して落城しない、強く堅固な〝鋼鉄の城〟を……)

にっこりと笑い、半蔵《はんぞう》が竹千代《たけちよ》の胸から拳《こぶし》を放す。そこが蒼《あお》く光を放っていた。

(さあ、おいきなさいな、殿。面白いもんを探しに……)


佐吉《さきち》の竹千代を殴る手が止まった。

「なんだ……?」

竹千代の胸元が蒼く光を放っていた。佐吉はそこへ手を当て、慌てて離す。竹千代の胸が触れることができぬほどの高熱を放っていたのだ。さやかが呆然《ぼうぜん》と声を漏らす。

「もしかして、竹千代の心臓に残っている魂鋼《たまがね》が……光っているの?」

胸部より発生した光は、徐々に広がり、竹千代の全身を覆い尽くす。燃えるような龍氣《りゅうき》の熱に、もう佐吉は竹千代を摑《つか》んでいることができなくなって、床へ下ろした。

ぴくりと、竹千代の身が動く。虚《うつ》ろだった瞳に徐々に光が宿っていく。

ゆっくりと、竹千代が立ちあがった。蒼い光の塊と化した竹千代が魂鋼刀《たまがねとう》の柄《つか》を握る。

その眼差《まなざ》しはしっかりと前を――未来を見つめていた。

「竹千代……?」

さやかが呼びかける。振り向かぬまま竹千代は精悍《せいかん》にこう言った。

「〈鉦偉亞吽《アイアン》　岡崎《オカザキ》〉出陣だ」

この時、駿府《すんぷ》城内では今川義元《いまがわよしもと》が訝《いぶか》しげに声を漏らしていた。

『なんだ？』

倒れる岡崎《おかざき》城の内部に強い龍氣の漲《みなぎ》りがあることに、駿府城に乗る今川義元もまた気がついたのである。だが、すぐにその声色は不敵なものに戻った。

『ほお。驚いたぞ。まだ、そのような力が残っておったか』

薄《うっす》ら笑う今川義元の目の前で、岡崎城が身を起こす。

『まだ俺に抗《あらが》うか？　己《おのれ》が天叢雲《アマノムラクモ》に選ばれておらぬことになどとっくに気がついておろう？』

『ああ、俺は選ばれていない』

明瞭な声で竹千代が答えた。

『だから、こんなものはいらない』

岡崎城が今まで後生大事に握っていた天叢雲の剣を地に突き立てた。

今川義元は僅《わず》かに驚きを見せる。だが、すぐに、ふふふと笑った。

『ほお。どうせ遣えぬ剣よ、持っていても邪魔なだけだとようやくわかったか？』

『いいや。こんなものなくとも俺は戦える。だから手放した』

竹千代の言を、義元は一笑に付す。

『あってもなくても戦えぬ、であろうがっ！』

ふっと駿府《すんぷ》城が動きを見せた。狂暴な龍氣《りゅうき》が漲《みなぎ》り上がる。

「全陣間！　衝撃に備えて！」

さやかが護摩壇《ごまだん》に呼びかけた。駿府城の身が躍り、鞭《むち》のごとき蹴《け》りが襲いくる。

――ドッ！

『何？』

義元《よしもと》の意外の声。岡崎《おかざき》城の両腕が初めて蹴りを受け止めていた。衝撃にザザザッと岡崎城の足裏が地を擦る。

「あんな重い一撃を受け止めきった!?」

天守では佐吉《さきち》が驚愕《きょうがく》の声を上げている。

「重くない。俺の胸にはもっと重いものがあるのだから」

こう口にした竹千代《たけちよ》の身はからはむんむんと龍氣の焔《ほむら》が立ち上り、その周囲に近寄ることが困難なほどの熱気が放出されている。

「た、竹千代、熱くないの!?」

さやかが驚きと心配のないまぜになった問いを発する。

「熱くない。俺の胸にはもっと熱いものがあるのだから」

タッ、と地を蹴った駿府城が一瞬にして岡崎城の間合いに入ってきた。身を回転させ疾風のごとき、回し蹴りが岡崎城の脇腹目がけて打ち込まれる。

「そして――」

ガッ！　と、迅速に持ち上げられた岡崎城の左膝が、駿府城の蹴りを受け止めていた。直後、今川《いまがわ》義元は見る。己《おのれ》へ向かいくる龍氣に輝く右拳《こぶし》を！

『なっ!?』

「硬くもないっ！」

駿府城の顔面に、岡崎城渾身《こんしん》の拳が爆然と炸裂した。面部装甲を粉砕し、内側までめり込む。

『ぬがぁっ！』

駿府城の城体が後方へ仰《の》け反《ぞ》り、地へと倒れ落ちた。

「俺の胸には、もっと硬いものがあるのだから……」

岡崎城が倒れた駿府城に追撃を加えんと歩みだした。

この時、駿府城内の天守では今川義元が床几《しょうぎ》から転げ落ち、床へ無様に倒れていた。

「殿！」と、雪斎《せっさい》が手を貸そうとしたが、義元はそれを乱暴に振り払う。

「おのれぇえ～……」

憎々しげな声がうずくまる義元から漏れる。ゆるゆると憎怨に染まりきった顔が持ち上がった。般若《はんにゃ》面が落ち、隠れていた右側頭部が露《あら》わになっている。

――そこが大きく陥没していた。

右脳を大きく抉《えぐ》り取ったような陥没である。今生じたものではない。

城主と成りうる血筋の武士は体内の師霊《ふつみたま》が凝《こ》って魂鋼《たまがね》となる。今川義元《いまがわよしもと》の場合、魂鋼は脳に生じたのだ。魂鋼を摘出する際、その脳組織を大きく損じていたのである。

脳組織の欠損は、奇跡的なことに義元の生存になんら支障をきたさなかったが、異常なまでの情念の激しさと、天才的な蹴鞠《けまり》の才とを与えた。

「うおおおおおっ！　おんのれぇぇぇっ！」

義元が長い爪《つめ》で、己《おのれ》の顔と言わず胸と言わず、あらゆるところを掻《か》きむしった。

「下種《げす》の分際でこの俺を！　この今川義元を！　おのれっ！　おのれぇっ！」

ぎろっ、と異様な光を放つ義元のまなこが太原雪斎《たいげんせっさい》に向けられた。

「雪斎！　殺すぞ！　殺してやるぞ！　策を預けろ！」

当主のこの言葉に太原雪斎は感慨深いものを覚える。

脳組織の一部が欠損し、異常なふるまいの多かった幼少期の義元を、一族の者は気味悪がり、疎《うと》んじ、仏門に入れ、遠ざけた。その時、仏門の師となったのが太原雪斎である。

義元は強引に出家させられた己の境遇を不服とし、深い情念で一族を憎悪した。そして、雪斎へこう告げたのである。

――殺してやるぞ。策を預けろ。

この言葉に従って、雪斎は義元のふたりの兄、氏輝《うじてる》と彦五郎《ひこごろう》を暗殺した。還俗《げんぞく》し、当主の座についた義元に反旗を翻《ひるがえ》してきた異母兄を討ち滅ぼした。義元に従わぬ家臣らを一族郎党まで皆殺しにした。これが今川義元と太原雪斎の覇道の始まりであった。

（ああ、やりましょうぞ。御殿《おんとの》のためならばこの雪斎、鬼にも修羅《しゅら》にもなりましょうぞ）

雪斎は静かにこう進言した。

「いかにして兵を鼓舞《こぶ》したものか知れませぬが、敵城の足軽衆の士気が上がり、龍氣《りゅうき》が増幅されております。とはいえ岡崎《おかざき》城の損壊は著しい。こちらが力押しでゆけばそう長く持ち堪えられますまい。全力を挙げて叩き潰《つぶ》してやりましょうぞ……」

語りきると、くわっ、と目を見開き、声を張り上げた。

「全陣間！　陀威那燃《ダイナモ》働き全回でゆけいっ！」

駿府《すんぷ》城が蹶然《けつぜん》と跳ね上った。その城体がむんむんたる龍氣の焔《ほむら》に覆われている。

『キイイイエエエエエエエエエェェェッ！』

化鳥のごとき雄叫《おたけ》びを上げ、岡崎城へと猛然と蹴り込んできた。

ドッ、と右腕で受け止める岡崎城。即座に駿府城の次なる蹴りが飛んでくる。これも受ける。が、ミシリッ！　と受けた左腕へ罅入《ひびい》る音がした。間髪《かんはつ》を容れず、地まで砕けよと繰り出された浴びせ蹴りが岡崎城の頭頂へ降ってくる。ガンッ、と交差させ受け止めた両腕の装甲が爆《は》ぜ飛んだ。車輪のようにもんどり打った駿府城の蹴りが次は足元から昇竜のごとく岡崎城の顎《あご》下を襲う。仰《の》け反《ぞ》って躱《かわ》した岡崎城の顎先を剃刀《かみそり》のように爪先が擦過《さつか》する。

駿府《すんぷ》城の速度が倍するものになっていた。神速の蹴《け》りが怒濤《どとう》のごとく岡崎《おかざき》城へと浴びせかかる。そのことごとくを岡崎城が間一髪で受け、躱《かわ》し続けていられるのは、増幅された龍氣《りゅうき》の力と死地より帰還した竹千代《たけちよ》の常ならぬ五感の冴えの助けるところ。

だが、受けた腕や脚の装甲が度重なる衝撃で、亀裂が走り、剝《は》がれ飛んでいた。それでも岡崎城は退かなかった。踏みとどまって、反撃の拳《こぶし》を繰りだす。心中で竹千代が叫ぶ。

(勝つっ!)

ゴッ! と、敵の守りを掻《か》い潜った岡崎城の右拳が駿府城の胸板に炸裂する。だが、浅い。装甲をへこませただけで内部機巧へは達さない。むしろ殴った岡崎城の拳に割れ目が生じる。

襲いくる駿府城の無数の蹴り。繰り出される岡崎城の拳。この激しい応酬!

一見して互角と見えるこの戦い。だが、駿府城の繰り出す蹴りの一発一発が岡崎城の装甲を削り、裸にしていくのに対し、岡崎城の拳は未《いま》だ有効打に成りえていない。戦いの果てにあるのは岡崎城陥落の情景にほかならなかった。しかし、竹千代の心に敗北の二文字はない!

(勝つ!)

この一念!

(勝つ! 俺の城は落ちない! この胸の鋼鉄の城は、決して落ちたりなんかしない!)

ドッ! 駿府城の右胸に岡崎城の拳が直撃した。装甲を砕き、内部へ達する確かな手ごたえ。

『おのれぇっ!』

逆襲の蹴りが飛来する。ガッ！　と、受けた左腕に火花が散り、装甲が完全に粉砕された。もはや左腕での受けは不可能。それでも――

（勝つっ！）

この時、激闘を繰り広げる二城のすぐ傍《そば》で、ぼう、と光を放ったものがある。

地へ突き立った天叢雲剣《アマノムラクモノツルギ》だった。それはさながら、竹千代と義元《よしもと》――二雄の戦いに、神代《かみよ》の聖戦を想起させられ、猛々《たけだけ》しき魂を呼び覚まされたかのごとく……。

ああ、天叢雲剣は何ゆえ遠い壇ノ浦《だんのうら》の海底よりこの地まで旅してきたのか？

それは己《おの》が対となる双子の片割れ、草薙剣《クサナギノツルギ》の復活を知ったからにほかならない。

古来より今日まで数千数万という名刀が鍛《きた》えられてきたが、天叢雲・草薙に比べうるものなど生み出されなかった。紛《まご》うこと無き刀剣の二王。それが、天叢雲と草薙なのである。

この二刀、源平の合戦では敵味方の陣営に別れたものの、互いが戦場で相まみえることはなく、天叢雲は壇ノ浦の底へ沈み、草薙剣は尾張熱田《おわりあつた》神宮に鎮まった。それから幾星霜。天叢雲剣の内に宿った心が仄《ほの》暗い深海底にて恋い焦がれるように思い続けていたのはただひとつ……。

（俺と草薙、どちらが真なる刀剣の王たるか、雌雄を決してみたい……！）

だから天叢雲は旅をしてきた。草薙剣を求め、己を振るうに足る武士《もののふ》を求め……。

その武士《もののふ》と、天叢雲はようやく巡り合えた。

それは初め、天叢雲に縋《すが》るだけの弱々しき御霊の持ち主であった。だが幾多の戦場《いくさば》を潜りぬけ、その内なる魂魄《こんぱく》は、今、新星のごとき輝きを放っている。

未《いま》だ荒削りながら、勝利を渇望し、戦乱の内に光り輝かんとする者。胸の内に鋼鉄の城郭《じょうかく》を築き上げんとする者。戦国の頂上へ昇りつめる天稟《てんぴん》を備えた者。

(おおっ、俺は斯様《かよう》な漢《おとこ》に握られてみたいぞ！　俺を握れ。俺を振るえ。なぜ握らぬ？)

天叢雲《アマノムラクモ》の刀身に宿りし荒御霊《あらみたま》が、こう訴え、強く強く輝きを増していく。

(さあ、俺を握れ！　おまえを勝たせてやる！　俺の力でおまえを勝たせてやる！)

(違うっ！)

強い念が天叢雲に返ってきた。

(俺は俺の力で勝つのだ！　俺は俺の手で戦乱の世を平らげ、天下に旗を掲げるのだ！　ここに俺という漢がいるぞと大音声《だいおんじょう》で叫んでやるのだ！)

(ああっ、なんと眩《まばゆ》きその野望！　その覇道！　俺もその道を共に歩みたいぞ！　俺を連れていってくれ！　戦乱の巷《ちまた》に！　戦国の頂きに！　草薙剣《クサナギノツルギ》の元に！)

懇願するように天叢雲の輝きが忙《せわ》しなく明滅する。

(いいだろう！　俺に従え！　俺の覇道を切り開く剣となれ！)

おりしも夜が明けつつあった。嵐もまた過ぎ去りつつある。戦場が黎明《れいめい》の光に明るんでいた。

ドッ！　と、鋭い蹴《け》りが身を守った岡崎《おかざき》城の右腕へ炸裂する。右腕装甲が砕け散り、岡崎城は後方へ跳び下がった。そこにあわあわと光放つ天叢雲剣が突き立っている。

　岡崎城の装甲はもはや完膚《かんぷ》なきまでに剝《は》がれ落ちていた。骸骨《がいこつ》のごとく内部の木製構造が露出し、無惨な姿となっている。もはや一撃も防ぎえないだろう。

『とどめだ！　松平竹千代《まつだいらたけちよ》おおっ！』

　必殺を確信した今川義元《いまがわよしもと》の咆哮《ほうこう》。駿府《すんぷ》城が袍《ほう》を翻《ひるがえ》し躍り上った。

「勝つっ！」

　気圧《けお》されることなき竹千代の裂帛《れっぱく》の一声。岡崎城の右腕が天叢雲の柄《つか》をしっかと握る。途端にその刀身が蒼《あお》く燃え上がる。一瞬で引き抜き、岡崎城は上空高く跳んでいた。

　天を仰《あお》いだ駿府城の目に、輝く一剣を高々と振り上げた岡崎城の姿が映る。

　猛々《たけだけ》しき竹千代の声が戦場へ響き渡った。

『松平軍法〈厭離穢土式神君欣求浄土斬《おんりえどしきしんくんごんぐじょうどざん》〉！』

　カッ！　と、縦一閃《いっせん》の斬光が迸《ほとばし》った。

　眩いばかりの光が世界を真っ白に染め上げる。斬光が三河《みかわ》の国土を一直線に走っていく。大地を割り、天を覆っていた暗雲を裂き、やがて駿河灘《するがなだ》まで到達し、海原すらも両断する。その先にあったのは昇りつつある赤い太陽。それすらも一瞬──


　──ふたつになった。

白転する世界の中、天地造化のごとき静寂だけが流れていた。

戦場にいた全ての兵が闘争をやめ、硬直している。

やがて眩《くら》んでいた目が視覚を取り戻すにつれ、朧《おぼろ》と見えてきたのは、屈みこみ天叢雲《アマノムラクモ》の刃を静かに地へつける岡崎《おかざき》城と、化石したかのごとく棒立ちになった駿府《すんぷ》城だった。

駿府城の天守では、今川義元《いまがわよしもと》が目と口とを見開いた姿でわなないている。

「こ……こんな……ところで……」

震える唇から声が漏れ出る。義元の頭頂から股下まで、ぴっ、と一線が走った。と、同時に駿府城の天守頭部から股下までも城主を倣《なら》うかのように蒼《あお》い光の一閃《いっせん》が走る。

竹千代《たけちよ》の一刀が天守にいる今川義元ごと駿府城を両断していたのだ。

「とっ、殿ぉぉおっ！」

太原雪斎《たいげんせっさい》が義元に縋《すが》りつく。途端、駿府城が大爆発を起こした。爆発は天守にいる城主と軍師とを呑《の》み込みつつ、今川の栄華の象徴であった煌《きら》びやかな駿府城を完膚《かんぷ》なきまで崩壊させる。

ゆっくりと岡崎城が立ち上がった。天叢雲剣を天突くごとく高々と掲げる。

――〈江嶺雅ン斗《エレガント》　駿府《スンプ》〉落城《げきは》っ！　下剋上《げこくじょう》、完了なぁりぃ～！

どっ、と三河《みかわ》国衆の城より喝采が湧《わ》きあがった。状況を理解できぬのは今川方の将たちである。負けるなどとは思っていなかったのだ。ましてや駿府《すんぷ》城が陥落するなど……。

呆然《ぼうぜん》となる今川《いまがわ》の諸城へ、三河《みかわ》国衆の城が一斉に雪崩《なだ》れかかった。総大将を失った今川軍は総崩れとなり、次々と城を落とされ、ついには散り散りになって撤退していく。

竹千代《たけちよ》は、この光景を岡崎《おかざき》城の天守から眺めていた。

全身の力が抜け、竹千代はその場にくずおれる。その身をさやかが支えた。

「勝ったね」

「ああ、勝った」

竹千代が微笑《ほほえ》んだ。

「さっきな、意識を失った時、俺、夢を見たよ……」

まだ夢の内にいるかのごとく竹千代はこう言った。

「夢で半蔵《はんぞう》に会った。海辺にさ、しっかりと立って、俺たちを見守ってくれていた……。まるで、浜辺に生え、どんな波にも風にも負けずに根を下ろした一本の松みたいに……」

ぼんやりと竹千代は天守の天井を眺めた。ふと――

「城の名を変えたい……」

突然の言葉にさやかはきょとんとなる。

「これから何かが始まる。だから、その門出《かどで》に岡崎城の名を変えたい……」

「いいんじゃない。なんにするの?」

さやかが微笑みを返した。竹千代は少し考える。やがて、こう言った。

「――浜松城」

それは夢で見た半蔵の姿からの着想であった。

「〈鉦偉亞吽《アイアン》　浜松《ハママツ》〉――それが俺の鐵城《キャッスル》の新しい名だ」

見つめ合う竹千代とさやかの内には勝利の昂揚《こうよう》よりも、やり遂げた後の温かい充実感がある。困難を乗り越えたこの城主と軍師の間には、何人も立ち入れぬ絆が生まれていた。

これを、佐吉《さきち》は天守の隅で取り残されたように、ぽつんと眺めている。

やがて佐吉はふたりに背を向け、階段を下り始めた……。

【終章《おわりにねむれる》睡龍児《りゅうのこは》夢想天下《てんかのゆめをみる》】

東海の覇王今川義元《いまがわよしもと》とその軍師太原雪斎《たいげんせっさい》の討ち死にの影響は大きかった。

そもそも暗殺や謀略で強引に当主の座につき、武力にものを言わせて駿河遠江《するがとおとうみ》を統治していた今川義元である。その圧倒的な存在が消え去ると、あれほどまで強大であった今川王国は一気に瓦解への道を辿《たど》り始めたのだった。

家中は家督《かとく》相続を巡り分裂し、今川に臣従していた駿河遠江の国衆らも次々と離反した。家臣団も今川にあくまで追従する者と、見限る者とで別れ、抗争が繰り返された。

これを機と見た竹千代《たけちよ》は駿河遠江へと侵攻し、今川領をひとつまたひとつと落としていった。

今川残党の抵抗は続いているが、遠くない将来、松平《まつだいら》の手によって鎮圧されるであろう……。


松平と今川の合戦からふた月が経っていた。

今、一体の砦城《フオオト》が三河《みかわ》の地を進んでいる。木下藤吉郎《きのしたとうきちろう》一党が乗る砦城《フオオト》であった。

このふた月、藤吉郎一党は今川を倒した後の松平の動きを見守りつつ、三河遠江駿河をいったりきたりうろついていたのである。ぼちぼちそれも飽いたと、藤吉郎一党はようやく三国を離れるため歩み出したところであった。この一党の内に、石田佐吉《いしださきち》の姿もある。

空は晴れ、絶好の旅日和だった。緑に萌える草原を、ガチャガチャと砦城《フオオト》は進んでいる。

だが、佐吉の顔は浮かない。むっつりと黙り込み、柱に背を預けていた。

竹千代が今川義元を倒し、三河のみならず遠江や駿河まで手に入れようとしている。かつて青雲の志《こころざし》を語り合った竹千代はもう佐吉の手の届かぬところまでいってしまった気がした。

そして、その傍らにあるさやかもまた手が届かない存在となっている……。

今川との合戦の後、力尽きくずおれた竹千代を支え、介抱するさやかの姿を目にし、佐吉はもはやこの城主と軍師の間に己《おのれ》の入り込む余地がないことを悟った。そうして何も告げぬまま、そっと城を後にしたのである。胸には敗北感と挫折感とがあった。

（だが……！）

佐吉は拳《こぶし》を握る。

（今だけだ。今だけだぞ竹千代！　俺は大きくなる。俺もまた旗を立てる。すぐにおまえに追いつく。そしてさやかを奪い取ってやる！　見ていろ、竹千代！）

佐吉は〝漢《おとこ》〟だ。漢ならばひとりでも多くの漢より強く大きくありたい。腕力、武力、権力、知力、財力、人間力……なんであってもよろしい。〝力〟でもって何かの頂きに昇り、己以外の漢へ高き己を誇示したい。

竹千代もまた漢だ。竹千代は、佐吉の昇っている山を先に進んでいる漢だ。

ならば佐吉《さきち》は竹千代《たけちよ》を倒さねばならぬ。倒して己《おのれ》がより強いことを示さねばならぬのだ。

「オヤジさん。ところで次はどこへいくんだい？」

操城する虎之助《とらのすけ》が藤吉郎《とうきちろう》を振り返り言った。にかっ、と笑い、藤吉郎は元気に答える。

「一路、美濃《みの》へ！　今、美濃におわす信長《のぶなが》様はなかなか面白き御仁だと聞くぞ。我らもそれに混ぜていただこうではないか！　ニャッハッハッハッハッ！」

藤吉郎一党と佐吉の野心を乗せ、砦城《フオオト》はゆっくりゆっくり進んでいく。新天地、美濃へ……。


昼過ぎの岡崎《おかざき》、浜松城と名を変えた松平《まつだいら》の城。

竹千代は誰もいない二の丸の広間の畳へ大の字になって寝転んでいた。

今川《いまがわ》との合戦以降、慌ただしい日々を過ごしている。駿河遠江《するがとおとうみ》の国衆らが、松平へ次々と降《くだ》り、臣従してきている。それらとの面会。あくまでも抵抗を続ける今川残党の鎮圧……。

今は、その束の間にできた、ほんの僅《わず》かな休息の時であった。

「竹千代」

寝顔を覗《のぞ》き込む者がいる。薄目を開ければさやかだった。

「ねえ、竹千代、これからどうするの？」

「これから？」

「うん。今川を倒して、これからどうするの？」

三河《みかわ》を統一した時にも同じことをさやかに尋ねられた気がした。あの時の竹千代は己のしでかしたことの重大さに震え、先が見えぬことに絶望したものである。今もまた先が見えない。これから何が待ち受けているのか、己がこれからどこへ進むのか、何もまだ見えていなかった。だが、あの時の闇に閉ざされたような感覚はない。今、竹千代の目の前には広大な天地が広がっている。あまりに広くて先の見通せない雄大な世界。どこへ向かうも自由であった。

ふと竹千代の脳裡に思い出された言葉がある。

――面白いもんを探してふらふらすんのはガキの仕事だ……。

「面白いものをふらふら探しにいこうと思う」

こう答えた竹千代の眼差《まなざ》しは遥か彼方《かなた》を眺めるかのようだった。

「あはっ。何それ？」

さやかが噴き出した。

「だけど……今は眠りたい」

ごろっと横を向き、竹千代は目を閉じた。間もなく、穏やかな寝息が聞こえてくる。

そっとさやかは立ち上がり、ひとつ微笑《ほほえ》むと広間を出ていった。

開け放たれた障子《しょうじ》からそよ風が吹き込んでくる。差し込む日差しが暖かい。風に流されてひらひらと蝶が舞い込んできて竹千代の肩に止まる。実にうららかな昼下がりであった。

眠る竹千代は何を夢見る？　蒼天《そうてん》を旋回する一羽の鷹に、己を重ねる夢か？　戦国の荒野に旗を立てて叫ぶ夢か?

今は眠らせておこう。この若者はこれから天下の騒乱へ身を投げ出していく運命にあるのだ。いずれ戦国動乱の世を平らげ天下泰平の江戸幕府を築き上げる神君徳川家康《いえやす》公の、これが若き日の寝姿であった……。

あとがき

この『鋼鉄城《こうてつじょう》アイアン・キャッスル』はアニマ様の「オリジナル作品出版プロジェクト」の一企画としてスタートしたものです。原案はアニマ様からいただたもので「戦国時代の城を巨大ロボットにして武将たちが戦い合う」というアイデアを打ち合わせを重ねて肉づけさせ、形になったのが本作品となっております。

ところで僕はよく読者の方から「文章が講談調」だとご指摘を受けることが多いです。

講談とは、講談師と呼ばれる人が扇子《せんす》を叩いて調子を取りながら歴史にちなんだ物語を語り聞かせる日本の伝統的な話芸だそうです。

実を言うと、僕自身は講談というものを直接観たことはなく、自分の文章が「講談調」だなんてことも指摘されるまで全く意識していませんでした。たぶん文章のトレーニングとして大好きな昔の時代小説を模写していたから自然にそういう文体になったんでしょう。

僕の文章が実際に講談調がどうかはわからないのですが、確かに自分の書く三人称の文章は、語り手的な人間が演台から語ってるような感じにはなっているなと思います。

よく歴史の本なんかを読むと「○○○（歴史上の人物）は、これこれこういう人物だというイメージがあるが実際はそうではなかった。この誤ったイメージは後世に〝講談師〟の扇子の先から生み出された創作にすぎない」という言葉をよく見かけます。

どうも講談――に限らず歴史を題材にした小説や映画などの大衆娯楽――は、史実とは異なる大嘘《うそ》をたいぶ世の中に流布《るふ》させてしまっているようです。

例えば「諸国漫遊する水戸黄門《みとこうもん》」とか「隻眼の柳生十兵衛《やぎゅうじゅうべえ》」とか「桜吹雪の刺青をする遠山《とおやま》の金さん」とか「美青年の佐々木小次郎」とか、全部、娯楽作品の生み出した大嘘らしいです。

僕はこういう「講談師の扇の先」が生み出した自由奔放な大嘘を愛しています。『鋼鉄城アイアン・キャッスル』はこの僕の大嘘への愛を受け止めきれる懐《ふところ》の深さを持った企画だなと思いました。なので思いつく限りの大嘘を作品にぶつけてみました。

大それた野心ではありますが、明治大正の講談本『立川文庫《たつかわぶんこ》』のような荒唐無稽自由闊達《こうとうむけいじゆうかったつ》な娯楽小説を目指したつもりでおります。どうか「史実とは違う！」などという野暮《やぼ》は言わず、つっこみを入れつつ、この荒唐無稽な物語を楽しんでいただければ幸いです。

最後に謝辞を。

アニマ様、原案・メカデザインを手掛けてくださった太田垣康男《おおたがきやすお》先生、このような心躍る作品を書く機会を与えてくださったことに心より感謝致します。ｓａｎｏｒｉｎ《さのりん》様、素敵なイラストありがとうございます。キャラのデザイン、カバーイラストを見た時、素直に「かっこいいいっ！」と叫んでしまいました。担当の小山《こやま》様、原稿遅れまくってすみません……。

それでは、またお会いできることを願って……。

【鐵城《キャッスル》】画図

絵：太田垣康男

【壱】

戦を支配したと言われる鐵城《キャッスル》。
この威圧感に戦場《いくさば》の人々は度肝を抜かれたに違いない。

「弐」

凛々しく、遠くを見やる姿。
この眼差しからは、城主・松平竹千代の天下を見据えた
決意が感じられる。

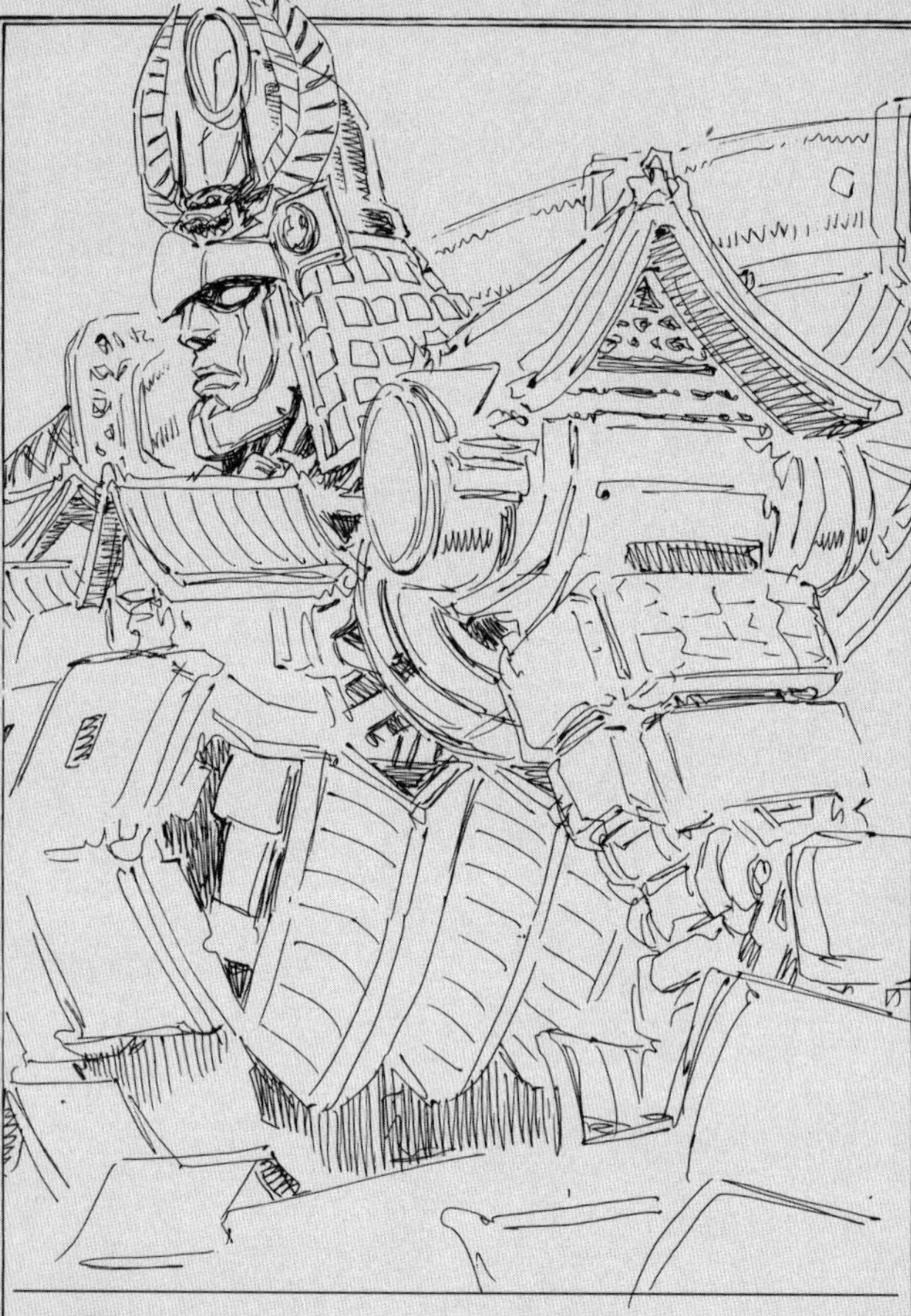

【参】

手前に大きく見える腕《かいな》。
こういった各部位に武将たちは配置され、城主の龍気を駆動部に回すべく奮闘する。

［肆］

足軽を蹴散らすがごとく、雄大に歩を進める銍偉亜吽《アイアン》岡崎《オカザキ》。
その巨大さがありありと理解できる。

OMMENT

メカデザイン：太田垣康男

模型屋の高い棚に並ぶお城のプラモデルは子供時代の憧れでした。企画案を考えてた時その事を思い出し「自分の部屋にお城のフィギュアがズラッと並んだら嬉しいな…それがロボットに変形したら…ヤバイ！ワクワクする！」という妄想からアイアン・キャッスルは始まりました。

変形機構までは私の力量不足でデザイン出来ませんでしたが（苦笑）

いつかプロのCGアーティストに完全変形する鋼鉄城をデザインして貰うのが夢です！

そして映像化！フィギュア化も！

キャラクターデザイン：sanor·in

この度イラストとキャラクターデザインを担当させていただいたsanorinです。

普段は漫画の作画を中心としたお仕事をさせていただいています。

イラストとキャラクターデザインを担当させていただくと言う大役に緊張の連続でしたが、皆さまにお気に入りのキャラができるようなデザインを生み出せていれば幸いです。

これからも精進してまいりたいと思いますので鋼鉄城プロジェクトを何卒よろしくお願いいたします！

原案・原作：ANIMA

ANIMAは3DCGを使った映像製作スタジオになります。

そんな私たちが、漫画家太田垣先生と出会い、映像化を目標とした出版プロジェクトを開始しました。

鐵城《キャッスル》が変形し、武将の雄叫びと共に殴り合うシーン、映像で見たくないですか？

感情豊かに動く竹千代、さやか、佐吉に会いたくないですか？

本書を読み終わった皆さんは絶対に見たいはずです！

その願いを叶える為に、この先も鋼鉄城プロジェクトを進めてまいります。

乞うご期待くださいませ！

S T A F F C

S T A F F

赤城晴康（ANIMA）
米塚 圭（ANIMA）
土屋 俊介（ANIMA）
西川 毅（ANIMA）
平岩 真輔
小林 治

ガガガ文庫3月刊

鋼鉄城アイアン・キャッスル

著／手代木正太郎《てしろぎしょうたろう》　イラスト・キャラクター原案／sanorin《さのりん》
原案・原作／ANIMA《アニマ》　メカデザイン／太田垣康男《おおたがきやすお》

ときは戦国。人型となり、城主の意のままに動く城「鐵城」を操る選ばれし武将たちは、天下に覇を唱えるべく各地で鎬を削っていた。これは、松平竹千代——のちの家康が城を得て、天下人へと昇りゆく物語。

ISBN978-4-09-451895-5（ガて2-14）　定価803円（税込）

月とライカと吸血姫《ノスフェラトゥ》6 月面着陸編・上

著／牧野圭祐《まきのけいすけ》
イラスト／かれい

レフたちの命がけの「非合法行為」の結果、ついに二大国の共同月着陸計画が正式始動！　ANSAでの飛行訓練のために連合王国へ渡ったレフとイリナたちを、ANSAの宇宙飛行士たちの厳しい洗礼が迎える!!

ISBN978-4-09-451886-3（ガま5-10）　定価759円（税込）

出会ってひと突きで絶頂除霊！8

著／赤城大空《あかぎひろたか》
イラスト／魔太郎《またろう》

来日予定の要人・シーラ姫が行方不明に。そんなニュースが世間を騒がせていた。ひょんなことから、追われるシーラ姫を助けることとなった晴久たちは、自然、テロリストたちとの闘いに巻き込まれていくのだった。

ISBN978-4-09-451894-8（ガあ11-23）　定価726円（税込）

元カノが転校してきて気まずい小暮理知の、罠と恋。

著／野村美月《のむらみづき》
イラスト／へちま

転校してきた冷たい瞳の美少女は、元カノだった！　中学時代、孤高の美少女渋谷ないると秘密の恋人関係にあった理知は、予期せぬ再会に翻弄される。席も隣同士になってしまい、互いに無視し合う二人だったが——。

ISBN978-4-09-451896-2（ガの1-1）　定価660円（税込）

ガガガブックス

元英雄で、今はヒモ ～最強の勇者がブラック人類から離脱してホワイト魔王軍で幸せになる話～

著／御鷹穂積《みたかほづみ》
イラスト／高峰《たかみね》ナダレ

歴代最強と呼ばれた勇者レイン。人類のため社畜のごとく戦う彼を見かねた魔王軍女幹部——エレノアは手を差し伸べ言う。「一緒に来てください。必ず幸せにしてみせますから……!」異世界系ヒモライフ、ついに開幕!!

ISBN978-4-09-461149-6　定価1,540円（税込）

GAGAGA

ガガガ文庫

鋼鉄城アイアン・キャッスル

手代木正太郎
原案・原作：アニマ

発行　2021年3月23日　初版第1刷発行

発行人　鳥光 裕

編集人　星野博規

編集　小山玲央

発行所　株式会社小学館
〒101-8001 東京都千代田区一ツ橋2-3-1
［編集］03-3230-9343　［販売］03-5281-3556

カバー印刷　株式会社美松堂

印刷・製本　図書印刷株式会社

Printed in Japan　ISBN978-4-09-451895-5

第16回小学館ライトノベル大賞 応募要項!!!!!!!!!!!!!!!!!!!!!!!!!!!!!!!!

ゲスト審査員は磯 光雄氏!!!!!!!!!!!!!!!!

大賞：200万円＆デビュー確約
ガガガ賞：100万円＆デビュー確約
優秀賞：50万円＆デビュー確約
審査員特別賞：50万円＆デビュー確約

第一次審査通過者全員に、評価シート&寸評をお送りします

内容 ビジュアルが付くことを意識した、エンターテインメント小説であること。ファンタジー、ミステリー、恋愛、ＳＦなどジャンルは不問。商業的に未発表作品であること。
（同人誌や営利目的でない個人のWEB上での作品掲載は可。その場合は同人誌名またはサイト名を明記のこと）

選考 ガガガ文庫編集部＋ゲスト審査員 磯 光雄

資格 プロ・アマ・年齢不問

原稿枚数 ワープロ原稿の規定書式【１枚に42字×34行、縦書きで印刷のこと】で、70〜150枚。
※手書き原稿での応募は不可。

応募方法 次の3点を番号順に重ね合わせ、右上をクリップ等（※紐は不可）で綴じて送ってください。
① 作品タイトル、原稿枚数、郵便番号、住所、氏名（本名、ペンネーム使用の場合はペンネームも併記）、年齢、略歴、電話番号の順に明記した紙
② 800字以内であらすじ
③ 応募作品（必ずページ順に番号をふること）

応募先 〒101-8001 東京都千代田区一ツ橋 2-3-1
小学館　第四コミック局　ライトノベル大賞係

Webでの応募　GAGAGA WIREの小学館ライトノベル大賞ページから専用の作品投稿フォームにアクセス、必要情報を入力の上、ご応募ください。
※データ形式は、テキスト（txt）、ワード（doc、docx）のみとなります。
※Webと郵送で同一作品の応募はしないようにしてください。
※同一回の応募において、改稿版を含め同じ作品は一度しか投稿できません。よく推敲の上、アップロードください。

締め切り 2021年9月末日（当日消印有効）
※Web投稿は日付変更までにアップロード完了。

発表 2022年3月刊『ガ報』、及びガガガ文庫公式WEBサイトGAGAGAWIREにて

注意 ○応募作品は返却致しません。○選考に関するお問い合わせには応じられません。○二重投稿作品はいっさい受け付けません。○受賞作品の出版権及び映像化、コミック化、ゲーム化などの二次使用権はすべて小学館に帰属します。別途、規定の印税をお支払いいたします。○応募された方の個人情報は、本大賞以外の目的に利用することはありません。○事故防止の観点から、追跡サービス等が可能な配送方法を利用されることをおすすめします。○作品を複数応募する場合は、一作品ごとに別々の封筒に入れてご応募ください。